往事难忘

陈永兵

著

时代出版传媒股份有限公司
安徽文艺出版社

图书在版编目（ＣＩＰ）数据

往事难忘 / 陈永兵著. -- 合肥 : 安徽文艺出版社,
2025. 3. -- ISBN 978-7-5396-8241-9

Ⅰ. Ⅰ267

中国国家版本馆 CIP 数据核字第 2024C87Y05 号

出 版 人：姚 巍　　　　　　策 　划：韩 露
责任编辑：卢嘉洋　　　　　　装帧设计：熙宇文化

出版发行：安徽文艺出版社　　www.awpub.com
地　　　址：合肥市翡翠路 1118 号　　邮政编码：230071
营 销 部：(0551)63533889
印　　　制：保定市正大印刷有限公司 (0312)2209511

开本：710×1010　1/16　印张：24.75　字数：327 千字
版次：2025 年 3 月第 1 版
印次：2025 年 3 月第 1 次印刷
定价：98.00 元

目　录

第二辑 亲情 亲人

第三辑 军旅 军歌

序一

往事难忘　文韵悠长

——评陈永兵散文集《往事难忘》

郭　博

当陈永兵先生的散文集《往事难忘》书稿摆放在我案头时，我仿佛置身于一座璀璨的文学宝库，满怀期待准备开启一场美学的盛宴。

陈永兵，这位文学骄子，以其在文学领域的斐然成就，成为安徽作家群体中的一颗耀眼新星。他集安徽作家协会、安徽散文家协会、安徽散文随笔学会、安徽网络作家协会、安徽摄影家协会等会员于一身，其作品在《人民日报》《解放军报》《清明》《作家天地》等众多报刊及媒体上熠熠生辉，累计 300 余万字的创作成果，以及《当兵无悔》《笔耕快乐》《今生有缘》《岁月铭记》等一系列作品集的出版，无不印证着他对文学的执着与热爱。

这部《往事难忘》散文集如同一幅绚丽多彩的画卷，徐徐展开，呈现出"乡愁　乡恋""亲情　亲人""军旅　军歌""时光　时空""风景　风情"五辑。从美学的视角来审视，每一辑都独具特色与韵味。

"乡愁　乡恋"开篇就先声夺人，作者以"我的村庄"为主题，通过对村庄知名人物、历史遗迹及家园生活的回忆，从内心抒发了对家乡这方热土的深深的眷恋和热爱，也流露出对往昔峥嵘岁月的怀念与感慨。文章内容丰富翔实，从王祖贤的祖籍、王仁峰先生的事迹，到双墩古墓的传说，再到其所在小李庄的由来与变迁，以及庄户人家老旧土屋的建造和村民生活的艰辛，涵盖了多方面内容，展现了村庄沉浮的历史全貌。

文章运用了大量细节描写。"将掺入稻草或瘪稻搅拌后的黄泥用铁锹铲进木格子里，再用瓦刀抹平"，这句话就生动地展现了当年村民盖房时制作土坯的过程。传说故事的引入，如双墩古墓中蟒蛇的传说，更是增添了文章的趣味性与神秘色彩。作者的情感真挚，如对母亲在漏雨的草房中边哭边接雨水的情景描述，以及母亲把门前那棵老椿树视为"风水树"的情节刻画，让人深切地感受到那个年代村民生活的不易和对美好生活的期盼。

"亲情　亲人"篇中的《家的味道》，给我留下了极其深刻的印象。作者通过母亲为一家人准备各种美味佳肴的细致描述，展现了母亲一生的辛劳与付出，让我们在平凡中感受到了伟大的母爱，这种亲情之美令人动容。正如文中所述那样："记忆，会随时间流逝而变得模糊；味道，则永远在心底刻下深深的印痕而忘不掉，尤其是承载着母亲的味道，既没用特殊的食材，也没有复杂的技法，更没有精贵的作料，母亲却用最质朴的初心，把对家人深沉的爱，默默地留在三餐四季的家常菜里，留在子女的味蕾中，更深深地印在儿女的心里……岁月愈久，回味无穷，味道愈浓！"

"军旅　军歌"篇以磅礴的气势和激昂的节奏，重现了作者当年投身军营生活的热血与激情。在《班长如兄》一文中，作者写道："如果说人生是一本书，那么，新兵连生活就是这本书中最美丽的章节；如果说人生是一出戏，那么，新兵连生活便是这出戏中最精彩的一幕。"可以感受到的是，从字里行间流露出作者对部队生活的深深怀念与珍视，对军旅生涯的深厚情感和独特见解。在《致敬那岁月》中，作者深情回顾了刚当兵时的那段"经历"，包括初学写稿时受到田老师的指导和帮助，以及因写批评稿而引发的一些"事件"，如《××部队机关干部烧电炉取暖种蒜苗》《××部队司训连报纸多半被干部占有》两篇稿件给自己的人生所带来的深刻"影响"等。他通过描述军营中的亲身经历，展现了自己在这个成长过程中所获得的人生感悟。

　　作者还用生动的细节描写，来反映当代军人的一些优秀品质，如勇敢、坚毅、坚持原则等。对部队战士饮食、训练等生活中细节的描写，使读者能够感受到当时的真实场景和氛围；对军号声在黎明时响起，战士们迅速而整齐集结的描写，让读者仿佛身临其境，感受到军队纪律的严明和官兵的英勇无畏；对战士们坚定眼神和豪迈誓言的刻画，展现了一种崇高的精神之美，令人心生敬意。从这些内容中可以看出，作者对那段难忘的人生经历的怀念和对战友的深厚情感。

　　陈永兵先生的散文风格，简洁而不失韵味，平实而饱含深情。他善于运用朴素的语言来表达深刻的思想，以小见大，以情动人，情景感人。其作品的结构布局严谨合理，起承转合自然流畅，让读者在阅读的过程中享受到一种和谐的韵律之美。

　　作为安徽省散文家协会主席，我为陈永兵先生近年来在散文创作上取得的成就感到骄傲。我相信，这部《往事难忘》散文集必将在文学的星空中留下璀璨的光芒，为广大读者带来无尽的审美享受和心灵的启迪。期待陈永兵先生在未来的文学创作道路上继续勇攀高峰，为我们奉献更多更好更有温度的精品佳作！

（作者系安徽省散文家协会主席、当代著名书画家）

序二

却顾所来径　苍苍横翠微

——读陈永兵散文集《往事难忘》

刘　斌

　　收到陈永兵散文集《往事难忘》已经有一段时间了，一直想写点什么，却迟迟没有动笔，一则是人到晚年，诸事多有疏懒或力不从心之感；更多的是，几遍读罢，感触良多，一时竟不知如何下笔。我比永兵虚长几岁，虽出生家庭不同，成长环境各异，有着不一样的人生轨迹，但我们毕竟是同龄人，岁月的沧桑，时代的进步，世事的更替，社会的变化，这些大的方面的影响，我和陈永兵大抵是相同的。所以，从他的那些"往事"里，往往也能见到我的"往事"的影子。读他的"往事"，我常常会陷入自己的往事之中。每念及此，都会产生疑问：往事里究竟有什么？这些事为什么难忘？

　　这本书分为五辑，第一辑是"乡愁　乡恋"，作者写的是关于家乡的记忆，那记忆里的小村庄，当年读书的小学校和老师，那迷人的小河和故乡人的至爱——乡间小戏，以及儿童时代的滚铁环游戏、温馨的年夜饭、无与伦比的家乡美味菜肴，等等；在第二辑"亲情　亲人"里，作者更是写得直接而实在，从目录里可以一目了然，从祖父祖母、外祖父外祖母，到父母、岳父母，再到妻子女儿和孙女，写出了脑海中关于每一个亲人的每一件事；而在第三辑"军旅　军歌"中，作者将自己在部队成长的过程一一加以忠实地还原，入伍、集训，从一个什么都不懂的新兵到成长为一个多次受到嘉奖的团职军官，其间发生的诸多奇事；第四辑"时光　时空"则是写生活中的平凡小事，诸如学做生意、戒烟、养花、生病之类，在细小的凡人琐事中，写出了一种独特的人生况味与见地；第五辑"风景　风情"属于游记，写的是作者游历异地他乡的所见所闻所感，既有《厦门之美》这样的都市风光览胜，又有《夏都西宁》《大美藏地游》等边陲的奇异风情，既有《巍巍井冈》这样的红色之旅的记述，也有《老街情怀》一类的追索怀旧之作。这些就是作者写的难忘的"往事"。它们的确很平凡很普通，却又蕴含着极不平凡的世理人情与人生意味。

首先，这些事虽小，却是一个人真实的成长史，同时也是一个时代的缩影。在《往事难忘》里，从最早的关于家乡、祖父母和小学老师的一件件往事算起，到比较晚的《极光周岁》，时间跨度从 20 世纪 60 年代直到最近十来年，长达半个世纪之久。作者写的虽是他个人的生活琐事，却涉及至少五个家庭。而当作者用他质朴的笔触，将往事从记忆中一一道出时，这些家庭的日常小事，如日用起居、生老病死、婚丧嫁娶、柴米油盐，却忠实地反映出这些家庭在那些过往的岁月里的酸甜苦辣、喜怒哀乐、悲欢离合、兴衰荣辱。比如，在《故乡老屋》中写道："儿时，我与母亲最担心的是梅雨时节。雨季一来，房屋土墙大多被雨水淋湿，屋顶便有多处漏雨，好像随时会坍塌似的，即使全家'总动员'，用上一切可以接水的木桶、脸盆、锅碗等，仍有多处漏雨的地方找不到接水的物件。""那时，我总觉得雨季太长，雨水绵绵不绝。看着处处潮湿、处处漏雨、光线昏暗的土墙稻草屋，母亲总是唉声叹气，脸上始终愁眉不展，未见一丝笑容。"这是那个时代"我"家的真实写照，或者说是日常生活的实录。但凡从那个时代过来或稍微对那个时代有所了解的人都清楚，这几乎是当时乡村人家的普遍生存景况。这样的"往事"就是真实的历史，写这样的往事，其实就是为历史存照。与此相对照，作者在文后写道："如今，随着乡村振兴发展，家乡也发生翻天覆地的变化，乡间田野，随处可见钢筋砖混结构的新式二层或三层楼房，或是雪白的徽派别墅式洋房，在周围庄稼、果树和竹林相互映衬下，在白墙与绿瓦的巧妙搭配下，在温暖的阳光照射下，显得那么耀眼夺目。""这是家乡人用一双双勤劳的手，画出的最美彩图，织出的美丽乡村。不会再有年轻人去盖土墙草屋了。延续了多少代人的土墙草屋、土墙瓦屋、红砖瓦屋、砖混楼房就此在故乡慢慢消失，消失在人们的视野中。"这就不仅仅是一个人的难忘的"往事"了，而是一个民族的历史变迁的写照，更是我们国家半个世纪翻天覆地变化的缩影。这样的"往事"，正如作者自己所说的，是岁月和历史的"见证"。而它们之所以难忘，实在是因为过去苦难的刻骨铭心，是体会今天"苦尽甘来"时的百感交集与无比珍重。

其次，《往事难忘》写的是一件件小事，但背后则是写人和情。这一点在这本散文集里也是表达得很清晰很突出的。且不说每一件事都必然涉及人，所谓"写事离不开写人"，作者的很多文章的题目就直接表明是写人。而这些则是这本散文集里最珍贵的部分，是如金子般闪光的部分。比如在《父亲母亲》中，作者写在那些苦难岁月里，母亲的艰辛与不易。作者写道："那时，我家仅靠母亲一个人挣工分，能分到的粮油根本不够娘儿仨吃的。每进入腊月，家里基本面临断炊危机，不仅缺粮、缺油，还缺钱……为借到粮油，母亲谦恭卑微地借遍了所有的亲戚家，有时也到附近富裕的人家去求助。其实，那个年代，家家都不会富裕到哪儿，所谓富裕人家，也是靠勤劳肯干和平常节俭一点点省下来的。对能借给我们粮油的人家，母亲定会叩首跪谢，也有人家要高利的，母亲也会咬牙答应。不管有多难，母亲总有办法，总能把粮油借回来给我们过个好年。"这些充分反映出一个乡村母亲的"勤劳肯干和节俭"以及为了家忍辱负重的牺牲精神与品格。特别令人感动和钦佩的是，文章中还写了为了养猪，母亲经常天刚蒙蒙亮就去打猪草的情形："母亲把上衣紧紧扎在裤腰里，头上系条毛巾，拿根四五米长的竹竿，找个浅水的塘口，拽着塘边柳枝丫下到水塘中，再用竹竿探着水底，慢慢向有水草的地方浮去……每隔几天，母亲都趁天气晴好时领我去捞一次。每次，我想帮帮母亲，母亲都坚决不让我下水，生怕我下到水塘里有个闪失。"这里的母亲无疑是坚毅的、勇敢的、刚强的。但令人更加刮目相看的是，母亲不仅担当起养活一个家的重任，更很有心计地在默默无声中教育着孩子。在她心里，可以不让孩子下水打猪草，但不能不让孩子知道生活的真相，知道人生的艰辛，从而从小就树立面对苦难所应有的态度，那就是迎难而上，无所畏惧。这就不仅写出了母亲的品德、性格与精神，更写出了一个乡村母亲生存的智慧、刚毅与骨气。往事为什么难忘？就是因为往事中有这样的人和情至今仍在温暖着"我"、照耀着"我"。这不禁让我想起鲁迅先生的《从百草园到三味书屋》。当年上学时，就觉得没什么意思，不就是写夜晚听美女蛇故事、冬天无聊时学捉鸟，还有在三味书屋跟老师读那些似懂非懂的课文吗？很多年后才明白，那其实是在写一个人一生中如此幸运地遇到了这样美好的人，感受到他们金子般宝贵的心，才明白先生为什么将这些称为"朝花夕拾"。

再次，《往事难忘》之所以难忘，还因为这些往事虽看起来是一件件微不足道的小事，却很可能决定着一个人的命运走向，其中包含着实实在在的人生哲理。比如《历练人生》中有一篇文章写了两件事：一件是"我"在1984年的仲夏，初中毕业后，等待上高中的一段时间里，与朋友结伴打工。"一方面想赚钱贴补家里，一方面想积累一些社会经验"，"早上七点起床，八点出门去工地，十一点半回家吃饭，下午一点再去工地，六点回家吃晚饭……挖地基、拌砂石、抬钢筋，一天下来，回到家里倒在床上会立马沉沉地睡死过去"。另一件事也是发生在这个时期，是"我"和另两个同学学赚钱，三个"毛头小伙子"利用当地物资交流大会的机会，主动找商家洽谈合作卖菜事宜，然后分工进货、摆摊、卖菜、收款，三天每个人净收入1100元。文中写道："这笔钱，是我人生中'下海'捞到的'第一桶金'。"这两件事对"我"

意味着什么？这两件事不是我们司空见惯的"少年不知愁滋味，为赋新词强说愁"的那种无病呻吟的风花雪月，也不是少男少女那种酸文假醋的浪漫与幻想，而是一种实打实的人生，是生存，是真实的存在。作者通过这两件事写出了当时乃至后来漫长的岁月，"我"明白了什么对"我"最重要，什么对"我"最宝贵。那就是生存，是在真实甚至残酷的人生路途上，活下去所必需的真本领，那种实实在在地生活的本事。而这样的本事与本领的获得，父母不能包办，老师不能灌输，花钱买不来，空想更不会想明白，只能来自实实在在的生活本身。所以，作者将这段文字题为《历练人生》。历练，说得多好啊。这不独显示出作者非凡的见识，更是他躬行自知的切身体会。这样的往事怎么能忘掉呢？而作者回首往事时，自然会从心底生发出那份亲切，那份庆幸、欣慰与自豪。所以作者写道："也许，我是那种不喜欢过平静如水的日子的人。当我忍受着烈日的炙烤和寒风的侵袭，在工地上挥洒血汗的时候，我在想，我不怕苦和累，但我就怕看不到方向，我怕浑浑噩噩地过日子。"通过"历练"，作者不仅练到了生存的本事，更找到了生活的方向与意义。难怪作者说："事实证明，我选择到工地打工是我人生之路上的一个节点，也是转折点，更是新的起点。"

在《往事难忘》里，作者还写了几件小事。"我"在部队刚学习写通讯报道的时候，有一次到在师部当干部的老乡的宿舍里，发现他在烧电炉取暖，不仅他这样，还有其他人甚至用电炉烧水、做饭、种蒜苗。对这种浪费电的行为，"我心里很不是滋味"，回到队里，将此事写成文稿寄出，不久在《解放军报》四版简讯登出。当"我"发现连里的报纸虽订到班排，但都分发给了班长排长，班排长看完后，有的被收藏，有的被传阅丢了，大多数学员是"望'报'兴叹"时，"我"又按捺不住地写了一篇如实反映基层连队报刊订阅少、看报难情况的读者来信，投给了《解放军报》，不久也发表了。"我"的文章不仅有利于促进部队管理与建设，同时也给自己带来了荣誉与进步。

约两年时间，"我"先后在《解放军报》《战友报》《山西日报》《运城报》及山西人民广播电台、运城地区电视台等刊播稿件 60 余篇，为旅通讯员培训班编写了教材《通讯员写作初谈》，1986 年获集团军和旅新闻报道先进个人、1987 年因新闻报道成绩突出荣立三等功，被推荐参加第二年的军校招生考试并顺利考进了军校。

作者写的这些发生在部队里的事情，无疑是难以忘却的。不仅是因为它们在"我"成长过程中的重要价值与作用，更是因为其中包含着非同一般的因素或风险。假如没有部队各级的好领导，假如没有军队实事求是、从严治军的好风气，假如没有遇到那样风清气正的好时代，"我"这样的较真认死理的愣头青的命运又会是怎样的呢？在部队一路成长起来，后来在地方上又一度在领导岗位上工作的"我"，此刻抚今忆昔，怎能忘记这些往事呢？又怎么可能不由衷地"致敬那岁月"呢？

《往事难忘》中还写了这样一段往事。由于父亲在军队里，后来母亲又带着妹妹随军，这就把"我"一个人留在家乡由爷爷奶奶照顾。文章写道："失去父母约束管教后，我开始自暴自弃，跟着社会上一群人隔三岔五去县城看电影……那年中考，我考了个全班倒数，数理化门门不及格……"从这里可以读出作者对不堪回首的往事的"回首"，而这段往事之所以难忘，不仅在于其是作者痛苦的回忆，是对当年的检讨与悔过，同时也写出了人生命运的转折与起伏：如果"我"好好学习，可能考上高中、大学，就与后来的部队生涯擦肩而过，人生就会是另一番情形。而正是曾经的不堪，将"我"送进了部队这所人生大熔炉去锻造重塑，得以成为一个新人。如此，这样的往事之所以难忘，还因为其中蕴含着关于人生、命运、机遇等方面的深刻哲理或奥秘。

古诗有云："却顾所来径，苍苍横翠微。"的确，人们再回首人生过往时，常常发现，所来处无不自成风景。如果说这本书的前四辑主要写过往所遇之人这样的人生"风景"对自己的洗礼、熏陶与影响，那么，在第五辑里，作者则是单列一辑专写"风景 风情"，写自然风光、地域风情与民风俗韵等迷人景致，以及这些景致给自己带来的心灵震撼、精神启迪与美的享受。如《巍巍井冈》中，作者通过写参观游览革命圣地井冈山，在描绘井冈山的雄伟壮丽景色的同时，深深缅怀革命先烈的英雄事迹，缅怀那段峥嵘岁月，表达了内心受到的洗礼与教育，更表达了一种深深的感恩与致敬之情。而在《老街情怀》中，作者回顾了曾游历的全国各地著名的老街，在简单比较它们的异同之后，详细描写了家乡安徽老街的独特格局与深邃的文化内涵，揭示出蕴藏其间的深厚淳朴的民风俗韵与源远流长的文化积淀，表达了对家乡的真挚而强烈的爱。这些偏重物化的"风景"与前四辑侧重人事的"风景"交相辉映，形成互文，合为交响，使得这本《往事难忘》更趋饱满与生动。

总之，一本《往事难忘》，六十五篇文章，一件件小事让人们再一次去真诚地面对历史和现实，珍惜和感恩今生所遇到的美好"风景"，增添对生活的热爱与信心，并由此更积极乐观地理解、认识和投入自己的生活，存在于命运之中，去创造新的更加美好的人生"风景"。

（作者系中国文艺评论家协会会员）

第一辑

乡愁　乡恋

　　乡愁是离开后对故土的深情眷恋，是那间早已回不去的旧草屋，更是离家时那条弯弯曲曲的乡野小路；乡恋是妈妈站在风中微笑地向你挥动的那双粗糙之手，是人类社会共同而永恒的情感。乡愁也好，乡恋也罢，是我永远挥之不去的最美好最深刻的记忆。

我的村庄

　　说起我的村庄，在家乡舒城县是个有传奇故事的地方，远近闻名，是个名人村。

　　我的村庄叫石岗，是台湾著名影视明星王祖贤的祖籍故里。1992年初夏，她回到祖籍省亲认祖，现场捐赠五万元港币，为村里修建了一条长约三公里的进村主干道，取名叫"祖贤路"。

　　王祖贤的曾祖父王仁峰先生出生于此，年轻时参加同盟会，是追随孙中山先生的坚定革命者，金陵举事前，因制弹药失去左臂，人称"王一手"。

　　清廷被推翻后，先生本可以为官，出人头地，但先生无意于此。之后一直倾心倾情致力于教育事业，从1913年起，先后出任南京安徽公学校长、舒城桃溪第二高等小学校校长、芜湖二农校长、芜湖五中教务主任等职。1929年后，他又先后主持池州第二师范、省立第二临时中学、省立舒城师范校政，后创办隍城小学、舒城中学。先生一生弟子逾万众，深得乡邻所敬，是乡亲们公认的乡贤。

隍城小学也是我人生启蒙的母校，虽是村小，却在当时的桃溪区小有名气，是为数不多的几所带初中年级的学校，我在这儿一直读到初中毕业。

那个已有 2200 多年历史的县级文物保护单位"双墩汉墓"也坐落在我的村庄。

小时候，我们只知道那两个双乳般的大土堆子叫"双墩"，却不知道它原来还是个历史这么久远的古墓。

听大人说过，"双墩"顶部有个大洞，洞里藏有一条碗口粗、四五米长的蟒蛇，经常在夜半更深出来觅食，周边农家养的牲畜经常被蟒蛇生吞活咽。我每次路过，都会心有余悸，有时被吓得头发根都直竖起来，更不敢爬到墩上去玩。后来才知道，哪有什么大蟒蛇，只是民间的传说罢了。

如今，已被县政府列为县级文物保护单位的"双墩汉墓"周边修整得绿树成荫、幽静恬雅，成为人们休闲观光的好去处。

石岗村有八个自然村庄。我家曾居住在八个自然村庄之一的小李庄，那个生我养我的小村庄，那个让我的童年痛并快乐着的地方。

据说小李庄原来是一片乱坟岗，"大跃进"时，石岗大队在这里建了个养鸡场，还有铁匠铺、理发铺等，这个红火起来的地方被人们叫作"鸡场"。

20 世纪 60 年代初，因丰乐河连年洪水泛滥，一些人家被迫逃荒到这块地势较高的乱坟岗来躲避灾祸。

随着逃荒来的人家越聚越多，庄子上的李姓人家来得早，有先入为主的意思，后来的人们就把别扭土气的"鸡场"慢慢改叫"李庄"了。群居在这个小庄的多姓人家或联姻或为邻，几代人就这样生存繁衍下来了。

我家祖上也是那个年代从隔壁的谢河村逃荒过来的。庄子上的十几户人家几乎都是按照姓氏或家族来群居生活，零星散落在这片方圆几公里贫瘠的黄泥岗上，以姓相邻，一户一宅。

庄户人家住的房子都是用土坯稻草盖的。打小我看到庄子上的人将一个长方形木格子放在平整的地面上，将掺入稻草或瘪稻搅拌后的黄泥用铁锹铲进木格子里，再用瓦刀抹平，晒干后的土坯就用来垒墙，墙上用棱木搭梁，有钱人家就托人买山上的荒草回来盖顶。

能盖得起土坯荒草屋的人家，庄子上的人都是很羡慕的，我家也不例外。

记忆中，庄子上人家的老屋子门向是清一色地朝东，何因，我至今未弄明白也不想弄明白。记得是 20 世纪 80 年代初始，一些有钱人家又逐渐将住的房子换成半土半砖墙的瓦顶屋。

我家老房子是破烂不堪的两间土坯墙稻草顶的泥巴房，是我爷爷盖的，兄弟分家时由爷爷做主分给我父母亲，我就出生在这里。

母亲最怕梅雨季节，连阴雨不断，特别是遇到大暴雨，草房就像筛子一样到处漏雨。母亲常常是边哭边将锅碗瓢盆放在漏雨的地方，把从屋顶上漏下来的雨水，再一盆盆倒到屋外去。

记得门口是一块大的场地，庄子上每家门前都有这么大的一块场地。这些场地多数时间空闲着，只有到夏秋季节，才能派上用场，用来翻晒麦粒、稻谷和油菜籽。

逢天气好时，母亲也在场地上晒晒棉被、棉袄、棉裤等过冬衣物，防止变霉，庄子上人叫"晒霉"。

场地中间有棵五六十年的老椿树，树干有一抱粗，它的树冠长得像人的五个手指头，紧紧地攥在一起，看上去像个元宝。

母亲一直视这棵树为我家的风水树，说它非常有灵性，是黄泥岗上的树中之王。

母亲告诉我，这棵树是丰乐河发水时从上游冲下来的，当时只有七八岁大的三叔和四叔捡到了这棵树，待洪水退后，就将这棵树栽在房前。

这棵树从此不仅活了下来，还长得枝繁叶茂。

记得那年唐山大地震后，母亲就在这棵椿树底下搭了个防震棚带着我和大妹住了进去。那天夜里狂风大作、雷鸣电闪，椿树上的一个枝丫被雷电劈了下来，幸好一家人没事。庄子上的人纷纷说是这棵椿树保佑了我们全家。

父亲后来当兵入伍，在部队干了十八年并提了干，转业后进了县城工作，成了城里人。

多年后，我对老屋的眷恋依旧。

记得老房子前约三十米的地方，还有一个清澈见底的池塘，池塘不大，约有十亩水面，庄子上的五六户人家平时共享，用来洗洗菜和洗衣物。

春天，草长莺飞，杨柳拂堤，万条柳丝垂下，鸟儿在枝头唱着美妙的歌曲，燕子在树上呢喃，一群鸭子也在水塘中欢快地嬉戏着，怪不得宋代大诗人苏轼能写出"竹外桃花三两枝，春江水暖鸭先知。蒌蒿满地芦芽短，正是河豚欲上时"这么有意境的诗句呢。

秋天，池塘边又是另一番景象。树上的叶子慢慢变成了金黄色，一片一片，在瑟瑟的秋风中纷纷扬扬飘落下来，落在地上，也落在池塘里。小小的池塘变得安静，甚至有点儿寂寞。

不管是哪个季节，带着什么样的心情，当你站在门前的这个池塘边时，看到的都是不一样的景象，就是一幅乡村水墨画。

记得我家屋后有个小庭院，堆满了秋收后割回来烧水做饭用的稻草秸。

稻草堆得像座小山似的，却不够家里一年烧水做饭用。秋天来临，落叶飘下，母亲就领着我和大妹，带着扁担和麻袋，去芦柴堰堤埂上的林子里，用竹耙耙杨树叶子挑回来，以备不时之需。

后院的稻草堆每天都会引来一群群喜欢热闹的麻雀。每天晚上，麻雀从庄稼地吃饱了就飞回庭院的草堆上栖息，黑压压地占满草堆；早晨天未亮，就抖着羽毛，在稻草堆上叽叽喳喳叫个不停，麻雀多的时候，个个像参加唱歌比赛似的叫得欢实。听烦了，母亲就指使我撵走它们。这帮麻雀天生贼胆，我前脚刚走，它们又立马飞回来，叫得更欢，吵得人更心烦了。

春暖花开的季节，房前屋后的庄稼地里就是一片金色的海洋，一望无际的田野上，开满了金灿灿的油菜花，一阵阵清香随风扑鼻，沁人心脾，也招引来许多蝴蝶和蜜蜂。

走过一条又一条乡村小路，最难忘的还是庄子前那条弯弯曲曲的小路。下雨天，我们都要深一脚浅一脚地走在那条泥泞小道上，身后留下的是一串串杂乱无痕的脚印。

十五岁那年，在一个雨后放晴的早上，我跟着父亲离开了生我养我的李庄，沿着这条小路，一直走向那条我梦寐以求通向远方、连着城里的心中的路。

看着向我慢慢走来的村口，回头看看送别父亲和我的乡亲们，我发现早晨的太阳已悄然升起，庄户人家的烟囱正吐着白色烟雾，催促着我和父亲向县城赶路。于是，我放下满脑的思绪，迎着温暖的阳光，甩开膀子加快了往前的步伐……

一别多年，如今老家村庄的面貌焕然一新。

儿时的那些纯朴的小伙伴和我一样也渐渐变老了，年青一代去城里打工创业，他们则留下来像当年的那些叔伯婶子一样，在家帮着照看孙儿。

浓浓故乡情，悠悠游子心。这就是我的村庄，一个让我从少年时就产生不可磨灭印记的地方，一个让我一生都魂牵梦萦的故乡。

村小记忆

离开家乡石岗村四十余载，每次回乡路过童年上学的村小时，都有种暖暖的感觉涌上心头，儿时的记忆，童年的回忆，似浓似淡，拂在心头，挥之不去。

有人问过我，你的村小为啥不叫"石岗小学"而叫"隍城小学"呢？对此，我还真认真查阅了有关史料。记载称：村里有个西汉时的双墩古墓，离古墓三四里地，有个隍城墩。隍城墩上曾有隍城庙。古代，城里的城隍庙叫城隍庙，乡里的城隍庙叫隍城庙。

隍城小学因此庙而得名。

20世纪初，村里出了个乡贤姓王名仁峰，也是当代台湾著名歌星、影星王祖贤的曾祖父。老先生年老退职后隐居乡里，在自家圩子里，利用老祖宗留下的老宅创办了隍城小学。

有年春节，我携妻女回老家，路过村小停车察看。眼前仍是那熟悉的荒草门楼，破烂的竹笆大门。从门缝窥看院内，墙倒屋塌，荒草萋萋，昔日的校园早沦为一片废墟。刹那，情随景迁，有种恍如隔世的感觉。

村小大门朝东，一条叫北支渠的小溪从门前潺潺流过。淅淅沥沥的春雨滴落在沟里，依然那么清澈凉爽。

穿过石桥进入，园内是黄土地面，四周被教室和老师宿舍、食堂包围。院中立一根六七米高的旗杆，曾是学校举行升旗仪式或集会的地方。

到我上学时，村小虽说仍是老先生家祖宅，但老先生留下的老房早已不见了踪迹。

20世纪70年代中期，由政府出资、村民出力，对村小进行扩建，濒临倒塌的老屋均被拆除，取而代之的是新建的教室和办公用房。建成后的房屋仍属土木结构，土坯墙、稻草顶，大小教室十余间。

校园后是池塘，三面围着学校。池塘水面不大，有六七亩，最深处有一二米。塘边住着几户农家，应是老先生的后人。虽时过境迁，如今，小村庄依然人丁兴旺。

北门也是用竹笆铁丝扎成。门外有个平整开阔的操场，地势有点低洼，赶上雨雪天，地面便是一片泥泞。

操场西南角用红砖水泥垒砌了一个乒乓球台，是男孩最爱去的地方。那时家家都穷，没钱买乒乓球和球拍，大人们便在到附近的县化肥厂挑氨水时顺便捡些那种黄色的小球，给我们当乒乓球玩。球拍大多也是用木板自制的。当时虽条件简陋，大家依然玩得不亦乐乎，常常忘记回家。

操场中间及两侧有一对木制篮球架、一副木头单双杠及十多平方米大小的沙坑等简易运动设施。女孩喜欢在沙坑里蹦蹦跳跳、嬉戏打闹，仿佛小小的沙坑也别有一番新天地。

童年时光，回想起来是快乐的，也是特别难忘的；小时候的那些事儿，是温馨的，也是美好的。

那时的小学生，上学的装备极其简单，多数是家长用五颜六色的碎布缝制成的小挎包当作书包。

我九岁才上学，算是较晚的。上一年级时，父亲特意从部队寄来一只绿色军用挎包，那是父亲送给我的入学礼物。新书包背在身上很拉风，幼稚的我喜欢背着它在校园里晃来晃去，"收割"完小伙伴们羡慕的目光后，潇洒地离去。

书包里装有一只单层铁皮铅笔盒，内印"九九乘法表"，盒中装有铅笔、削笔刀和橡皮擦等。书包里还装有舅舅用白纸裁剪、舅妈用针线装订的练习本。

村小同学都是同村孩子，有的是同族，有的是邻居，有的是兄弟姐妹，有的是叔侄隔辈，打光屁股起就彼此熟悉，丝毫不陌生。无须半日，便能把教室掀翻个天。

每间教室里都贴有马克思、恩格斯、列宁、毛泽东、司马迁、祖冲之、李时珍等古今中外伟人、名人画像，墙上书写"好好学习，天天向上""知识是人类进步的阶梯""书中自有黄金屋"等宣传标语。

教室宽敞但不够明亮，因为没有电灯。一、二、三年级的书桌是用泥土坯垒砌的，四、五年级的课桌虽是木头做的，却也破旧，桌面上到处是刀刻的划痕。

每逢开学季，学校都让家长带着自家椅子或板凳送孩子来上学，放假时再搬回去。

村子里的路是泥巴路，小时候穿的布鞋几乎都粘满厚厚的黄泥巴，打也打不掉，刷也刷不干净。

轮到放学值日，打扫教室卫生根本用不上拖把，而是用竹条笤帚。屋里像是硝烟弥漫的战场，一片狼藉，即使往地上泼洒些水，清扫完后，课桌、板凳仍会蒙上一层厚厚的尘土。

那时，我们天真烂漫，纯洁无瑕，没人会想到，若干年后，我们的人生之路会是什么样。只有对村小的那段记忆，才能见证共同享有的少年花季。

蓦然回首，我又看到我第一次踏入村小大门的情景。

报名那天，懵懵懂懂的我，背着个挎包站在教室门口，显得一脸无助。当不知如何是好时，一双温暖的大手突然牵住我的小手，这位面色和蔼的老师蹲下来轻声问我："叫什么名字啊？是哪个庄上的？"

待我怯生生地回答后，她又站起来，把我拉到座位前，对我微笑着说："别害怕，我是朱老师，以后你就坐这儿！"我看着她，使劲地点了点头。

开学后，朱老师在众多学生中出乎意料地指定我当班里的学习委员，让我每天放学前捧着一大堆同学作业本送进她的办公室。

每次，朱老师都喜欢摸摸我后脑勺上扎的那根独辫子，朝我点头微笑。上二年级时，班长因家贫而辍学，朱老师又指定我当班长，一直到小学毕业。

老师是园丁，老师也是母亲。此生，我最重要的启蒙老师，也是最敬重的老师，便是朱堂秀老师。

三年级时，学校调整班级老师，朱老师回到一年级当班主任，新来的班主任是武曙扬老师。

那年，武老师高中毕业来村小担任代课老师。中等个头、白皙圆脸的她，梳着短发，年轻漂亮，说话嗓门高。

武老师教语文，有时也教音乐、政治。村小老师，一般每人都要教几门课，那也是常见的事。

武老师讲课时激情四射、抑扬顿挫，仿佛山涧的清泉缓缓流过我的心田。随着她脸部的表情变化，时而凝神深思，时而神采飞扬，时而频频点头，时而又低头含笑，枯燥的课堂变得生动活泼了许多。

同学们开始喜欢上这位头发乌黑、双眼炯炯有神的老师，但我更喜欢她上的每一节语文课。

武老师喜欢在班上举办征文活动，对作文获奖的同学还有小小奖励，激发了我极大的写作兴趣。

第一次征文，武老师给我的作文指出了许多问题。第二次征文，她又指出不少错误。第三次，她干脆把我叫到办公室，当面纠正错别字和修改标点符号。

有一次上课时，武老师突然点名，让我把自己写的一篇作文读给同学听。此时，教室里鸦雀无声，人人屏住呼吸，大家似乎被我的作文所陶醉。

后来，我把这篇叫《上学路上》的作文工整地誊写一遍，寄给上海《少年文艺》编辑部。

不久，我便收到编辑老师的回信，大意是稿件已收到，感谢投稿，希望我继续努力。尽管是一封退稿信，武老师还是拿着信在班上狠狠表扬了我一番，说我是村小第一个向杂志社投稿的人。很快，这个消息像春天的风一样吹遍村里的每个角落，父老乡亲见我就夸，让我心里美滋滋的。

正是这篇未被采用的小稿，让我从此满怀信心地、不计后果地爱上语文，爱上写作，更爱上那支能写文章的生花妙笔。

多年后，尽管我没有当成像武老师期望的那样的作家，但老师的话一直记在心里，激励着我在文学创作的道路上孜孜以求，不断前行。

时光如梭，岁月如流。转瞬间，五年小学时光如同白驹过隙般地飞逝。如今离开家乡多年，心中仍充满着对村小的那份深深的眷恋之情，于我而言，它有两个地方让我印象深刻，难以忘怀。

村小的茅厕是旱厕，修建在池塘边。塘边栽种了水竹、垂柳，几棵硕大的紫藤树相互缠绕并包裹着男女茅厕，每到课间休息，女孩子就把树藤当秋千，在上面嬉笑打闹。

村小的那口水井得靠手压才能从地下抽出水。这是学校唯一可以喝干净水的地方。压水井口比大人膝盖高出那么丁点，那时的小孩没人带水杯，大家都撅着小屁股仰着脖子直接对着井口喝，一个喝饱了下一个再接上。

喝水时，大家也像上茅厕一样争抢，一人喝着水，好几帮人眼巴巴地等，上课铃声一响，又只能忍着渴，再等到下一节课后才能抢水喝了。

学校、老师、同学、村庄，一幅儿时画卷……昔日充满活力喧嚣的村小，随着时代的变迁，如今像一片羽毛轻轻地从我们的视野中消失，永远归于沉寂，留给我们的则是一段美好而温馨的记忆……

故乡老屋

　　每次回老家站在老屋前，都会情不自禁地勾起我对儿时住过的那几间饱经沧桑、风雨飘摇的老屋生活的无限回忆，让我尘封已久的记忆又浮现脑海，那是一段难忘的由老屋牵引着的乡愁。

　　　　　　　　　　　　　一

　　因年代久远，那几间墙皮脱落、破烂不堪、摇摇欲坠，几乎要坍塌的土坯墙荒草顶的老屋早已被拆除，存留下的仅是依稀可见的老屋遗址。

　　20 世纪 70 年代，农村的物质生活极度匮乏，经济条件落后，村民建的房屋多为土坯砌墙，木梁竹椽，稻草覆盖。这些用土坯和黏泥砌成的土屋，冬暖夏凉，经济适用。我们的祖祖辈辈就居住在这样的土屋中，繁衍子孙，耕耘土地。

　　父亲有五个兄弟和一个姐姐，和爷爷奶奶分家立灶时，从祖辈那儿分得两间土坯墙稻草屋，简陋、阴暗且潮湿。随着我和大妹妹相继来到这个家中，房子不够住的问题日渐凸显，父母不得不考虑盖房一事。

在农村盖房确是一件既伤神又费力的事，尤其是在那个特殊的年代，更是不容易。

农村建房，大门朝向是有讲究的，一般是坐北朝南。开工前先要请阴阳先生看风水，确定大门方位和朝向后再开工，然后去生产队报备、借稻草，有时还要借生产工具、汽油灯等。

那个年代，农村是集体化生产，稻草、麦秸都是生产队留着喂耕牛的；要解决买料钱，家里每年得喂养两头猪，卖猪，是村民最大的一笔收入。从把小猪崽买回来，母亲就精心饲养，一天三顿端食喂水。

盖房子时，父母没有攒下多少钱，也舍不得花钱请风水先生看风水。盖房前，便请庄上几位懂盖房的师傅帮着简单目测一下。

乡亲们也会来主动帮忙，按乡亲的说法，"一家有事百家帮"。人多，干得快，也出活。场地上，有的和泥，有的背土坯，有的砌墙垛，一般三四间房屋二十来天就能基本建成。

二

盖房子前，父母要先备石灰、竹椽、木梁、门框、稻草、麦秸秆、巴根草、芦苇席和加固用的铁钉、铁丝、篾条、麻绳等基本建材。

老家村庄是国家水稻种植保护区，除水田外，就是黄黏土和稻草，没有其他自然资源。由于交通不便和贫穷落后，乡亲们想盖房，只能就地取材，造这种土墙稻草屋，从古至今一直沿袭下来。这里的黄黏土黏性极强，盖房时都用它来打土坯。晒干后的土坯主要是用来盘灶、盘炕和砌墙垛。

利用晴朗天，父母将挖好的黄土堆成圆形小丘，四周拢起，中间低洼，用木桶拎水倒入其中，将黄黏土泡散，再向泥坑中撒入稻草、稻瘪或麦秸秆、巴根草等，站到泥坑中用脚来回使劲踩，将踩均拌匀有黏性的黄泥巴一锹一锹装进事先用木棱条制成的土坯模具中，再用瓦刀或木板刮平整、夯实，一块土坯就制好了，放在阳光充足的稻谷场晾晒，干透即为成品。晒干后的土坯为 50 厘米长、25 厘米宽、10 厘米厚。且每脱块土坯，脱土坯的模具都要在装满水的大澡盆里沾上一次水，防止黄泥粘在木棱上。

一有空闲，父母就见缝插针挤出时间到地里挖黄黏土，利用早晚担回来放在盖房的场地上。一半堆在房基处，准备用来垛墙；一半堆在稻谷场，准备用来制土坯。

秋收农忙后，天高气爽，气候干燥，也是脱土坯的好季节，但有时也会发生意外。有几次，土坯未晒干，半夜下起小雨。还有一次，晚饭后天气突变，眼睁睁地看着白天刚脱好的土坯被雨水淋成一摊烂泥。

为避免地表水侵蚀土坯墙体，砌墙垛前要先挖地基。老一辈人对朝向非常重视，放地基线前，先请经验丰富的师傅看方位，不管哪个方位，房屋大门须朝阳，不能朝阴。

三

农村盖房，一般按房宽一丈五、间长一丈来打桩画线。三间屋长就三丈，四间就四丈长。量好长与宽，在四个角边钉上木橛子，每个屋角钉两根木橛子，然后放线。

师傅用白石灰画出房屋间隔，沿着石灰线，用锹深挖 50 厘米，刨去最软土层，见到厚实干燥的硬土质后，用木制棰夯实地基，有条件的人家会填充一些条石、沙石等硬化地基，确保砌好的土坯墙不会轻易坍塌。

墙基是盖房的关键。地基挖好了就要打墙基。为保证墙基质量，筑墙基时必须选择水分适度带黏性的泥土，含沙量还不能太大，否则筑的墙基不牢固，经不住风吹雨淋。

墙基一般筑 1 米高、50 厘米左右的厚度，再在上面砌土坯。筑墙基时，夯的力度要适中，用力过猛会震裂先前打造好的墙基。一层墙基筑造完毕，需晾晒一段时间等水分蒸干后，才能在上面筑造第二层。泥坯墙基可筑几米高，家境殷实的人家会把墙基直接筑到房顶，不再砌土坯。

墙基筑造完毕，就在墙基上砌土坯。砌土坯是个苦活，也算是个技术活。砌墙前，先将黏土搅拌成泥浆，泥浆既不能太稠也不能太稀，太稠、太稀都会让泥浆失去黏性。

搅拌均匀的泥浆用泥瓦匠师傅专用的小木桶装好，递到师傅手中，待墙砌好后，师傅还要用泥子板将墙壁抹上厚厚一层泥浆，抹一层贴上一层稻草或巴根草，增加墙面结实度。约莫十天，三间房屋的土坯墙才算彻底砌好。

泥瓦匠师傅的工具较为简单，一般只有一把瓦刀、一块泥木和一根五尺长的尺子。木匠师傅工具多一些，有锯、锛、刨、凿和斗尺、三尺等。据说，泥瓦匠的五尺和木匠师傅的三尺都是辟邪之物，走夜路时可让妖魔鬼怪不得近身。

四

趁着天气晴好，接下来便是木工师傅搭建房梁，俗称"上梁"。在我的故乡，"上梁"是有讲究的。"上梁"那天，要选黄道吉日，现场要鸣放鞭炮、抢糖果、撒欢头、摆酒席，好不热闹。

为图吉利，一般人家会选农历含六、九的日子，时辰择于"月圆""涨潮"进行，取阖家团圆、钱财如潮水般涌来之意。

选"主梁"是家中盖房的一件大事，木料选择十分考究。盖房前几个月，殷实人家就会到处选木料，一般选择"百木王"——香椿木，又称"辟邪木"。木料最好上下一般粗细，且笔直、粗壮、挺拔的那种。选好的木料扛回家，用斧头把树皮全部刮干净，晾晒干透，才能等着"上梁"。

那时候，别说没钱，就是有钱也不好使，因木料是计划商品。父亲无奈，只能把祖宅旁的几棵杂树砍了，拼拼凑凑做椽条，屋脊的三根"主梁"却没有着落。好在父亲那几年在村里当"赤脚医生"，帮过不少人的忙，有些人脉，便托熟人借到了"主梁"木料。

　　"主梁"搭建完毕，就将从生产队里借来的稻草或山里割的荒草垛脊、铺屋面。

　　铺屋面的技术含量较低，一般劳力都能胜任。先把稻草整理齐整，扎成小捆，投递给站在屋梁上的盖房师傅，距离远的就借助竹竿挑上去。盖房师傅将稻草禾朝下，从房檐口往屋脊上一层一层重叠铺盖，备料充实，盖得就厚实，反之则盖得稀薄点。

　　到"垛脊"时，就要举行封顶仪式，即在屋顶堆积较厚的稻草或荒草压轴。此时，盖房师傅坐在屋脊上祭祀天地，口里不停地念叨象征吉祥的"四言八句"祝福语。师傅在屋顶念叨，站在屋下的人跟着吆喝，一唱一和，现场喜气洋洋。

　　房屋盖好后，一般要择吉日搬迁新居。我家因太穷摆不起宴席，没有举行乔迁仪式，只有家里的主要亲戚和帮忙的乡亲在场。就这样，没有鞭炮声，静悄悄地搬进了新房里。

五

　　新房盖好不久，父亲当兵去了。年轻的母亲带着我和刚出生的大妹妹在这三间草屋里居住了近十年。

　　土墙稻草屋结构单一，建造简单，经受不住大风暴雨，特别是被老鼠打过洞的墙垛，或是被小鸟翻坏的屋顶，遇上灾害性雨天，会遭到毁灭性的破坏。

　　儿时，我与母亲最担心的是梅雨时节。雨季一来，房屋土墙大多被雨水淋湿，屋顶便有多处漏雨，好像随时会坍塌似的，即使全家"总动员"，用上一切可以接水的木桶、脸盆、锅碗等，仍有多处漏雨的地方找不到接水的物件。

　　屋漏偏逢连阴雨。常在风急雨大的黑夜，一场大风刮过，屋顶铺盖的稻草多少会被吹飞一些，在村庄的上空飘浮游荡，散落到田野村头。

　　那时，我总觉得雨季太长，雨水绵绵不绝。看着处处潮湿、处处漏雨、光线昏暗的土墙稻草屋，母亲总是唉声叹气，脸上始终愁眉不展，未见一丝笑容。

天天经受风吹雨淋日晒，再好的稻草铺盖的屋顶也易腐朽断烂，被劲风吹散。现在想来，正如诗人杜甫在《茅屋为秋风所破歌》中描写的那样，"八月秋高风怒号，卷我屋上三重茅"。

之后，每到雨季来临前，母亲都会请师傅在屋顶续添一些稻草，或者干脆改用新的山茅草、麦秸草换掉原来的烂稻草。

记得有一年，母亲省吃俭用，专门花了一百多块钱，托人从舒城晓天的大山里买了一平板车山茅草，重新将屋顶翻盖。

在尘封已久的记忆中，儿时最快乐的是每到冬季雨雪天，屋檐下顺着稻草或茅草尖结成的像冰棍一样的冰凌，随手摘下，放在嘴里含着感觉特别凉。

六

十二三岁那年，父亲从部队回来探亲，看到家中破败的土墙茅草屋，看到妻儿住在这样简陋的房屋里，心酸不已，决定要重盖三间瓦房屋。

瓦房屋，是汉族传统的民居建筑。因房屋用瓦盖顶而得名。瓦房屋虽好，但一般财力不济的人家，是盖不起的。

母亲坚决反对，说家里已经够穷的了，盖瓦房屋会欠下一屁股债。父亲告诉母亲，在部队提干后，自己节衣缩食，几年来攒了点积蓄，如果不够，他再找战友借点，紧两年就过去了。

父亲一再坚持，准备用探亲的一个月时间把瓦房屋盖起来。左邻右舍听说后，都主动前来帮忙，大家纷纷出主意。农村瓦房屋是单层结构，做地基跟盖土墙稻草屋差不多，基础挖50厘米，然后把基坑底夯实就行了。只要人在，再难也不是事。

那几天，每天都有十多人来帮忙，除泥瓦工、木匠师傅需付些工钱外，其他人都是无偿支援。

那时候，家里生活条件虽有所改善，但仍不及现在这样优厚丰裕，大鱼大肉和白米饭还是很难做到四季三顿的。

盖房前，父亲用节约下来的军用粮票到城里粮站换了上百斤大米。每天买一些鸡、鱼、肉，差不多保证工匠师傅和帮忙的乡亲吃上一顿带肉的主菜，蔬菜是自家菜园种的，基本管够。记得那几天，每天都有一顿肉烧冬瓜，好吃不腻。

盖房的材料很快备齐，父母请村里德高望重的长辈选了个好日子，新房如期动工。那天，秋高气爽，湛蓝的天空中飘浮着朵朵白云，全家人兴高采烈、干劲十足，心情像那天的天气一样十分晴朗。

左邻右舍的乡亲齐刷刷都来了，有的帮忙扛立柱、木梁等框架材料，有的准备梯子、木杆、绳索用于支撑搭建……

父亲协助泥瓦匠师傅挖地基、担水、和泥、搬土坯；母亲负责烧水、洗菜、做饭；我也屁颠屁颠地跟着跑前跑后打下手。全家人沉浸在即将住上新瓦屋的喜悦中，干起活来也格外带劲。

新瓦屋为一层三间，左右为厢房，中间为堂屋。根据家乡多雨的气候特点，屋顶为中间突兀，两边为斜坡，便于急速流水；其中间两边墙叫挡墙，比下檐和厨房墙的位置要高。

新瓦屋建成那天，父母又特地去城里打来几壶老白干，买来一些好菜，在新屋里摆了几桌，专门宴请款待那些曾帮助过我家两次盖房的乡亲、亲友及木工、泥瓦匠师傅。薄酒一杯却情真意切！

七

搬进新瓦屋，是我儿时最快乐的事，从此我不怕淫雨霏霏了，雨水打在屋顶的瓦面上还滴滴答答欢快地响哩！我也可以坐在宽敞明亮的堂屋里写作业，再也不用趴在那潮湿发霉又黑黢黢的屋子里写作业了……

现在看来，昔日的土墙稻草屋是与环境最和谐、最自然的一种民居。晚上，躺在这样的房屋里，可以听见滴落敲打在屋顶茅草或稻草上淅沥的春雨声，可以看见明月在树梢上挂起，听见那屋顶上屋檐边欢畅的鸟鸣声，也可以听见秋风掠过屋顶后的呼呼声，一夜的春雨，一夜的明月，一夜的秋风，三声两声的鸟鸣，三下两下的犬吠，都足以慰藉你受伤的心灵，滋润你心中的枯寂。

如今，随着乡村振兴发展，家乡也发生翻天覆地的变化，乡间田野，随处可见钢筋砖混结构的新式二层或三层楼房，或是雪白的徽派别墅式洋房，在周围庄稼、果树和竹林相互映衬下，在白墙与绿瓦的巧妙搭配下，在温暖的阳光照射下，显得那么耀眼夺目。

这是家乡人用一双双勤劳的手，画出的最美彩图，织出的美丽乡村。不会再有年轻人去盖土墙草屋了。延续了多少代人的土墙草屋、土墙瓦屋、红砖瓦屋、砖混楼房就此在故乡慢慢消失，消失在人们的视野中。

回不去的农村，挥之不去的童年！住过土墙草屋的人是永远不会忘记的，它曾经伴随着故乡的变化一步步走到今天，已成为经历过那个历史时期的人们一份独特的乡愁。

我喜欢乡村自然朴拙、返璞归真的慢节奏生活氛围，也喜欢乡音乡愁从未改变的乡亲们那份纯朴的乡情，更喜欢村落稀疏、房舍拙朴、空气清新、鱼虾到处游和乡村野外那座座有着诗意般的故乡老屋。

悠悠天地间，浓浓故乡情。故乡的老屋不仅承载着父辈的心血，也承载着我儿时的记忆，是多少岁月流光中的浓墨重彩，也是一生的心中之画。

根之所在、脉之所系，无论我将来身在何方、走向哪里，朴实自然的老屋，永远都是我最想、最留恋的诗和远方。

芦苇花开

　　小时候，老家庄子前有大小不一的三口水塘，村后有条弯弯曲曲流向远方的小河，庄子上的人都把这条河叫作芦柴堰。

——

　　芦柴堰流经舒城县原西塘乡、秦家桥乡、柏林乡和石岗乡，自南塘埂起，至沙沟桥止，入丰乐河，全长约 22.5 公里。正常年景，芦柴堰能起排水作用，遇旱年，则能分级蓄水灌溉。可以说，芦柴堰就是老家人生命的一部分。有二十多户人家百十口人的小李庄几代人就依堰而居、靠塘生活。

　　据老辈人讲，小李庄的人家都是新中国成立前后从一河之隔的肥西等周边县区逃荒迁徙而来。这里原来是乱坟岗，自从有了人家来此开荒拓土、繁衍生息，才逐渐发展成如今的模样。

　　记忆中的三口水塘和芦柴堰都是清澈见底的。

　　每天，大人们要趁早或赶晚去水塘担水，担回的水开始有些浑浊，需倒入一口大水缸内，手握明矾顺着缸沿来来回回地搅动，静置半个小时后，水缸里的水便能清亮许多。

那时，庄子上没有自来水，一家人洗衣做饭、饮水、养牲口都要靠这几口水塘的水。尤其是那口专用于做饭饮用的水塘，大人们管得严厉，是不准人下去洗澡的，即使是满塘菱角，孩子们也只能望而生津。

我从小便是喝这口水塘里的水长大的。

梅雨季节，芦柴堰涨水，河水变得浑浊不堪，上游河道的水溢满就会流入门前的那三口水塘，水塘里的水也会被殃及，由清转浑，待到水塘的水溢满后，塘里的鱼儿也会乘机顺河道溜走。

庄子上的一帮小男孩会瞅准这个时机，三五成群结伴而行，带着竹篮、竹筐，在芦柴堰中找个水流湍急的地段，拦腰设卡，把渔网拉在河中间，这样小伙伴们便能"守网待鱼"。

他们每次都会将逮住的鱼儿放在一起，到了收网回家时再平分，这样每个人都能分到几条活蹦乱跳的大白丝鱼，有时候也有鲤鱼、草鱼和鲫鱼之类的。所以大家每次都是乘兴而来，尽兴而归，一帮人带着"战利品"，你追我赶、引吭高歌，每每回想起来，仍不由得会心一笑。

二

昔日的芦柴堰，一条不起眼的小河流，曾承载着庄子上几代人生活的希望与幸福的梦想。我的快乐童年便在这样的希望与梦想中度过。

何时有的芦柴堰，我请教过庄子上德高望重的长者，他们无从知晓，我也就无从考证了。

老辈人回忆，这条小河之所以叫芦柴堰，是因为历史上丰乐河年年闹灾，造成周边水茫茫一片。洪水退却后，那些水塘和小河两边的沼泽地就会生长出一片芦苇，老人们习惯称芦苇为芦柴，小河自然也就称作芦柴堰了。

春天来临，万物复苏，芦柴堰里的芦苇纷纷冒出嫩嫩的尖儿，像极了竹林里的竹笋，没有人管它们，它们便疯狂茂密地生长。

盛夏过后，到八九月时，芦苇便开始扬花，毛茸茸的芦花，远看似一片白雪，近看却有各种不同的颜色，有奶白色的，有微红色的，还有淡青色的。

到了秋天，芦苇秆叶变黄，芦花随风飘荡。一阵秋风吹来，那如细碎的棉絮似的芦花，在阳光下摇曳多姿，放眼望去，好像一片白色的波浪，小村庄漂浮在这片白色波浪之上。

老辈人讲，芦苇全身都是宝：芦苇根，清热利水，是排毒消痈之良药；芦苇秆，可以搭黄瓜豇豆架，亦可编制成芦苇席，盖房、垫床；干芦苇，可当柴草，烧水做饭；芦苇花絮，可当枕头填充物，轻巧绵柔又暖和；芦苇灰，则可以当作农田里的肥料。

每年春夏之交，尤其是梅雨季，离芦柴堰不远的丰乐河便会洪水泛滥。发洪水时，堰与河之间的那片低洼稻田就会变成汪洋一片，露出水面的高处总有好多牲畜或毒蛇盘在树杈上。

庄子上曾流传"芦柴堰十八达（音），芦柴棵里扎不下脚；苇秋秧大草荒，有姑娘不嫁小李庄"，这是对当年小李庄贫穷之状的真实写照。

三

老辈人回忆，当年有大队干部斗胆向公社书记提出将芦柴堰拓宽改道的建议，得到了公社书记的支持。

庄子上的人个个"揣着明白装糊涂"，其实心里却像明镜似的。芦柴堰拓宽改直，河水能自然顺流而下，虽会损失一些庄稼地，但可能从此再也遭受不到水患之害了。

其中受益最大的，当数小李庄。

一天，公社书记亲自来了，带着一帮公社和大队干部，背着双手，在芦柴堰堤埂上来来回回走了两三趟。他对随行干部说："必须横下一条心，才能根治丰乐河水患！"

那是 1975 年的春天，春暖花开时，公社决定对芦柴堰下游宋庄至沙沟桥一段先行改道，移往南岗北坡，全长 7.5 公里，仍起排、灌作用，受益良田 800 余亩。

一夜之间，我家屋后的芦柴堰变得喧嚣热闹起来。

公社各生产队青壮年劳力都被动员起来，有的成立"青年突击队"，有的组建"巾帼娘子军"。开工集结那天，民工们扛着铁锹等工具，挑着竹筐粪箕，拉着小平板车，拖着锅灶柴草，浩浩荡荡向芦柴堰会战工地聚集。

到了工地上，先安营扎寨，有的住在村民家里，有的自搭工棚，里面铺上稻草、麦秸，十几个社员打通铺住在一起。

庄子上有条件的人家几乎都住满了民工。外公外婆家门前稻谷场上也腾出大块空地来，让会战的民工搭棚住人，盘锅立灶。

每天晨曦微露，芦柴堰沟底和两边河埂上便人山人海。每隔五六十米，就有一面红旗插在大埂上，一眼望去，十里长堰红旗招展，处处听到的都是劳动的号子声，看到的都是挖土挑担的紧张忙碌的民工身影。

20 世纪六七十年代，农村还是集体种粮种地，以生产队为单位，社员挣工分，一天三晌，队长按点敲钟或吹哨，社员们参加集体劳动。

工地上，设有公社芦柴堰水利改造工程指挥部，每隔一段就架有广播喇叭，放着当年流行的《北京的金山上》《唱支山歌给党听》《谁不说俺家乡好》《沿着社会主义大道向前方》等革命歌曲，并随时播报工地战况和表扬会战中的好人好事。

那时开挖河流，没有机械设备，没有大型车辆，全靠肩挑人扛，靠的是人多力量大、人心齐泰山移，靠的是战天斗地的激情，河埂上下人来人往、热火朝天。

短短一个多月，芦柴堰焕然一新，重现生机活力。

昔日弯弯曲曲的河道已无踪迹，沟挖深了，两岸堤埂也变得笔直且被加宽加高，堤坡上还栽种了一排排的白杨。

自此，丰乐河再未出现水患，大片的庄稼也再未遭殃，庄子上的人家可以说个个喜上眉梢，第一次感受到了新芦柴堰给村民带来的福音。

四

那个年代的人都比较单纯。挖河时，大家拼的是干劲，显示的是人多力量大。工地上，广播里的歌声，民工的号子声，谱成了战天斗地的交响乐。

每逢公社领导到各工地慰问，当天晚上都要放电影，能看到《平原作战》《闪闪的红星》《车轮滚滚》等革命影片，也是我们这帮孩子最高兴的事。

芦柴堰会战时，庄子上那些稍大点的孩子也没有闲着，领着一帮小孩子往返穿梭于各个工地，也不认生，和那些不熟悉的民工叔叔伯伯和阿姨一起劳动，不仅不知疲惫，还充满了欢声笑语。白天，看着民工们大汗淋漓、一身沾满泥巴劳作的身影；夜晚，一边听着他们吹牛皮，一边听着他们鼾声如雷的呼噜声。

最难忘的是民工们用泥巴垒起的土锅土灶，慢火熬的稀饭、炕的米饭锅巴、炖的大铁锅菜，在百米之外都能闻到那扑鼻的香味。这种味道是我们农村孩子最特殊的美好记忆。

中午时分，我们这群小伙伴就像难民逃荒一样围过来，可怜巴巴地候着，瞅着锅里，等吃完饭的民工叔叔伯伯都上了工地，烧饭的大叔大婶才极不情愿地掰上一小块锅巴递到每个人的手里，有时也会直接塞进我们的嘴里。

随着时代的进步，机械化作业替代了人工，大型机械挖河又快又省力。昔日芦柴堰会战人山人海的热闹场景再也看不到了，只能成为心中永远的回忆。

五

几十年过去了，如今的芦柴堰，靠北侧的堤埂已修成通向谢河村的水泥道，汽车、摩托车不停地从眼前驶过；南侧的堤埂上栽种了各种树木，有柳树、桃树、白杨，还有好多叫不出名的树木花草。

春天，是芦柴堰大堤上最美的季节，杨柳长出新绿，摇摆着嫩绿的丝线，微风吹过，到处飘扬着雪白的花絮，在温润的阳光下变得轻盈活泼起来。

而到了初秋，芦柴堰里的芦苇成熟了，渐渐变成了金黄色，顶部开出一捧茸茸的花，摇曳多姿。此时若摘下一枝芦苇花，偎在脸上，柔柔的，痒痒的，好舒服啊！

成熟的芦苇花好像棉花糖，又像一簇簇羽绒，微风吹过，那轻柔洁白的羽绒便飘了起来，好像一只只小小的降落伞，升了又落，落了又升，飘飘荡荡的，在庄子上空飞舞盘旋着，整个小村子被包进一片柔软的芦苇花里了。

现在，每次回到小李庄，我都要怀着一颗感恩的心，携妻在堤埂上漫步一会儿，或是走到小李庄通向谢河村的老渡槽上坐坐，抑或站在那儿遥望四周绿油油的田野。

渡槽是当年芦柴堰上的标志性建筑，横跨小李庄与谢河大队，全长约 80 米，由条石砌筑拱座。拱桥由三节拱肋作为支撑，拱肋间有横系梁、拱肋上有两波拱波连接，拱背为现浇混凝土。

记得渡槽是在芦柴堰会战的第二年修建的，用了大半年时间，请来好多能工巧匠，每天围着一堆大石块，叮叮当当地干到深更半夜才歇息。

通水那天，李庄和谢河大队的村民齐聚渡槽两头看热闹，看着水流缓缓地从渡槽中流过，欢畅地流入通往谢河的北支渠中，在场的人都开心地笑了！

渡槽苍老了。昔日芦柴堰上的一道风景，如今已全身剥落，斑痕累累，年久失修，已无法承载重物通过，更不能通水了。

站在渡槽中央，徐徐的微风迎面吹来，轻轻地、柔柔地拂过脸庞。看到芦柴堰中芦苇花盛开的情景，顷刻间就会忘掉那些萦绕自己的烦恼，便会想起那首"芦花白，芦花美，花絮满天飞，千丝万缕意绵绵，路上彩云追，追过山，追过水，花飞为了谁？……千里万里梦相随，莫忘故乡秋光好，早戴红花报春晖"的歌词来。

　　如今，堰还在，渡槽却要塌了；芦花仍要开，承载着儿时记忆的那些过往的人和事却永远地留在心底深处。任凭世事纷扰，我自闲庭信步，静守岁月安好！

家乡"小倒戏"

在舒城乡下，老人们称庐剧为"小倒戏"，也有叫"倒七戏"的。历史上，"小倒戏"在舒城乡下很流行，有不少大人小孩均能随口唱上几段。尤其是到了正月，村村唱戏、人人看戏，热热闹闹。

一

据说这个剧种发源于大别山区，厚植于江淮之间，流传于皖中一带。"小倒戏"虽在坊间深受欢迎和喜爱，但一直屈居地方小戏位置，始终未能登上大雅之堂，直至20世纪50年代中期，才正式命名为"庐剧"，有了个叫得出口的"雅号"。

庐剧的确切形成年代目前尚无定论，从其历史记录看，至少有百年历史。史料记载，清乾隆、嘉庆年间已有职业的庐剧班社，早期多演于坊间、地摊。

庐剧剧目大多以大别山民歌和江淮之间的歌舞为基础，吸收阜南海子戏，寿县、凤阳端公戏，无为徽剧及肥东、巢湖等地门歌的唱腔。有些班社还与徽剧、京剧合班演出，受其影响，逐渐成形。

第一次见识庐剧，是在漂亮的县城剧场，那天是外公带我去看《梁山伯与祝英台》（以下简称《梁祝》）。小时候看不懂戏，也不知道哼哼哈哈唱的啥意思，只能陪着外公，东看看西瞅瞅，或看着舞台两旁白墙上用幻灯打出来的唱词出神。

舞台上，有蓝天白云的背景幕布、身穿长袍长袖的男女演员，朴实凄凉的唱腔，深情讲述着一段古老而凄美的爱情故事，让小小年纪的我似乎长了些见识，从此对庐剧也开始着了迷。

看完演出回家的路上，已是伸手不见五指的黑夜，我紧拉着外公的手，六七里的乡野土路，感觉比平时不知要好走多少倍，浑身充满了激情。

路上，我反反复复回味着这部戏行将结束时梁山伯与祝英台化蝶成仙的壮丽美景，神话的种子不知不觉中萌发于少年浪漫的心怀……

二

庄子上有位李姓的远房表叔，一生喜欢庐剧，一年到头靠卖庐剧唱本、春节剪纸刻"五福"为营生。平时，他是一边剪纸刻福，一边哼着庐剧唱段。

生产队里养着几头耕牛，是唯一的集体财产。农耕年代，家家户户都指望着这几头耕牛。为看护好牛，队里专门在稻谷场旁搭个牛棚，找来两位德高望重的长者照看，防止小偷。

李表叔和外公被生产队选中，负责看守牛棚。

庄子上人有个约定俗成的习惯，非嫡亲的都称表叔、表婶，即"表字辈"。其实，李表叔与外公年龄相差无几，之所以和我隔辈，是因为我大姨家表姐嫁给了他儿子，我们就这么攀成了亲戚。

每天晚上，外公都带着我一起去看守牛棚。

这七八头耕牛全拴在牛棚里间，最外间靠门边是我和外公、李表叔睡觉的地方。同在一间屋檐下，耕牛睡里间，我们则头顶着头睡在牛棚门口。

长年累月，牛棚里外都是牛屎、牛尿、牛腥味，那群常年寄生在牛身上嗡嗡响的大头苍蝇满天飞。

靠着墙角，外公和李表叔将耕牛吃的草料摊在地上，铺上一层厚厚的稻草，再将棉被棉褥放在上面，权当我们的床。

看守牛棚是不带讲究的。每天晚上去牛棚前，要先在家里洗完脸和澡，到了牛棚就无事可做，只能等着睡觉了。

睡觉前，李表叔或外公把马灯高挂门头，盘着双腿儿，一只手拿着根尺把长的小木棍，边敲打竹板边随着悠扬清脆的节奏哼着庐剧《梁祝》。外公很喜欢"十八里相送"这段，他老人家眯着眼悠然自得地跟着李表叔哼唱，那舒缓、委婉、低沉的旋律让我在不知不觉中昏昏欲睡。

在家乡舒城，观看庐剧是人皆共享的一大嗜好。平时想看，节日里更要看，特别是正月，那是憋着劲找机会去看，男女老幼，扛着板凳，跟着剧社跑，白天看，夜晚看，不知疲倦。

三

鲁迅先生写过《社戏》，与先生比起来，我可就幸运得多了。我小时候是哪个村有唱戏的，就去哪个村看。那时虽交通不发达，但我跟小伙伴用脚丈量着去，也不觉得累。再者，我也不用像鲁迅先生那样，要划船行五里地到外村才能看得到戏，何况离戏台还是远远的。我们不一样，有时在本村也能看到"小倒戏"。

20世纪五六十年代初，村里有个"小倒戏"班社，在当地还小有名气。虽说它是村里庐剧爱好者自由组合的小班社，甚至连个像样的名字也没有，不过这并不影响它的成就。李表叔说他年轻时就是这个班社的组织者之一。

村子不大，是个仅有上百人的小村庄，会唱庐剧的人则有二三十人，多数是20世纪四五十年代生的人，文化程度不高。李表叔上过小学，算是村里少有的文化人，在剧社里负责唱本刻印。

好在那些传统剧目与固定曲调，大家从小耳濡目染，心知肚明，表演起来不算十分艰难，随便挑选几出戏，无论男角女角，能挑大梁的还真不少。

说得容易，真做起来也没那么简单。家乡人习惯把演戏叫唱戏。为了唱好戏，每到农闲，必须要把这些草根演员集中起来偷偷排练。

村里戏班子排练，原本是半封闭式的，不知道是害怕打扰还是怕泄露机密。现在想来，几十年前乡村无名之辈竟然如是，难怪前些年中央台也好，地方台也罢，春晚导演都要把排练现场封闭几个月，倒计时彩排才让部分人员先看到。

不过，四十年前我还小，也不知道其中的奥秘。

村里戏班子排戏，多半是冬闲的晚间，关着门不让闲人进。越关门则越神秘，越神秘越招人偷看。

村里一帮小伙伴，犹如逐花的小蜜蜂一般，嗡嗡嗡地先是敲门，继而捶门或踹门，后来干脆用屁股顶门。里面的人开门逮，小伙伴们就一哄而散，他们关上门板，后生们又卷土重来。

我的家乡，村民居住比较分散，往往是一个自然庄住一二十户人家，不像皖南或皖北村民居住相对集中，在村里唱戏，往往在祠堂或村部门前的固定戏台，而要选择场地，临时搭建，过后拆除。

搭台是有讲究的，由于是露天戏台，冬天寒冷，戏台两边要置有挡风帷幔，条件好的台口还要张挂幕帘。前台和后台间须有遮掩间隔，幕后做化妆、换衣、放置道具之用，非演员不能进入。

村里的大人们，搭台轻车熟路，麻溜得很。一般的戏台，半天工夫，差不多就能搭好。

几个壮劳力从各家找来扁担、木头等用来扎台架，在距离地面半人高处平铺木板，再用一些门板把前后台隔开，拉上铁丝，挂起幕布，两边台柱贴上"金榜题名空富贵洞房花烛假夫妻，古往今来虽如是浓妆淡抹总相宜"这样的对联，再悬挂一对拖着长长穗子的大红灯笼，既稳当又好看。

戏台搭好后，还要在台前两边柱子上高高悬挂一对汽灯。汽灯是当时农村舞台专用的照明灯具，它利用煤油点着后本身发出的热量，将煤油变成蒸汽，喷射在炽热的纱罩上发出白亮的光，能把场上十几米远的地方都照得通亮。

往台下望去，不知何时，戏台下方已摆满一条条长凳或各种座椅等。

从大人搭台起，小伙伴就没闲着，跟着忙活个不停，一会儿跑前一会儿跑后，一会儿跑左一会儿跑右，一会儿爬上一会儿翻下，抢着给大人们打下手。

到真正开演时，他们反而心不在"戏"了，那一点玩意早在排练之初就偷看腻了，开演后就在人群里乱钻乱窜，有时窜到后台看演员化装，有时跑到戏场外围看小商贩卖甘蔗、荸荠。

这时候，大人们却在聚精会神地看戏，有时还交头接耳地议论一番谁演得好、谁唱得行。台上演员九曲十八弯假动情假流泪的感觉，让台下老太太、大姑娘和小媳妇，一把鼻涕一把眼泪伤心地跟着红了眼圈，湿了衣襟，她们根本无暇关顾场内那帮闹腾的臭小子。

四

几年后，村里喜欢庐剧的大姑娘和小媳妇越来越少，远嫁的远嫁，外出的外出。李表叔年龄也大了，便选择了隐退。村里的小班社也烟消云散，虽还没到"凄凄惨惨、悲悲戚戚"的境地，但往事毕竟已不堪回首。

退出"江湖"的李表叔并未赋闲，他在自家屋里刻印庐剧唱本，两毛钱一份，在周边村里推销，赚点抽烟的零花钱。逢过年时，李表叔还早早刻印一些门头上张贴的"五福"，即"福禄寿喜康"，两个月忙下来，也能挣个过年费哩！

一有空闲，李表叔就逮住我要手把手地教我唱庐剧。外公也在一旁鼓励我，叫我跟李表叔好好学唱庐剧，尤其是要我学好刻印唱本和"五福"的技能，说日后指不定要靠这门手艺赚钱养家糊口。

在教唱庐剧前，李表叔先给我介绍一番庐剧的角色行当和唱腔。庐剧分花旦、青衣、老旦、老生、小生、小丑等角色；唱腔分主调和花腔两大类。主调有"二凉""三七""寒腔""神调""老生调""老旦调""丑调"、正调、衰调等等。我听得云里雾里，一知半解，丈二和尚摸不着头脑。

庐剧富有特别浓厚的乡土气息，在坊间流行时因受不同地域群众的语言、生活和欣赏习惯影响，唱出来的腔味也不一样，像家乡舒城，庐剧唱腔高亢粗犷，跌宕起伏，乡土味就十分浓。

李表叔手把手地指导我如何呼吸、如何放置喉头、怎样得到共鸣，还教我掌握连音、跳音等简单的演唱技巧。从此，我对演唱庐剧的兴趣越来越浓，台步子走得也有模有样。

据说传统的庐剧剧目有两百多个。我跟着李表叔学庐剧有两三年之久，不仅学会唱庐剧的代表剧目《梁祝》中的"十八里相送"，还学会《十五贯》《狸猫换太子》《讨学钱》等剧目的不少唱段，每个剧目的故事往往都一波三折，悬念四伏，丝丝入扣，引人入胜，让人感叹。

除教唱庐剧外，李表叔还热心教我剪纸、刻蜡版、刻"五福"、油印庐剧唱本等。后来我把这些"本事"带到了部队，也全都派上用场，直到上军校前我还担任连队文书和机关报道员。

五

庐剧虽仅有百余年历史，但它内在的人文精神、生活习惯、行为范式、言语传承、心灵契合却是由多种因素的历史积淀、交汇、融合而成。

20世纪六七十年代，家乡庐剧的普及和发展如火如荼，如日中天。中青年边干活边唱，边走边唱；中老年是明里哼，暗里哼，有机会便哼；小孩子也不闲着，到处找报纸糊戏帽，没有报纸了，就拆书，无论有没有用，一本本撕了再说。

只上过两年学的母亲，便是在这样的环境下受到了熏陶，也能哼上几段。退休后，她最大的爱好就是每天听一两个小时的庐剧。她还收藏了一大堆庐剧音像制品，每天在家里播放，大半是"公子落难""小姐养汉""好人传唱""坏人完蛋"的曲目。就连春节到我家来小住几天，也不忘听庐剧这个事儿。

二十多年后，我转业来到省城合肥工作。省城有专业庐剧团，还有豪华固定剧场，我有幸在那里欣赏过很多次庐剧演出，演员的身段、唱腔、做功以及舞台布景，与当年家乡的戏台戏班子不可同日而语。偶有少数业余班社或票友在社区演出，其风采与技艺已远不如前，观众热情锐减，场地氛围较过去已经迥异。

如今，地方戏曲日渐式微，包括"小倒戏"，唱戏的是一群老年人，听戏的也是一群老年人，它离年轻人的视野越来越远，行将淡出，只剩下我这样20世纪六七十年代生的人，似乎还有些留恋。

那些老味道

家乡舒城，历史悠久，古称"龙舒"，地处江淮之间，既有北方的粗犷，又有南方的婉秀。在这久负盛名的鱼米之乡，自然的馈赠与勤劳的耕耘相互交融，酝酿出独特的舌尖上的美味。

记忆中桃溪瓦罐汤、豆皮圆子、冻骨、蒿子粑粑、挂面头馇馇饭……一餐一饮，不仅蕴含着"舒服之城"的生活节奏，更留存着被岁月打磨的悠长韵味。

千百年来，令人垂涎欲滴的舌尖上的美食传承随着灿烂辉煌的历史文化而历久弥新。醇厚柔和、清新淡雅的味道，在我的心中刻下永不磨灭的记忆。

舒城美味佳肴皆有滋有味，热菜、冷盘、小吃色香俱佳，无论是山野嫩蔬还是河湖时鲜，都能在追求咸鲜本味的当地人手中，诞生出千百种滋味。

每次回到家乡舒城，我都感受到融于日常的饮食文化，寻觅舒城人记忆里的那些老味道。那些老味道如一味解药，能解千愁百绪，但我仍难忘乡愁乡恋。

"桃溪瓦罐汤，江南江北香。"凡是在"桃溪美食一条街"吃过饭的人，都会被这里物美价廉、色香味俱全的地道土菜所吸引，尤其是桃溪瓦罐汤，有排骨瓦罐汤、猪肚瓦罐汤、麻鸭瓦罐汤等，异常鲜美，香飘千里。

提到卤菜，不得不说说家乡舒城的卤水拼盘。卤水拼盘中一般有猪蹄、猪大肠、仔鹅、鹅胗等。据说，宋朝时期，著名大画家李公麟在今舒城县春秋山读书堂学习。有一次，李公麟的江南好友来探望他，但因家境一般，家中并无好酒好菜可以招待。李母急中生智，将家中仅有的几种肉类一并倒入锅中，与八角、桂皮等各种香料同煮，拼在一起来招待公麟先生的朋友。客人品尝后赞不绝口，逢人便夸，左邻右舍纷纷效仿，至今流传。

还相传，舒城的豆皮圆子也是大画家李公麟为款待友人所做的一道菜肴。据说李公麟晚年归隐舒城龙眠山庄，好友前来拜访。为招待远道而来的好友，李公麟可谓费了一番心思，做了两道富含情意的特色菜，一道是卤水拼盘，另一道便是豆皮圆子，寓意是"圆圆满满"。美好的寓意让这道菜深受家乡人喜爱，逢年过节家庭团聚或是家中办喜事，豆皮圆子都是必备的菜肴。

在宋朝《东京梦华录》中，还曾介绍过一种饱含胶质的汤汁凝结成的冻，这就是舒城人特别喜爱的"冻骨"。它不同于红烧、油炸、熬煮的热菜，冰凉的胶冻入口后口感滑润，凝结的汤冻将黄豆、猪蹄、咸爪、咸翅膀紧密地连在一起，入口即化，胶质鲜美，是一道蛋白质的盛宴。后来，还有人将各色杂鱼熬煮在一起，成为入口鲜美的冻鱼。

据说在很久很久以前，舒城民间有一对老夫妻，平时辛勤劳作，只为其子进京考取功名。老夫妻在冬至磨黄豆做豆腐，因深知其子爱吃豆腐，于是便留了一部分。由于留存时间太久，豆腐已缓缓变色，为了不浪费，老夫妻便将家中剩菜（咸菜、干香椿等）汤汁与豆腐一起浸泡着，等到儿子从私塾归来，发现豆腐嗅起臭味扑鼻，放置蒸笼蒸熟后味道醇厚、口感独特，这便是舒城有名的"腌菜臭豆腐"。多年后儿子考取了功名，十分怀念这道菜，便令人制作，因此流传至今。

又逢农历三月三，每年的三月初三，在家乡舒城一带有吃蒿子粑粑的民间传统习俗。这一天，据说家家户户都要吃蒿子粑粑，一是纪念已故的先人，二是祝愿家人身体健康，不被病邪所侵。

蒿子名叫蒿草，入春后，生长于低岗野地。采摘后捣碎、浸泡、去汁、揪干，然后用米粉加水拌和，也可加腊肉等作料，做成的圆粑粑就是蒿子粑粑。将做好的蒿子粑粑用蒸笼蒸，也可蒸熟后再放入油锅将两面煎炸至金黄色，达到外酥里软，口味更佳。这种粑粑带有蒿叶的清香，鲜香可口，是家乡舒城最有特色的地方小吃之一。

每年九月至十月，是玉米成熟收获的季节，那颗颗饱满、透亮金黄的玉米粒，被家乡人称为"六谷锤子"，简称"六谷"，意思是玉米为五谷之外的第六谷。用玉米面做成的粑粑香味浓郁，如果在粑粑中间装入咸菜、香干或雪里蕻等作料，再放入锅中炕至两面金黄色，更是酥脆焦香，味美异常。

在那个不富足的年代，对于舒城人而言，肉臊面是家里有喜事时才能上的一道美味主食，它承载着老一辈人的美好记忆。

而今，随着人们生活水平的不断提高，家乡的肉臊面已走进平常百姓家的餐桌，更是舒城大街小巷面馆的一大金字招牌。在舒城，肉臊面中的面多采用张母桥镇产的手工挂面。

据说张母桥镇制作挂面的历史已有千年，其口味略咸，口感柔韧。蛋皮则是将土鸡蛋摊成面皮状，盛出后切成条状，撒在挂面上，再浇上一勺有新鲜瘦肉丝、白干丝、葱花、骨头汤等一起调好味的肉臊子，肉香诱人，有滋有味。

另一道家乡舒城人特别爱吃的主食是"挂面头馇馇饭"。"馇馇饭"可是我儿时记忆中吃得最多的早饭。外婆常把剩饭、剩菜放在一起煮成汤饭，有时再放些“挂面头”或碎挂面，用咸香滋味开启新的一天。

如今，时代变迁，人们的生活更加富裕了，用张母桥镇挂面头、青菜、鲜肉绞碎做成的“挂面头馇馇饭”，鲜香可口，既继承了传统“馇馇饭”的做法，又在营养、味道上有了进一步的提升，是深受现代年轻人喜爱的一道美食。

此外，家乡舒城的“碟子酒”也久负盛名。“碟子酒”是逢年过节时招待亲朋好友或家庭团聚而准备的一桌早餐酒席。

舒城“碟子酒”一般有 12—16 道菜品，分别是：耳锅千张锅、香菜拌花生米、干拌胡萝卜丝、卤咸鹅胗鹅肠鹅爪或鸭爪、卤咸猪耳皮猪手肥肠、菜香卤元宝、咸鸭蛋、豆皮老锅鸡汤、香辣咸猪肝等。菜品一般用碟子上桌，每道菜品都有美好的寓意，如元宝象征“圆圆满满”，鹅肠象征“长长久久”，猪手象征“招财进宝”等。

儿时，舌尖上的这些美味，虽仅存于朝夕之间，但其中的每道佳肴菜品，都历经岁岁年年，才沉淀出别样的味道。不论是如今的万佛湖铁锅鱼头、山七白干烧肉、板栗烧公鸡，还是昔日的伙家碟子酒、肉臊面和六谷粑粑，都用鲜活的烟火气息，满足味蕾，温暖灵魂。

乡下年夜饭

　　年夜饭，又叫"团圆饭"，指大年三十晚全家人围坐一起吃的那顿饭。看起来只是一顿普通的晚餐，却承载着中国的食文化、年文化和礼仪文化等，内涵丰富，寓意着吉祥、圆满和团圆，是中华民族传统文化的重要组成部分。

　　说起年夜饭，我便想起小时候在乡下过年的情景。说起年夜饭，我也想起乡下那些渐渐褪去时代印记的美食！

　　过春节，俗称"过年"。相传，古代有一种叫"年"的怪兽，非常凶猛，每年腊月底出现在村庄，破坏庄稼、伤害人畜。久而久之，人们发现年兽最害怕红色和响声，于是，每到腊月的最后一天，家家挂红灯笼、贴春联、放鞭炮等，以驱赶年兽。这就是春节的起源。

　　古代，人们还会在这一天祭祖、拜年、赏花灯、吃团圆饭等，以表达对祖先和家人的敬意和感恩之情，同时也祈求来年平安和繁荣，逐渐形成了除夕吃年夜饭的习俗。

记忆中，舒城乡下，从腊月开始，庄子上的人就不再远行，忙忙碌碌开始筹备年夜饭。随着除夕临近，年味也越来越浓。

大年三十那天，一般人家只吃两顿饭。早上那顿叫"团早年"，相对简单，以吃面食或油炸食物为主；晚上那顿才叫"年夜饭"，摆上桌的菜肴是一年中最为丰盛的一次，也是为来年图个吉祥好兆头，可谓"倾其所有，极尽奢华"。

那天，你的家人无论身处何地，不论是在外上学还是工作，都会在除夕夜前赶回家与亲友团聚，一起吃顿饭，辞旧迎新、家庭团圆。

乡下的传统习俗，年夜饭至少要准备"十道菜"，"鸡、鸭、鱼、肉、丸、煎、炒、炸、蒸、煮"，一样不能少，有老鸡汤锅、红烧公鸡、红烧仔鸭、红烧鲤鱼、肉烧白干、蒸鸡蛋饺、炸糯米圆、合蒸咸拼、肉丝小炒、冻骨、凉拌红萝卜丝等，寓意红红火火、十全十美。

吃年夜饭前，老人、孩子要穿新衣、戴新帽、着新鞋，大家围坐四方桌边，看着滚烫的火锅翻滚，散发浓郁扑鼻的香气，盛在菜碟中的美味佳肴，无论哪个菜吃上一口，都能让你唇齿留香。谈笑间，不知不觉门外已是大雪纷飞。

长辈讲，年夜饭的每道菜肴都有其深刻寓意：摆桌面正中央的那条清蒸或红烧鲤鱼，在大年三十晚上是不能被吃掉的，人们管它叫"看鱼"，一般都等到正月十五元宵节后才能吃，寓意是"年年有余"。如天气变暖和了，有的人家"看鱼"的碟子上都长了白毛，也舍不得扔掉；又如炸糯米圆或挂面圆、山芋圆、南瓜圆、香芋圆等，这些油炸食品，香酥味浓，满屋飘香，寓意是一年四季"合家团圆"；又如蒸鸡蛋饺，金黄色，形似元宝，取"更岁交子"之意，有吉祥如意、招财进宝之意，寓意是好运旺财一整年；再如韭菜炒千张，寓意是家庭幸福、长长久久……

为准备这顿丰盛的年夜饭，每到腊月二十八九，家家都要杀鸡、杀鸭、杀鹅，做白干、千张、豆腐，炸糯米圆、蒿子粑粑、糍糕，包鸡蛋饺、豆皮圆、米饺，蒸豆沫粑粑、六谷粑粑、南瓜粑粑，烘年糕、"欢头"（用糖丝、爆米花做成的圆形食物）、泡米糖等，全家齐上阵，通宵达旦地忙。

有的人家还宰杀饲养一年以上的大肥猪，留下猪头、猪肝、猪心、猪肚自家用，把猪肉、猪油、猪排、猪脚卖给乡邻，让乡邻一起过个"肥年"。

那个物资匮乏的年代，无论平时一家人怎样吃糠咽菜，年夜饭，大人们都会想千方设百计弄点好吃好喝的给一家人解解馋，那时的小孩子们则天天盼着过年，而大人则怕过年，称"过年"叫"过年关"。

吃年夜饭是有讲究的。在菜肴准备妥当后，要先请家里的长者或老辈落座，随后晚辈才能入席。上完几道主菜后，一般由家里男丁到门口负责放挂鞭炮，在爆竹声中除旧岁。

上菜次序是先火锅，后凉菜，再热菜。饭桌上，至少有个烧木炭的红泥耳朵锅，在四方桌下地面上，还要放个燃着的木炭火盆，象征来年全家人红红火火。

老辈人讲，那个年代，虾、蟹、老鳖，这些横叉竖五的"虾兵蟹将"是不能端上年夜饭正席的。如今，时代不同了，这些倒也成了乡下人年夜饭桌上的得"宠"菜了。

随着物质生活的富裕，不管是城市还是农村，餐桌上都有了天翻地覆的变化，以过去的标准衡量可以说是"天天过年"。现在的年夜饭也越来越丰盛，丰盛到看一眼就顿时有腹饱的感觉。过年，过的就是个心气儿，乐呵、高兴！

想起"过年"

春节后,刚满三岁的外孙女要被女儿女婿接回家了,那天,女儿哄她说要回家上幼儿园,似懂非懂的她不肯离开我家,边哭边跟妈妈说:"阿婆家还贴着春联,还不是在过年吗?"看完视频,我潸然泪下,忽然间,想起小时候过年的那些往事。

曾经那个物资匮乏的年代,曾经那个无忧无虑的岁月,真想重新过一次穿着破衣、守着孤灯、暗自泪流、无人陪伴的大年三十。

"唉,现在的年味儿太淡了!"这句话恐怕是我们这辈人对过年的真切感受。

过农历春节,俗称"过年"。过年是一种民俗,也是一种文化,它是中华民族几千年传统文化的积淀,据说最早起源于殷商时期的祭神祭祖活动。这也是我国民间最隆重、最热闹的一个传统节日。

不久前,我在网上看到这样一句话,说"小时候过年,穷得像孙子,乐得像大爷"。这话一点不假。

现在物质生活越来越丰富，年味儿却越来越淡，甚至有好多人打怵过年。随着年龄增长，我也愈加怀念小时候在农村过年时那特有的氛围。

小时候，过年可讲究了。

进入腊月，各家就开始忙活，初八吃腊八粥，二十三送灶王爷，二十四大扫除，驱鬼避邪。除夕那天，讲究就更多，白天挂灯笼，贴五福、对联和年画；晚上放鞭炮、发压岁钱，吃完年夜饭后要跟大人祭祖宗、守岁。直到正月十五过完元宵节，闹完花灯，年才算过完。

如今，那些传统过年习俗似乎成了遥远的记忆，带点年味儿的活动仅剩下贴个春联，看看春晚，抢抢微信红包。如此，城里的年味儿确实是淡了。

清楚地记得，小时候我们总是盼着过年，因为那个时候乡下穷，越穷，小孩子越是盼着过年。

过年时，小孩子们可以尽情玩耍，可以吃平时吃不到的好饭好菜，可以收长辈们给的压岁钱，可以放鞭炮、点花灯、打灯笼、看演戏……总之，"年"是属于小孩子的。

我曾害怕过年。因为"年关"也曾是我最难熬的日子。有三年时间，母亲随军去了部队，我带着十岁的大妹妹成为"留守儿童"，就我俩在乡下过"年"。

逢年过节，小伙伴都围在父母身边撒娇，着新衣、戴新帽、穿新鞋，作为男孩，我从小对穿戴就没讲究过，可大妹妹不一样，看到邻居家女孩打扮得花枝招展，躲在一旁偷看，眼神里流露出的满是羡慕。

进入腊月，乡下人家要蒸年糕、做豆腐。年头儿好时，有的人家还炒一些豌豆、葵花子，或是熬点糖丝，爆点米花，做成"欢头"、糖果等，寓意是来年的日子要过得甜甜蜜蜜。

小年那天，是祭灶王爷的日子，也是乡下人大扫除的日子。小时候，我不知道为什么要祭灶王爷，但我知道，过年大扫除，是把家里藏一年的灰尘掸掉，将屋里搞得窗明几净，好迎接新年的来临。

我和大妹妹也学着大人们的样子，将家里锅盆碗盏、锅盖碗橱和桌椅板凳都用水里外擦洗一遍，地面墙角的泥土灰尘也被清扫掉。一天下来，她的小手在冰冷的水里浸泡得发红，我也累得直不起腰。

"有钱没钱都要过年"，接下来就要准备年货。节前几天，大人们开始忙于采购年货。年货有烟花爆竹、对联年画、鸡鸭鱼肉、烟酒糖茶、瓜子炒货，还要准备拜年用的礼品等。

那时乡下没有集贸市场，年前，我和叔叔约好一起到城里买年货。走进县城，看到大街小巷商铺林立，人挨人、人挤人，买年货图的就是个热闹红火的好兆头。

除夕前三天开始忙年，不管你身在何处，都要赶回家来，和家人们一起吃顿团圆饭。

庄子上家家杀鸡宰鸭，赶做年菜。大户人家还要杀头大肥猪，村里到处飘着卤肉、卤鹅、卤鸭的香味，然后就是一家人聚在一起吃团圆饭，喝团圆酒……

可以说，除夕团圆饭，是我小时候最期盼的一顿饭，不仅有好吃的，而且可以放开肚皮吃。

吃过早饭，大人们开始准备团圆饭，红烧肉、炸糯米圆、烧公鸡、红烧鱼、白菜豆腐以及猪耳皮、冻骨、咸拼等，有十多样，意在团团圆圆、十全十美，摆在四方桌上，看着就让人眼馋。

虽可放开肚皮吃，但一下子拥有这么多好吃好喝的，反而吃不进也喝不下。当然，我最喜欢吃的清蒸或红烧鱼大人们是不让动筷子的，在乡下叫"看鱼"，要留到正月十五后才能吃，说是期盼"年年有余"。

欢天喜地过了除夕夜，大年初一就是挨家挨户拜年了。有年春节前，雪大路滑，邮路中断，父母虽提前一个月将我和大妹妹的新衣服、新鞋子寄回，但收到时，已是春暖花开，春节早过去大半个月。

天公不作美，那年除夕夜，气温骤降，下起罕见的鹅毛大雪，雪花纷纷扬扬从空中飘落。一夜间，满山遍野白雪皑皑，路边的树木缀满银花，天地间白茫茫一片，大地银装素裹。

初一早上，小伙伴们穿着厚厚的棉衣服，踏着厚厚的白雪，满脸喜庆地到左邻右舍家串门拜年。我和大妹也很想去，但我俩没有过年的新衣服、新鞋子。还未成家的三叔得知后，将父亲送给他的那双军用胶鞋拿出来让我穿上，我就穿着这双 40 码的胶鞋驮着大妹妹挨家挨户去拜年。

邻居叔婶看到我们兄妹俩穿得破烂不堪时，都露出怜爱的表情，拿出糖果、切糕、花生糖、"欢头"往我俩兜里塞。一个与母亲关系最好的邻居阿姨还挽留我们吃饭，看着我俩穿得衣不对襟，像个乞丐时，泪流满面。

那年春节，也是我兄妹俩最难忘的一年。

这年春节，母亲生了一场大病，连续手术了十几个小时，才把生命从死亡线上拉了回来。这场大病，也花光了父亲所有的积蓄。

当然，我和大妹妹根本不知道父母在外的难处。

父母也隔三岔五寄回来一些钱，除买油盐外，所剩无几，想吃一星半点猪肉都是奢望。我就央求会织渔网的大舅，帮我织了一把小渔网。有时我和大妹妹想吃鱼，我俩就到庄子上的小池塘里捕点鱼虾。那时农村池塘里的小鱼虾还是很多的。

那年除夕，我和大妹妹就靠这把小渔网打来的一斤多鱼虾，有的不过二寸长，把它们熬成鱼冻过了一个年。大妹妹每次吃鱼都泪流。直到正月十五、十六，鱼冻长了毛，我俩才舍得把剩下的一点吃完。

除夕守岁是乡下最重要的年俗活动。守岁究竟有啥意义，小时候，我一直搞不明白。

那个年代，家里没有电视，也没有电灯，通常是一家人坐在煤油灯下围着火盆，长辈们会不停地叮嘱孩子多说吉利话、祝福话。

待到第一声鸡鸣响起，或是新年钟声敲过，家家户户都要开门放鞭炮，也叫"开门炮"。听到爆竹声，男女老少都穿着盛装，先给爷爷奶奶拜年祝寿，再相互拜年，道贺祝福。

守岁时，最让我们孩子心动的，是爷爷奶奶和父母给的压岁钱，有的只有几角甚至几分钱，但大人们也都尽力了。

那年除夕，父母不在家，我和大妹妹守着一盏孤灯守岁。屋内冷冷清清，没有火盆，没有压岁钱，也没有人陪伴，更没有人送给我俩祝福的话语。

当听到屋外噼噼啪啪的鞭炮声，在寂静空旷的田野里是那样清脆、响亮，看到同龄的小伙伴在门前欢呼着、跳跃着时，我俩被心中对父母的思念压得喘不过气来，只能悄悄躲在屋内默默地伤心流泪。

过年时，也有让我俩快乐的事，那就是贴年画、放鞭炮。

那时的乡下，住的房屋几乎全是土墙稻草顶。过年前，每家每户要在墙上张贴各式各样的奖状、时令年画。有条件的人家到县城新华书店买几张年画。实在买不起年画的，多数人家就在墙上糊贴一些旧报纸。

腊月二十三，小年过完后，我就急着去县城电影院的二姨娘家，从她家找来一大堆电影宣传画报，省下买年画的钱。

回到家，用铁锅熬一盆糨糊，把三条长板凳搭起，让大妹妹扶着，我站在搭起的架子上，将一张张宣传画报贴到堂屋的三面墙上，多余的画报贴到里屋。

不管怎么着，我把找来的画报，有的正着贴，有的倒着贴，有的歪着贴，有的反着贴，总之想怎么贴就怎么贴，能贴的墙面都被贴得满满的。

最让人羡慕的，还是大队干部在年前敲锣打鼓送来的一张慰问军属和退伍军人家庭的年画，我把它端端正正贴在堂屋正上方，我知道，那是父亲的荣耀，也是家庭的荣誉。

张贴完屋里的，自然也不能忘了大门。乡下过年贴对联是有讲究的，当年家里若有老人去世，过年是不能贴对联的，除此外都要贴上用大红纸写成的春联。

村里会写毛笔字的"二先生"，年前为邻居无偿写春联。没人能写的，只好买印刷的对联。印刷的对联虽工整、漂亮，但我觉得缺少墨香味。我家的对联都是自己写，连鸡窝、猪圈都给它贴上一个。

放鞭炮是大年三十必不可少的，也是男孩子最喜欢干的事。

购年货时，我就精打细算，想法子留点钱买上几个"二踢脚"和小鞭。"二踢脚"是除夕吃年饭和初一早上开门时放的，小鞭是留给自己玩的。

买回家后，我把它们拆开分成小份，每天计划放几个。到晚上，不管谁家，鞭炮一响，小孩子们就提着灯笼蹿过来捡小鞭，有芯子的留着放，没芯子的扒开刺花。

有年初一早上放"开门炮"，点燃后，那"二踢脚"不听招呼，"咚"的一声在手上炸响了，把我的左手指炸得红肿，幸好没出大事，只是受了点皮肉之苦。

从那以后，心里多少留下点阴影，再也不敢乱放"二踢脚"这样的鞭炮了。现在，每年除夕，我就把放鞭炮的事交给大妹夫去干。

日子一天天过去，随着年龄增长，经常有意无意地回味儿时在乡下过年的情景。我终于明白，如今的过年是少了一种"味儿"，一种"人情味儿"！

这才是"这年是越过越没味儿"的真正原因。

中秋月儿明

桂花香，月儿圆，蓦然回望，又逢中秋。离中秋节还有十天半个月，在老家县城居住的母亲已按捺不住心情，多次打电话或通过视频聊天，叮嘱我和妻子要带着她重孙女回家过个中秋节。

每逢中秋节前，母亲都会如此反复地询问、交代，什么时间回去，想吃什么菜啊，孙女、孙女婿和重孙女是不是同我们一起回去，等等。总之，在挂断电话或视频前，老人家总是不厌其烦地一遍一遍地叮嘱，一方面担心儿女会忘记，另一方面，也凸显出这是一个非常重要的节日。

那年，受疫情影响，出生不久的外孙女因请不到保姆需要我们去照料，我和妻子无法回去陪父母过中秋节，老母亲为未能如愿见到重孙女而伤心落泪。

中秋节前一周，母亲就催促父亲把饭店的包厢订了，说是第一次接重孙女过节要搞得隆重些。

谁料节前两天，女儿、女婿和外孙女同时患病毒性流感，外孙女的症状更严重些。为照顾父母情绪，我和妻子决定提前回老家陪父母过个节。

那天中午，面对如此冷清的场景，年迈的父母略显伤感，我们边陪父母喝酒、吃菜，边唠嗑。聊着聊着，聊起过往之事，聊起我的小时候，聊起了儿时的中秋节。

母亲告诉我，舒城乡下有"早端午晚中秋"的说法，即端午节在早上过，中秋节在晚上过。虽不知什么原因，但儿时的我总期待早点过中秋节。

中秋节那天，除了能吃到舅舅新挖的山芋、花生和新摘的石榴、棠梨外，还能吃到外婆和老姨娘做的又香又甜的月饼，那种感觉真的很好。

节前几天，舅舅和老姨娘分头到地里挖山芋、花生，或上街买果品、烟酒、糖茶等。

那时候，生产队给每家都分一块巴掌大的田地，供各家自种蔬菜，称作"自留地"。外婆家的那块地除种些家常蔬菜外，多余的地块就很少了。即便这样，舅舅也会想方设法，把田间地头能用的地都用上，种上一些山芋、花生、黄豆等。

老家乡下是黄泥土质，土壤不肥沃，不太适宜种植五谷杂粮。往往一根藤下才能长几个小不点的山芋蛋，花生粒就长得更小啦，凑在一起仅够全家人吃个两三顿。

中秋节恰逢石榴、棠梨和葡萄成熟。

乡下年长者人家，会在节前买上几个大红籽石榴，放在案桌上当供品，寓意是老人健康长寿、家庭团圆、幸福吉祥。

外公家条件不算好，中秋节没有石榴和葡萄摆上桌案，而是摆放家里老梨树产的棠梨当供品。

外公家屋前有口小水塘，塘边长着一棵据说已有百年之龄的梨树。这棵老梨树直径约1米，树高有3米。原来它不是梨树，而是一棵野生的棠榴树，与梨树嫁接后，称为"棠梨树"，结的果叫"棠梨"。

历经百年风雨，这棵老梨树仍铁干嶙峋，肌肤如墨，虬枝如龙，横空逸出。春天，清风徐来，满树花开，花白如雪，缕缕清香沁人心脾，丝丝甜意扑鼻而来。

虽然命运多舛，这棵老梨树却生命力极强，每年都结两三百斤棠梨，全摘下来能装满四五稻箩。它结的梨酸甜爽口，皮薄清脆，风味独特。

每年摘梨时，大人都不允许我爬树冒险，只让我穿着舅舅用的捕鱼衣，站在水塘中间的梨树底下，拿着网兜接住舅舅用竹竿钩下来的棠梨。

摘梨那天，老梨树下围满大人、小孩，大家不光要品尝一口皮薄、肉脆、汁多、酸甜的老果子，还要给老梨树系上红布条或红丝线，从心中祈福老梨树来年生长得更加茂盛。

中秋节前夜，月色朦胧，家家户户忙着做月饼。

外婆将提前准备好的面粉、麻油倒进锅里，舅妈在灶口拉风箱加柴火，待翻炒出金黄的油酥，再将油酥、青红丝和白糖倒进面盆，搅拌均匀做成月饼馅。

外婆把月饼馅包在早已发酵好的面团里，再摁进木刻的模具里压扁、倒出来，顷刻间，一个个圆圆的印着小动物图案、花纹图案或"红双喜"图案的月饼就成型了，再码进大锅里慢慢烘烤……而我则围着灶台眼巴巴地等待着。

近几年，商场的中秋月饼品种繁多，风味各异，缤纷炫目，餐桌上的各种点心、糖果也是琳琅满目、甜蜜酥软，却再也吃不出儿时的味道了。

月是故乡明，人是故乡亲。中秋节，意味着温暖和团聚。有父母双亲健在，可以报养育之恩；有儿女外孙绕膝，可尽享天伦之乐。

如今，母亲年岁大了，也不再做月饼了，老人家却没忘记摆上一盘从超市买回来的同样包装精美的月饼，用来招待远归的儿女。但母亲一定没有注意到，那盘甜脆香美的月饼少有人问津，不是月饼不好吃了，而是当年母亲和外婆、老姨娘、舅妈手工制作的月饼里面倾注了太多的情感，也就有了不一样的味道。

多少年过去，我因年龄大血糖高，也就没敢吃过月饼了。但那份承载着对亲情的温故和曾经美好眷恋的月饼，凝聚在记忆里的中秋味道，仍足以让我穷其一生去追忆、去品味、去怀念！

前几天，我家附近商场举办中秋赏月活动，给现场的小朋友送大红灯笼，外孙女也荣幸收到礼物。晚上，开心的她提着红灯笼，在屋里走来走去，嘴里不停地念叨，勾起了我的思绪，小时候"玩火把"的快乐又浮现在心头。

中秋节晚上，大人在把酒赏月之后，会领着孩子一起"玩火把"。传说"玩火把"是乡下风俗，具有驱邪赶怪、庆祝丰收之意。

当晚，等到月亮最圆最亮之时，庄子上大人和小孩一起高举火把，在田间地头的泥埂上走着、跑着、闹着，甚至大声呐喊着，欢乐声随着银色月光布满乡村的每个角落。

外公家住的是土墙草房，门前水塘旁有块空地，是舅舅开垦的菜园，菜园边上也种了几棵桂花树。在秋风习习、秋意浓浓的夜晚，坐在门前月光下，仰望一轮明月挂空中，闻着空气中那沁人心扉的桂花香和青草青菜的清香，是多么惬意。

伴随蟋蟀等秋虫愉悦的欢叫声，外公搂着昏昏欲睡的我，非要给我讲一遍民间传说中那个美丽的神话故事——"月宫里有玉兔……吴刚捧着桂花酒……"对《嫦娥奔月》的故事我一直充满着无限好奇。

光阴从来皆过客，中秋还是故乡明。

又是一年中秋节，天清如水，月明如镜。只是感觉，小时候的中秋明月是挂在村子里的树梢头上，长大后的中秋明月像悬于城市流光溢彩的楼宇间，而老年后的中秋明月却隐匿在无声无语的孤独之中……

"举头望明月，低头思故乡。"此刻，我突然想起每晚睡前要外孙女背的这首《静夜思》。明月还是那轮明月，月饼也还是家乡的那种月饼，然而那份意境却再也找不回了。

皓月星光，细数宁静流年。那丝丝缕缕的记忆，流淌着过去的美好，流淌着曾经的温馨，也流淌着岁月的痕迹。

那盏煤油灯

　　人的一生会经历许多事，随着年龄增长，怀旧的情绪也越来越浓。那盏普通的煤油灯就让我刻骨铭心，犹如一颗璀璨的星星在记忆的银河中不断闪烁！

　　20世纪70年代，老家舒城乡下生活十分清苦，日常生活用到的火柴、煤油被称为"洋火""洋油"，可想而知，乡下的照明条件自然也就非常落后了。

　　小时候，我家一贫如洗，三间土墙草顶房，室内只有一张床，早先买不起煤油，更买不起带罩的煤油灯，母亲只好手工做了一个"灯盏"用于全家照明。

　　所谓"灯盏"，就是找一只摔破了口的饭碗或菜碟，里面倒入柴油或自家压榨的菜籽油，用碎布条或棉线头捻成尺把长的灯芯，一圈圈盘入碗底，将一头搭在碗口处，待灯芯条浸足油后，点着碗口处的灯芯，灯芯吸油引燃，用作日常照明。

"灯盏"的缺陷是火苗微弱，亮度不够，浓烟四处飘散。母亲若想在灯下做些缝缝补补的针线活或纳个布鞋底，常被浓烟熏得边干活边擦泪，一晚上下来，脸要被熏得黑黢黢的。

"灯盏"点着后，每隔段时间，母亲就要用纳鞋底的针头轻轻将灯芯条顺着碗口边的凹槽往上挑一挑，每挑拨一次，灯芯就会烧得更旺些。

那个年代，煤油、柴油、桐油等物资都要凭票限量购买。每户每月也就供应个两三斤，勉强够用。为节省油耗，母亲常把灯芯剪得细小，亮光便像豆粒一般大小，且能用一盏绝不用两盏。

夜幕降临，天黑后伸手不见五指，家中才开始点灯，最先亮起灯光的地方是家中灶房，灯光里，母亲正忙着炒菜做饭。

待吃完晚饭，洗净锅碗瓢盆后，母亲又会将"灯盏"移到客厅或卧室，一家人准备上床睡觉。

晚九点后，庄户上几乎家家都是"铁匠把门"，大门紧闭，村庄里万籁俱寂，只有夏天时，才能听到田园里的蛙鸣或偶尔一两声犬吠。

到我上学年龄，晚上要写家庭作业。"灯盏"的灯光已经不能满足需要，母亲便让大舅给我做了一个简易的墨水瓶煤油灯。

大舅找来一个废弃的圆形墨水瓶，在瓶盖上用锥子钻个小圆孔，再找来一根中间空的细铁皮管或剪一块薄铁皮卷成一个长约 4 厘米的圆筒，然后用棉线或棉花搓成约 30 厘米的长条做灯芯，从细管里穿过去，上面露出 1 厘米左右，下面尽量留长点，再把煤油倒入瓶中装满，然后将捻好的灯芯放入瓶底，拧紧瓶盖，待灯芯条吸足油后，即可点亮照明了。

这种简易的墨水瓶煤油灯，比"灯盏"的亮光要好多了，但光线仍微弱，且浓烟味也大，常熏得我睁不开眼睛。

每天傍晚时分，母亲或大舅都会将墨水瓶子里的煤油查看一遍，看看是否需要添满，如果需要，就趁天黑之前看得见时添满它。

那时候乡下生活物质极度匮乏，为了照明，母亲找了个大塑料桶，每当家里煤油用得快见底时，就搭车去往县城的二姨娘家，让二姨夫帮忙托关系买点回来，以备不时之需。

"灯盏"也好，墨水瓶灯也罢，遇到有风，都特别容易被吹灭，母亲也会想办法，用手或扇子遮挡住火苗，一步步慢慢向前挪动。影影绰绰的灯影在斗转星移中陪伴了我的童年时光。

每天晚饭后，我都要将煤油灯放到四方形的饭桌中间，铺展开作业本，凑着摇摇晃晃的灯光写起来。写到忘神时，一不小心，就会被火苗燎了前额的头发，惹得母亲哈哈大笑。鼻孔也被浓烟熏得难以忍受，用手往鼻孔里一挖，指尖上沾满了黑乎乎似鼻涕非鼻涕的东西。

回忆那时，庄上大部分人家只能点盏像我家一样的煤油灯，大人们常常是摸黑干家务、洗澡洗脸。家里兄弟姐妹多的，几个人也是共用一盏灯，围坐在一起写作业，或拉家常，从厨房到内室，常是"灯随人走"。

上小学三年级那年夏天，一时兴起，我迷恋上写小说。每晚等母亲睡着后，我偷偷躲到灶房，伴随着微弱的煤油灯光开始创作，写了半月有余，差不多用去家里2斤的煤油。洋洋洒洒写下几千字名叫《上学路上》的小说，兴冲冲地寄给上海《少年文艺》，后虽被编辑作了退稿处理，但在当时的村里引起不小反响。

这件事后来让母亲知道了，她把我关在房里，用柳条狠狠地将我抽打了一顿，打得我皮开肉绽，满身伤痕，连站都站不起来，直到邻居赶来才算解了围。

搁现在，甭说2斤煤油，就是20斤也不算个事，可在那个物资稀缺的年代，那是全家人一个月的照明希望！回想起来，父亲在部队当兵，家里全靠母亲一个人支撑，实属不易。

父亲在部队提干后，家里的经济条件开始逐渐好转，母亲手上也积攒了些零花钱，母亲就想为家里添置一盏"美孚灯"。

母亲对家中这盏"美孚灯"爱护备至，每晚点灯前总是要把玻璃罩擦得锃光瓦亮，擦不干净的地方，母亲还用嘴对着灯罩哈哈热气，再一遍遍地擦，反复观察，直到玻璃罩被擦明亮为止。

母亲最担心的是小孩子不小心把玻璃罩打碎了，那个年代想换个新灯罩比登天还难。我家那盏"美孚灯"在母亲手中小心翼翼地用了很多年，一直到我离开村里，这盏灯才留给叔叔家用。

如今，各式煤油灯虽早已淡出人们的视线，但闪烁的微光仍停留在儿时的记忆里，镌刻在心底，承载着回不去的时光，苦涩里透着甘甜。

煤油灯，这盏曾持续一段历史的照明工具，伴随着我从风雨中一路走来、一路成长。我喜爱写作，也与那盏昏黄的煤油灯的陪伴有着至关重要的关系。

记忆中的那盏煤油灯，曾经照亮过我青涩的岁月！

滚铁环儿

20世纪六七十年代，穷乡僻壤的农村，没有电影院、电视机，也没有手机、电脑、网络，更没有儿童游乐园，但我的童年仍然过得非常开心、无拘无束。

一

那个年代，可供小孩子玩的东西挺多，但都是些普通的玩具，如男孩子玩的滚铁环、射弹弓、火药枪、踩高跷、斗蟋蟀、打陀螺、玩纸牌、打水漂，女孩子玩的踢毽子、跳皮筋、跳房子、跳绳子、扎灯笼、拍皮球等，总的说起来，女孩子玩的花样要比男孩子玩的少一些。

男孩子还玩些刺激的或是女孩子不能玩的，春夏秋冬，岁月不同，玩法自然也不一样。如春天割草放牛、夏天摸鱼捉蟹、秋天上树掏窝、冬天立筛捕雀，而女孩子则没那么幸运了。

对于六〇后的我来说，一陷入对童年的回忆，心里就暖暖的，点点滴滴藏满童趣，桩桩件件无限回味。

男孩子都有个天性，从小到大喜欢舞枪弄炮，玩冒险游戏、干危险事儿。当年风靡全国的滚铁环就是那一代人的最爱，包括我，也曾为它乐此不疲。

不久前，在"拼多多"购物时，偶然看到有不锈钢铁环出售，非常开心，有种久违的感觉，丝毫未犹豫，当即网购了一个。当我收到这个铁环时，儿时尘封的记忆瞬间蹦跳出来。

20世纪60年代后期，家里生活相当艰苦，缺衣少食是常态，从小没钱买玩具。要想玩得开心，只能自己动手制作玩具，做弹弓、做玩具枪、做铁环等等。

那时候玩的铁环，其实就是一个普通得不能再普通的铁圈，直径有大有小，小的有二三十厘米，大的有五六十厘米。

那时家家都穷困潦倒，请不起铁匠师傅打铁环。多数小伙伴是把家里废弃的木桶或木盆上的铁箍圈卸下来当作铁环滚。有小伙伴将一根粗铁丝弯成一个圆圈，也可当铁环滚。

木桶或木盆上卸下来的铁箍圈是扁平的，形似铁条，推起来摩擦阻力大，速度也受限，但非常平稳；用钢筋或铁丝做成的铁环虽摩擦阻力小、速度快，但不容易掌握平衡，只有玩熟练了，才能好使。

从记事起，我就希望能拥有一个自己的铁环，跟小伙伴一起玩耍。每当看到他们背着铁环去放牛、滚着铁环去上学，听到那银铛的铁环声时，我真的好生羡慕！

在我三岁时，父亲当兵去了。母亲一个人操持家，还有刚出生的大妹妹，根本顾不上我，陪伴我童年的玩具枪、火药枪、弹弓等男孩子喜欢的玩具，基本上是靠大舅手工给我做的。

铁环也一样。最早玩的铁环是大舅从家里坏了的旧木桶上取下来的，然后找一根六七十厘米长的细竹竿，再用一根15厘米长的粗铁丝弯折成一个"U"形铁钩，绑在竹竿一头，作为"车把"，用它推着铁环跑，这样铁环就制作好了。

为让铁环滚动起来发出声响，大舅还在铁环上套了两三个用粗铁丝弯成的小铁环，穿在大铁环上，在大铁环滚动时，小铁环随着大铁环滚动而发出锒铛的清脆悦耳的声音。

铁环做好后，我手拿带铁钩的竹竿，把铁环在地上放直，用绑在竹竿上的"U"形铁钩搭在铁环下部，左手松开铁环，右手立即向前推着铁环在地上滚动，紧紧地跟在铁环后面快速奔跑。

也许是年龄小的缘故，刚开始操作时，力度难以把控，平衡更掌握不了，铁环"不听话"，左摇右晃、忽高忽低，样子别扭，操纵困难，就像一个醉汉，你拉他往左边走，他偏往右边闪去。

滚铁环的关键在于掌握平衡，否则铁环就会哐啷一声跌倒在地。我手上的"车把"就像汽车的方向盘，它的作用是控制铁环的方向。看着铁环在自己的操控下不停地滚动，就觉得特别好玩，很过瘾，也很有成就感。

二

滚铁环，看似简单，实则还真有点难，需要玩上一段时间，才能熟能生巧，掌控平衡。玩熟了还能玩出一些高难度的动作，比如越过一些简单的障碍物。

那时候，农村房前屋后的地面都是土疙瘩，想找块平整的地面还是很难的，到处凹凸不平、坑坑洼洼，滚着滚着，铁环要么一下子侧翻，要么碰到土疙瘩，一蹦老高，甚至滚到路边的水塘、水田甚至是粪坑里。

庄子上，像二稳、华月、小权、家柱、小法子等儿时的小伙伴，都是滚铁环的高手，他们推着铁环在土疙瘩上跑起来如履平地、疾驰如风，有时候铁环蹦得老高照样能落地接住。

那个年代，滚铁环是男孩子的游戏，也有女孩子对此非常好奇，跃跃欲试，但在我印象中庄子上还真没有哪个女孩子滚铁环滚得溜的。我估计是父母亲不让女孩和男孩子一块儿"疯"的原因。

铁环可以在平整的场地上滚，也可以在高低不平的路面上滚，不仅可以自娱自乐，也可以和小伙伴聚在一起多人合起来玩。为此，我们一群小伙伴常在一起商议玩什么花样。

上学放学的路上，我们是滚着铁环去，滚着铁环回。老远，你就能听到铁环锒铛滚动的声音响成一片，那颇为壮观的场面常常吸引了路人的眼球，大人们纷纷驻足观看。

有时候，人都到家门口了，也不着急回家，在门前屋后的稻谷场上还要再转个三圈五圈，直到大人扯着嗓子喊才无奈回去。有时回家晚了，不仅误了饭点，还会遭到母亲责骂，甚至会被没收铁环。

三

晴好天气，放学后，一群小伙伴就会三三两两聚在稻谷场上，摆开架势，自定规则，摆放砖瓦、石头、稻草、木头等障碍物，进行滚铁环比赛。

比赛中，小伙伴们手握各式各样的铁环，在大孩子的一声号令中，几个人同时出发，你追我赶，滚着铁环拼命往前跑，快者胜；或是停在原地不动，必须保证铁环不倒，时间长者胜。

有时，也把比赛场地放到田埂上，或是高低起伏的乡间小路上，增加比赛难度。大家排成"一"字队形，间隔两米左右，一路前行，从村的这头滚到村的那头，在夕阳晚霞映照下，成为乡村路上一道亮丽的风景。

此时此刻，人人都小心翼翼、谨慎前行，遇到上坡、田缺或狭窄的村道，就看谁的滚铁环技术好，能把铁环绕过障碍，滚的距离最长、时间最短，谁就能得冠军。胜利者，骄傲写满脸上；失败者，只能悻悻而去，宣布下次再战。

大家你争我抢，为争夺名次，跑得太快了，铁环滚得也快，有的小伙伴明知滚不过你，会在暗中给你使绊子，让你一不小心偏离预定线路，失去控制，甚至跌个人仰马翻。

有一回，有个小伙伴跑得太快了，快到终点时，被小石块绊了一下，一头栽入路边粪池里，我们笑喷了。好在是春天，天气不太冷，回家洗完澡后又被父母狠狠地揍了个鼻青脸肿。

小时候的滚铁环比赛，其实是男孩子争强好胜的心理使然，都希望把自己最优秀的一面展现出来，引起他人的关注。比赛既没有奖品，也没有荣誉，大家要的就是那一股不服输的劲头。

跌倒了，爬起来再滚；跌破了，擦擦伤口，眼含泪水再上，但高兴之情都溢于言表，现场的呐喊声、嬉闹声此起彼伏。年龄小的，也站在旁边扯着嗓子喊着、叫着、惊呼着、羡慕着，感受着那份快乐，好一番热闹的场景，让人其乐无穷。

那时候，因为滚铁环，我们一群男孩子一天到晚要把那些五花八门的铁环斜挎在肩头，有的还挎大大小小好几个，手抱着铁钩推竿，弄得满头满脸脏兮兮、浑身上下湿淋淋的，身上几乎找不到一块干净的地方。

四

滚铁环，作为那代人童年的游戏，我不知道从何时开始的，也不知道到哪年结束的。

尽管那个年代生活艰难，但最不缺少的就是吃苦精神、拼搏精神，即使是最廉价、最粗糙的铁环，最简单的玩法，我们也会玩得花样百出，玩得很嗨、很欢、很闹。

有天吃过晚饭，我带着外孙女和刚买的铁环到小区散步玩耍。我问宝宝想不想玩这个，没见过这是啥东西的外孙女自然很好奇，欣然点头应允。

已经四十多年没碰过铁环了，拿在手里，我就想给外孙女秀上一把。没想到小时候玩得异常娴熟的铁环，如今在我手里怎么也不听使唤，东倒西歪，弄得我狼狈不堪。

也难怪，都说曲不离口，拳不离手，四十多年没玩过，手自然也就生了。外孙女见状，紧拉着我的衣角，跃跃欲试。宝贝才二十多个月，自然玩不了这个，也就作罢。

每次回到老家庄子上，看到乡下宽阔平整的水泥路，不禁心里痒痒：要是当年在这儿滚铁环，该有多爽呀！想想小时候那些土疙瘩路，真羡慕现在的孩子们，再也不会出现雨天一身泥的场面了。然而，想到这么好的水泥路上如今却再没有人玩这个游戏了，不禁又是一番伤感。

时光荏苒，岁月如梭。一个小小的铁环，让那个年代的我们在玩耍中运动，在运动中成长，它无形中给了我们强健的体魄、顽强的意志和过人的能力。更让我难忘的是那一副简单的铁环，陪伴着我走过无数个春夏秋冬，迎来无数个寒来暑往，度过一个无忧无虑的童年。

在村头的白杨树下，在空旷的稻谷场上，在乡间的田埂坝上，在潺潺流水的小河埂上……都留下了我童年滚铁环的记忆。

如今，一晃就到了知天命之年，当偶尔再回忆童年的往事时，儿时的铁环仍躺在我的记忆深处，虽然有些锈迹，但那份欢乐，那段记忆，那段情感，会涌上心头，回荡心间，永远挥之不去。

桃溪瓦罐汤

　　还是老辈人说得好，吃肉不如喝汤。自古以来，华夏儿女就有煨汤喝汤的饮食习惯，追求的是舌尖上的美味与享受。经长时间炖煮的汤汁味道浓郁鲜美，营养十分丰富，深受人们喜爱。

一

　　在我家乡舒城，瓦罐煨汤不仅仅是民间一大特色小吃，也是一道鲜美佳肴，尤以桃溪瓦罐汤最为驰名，其独特口味和制作方法已成为安徽传统民间小吃的典型代表。

　　桃溪位于舒城西北部，地处美丽的丰乐河之滨，也是一座千年古镇，其历史源头可上溯至春秋，甚或更早的虞夏时期。古镇曾分东、西、南、北四条街，其中一条四五百米长、四五米宽的老街，是古镇经济文化中心。

　　书中记载，桃溪镇始建于北宋初，淮扬一带时有商贾经巢湖到此贸易。北宋词人周邦彦时为庐州教授，曾游历于此，并填有《玉楼春》一词，词中"桃溪不作从容住，秋藕绝来无续处"，即指此地。

古时的桃溪，广植桃花，阳春三月，两岸桃红似锦，中夹一溪，故名"桃溪"。"桃溪春浪"即为"龙舒八景"之首。桃溪也是当代大作家艾煊的故里。

烹饪饮食经典《吕氏春秋·本味篇》记载："凡味之本，水最为始，五味三材，九沸九变，则成至味。"这是古人总结的道理，也是几千年文化的沉淀。于是，瓦罐汤这道美食在民间应运而生，独具特色。

民间瓦罐汤是以土质瓦罐为容器，放进肉类食物等材料，加满纯净的清泉水，盖严瓦盖，仅留一孔通气，以木炭火为主，小火煨之，三四个小时后，揭开瓦盖，煨好的瓦罐汤，汁味浓郁、香飘四溢，细细品之，味道绝佳。

自宋朝以来，瓦罐汤虽有上千年历史，但能传承下来的凤毛麟角，更别说是以瓦罐汤驰名远扬。

二

家乡舒城人一直以有"两只罐子"为自豪，一只是茶叶罐。1958年，毛主席视察安徽时来到舒城，在新诞生的舒茶人民公社时指示："人民公社好，人民公社好。以后山坡上要多多开辟茶园。"今天的舒茶镇青岗云梯，"万岭千岗茶树绿，千家万户制名茶"，是一处重要的茶叶生产销售基地。

另一只便是桃溪瓦罐汤。伴随206国道川流不息的车辆和来来往往的人流，南来北往的司机师傅都爱在这里歇脚用餐。在桃溪美食一条街，一罐热汤、一份小炒、一碟卤菜，就能吃饱喝足。瓦罐汤的特殊香味就这样随人流车流香飘大江南北。

记得儿时，最爱喝外婆给我煨的瓦罐汤。那时能填饱肚皮就很不错了，外婆用她那双灵巧的手总能变着法儿让我喝上一口用土瓦罐煨的鸡汤或鸭汤……

十六岁那年，我离开家乡，瓦罐汤便远离了我的生活。十五年后，我调回家乡工作，才又真正喝上一口纯正的桃溪瓦罐汤。

那几年，不管去哪里，凡途经206国道、路过桃溪镇时，总想掐好钟点，找家饭店，吃饱喝足了再返回家中。

20世纪80年代初，绵延千里的206国道线上，有个因一道瓦罐鲜汤而让人来了还想来的小镇，那就是桃溪的美食一条街。这条街道，自桃溪大桥头起，沿206国道向南延伸约一公里，路边有大小饭店五六十家，从业人员约三百人，基本是周边村民，且每户有一二十个小火炉，清早点火，一炉一罐，小火慢熬。

三

桃溪瓦罐汤声名鹊起于1982年，在那个"改革春风吹满地"的年代，没有高铁，没有高速公路，国道、省道是交通运输的主干线。

桃溪镇位于丰乐河与206国道交汇处，虽丰乐河水运衰落多年，但公路运输开始勃兴。这段国道，自古即为庐州、安庆两府间的官道驿路。

新中国成立前，周边数省商贾也多云集于此，借丰乐河水运之便，从事粮食贸易。鼎盛期桃溪人口多达一万五千人，粮油交易所达一百家，停泊在丰乐河的运粮船只绵延数里，特别是入夜后，灯火相接，宛如一条长龙。这里曾有"日有千帆过，夜有万盏灯"的盛况，素有"小上海"之美誉，后因丰乐河年久失修，淤塞严重，水运不畅，整个古镇经济呈现萧条景象。

1979年，改革开放的浪潮涌向这座千年古镇，借助国道穿镇而过的便利条件，桃溪镇重整旗鼓，修筑街道，整肃街容，改善交通条件，与合安路相接，同时对东大街和镇西、镇南、镇北三条老街相继改建扩建，使街容市貌大为改观。

1982年，红光村村民郑昌应、郑昌富、郑昌才三兄弟率先行动，在桃溪大桥头开办了第一家煨瓦罐汤的饭店——舒桃饭店。饭店一开张便一炮打响，特别是瓦罐汤，成为主打特色菜肴之一，吸引了众多南来北往的食客注意，尤其是跑长途的司机师傅。

食客来多了，郑氏三兄弟的饭店规模小了不够用，需扩大经营，于是，三兄弟决定由一家饭店变成三家饭店，随后"桥头饭店""胖子饭店""顺昌饭店"陆续挂牌。

三家饭店的瓦罐汤我都先后品尝过，在桃溪镇均有口皆碑。在此闻香下马的食客遍及全国各地，尤以山东、江西、江苏、浙江人居多，省城一些名人和日本、德国、韩国、印度等国外宾客也慕名来此品尝。

四

我去得最多的是桃溪镇一家并不起眼的"小保餐厅"。餐厅老板是我妻子的同学，自小相处，为人仗义，深受同学们喜爱，人称他为"保哥"。

和妻子相识不久，保哥便邀请我去他家餐厅做客，我第一次品尝了保嫂掌勺制作的瓦罐汤，感觉那瓦罐汤汤汁清爽、味鲜肉嫩，回味无穷。

那是用黄泥土烧制的瓦罐煨制的肚片汤。保哥介绍，这罐汤主材采用一年以上农家土猪的猪肚，往生鲜肚片上撒盐和醋，浸泡、揉搓后清洗焯水，去除肚油和异味，加入筒子骨，放少量盐及姜片后再小火慢炖三小时以上。出锅时，将农家豆皮放入瓦罐汤上面，不仅起保温作用，还能增添汤的豆香味。

果不其然，这罐肚片瓦罐汤，猪肚清爽脆弹，无任何异味，汤汁清淡爽口不油腻，绝对保证了食材的本味。

从那时开始，我一直喜欢去保哥家餐厅一饱口福，后来他把餐厅开到省城合肥，改成"桃溪酒楼"，我随之追寻而来，目的就是想喝一碗原汁原味的桃溪瓦罐汤，吃一口地道的舒城千张、辣椒蒸白干、豆皮圆子、水煮小萌菜、咸猪脸和蒿子粑粑等。

除肚片瓦罐汤，在桃溪酒楼，我还多次品尝了排骨瓦罐汤、老鸭瓦罐汤、老鸡瓦罐汤等。

汤喝多了，我对民间为何喜爱瓦罐汤也就多少有些了解。瓦罐汤的食材是随四季变换而更迭，每个季节要喝不同的瓦罐汤：寒露至立夏，喝排骨或老鸡瓦罐汤；立夏至寒露，喝肚片或老鸭瓦罐汤。尤其老鸭瓦罐汤，鸭子要选本地农户散养的灰麻老鸭，鸭龄要在一年以上，毛重两公斤左右。

保哥介绍，只有用土瓦罐、正宗土老鸭、柴火慢炖的老鸭汤，火候足，时间长，揭开瓦罐盖，香气扑鼻，肉质鲜嫩可口，汤汁味道鲜美，才称得上是地道的"一罐鲜"。

五

那年，侄女婿在县城农贸市场开了家"状元楼酒店"，我转业在家待业，并协助打理，也学保哥的做法，主打经营土菜，将桃溪瓦罐汤引入酒店。

因缺乏煨制瓦罐汤的经验，从外地请的主厨念不了本地"和尚经"，煨制的瓦罐汤根本没有土香味，少有人问津，很快被叫停。

探究原因，瓦罐汤在舒城民间流传千年，无论时代如何变迁，"百变不离其宗"。除讲究食材新鲜外，现代酒家更加注重科学的煨制方法和作料加入，在不添加任何色素香精的前提下，经过数小时煨制，达到清澈透明、层次分明、口感清爽、味道香醇，才算得上是一款正宗的桃溪瓦罐汤，才能满足舒城人和那四方宾客挑剔的味蕾。

酒香不怕巷子深，汤浓何惧路程远。想到多年没再去桃溪品尝过瓦罐汤了，前不久回舒城，我没有从高速公路走，而是特意绕道 206 国道，忍不住想去驻足品尝一口那闻名已久的桃溪瓦罐汤。

远远闻到一股特别醇香的老鸡汤香味，这香气使人欲罢不能，顿时刺激着我的味蕾。坐下来，便着急忙慌舀上一碗带豆皮的老鸡汤，浅尝一口，浑身一颤，熟悉的味道仍像是小时外婆做的，满满都是爱的味道，似乎从往昔的记忆中飘散而来。

桃溪瓦罐汤，香飘海内外。如今这道舌尖上的美味，它不仅享有"一罐鲜"的美誉，更是许多在外游子心头上的那一份思乡之愁，那是一份聊以慰藉故乡美食的恋旧情怀。

第二辑

亲情　亲人

　　亲情，是人类社会最纯洁无私的情感，更是永远也割舍不断的血脉之情。亲人，是无时无刻不围绕在你身边的父母和兄弟姐妹等情同手足的人，当你遇到困难或挫折时，他们也是永远站在你背后能让你依靠与支持你的人。人生，有亲人在，就会有爱的亲情。

爷爷奶奶

清明又至，细雨霏霏，凭吊故人，遥寄哀思。一切恍如昨日，爷爷奶奶离世约四十年了。每到清明这个伤感的日子时，我又会深深怀念起爷爷奶奶。

一

前几天，送出院的母亲回老家。在车上，父亲问我："今年有没有空回去给爷爷奶奶上坟？你工作再忙，也不能忘了老祖宗。"

这几年情况特殊，受疫情影响，确实有点忙，常在清明那天因事走不开。忙，其实也不是理由。我跟父亲说："今年再忙，也要抽出时间回去给爷爷奶奶的坟茔上添一把新土。"

爷爷奶奶是地地道道的农民。爷爷在家排行老四，庄子上的人喊他"四爷"，称奶奶为"四娘"。

爷爷奶奶一生养育了五个子女。不知为何，家中唯一的长女，也就是我的大姑姑，在七八岁时被爷爷奶奶送到远在肥西孙集的姑奶奶家当了童养媳，留下大伯、父亲和三叔、四叔四个"光头"。

后来大姑姑嫁给了姑奶奶家的大儿子，也就是我的大表叔，大表叔成了我的姑父。姑父为人实诚憨厚，也挺会养家，对姑姑照顾周全。姑父到中年时，却不幸患上不治之症离世了，姑姑带着四个子女守寡终生，一辈子都不愿意回娘家来。

二

记忆中的爷爷，个头儿不高，眉毛粗又浓，满脸皱纹，佝偻着瘦弱的腰板，性格孤僻。奶奶一头银发，梳着发髻，眼窝深陷，略瘦的面庞总是挂着慈祥的微笑，时常穿一身洗得干净发白的灰色对襟衣裳。

奶奶是个老好人，也是个苦命人，奶奶的善良我是打心底里深深地佩服。奶奶也是童养媳出身，嫁给爷爷后，日出而作，日落而息，总是见到她忙忙碌碌的背影。从未看到过奶奶和爷爷顶过一次嘴、吵过一次架，在家中，爷爷说什么就是什么。

奶奶曾跟我说，她小时候裹过脚，因为家里穷，从五六岁开始，她在家中就要帮父母干家务，一直挨到十多岁时才开始裹脚。

奶奶说她那个年代的女孩不裹脚是找不到婆家的。为了能让她找到婆家，父母才狠心给她裹脚。裹脚是很残忍的，除大脚拇指外，要把其他四个脚指头全部窝到脚心，等到那四个脚趾完全腐烂骨折，才能变成"三寸金莲"。

如今看来，让女人裹脚真是摧残人性。奶奶就经历了这种惨痛。

小时候，每逢奶奶洗脚，我都会好奇地看她的小脚。奶奶十几岁当了童养媳后，仍要每天下地干活，也就放弃了裹脚，所以奶奶的脚还算不上是真正的"三寸金莲"。

三

父母结婚后，爷爷奶奶要求他俩单吃另过，就把盖好的三间土坯稻草房分给了父母。母亲在这间草房中生下我和大妹妹。后来，父亲当兵去了，母亲就守着这三间草房领着我们兄妹生活了十多年。

对爷爷奶奶的印象，是我十三岁那年从外婆家回到母亲身边开始的，之前的十几年，我对爷爷奶奶毫无印象可言。

自打我记事起，虽说父母与爷爷奶奶分家各过各的，住在斜对门，但分家不分情，爷爷奶奶家有什么好吃好喝的，总能去偷个嘴、解个馋。

爷爷奶奶住的是四间土坯稻草房。据说那是二十年前，因丰乐河遭遇百年一遇的洪涝灾害，老屋全部倒塌，爷爷便带着全家从隔壁的谢河村搬迁到现在的小李庄时盖的。父亲说他小时候曾见过那场大水灾，记得爷爷奶奶带着他们兄弟逃荒要饭的场景，让他终生难忘。

这四间稻草屋，虽说有些年代了，甚至有些墙体还有裂缝，但家中被奶奶拾掇得窗明几净。中间两间是堂屋，堂屋正中摆着一张老旧的四方桌和四条长板凳，方桌上方是土坯砌成的香案。左一间是三叔、四叔的住处，右一间是爷爷奶奶的卧室。平常，我喜欢和三叔、四叔挤在一起睡。爷爷奶奶的卧室是不让孙辈们随意进出的。

正房后面有一间披厦，这里既是爷爷奶奶家的伙房，也是杂物间。披厦后面是一个小院子，豢养着一些鸡、鸭、鹅、猪等牲畜。不管是正房还是披厦，除板凳、方桌和两张旧床，家里家外没什么值钱的家什。

随着 20 世纪 80 年代农村房屋规划，三叔、四叔也先后成家需要盖新房，这座老屋子随后也被拆除，现在能看到的仅是剩下的一片老屋遗址。

四

年轻时的爷爷，据说是方圆十里八乡有名的种庄稼的"好把式"，没有什么庄稼活能难倒当年的"四爷"。爷爷常赶着村里那头老水牛，挥着鞭儿耕耘在家乡那块贫瘠的黄土地上。

在那个特殊的年代，由于家庭人口多、负担重、劳力少，尽管爷爷没黑没白地劳碌耕作，却没有换回好的粮食收成。到我八九岁时，爷爷因不堪生活重负老得比那头老水牛还快，已成年的三叔、四叔因找不到媳妇让奶奶的脸上总挂着抹不去的愁容，二老的身体也因此患上了多种老年性疾病。

幼时的我，实话实说，不太喜欢爷爷，甚至还有点讨厌他，就像他不太喜欢我们孙辈儿一样。那时的我，对爷爷没有丝毫的亲情，在我眼中，他就像是别人家的爷爷一样。

爷爷对我们孙辈儿从来不苟言笑，甚至孙辈儿喊他"爷爷"时，他往往会视而不见。让我心里稍安的是，他对我是这样，对其他孙子孙女也是一样的冷漠。于是大家习惯了他，也就见怪不怪了。

母亲曾对我说过，在我刚懂事时，我每走进爷爷奶奶家一次，必然被爷爷赶出家门一次。有一回，看到爷爷正吃中饭，我可能也是饿极了，便围着爷爷转圈，眼巴巴地想找爷爷讨点饭吃，被爷爷一顿训斥，站在一旁的奶奶实在看不下去，悄悄从自己碗中拨出一小勺饭菜放入我的碗中。正在自家菜园子摘菜的母亲从门口看到爷爷恶狠狠对待我的样子，当即伤心不已，便和爷爷争执了起来。

还有一次，在我六七岁时，我捧着饭碗到爷爷奶奶家来蹭饭，不小心把一团米饭掉在地上，爷爷在怒吼着训斥我的同时，还用他那双专用的木筷子狠狠地敲了一下我的脑袋，奶奶则小心翼翼地从地上捡起米饭，吹了吹灰送进了自己的嘴里。爷爷告诫我："要从小养成爱惜粮食的习惯。"

爷爷吃饭时，不喜欢孙辈儿坐到他面前的桌子上，看见了就吹胡子瞪眼，吓得我们孙辈儿赶紧溜号。起初我不知道爷爷的古怪脾气，常乘爷爷不注意时，瞅准眼，夹上一块肉撒腿就跑。

类似这样的故事，母亲翻来覆去给我讲了几十年，讲了几十遍甚至上百遍。

五

爷爷酒量不大，喜欢独斟独饮。平常吃饭前，常喝点小酒。爷爷有专用的小菜碟和碗筷，喝酒时，也用他自己的酒壶酒杯。每次，他先把白酒倒入壶中，用开水烫好后，再倒在小酒盅里，夹上一口菜，端起还氤氲着热气的小酒盅吱的一声一饮而尽。

爷爷喝的酒，其实也不是什么好酒，就是从公社当时设在村里的代销店用杂粮换来的地瓜干酒；爷爷的下酒菜，也就是一块咸鱼干或咸鸭、咸肉蒸黄豆，甚至有时就是一碟蒸熟了的咸菜，爷爷就着这口咸菜却喝得津津有味。

上年纪后的爷爷，有时也不胜酒力，喝几口便会满脸透红。长大后我才知道，那时爷爷的血压高，早已超过了正常值，按理说是不能再喝酒的。可家中唯一懂点医术的父亲当兵不在家，三叔、四叔是不敢劝爷爷少喝的。

酒喝开心时，爷爷偶尔也会端起他的小酒杯送到我嘴边，让我尝一口，辣得我眼泪直冒，爷爷奶奶则哈哈大笑，说我长大不会喝酒没有出息。

六

母亲随军之前，父亲把我们兄妹交给爷爷奶奶和三叔、四叔照顾。有三年时间，我和大妹妹是跟着爷爷奶奶度过的。也可以说，我们兄妹俩是第一代"留守儿童"。

那时的物质虽没有现在这么富有，但日子也过得有滋有味、开心快乐。爷爷奶奶年纪大，生活上我俩基本靠自己照料，遇到困难时再寻求三叔、四叔帮助。这期间，我学会了栽秧割稻，学会了洗衣做饭，学会了喂养牲口，学会了料理家务，等等。

岁月不饶人。随着时光流逝，才六十多岁的爷爷明显衰老。以前那个耳聪目明、身体硬朗的老人，也懒得跟家里人说话或庄子上的人打招呼，只有天气晴好的时候，他才会挂着拐杖，偶尔出门走动走动。干枯的双手，满是皱纹、布满老年斑的脸，还有那略显沉重的呼吸，似乎在告诉我们，爷爷已是风烛残年，余下的时光不多了。

爷爷去世那年，正值我进入中考备战阶段。临终那天早晨，庄子上的邻居送来了口信，"爷爷走了"的消息让我瞬间泪奔，这也许就是血浓于水的缘故。

我从四五里外的城北中学赶回家中，远远看见家门前挂着纸幡，屋里传来阵阵哭声。屋内，爷爷的遗体已停放在堂屋地面铺的厚厚一层稻草上，脸也被一张黄表纸盖着，长明灯在幽幽地燃着。我抑制不住，号啕大哭，泪流满面，顷刻间处于极度的悲痛之中。听奶奶说，爷爷前一天还好好的，是由于突发脑溢血而辞世的。爷爷走完了他的一生，走得很安详。

爷爷去世的第三天，父亲从部队赶回家中料理后事。不久，我也跟随父亲来到山西上学、当兵，回到家乡探望奶奶的机会越来越少。

几年之后，已进入耄耋之年的奶奶，白发苍苍，老态龙钟，步履维艰，饱经风霜的脸上爬满了皱纹，走起路来颤巍巍的。一生经历了风风雨雨，历尽了人生坎坷的奶奶，在一个月黑风高的雨夜悄无声息地追随着爷爷的脚步而去，不带走一片云彩！

外公外婆

小时候的我常年住在外公外婆家，因为那时年纪太小，也不用上学，整天跟在外公外婆身后疯。很多事我都只能记个大概，甚至忘了。

一

外公外婆已逝世多年了，每每念及过去，外公外婆的形象在我心中仍最为深刻，一直缅怀难忘。

出生刚满月，我就被外公外婆抱回家，一住就是十三年。我的童年是在外公外婆家度过的。外公外婆也是李庄人，他们住庄子东头，我家住庄子西头，相距二里路。

外公中等个头，皮肤黝黑，喜欢剃平头，他脸上的沟沟壑壑记录着他走过的风雨岁月。

记忆中，外公喜欢用竹篾编制各种各样的生活用品。在那时，外公靠篾匠手艺谋生，可帮了家中大忙。

"手艺在手，吃穿不愁。"外公一辈子就靠手艺说话，吃百家饭。外公人缘好，是个干活细致入微的人，蛮符合篾匠性格的，在当地称得上是手艺精湛的篾匠，所以他深受庄子上人的尊敬。

我年幼时，时常见他拿着竹篾刀，去屋后的竹林里转来转去，摸摸这儿，摸摸那儿，然后满意地点点头，接着砍倒几根粗细均匀的竹子，划掉竹枝和竹叶，优哉游哉地扛回屋里。然后端个板凳坐下来，拿着竹篾刀，慢悠悠地将竹节削掉，再剖开竹子，一刀一刀削开，或宽或窄，全部削成了长长的竹条，之后再放到板凳的横刀上刮过来刮过去俗称"刮篾"，直到把篾刮得薄厚均匀，才算是准备完毕。

二

庄子上人家的生产生活，都和竹子有不解之缘。

从灶台上的刷把到床上的篾席，从背东西的背篓到装稻谷的稻箩，从晒咸货的竹篮到挑土用的粪箕，还有筛子、簸箕、栅栏和黄鳝笼子等，都与竹子紧密相连，更与篾匠密不可分。

外公和竹子、竹篾的故事，我记忆中留下的不多。印象深刻的是，他在做篾活时，我会常常待在他身边看他做。

外公看起来身子骨瘦小，但他那双粗糙且满是老茧的手倒显得十分有力。外公只有在做篾活时的表情显得特别有神，做篾活的过程是那样熟练，那样自然，一根根细细的篾条在他手中不到半天工夫就会做成一个你想要的精制竹制品。

外公的篾刨得很光滑。他最拿手的活是做篾席，他做的篾席可谓远近闻名，想买床他做的篾席，不提前半年是不成的。

篾席，即用竹子制成的凉席。现在城市里，家家用空调，已经很少见到夏天睡篾席的了。在农村，上了年纪的人，仍保留夏天用篾席的习惯。老人说，篾席越用越光滑，越用越凉快。对于六〇后的我来说，印象深刻的还是小时候睡在篾席上一觉醒来淌在方格子上的一摊口水。

制篾席时需要蹲在地上，一天下来得十多个小时，即便是年轻人，蹲的时间长了，双腿也一样受不了，何况外公这个年龄。所以儿时外公问我的梦想，我说我不想成为像外公一样的篾匠。

编一床篾席一般得花上十天左右的时间，眼下由于篾席缺少市场，价格又卖不上去，所以庄子上再也没有年轻人学这门手艺了。

三

外公外婆一生劳碌奔波，将四个子女抚养成人，从没享过清福。母亲是家中长女，十七岁出嫁，十八岁生下我，我自然是外公外婆家的长外孙，在外公外婆眼里受到格外的恩宠。

因为家贫，母亲、大舅和小姨从小就辍学在家务农，一生不识斗大几个字，只有二舅有幸在全家人的供养下读完了高中。

外公外婆平时很节俭，一辈子舍不得多花一分钱，穿的衣服总是缝缝补补，直到不能穿为止。他俩对自己这样，对家里人也这样。外婆常说的一句话是：新三年，旧三年，缝缝补补又三年。

除必要的油盐钱外，外公外婆最舍得花钱的地方就是给我买肉吃。每次外公到县城卖篾货，回来都要捎上两块大白干子、斤把猪肉，让外婆做给我吃，说是给我增加营养，多长个头。

八岁那年，有一天中午我突然想吃鱼，外婆就哄我，说让舅舅明天给我买。可不管外婆怎么哄，我是越哄越来劲，越哄越哭闹，没有鱼就是不吃饭。外婆拗不过，叫大舅下到门前水塘里抓了一条大鲢鱼，煮了一大碗，吃着新鲜味美的鱼我才笑了。

对我最担心、疼爱的要数外婆，慈祥、和蔼可亲的外婆，一直默默地在我身边呵护着我。

六十多岁的外婆就已满头银发，一道道如同波浪般的皱纹刻在她瘦削的脸上，皮肤变硬了，摸起来毛糙糙的。

外婆平时总穿着一件蓝色的对襟上衣、黑色的裤子。患先天性小儿麻痹症造成双腿终身残疾的她，常年弓着腰，与手杖为伴。

四

外婆家门前有个水塘，有十几亩水面，最深处达三米。十岁那年，夏季炎热的一天，外婆正在家中做饭，我乘大人不注意悄悄溜进水塘里洗澡。

外婆跟我讲过，这个水塘中间有一口废弃的水井，年代久远，有五六米深。很多大人都不敢轻易到这个水塘去洗澡，据说很久以前有人被淹死在里面。

那天，我一个猛子扎进水里，很快像被磁石吸住一样，被吸到水塘中间，在靠近废弃的水井边慢慢往下沉，任凭怎样扑腾，也无力游回岸边。

外婆发现我不在屋里，拄着拐杖满世界找，一边寻找一边声嘶力竭地哭喊。她的哭喊声惊动了左邻右舍，大家纷纷赶来，一边安慰她一边帮着寻找。

我故乡的农村小男孩从小一般都被剃成了小光头，露着一个光溜溜的小脑袋，但在庄子上也时常能看到后脑勺上留一条小辫的男孩子，远远看去还以为是个女孩子呢。

问过老人才知道，男孩留小辫子的风俗在农村存在已久，称为"命辫儿"，也有"八十辫儿""百岁辫儿"等诸多说法。过去普通人家很少见，只有一些疼爱孩子的人家才会留。

留辫子的习俗大抵是这样的，若是孩子小时候体弱多病，就会从胎发开始留一条"命辫儿"，一直到五周岁、六周岁或者十二周岁的生日当天剪掉。其寓意是孩子被"小辫子"拴住病魔抢不去，好养活，能健康顺利地长大。

外公外婆为祈求保佑我长命百岁，执意要给我留个小辫子，说要到十二岁我的本命年那年才能剪掉。

在农村，给小男孩留小辫子有说法，剃辫子更讲究，是家庭一件重要的事情。首先要选一个好日子，请家里嫡亲上门，其热闹程度不亚于农村过节。

剃辫子由家族里的长者来主持，要专门请剃头匠师傅来家里。剪掉辫子后，众人喝彩、祝福，献上红布包裹的礼物，家里要留客人吃酒等。

留小辫子是长辈对孩子的无限期望，而剃辫子更算是那个年代孩子的成人礼。现在是新时代，人们追求的是时髦，留辫子这样的事情已不多见。

当外婆哭喊着我的乳名时，有个眼尖的邻居发现水塘中间有个黑色的小辫子漂浮着，就对外婆大喊，外婆听到喊声，不顾一切扔掉拐杖扑通一声跳进水塘里。

此时，水塘埂上走来一位中年壮汉，挑着稻箩由东往西走。他是住谢河村的一个远房表叔。

听到大伙的喊叫，表叔下意识地放下挑担急速跑过来，连衣服都未脱就跟着跳进水塘，向中间游来。外婆腿有残疾，在水塘边扑腾几下就被邻居拉上岸。

在众人引导下，表叔很快将我找到，拦腰托起我游向岸边，在岸上等待的叔伯阿姨快速将我接了上去。

岸上早已准备好一口铁锅翻扣在地上，大家七手八脚把我抱到黑黢黢的锅底上趴着，用锅底顶肚子，挤压喝进肚里的塘水。

幸亏那天庄子上几户人家都有人在，大家齐心协力出手相助。外婆看我奄奄一息，躺在地上号啕大哭，一直哭到我苏醒为止。

那以后，不管走到哪，外公外婆都会用一根约三米长的红丝带，一头系着我的手腕，一头拴在裤腰上，不让离开寸步，一直到上学了才放手。

五

十一岁那年，外公外婆和两个舅舅分了家，住到正房边两间矮平房子里。在不到二十平方米的房子里，我和外公外婆又单独过了一个年。

过年前，我用外公平时给的节约下来的零花钱，到城里买了一张画有一对松鹤的年画，找来糨糊、花边纸、红纸等，用一天多时间自制了一幅宽约

80 厘米、高约 2 米的中堂画，挂在堂屋中央，祝愿外公外婆延年益寿。

这件事令外公外婆非常自豪，逢人便夸。

入伍第二个年头，我回乡探亲。临行时，我用津贴费给外公买了一条山西产的"双塔"牌香烟，给外婆带了些当地的土特产，可把二老高兴坏了。

外公把我带的香烟拆开，给庄子上来家里的人每人都发几支，剩下的几包让大舅去换成当地最便宜的烟，说是省点，能抽时间长。外婆则把吃的东西也拿出一些分给来玩的孩子们，左邻右舍在外公外婆面前一个劲地夸赞我。

回部队不久，从家中来信得知，七十高龄的外公在场地上翻晒稻草时不幸中暑去世。外婆在外公去世后卧病在床，一年后，也抱病辞世。

外婆去世前，我曾给她寄过一笔钱，虽然只有二十块钱，但那是我存下的两个月的津贴费。我本想寄回去给她老人家买点营养品，尽尽我这个外孙子的孝心，却想不到，这笔钱她老人家到死也没有花。

忠孝不能两全。遗憾的是，作为外公外婆最疼爱的外孙子，二老的先后去世，我都未能见上最后一面……多年来，这一直是我心中解不开的心结，留下了深深的遗憾和愧疚。

每次站在外公外婆留下的那间低矮的茅草屋前，我都会注视良久，心绪难平，外公外婆的形象也会浮现在眼前。

父亲母亲

那年腊月，我刚满月便被父母送给外公外婆照料。每天早晚，由大舅和老姨娘来回接送。我断奶后，一直跟随外公外婆生活，直到十三岁才回到家中。那些年，对父亲母亲，尤其对父亲留下的印象不深刻。

一

十二岁那年，父亲从部队回来探亲过年，我被大舅送回家，才真正意义上第一次"零距离"接触父亲。

在我三岁那年，父亲当兵前往黄土高原的山西，年轻的母亲既要照看我，又要照看不到一岁的大妹妹。母亲实属无奈，才将我送到外公外婆家，从那以后，我就很少有机会能见到父亲了。

那天见到父亲时，我的心跳突突加速，既兴奋又局促不安，像是见到了一个既熟悉又陌生的人，不管母亲怎么哄我，我都不肯叫他一声"爸爸"，更不想让父亲亲亲或抱抱我。

父亲尴尬地摇头笑笑，顺手从提兜掏出一个硕大的金黄色苹果递给我。我怯怯地接过，攥在手心里，瞅着父亲，想吃但不敢吃，木讷地站在那儿。这是我记忆中最早留下对父亲的印象，也是人生第一次吃到苹果。

依稀记得，父亲说："那是山东烟台产的红富士苹果。"苹果攥在手里，圆圆光洁，色泽鲜艳，吃进嘴里，汁多爽口，香甜酥脆。至于山东烟台在哪里，那时的我是丝毫没有概念的。

大年三十，睡到凌晨时分，突然被阵阵"开门炮"声惊醒，我哭闹着要回外公外婆家。估摸父亲多年未曾被孩子的哭闹影响过，多次哄劝无效后，猛然发起火来，在我的小屁股上狠狠拍了两巴掌，母亲为护我还和父亲争吵了起来。

大年初一早上，天刚放亮，我便眼含泪水一个人执拗地回到外公外婆家，外公外婆见到我时心疼不已。我再见到父亲时，又是一年过去了。

二

父亲母亲结婚时，母亲只有十七岁，父亲刚满二十岁。父亲兄弟多，家也穷得叮当响，三间破草房，一床棉被子，就是结婚的所有家当。

父亲从小聪明，但仅上过三四年的学，在那个年代，算是庄子上有文化的人了，加之平常父亲也乐于助人，深受大队干部和乡亲们赞誉。

1968年9月，"赤脚医生"一夜走红全国。不久，只有初小肄业文化的父亲被大队推荐到公社卫生院接受为期半年的医疗卫生业务知识培训，内容是针对各种常见病、多发病的治疗方法。结业后的父亲就成了一名乡村"赤脚医生"。

在那个年代，"赤脚医生"使用的医疗设备非常简陋。尽管条件艰苦，父亲还是竭尽所能地为乡亲服务。因药品短缺，父亲不得不就地取材，寻找各种中草药作补充，尤其是预防流行性疾病的中草药。

不管是高温燥热、酷暑难耐的白天，还是夜黑风高、雨雪交加的夜晚，只要有病人家属来请，父亲都会毫不犹豫赶去赴诊，治得了的，尽力救治；治不了的，也会亲自护送去公社卫生院。

遇上秋冬季流感或流脑暴发高峰期，父亲更加辛苦。他既要走村串户给乡亲发药，还得挨家挨户传授预防知识，教大家熬煮中药汤，通常一天吃不上一顿热菜饭，睡不上一个安稳觉。

大妹妹出生那年，父亲因忙常顾不上家，母亲常为家里柴米油盐那些鸡毛蒜皮的事和父亲吵个不休。一心想圆当兵梦的父亲，便狠心瞒着妻儿报名当了兵。

三

母亲是家中长女，还有一对双胞胎弟弟和一个妹妹。外公外婆受重男轻女思想影响，不想让母亲上学，母亲在上了半年学后就被迫辍学回家，勉强会写自己的名字和一些简单的汉字。

母亲从小也很聪明，出嫁前，一直跟随外公学篾匠手艺，尤其是打篾席的技艺得到外公的真传。平时除干农活外，都跟着外公在家做些篾匠活，挣些钱来贴补家用，有时也协助外婆看护弟弟妹妹。

这个家本就经济拮据，自添丁进口后，家里的生活更陷入窘境。父亲当兵后，母亲含辛茹苦地带着我和大妹妹生活，日子过得最艰难的便是"年关"。

那时，我家仅靠母亲一个人挣工分，能分到的粮油根本不够娘儿仨吃的。每进入腊月，家里基本面临断炊危机，不仅缺粮、缺油，还缺钱。

缺钱，可以省着花。母亲一辈子不乱花一分钱，也舍不得给自己添件像样的衣服。如今放在家中柜子里的那些衣服，好多都是几年前甚至一二十年前我们做子女的给她买的，虽已旧了，她却始终舍不得扔掉。

倒是家中缺粮、缺油，经常愁得母亲以泪洗面。为借到粮油，母亲谦恭卑微地借遍了所有的亲戚家，有时也到附近富裕的人家去求助。其实，那个年代，家家都不会富裕到哪儿，所谓富裕人家，也是靠勤劳肯干和平常节俭一点点省下来的。

对能借给我们粮油的人家，母亲定会叩首跪谢，也有人家要高利的，母亲也会咬牙答应。不管有多难，母亲总有办法，总能把粮油借回来给我们过个好年。

有年春节前，我陪母亲去隔壁庄子上的远房亲戚家借粮油，目睹了全过程。说实话，人家也是同情我们母子，才肯把粮油借给我们。

借到粮油的母亲，内心受到的屈辱、辛酸和痛苦是别人没有经历过也无法承受的。母亲每次都是一路抹着眼泪把粮油背回家里来。

那时我年少不懂事，也理解不了大人的心情，更不能理解为什么家里这么穷困潦倒。现在想来，感到年轻时的母亲真的不容易。

父亲当兵两年后提了干，当了军医，有了稳定的收入，家里的生活才逐渐改善。

父亲在部队把节约下的粮票和钱寄回贴补家用，有时也拜托探亲的战友将粮票和钱千里迢迢带回来交给母亲，让我们娘儿仨能尝到细米白面，这是小时候能感受到的父亲的唯一味道。

四

眼下正是西瓜上市季节。看着摊贩停放在路边树荫底下车辆里圆滚滚的大西瓜，一种别样的情愫萦绕心头，我的思绪也被拉回到那个孩提时代。

小时候，家中无钱买西瓜，母亲就鼓励我们兄妹到已收割过的麦地里捡麦穗，自己去换西瓜吃。虽然捡小麦穗时又热又晒，但吃着自己用辛勤劳动换来的西瓜，顿觉很满足、很幸福，也忘记了累和热。

偶尔，我也会跟庄子上的那些大孩子结伴去偷生产队集体地里的西瓜。我们就像一个个小小的游击队员一样，待夜幕降临，悄悄摸进瓜田，有人摘瓜，有人搬运，还有人打掩护，看瓜的大人发现后，往往是睁一只眼闭一只眼。若是让母亲大人知道，我定会遭受皮肉之苦。

我家有块自留地，不到一亩。看着别人家孩子有瓜吃，母亲也决定每年在这块地种上西瓜、甜瓜和酥瓜等，收获时，除能给家中增加一些收入外，还能让我和大妹妹饱饱口福。

种瓜容易看瓜难。这些都是男人干的活儿，母亲不得不像男人一样，一切都得自己干。从瓜拖秧起，母亲便让我陪她一起住进瓜地中间搭起的那个稻草窝棚里，罩着蚊帐，数着星星。

夏天的夜晚，天气燥热湿闷，蚊虫肆虐叮咬。半夜，当我睡得迷迷糊糊时，母亲却怎么也睡不着，怕长熟的西瓜被人偷了，又怕野地里不时传来的怪叫声。

看瓜也是技术活儿。为保证西瓜能结得又大又圆又甜，白天，母亲总是拿着瓜铲适时给瓜秧压头、掐顶、摘心、疏果，挥汗如雨，忙个不停。

到了六七月份，天气更加炎热，也是西瓜成熟集中上市的季节。天才麻麻亮，母亲便早早把已熟透的西瓜摘好，挑到集市上，费尽口舌和买主讨价还价，只为多卖那几角几分钱。

五

在那个特殊年代，乡下人除了挣工分外，几乎没有任何额外收入，要想多赚点钱，只能靠养猪，我家也不例外。

母亲在屋后院子的西北角用土坯、木料搭建了个猪圈，每年也养上两三头猪。养猪要有饲料，靠家中剩菜剩饭是不够猪崽吃的，水塘里的水草、浮萍便是最好的猪饲料。

到水草、浮萍生长最茂盛时，母亲领着我到周边的水塘边去捞水草、浮萍，挑回来晒干后做猪饲料。

天刚鱼肚白，茂盛嫩绿的水草、浮萍隐藏在平静的水中，透过清冽的塘水，可以看到黑压压的一大片水草。

母亲把上衣紧紧扎在裤腰里，头上系条毛巾，拿根四五米长的竹竿，找个浅水的塘口，拽着塘边柳枝丫下到水塘中，再用竹竿探着水底，慢慢向有水草的地方浮去。

母亲带我去捞水草、浮萍，一来是有人做伴，毕竟母亲是个女人，一个人在水中，确实有些害怕；二来把我带在身边也放心，有个人也能说说话，不寂寞。

我坐在塘埂边，远远望着母亲在水中央一竿子一竿子划拉着水草，用绳子系好一堆一堆的水草后再往塘边慢慢拖拽，到太阳快落山时，塘埂边已垒起高高的一堆，有菱角秧、水葫芦等，足够家里的肥猪吃五六天了。

每隔几天，母亲都趁天气晴好时领我去捞一次。每次，我想帮帮母亲，母亲都坚决不让我下水，生怕我下到水塘里有个闪失。

遇到连阴雨，猪圈里会积满污水，几头肥猪在圈里屙屎撒尿，踩来踩去，几乎没有干爽之地，猪圈中也被生生踩出一个大泥坑。母亲每次都光着脚去清理，清理完浑身都是猪尿味，久久难以散去。

想想母亲在齐脖子深的水中捞水草和在雨中清理猪圈的身影，我真的很懂得母亲在年轻时确实不易。

六

我上初一那年，母亲随军，被分配到驻在山沟里的部队家属工厂上班。平常，工厂里的活儿并不太多，主要是代商家加工铅笔、绘图笔等，后来生产瓦楞纸箱，产量也不大，大多时间母亲赋闲在家。

从小忙碌惯的母亲，忽然间有种无所适从的感觉。看到当地有人在河滩里捡石头、砸石料卖钱，母亲心动了，也加入捡石头、砸石料的大军中。

县城前有条恢河，发源于宁武管涔山，也称灰河、浑河。河床内多为透水性很强的沙砾石，非常适合修路、架桥用混凝土和铺铁路基石。从沙砾中源源渗出的清泉水，还可供人饮用。

每当伏暑天，雨量稀少，河水流量下降，在早晨、中午或是傍晚，不少人纷纷拥向河滩，或挑回担担甘泉，或捡石，卖给石料厂。

母亲不上班时，也会头戴草帽，脖围毛巾，肩扛铁锹，手拿小镐、小锤来到河滩中，先将周围散落一地的鹅卵石捡拾堆在一起，再找块大点的石料当板凳，坐在上面，用小锤子一锤一锤砸着。饿了，啃口凉馒头；渴了，喝口地上的清泉。到傍晚时分，会有石料厂的师傅来滩上收购。一天下来，母亲总能砸上装满一辆手扶拖拉机的石料。

父亲当年月工资为 52 块钱，母亲砸石料一天一车能卖到 25 块钱。父亲担心母亲太累不让干，母亲却始终坚持。就这样，那几年，母亲一个人靠一双手，冒着高温酷暑，顶着炎炎烈日，迎着凛冽寒风，吃苦受累，为的只是让一家人的生活过得更滋润一些。

母亲说她那个时候想得很单纯，只知道卖力干活多挣点，不想让父亲为家里太穷而分心，自己也从不觉得苦啊累啊的，为了这个家，也从没有抱什么怨气。

七

父母婚姻的结合是 20 世纪 60 年代农村典型的媒妁之言，说起来和和美美，听起来令人羡慕。现实生活中，母亲却饱受磨难，历经沧桑。父亲从当兵到提干，一个人在外生活十七年，之后转业回到生他养他的家乡。

一路走来，父亲母亲带着我们走过了那段最艰难的岁月，却在该享受天伦之乐时产生了矛盾和隔阂。尤其退休后，没有了从前的忙碌，清闲下来，他俩总要三天一小吵、两天一大闹。父亲的固执和母亲的唠叨一度让我们做子女的非常担心老两口能否携手走下去。

如今，父亲母亲仍住在县城的一个老旧小区里，我多次劝说他们来省城居住，老两口却像商量好了似的异口同声不答应。虽然两人后半辈子争吵不休，但吵过之后，生活又会很快恢复平静。

对父母那代人来说，"爱情"的成分有多少并不重要，重要的是几十年来风里来雨里去相濡以沫的情感。转瞬间，父亲母亲由两鬓斑白到满头银发，眼神不再矍铄，身体也不再硬朗。

人生七十古来稀。随着年龄越来越大，父亲母亲的身体先后都有了这样或那样的异样，患上了糖尿病、高血压和其他老年慢性病。

三年前的一天，父亲给我打电话，说要来省城看病，查出是前列腺增生，我请专家给他做了手术，恢复得不错；前年，父亲眼睛患白内障，我又给他请专家做了手术，恢复得也不错；去年，父亲又因患肺部肿瘤做了手术，现在恢复得也不错。

母亲年轻时做过一次阑尾炎手术，当时医院条件和医生医术有限，差点让母亲丢了性命，一个小手术却做了七八个小时，虽成功割除阑尾，却也让母亲大伤了元气。退休后的母亲性情豁达，坚持练太极、舞刀剑，有时生些小病全靠自愈。

前几年，父亲母亲每年都来我这儿小住几天。退休那年，父亲第一次来，我感到有点不太适应，因为从小跟父亲在一起生活的日子屈指可数，总觉得跟他之间没有多少话要交流。

后来，父亲母亲年龄大了，来省城也越来越少。逢年过节或其生日，都是我们回去看望。和父亲聊天，感觉总是在平静中开始，在争论中结束，在沉默中离开。

这辈子，父亲母亲就是这样，由相亲相爱到相依相伴，由相互抱怨到体贴照顾。每次打电话或视频连线时我总要叮嘱他们几句：身体要搞好，别太累了……

父亲母亲已日渐苍老，我也不再年轻，也越来越深切地感受到：子欲孝，趁亲在。我相信，父母健康长寿，是做儿女的最大福气！

岳父岳母

时节又清明，哀思伴雨倾。又到一年清明，却与往年不一样，受疫情影响，无法到现场祭祀。为缅怀岳父岳母，写下此文来寄托心中的追思。

一

那年的正月十四，是一个充满期待的冬夜，经人介绍，我与妻在家乡小城相识。妻个儿不高，秀发卷曲，身材微胖，穿着得体，落落大方。相处一段时间，兴趣相投，互生情愫，我便决定去拜会未来的岳父岳母。

五月的一天，天空湛蓝、阳光明媚，洁白的云朵浮于天际，悠闲而自在。那天上午，我整装待发，陪妻回她家。路上，我心中像十五只吊桶打水——七上八下，不知未来的岳父岳母会用怎样的眼光来审视我这个未来的"兵"女婿，心里多少有点忐忑。

那时我仅是月拿10元津贴的"毛头"小战士，而妻则已从护校毕业，被分配在县医院工作，属堂堂正正的工作人员。我开始担心去她家"凶多吉少"，但妻一路上给我打气："我父母绝对是个通情达理的人。"

妻家房子盖在一条高高的塘埂上，连排住有四五户人家。据介绍，庄子后的那条丰乐河连年遭灾，左邻右舍人家把庄墩子都修得高高的，以防水患侵扰。

妻家同样如此，土墙草屋，黄土地面，一正三房一披厦。房前是稻田，屋后是口深水塘。正屋是客厅，正中间墙上挂一幅寓意是富贵吉祥的牡丹中堂，左右两侧各有一副对联，牡丹中堂下方是条桌案，条桌案下摆放一张四方桌和四条长板凳。左右两间是卧室，家具简陋，各有一张几十年的老式木板床、衣柜和抽屉桌等。正房后那间披厦是伙房，用土块垒起的灶台上置一大一小两口铁锅。偏房里放些常用的生产工具，套牲口的物品和杂物等。

岳父中等偏瘦的身材，微微驼背，皮肤黝黑，头发花白，脸上布满皱纹，浓密眉毛下的那双大眼睛透着股威严，披着一件藏蓝色对襟外套，站在门口相迎。

岳母和舅嫂、姨姐在伙房做饭。听到我们到来的脚步声，岳母匆忙赶来客厅，用围裙擦拭着手上的油水，帮着拿过手中礼品，微笑着迎接我和妻。

见到岳父岳母，我先前的担心一扫而光，眼前的老人家是那样的慈祥和蔼，内心的喜悦溢于言表。

第一次来岳父岳母家，面对陌生的环境和不熟悉的亲友，我有些拘谨。坐下不久，我便主动随妻走进伙房帮忙，顺便展现一下自己的厨艺。煎、炸、烹、煮、烧，鸡、鸭、鱼、肉、丸，片刻光景，十几道菜便端上桌。岳父招呼我和妻及亲友围着四方桌落座，开始品尝由岳母掌勺的丰盛佳肴。

岳父岳母坐主位，我和妻陪其左坐上席，其他家人依次落座。虽感不安，却暗自高兴，表明岳父岳母对我的初步印象是认可的。

后来，每次到岳父岳母家，岳父都拉我坐在这个位子。直到现在，他已去世多年，三位舅哥仍给我保留了这个座位。

记得第一次上门喝的是老白干粮食酒。岳父频频举杯相邀，我不胜酒力，自然不敢多喝。酒席过后，大家仍围坐桌边，他们跟我唠起了岳父岳母的过去……

二

岳父岳母的一生，伴随太多的坎坷与不幸，也可说是命途多舛，虽没到落魄地步，却也遭遇许多磨难。

岳父家境殷实，帅气英俊，早早便娶妻生子。孩子出生那天，妻因难产而殒命，留下的儿子在十四岁那年又因患重疾无法医治而夭折，作为丈夫和父亲的他，心中的痛苦可想而知。

在妻子老家四圩村，四方八邻，无人不晓岳父这个人，村子不大，但岳父也算得上是个"传奇"人物。

按新中国成立前基层建制，先乡再保，保下是甲。岳父能在这个上千人口的村子坐上保长之位，除日积月累的品德，上下通达的人脉，还得有超出常人的真本事。

年轻时的岳父，虽没上过学、读过书，却用无与伦比的威望，在这方土地上树立了权威。村里大事小情，只要有岳父在，没有搞不定的，乡亲们服他，服他以理服人、以德服人。

国民党统治期间，县里曾将在村里威望与口碑不错的岳父调到县警察局当差，相当于现在的社区警察。

眼看国民党江河日下、大势已去，在警局当差一年多的岳父早在心里打起小九九，产生了开小差的念头。县城解放前夜，岳父脱掉那身警服，趁着夜深人静，悄悄开溜，跑回家中。第二天，县城解放。

回到家中不久，岳父因有从警经历且在村里威望较高，被任命为村民兵大队队长，每天带领二三十个民兵负责治安巡逻等工作。

"文革"开始那年，一场厄运降临岳父头上，已身为普通百姓的岳父，先是被打成国民党特务，后又被定为"四类分子"遭到批斗，家也随之被抄。

每逢公社或大队开批斗会，岳父及一帮"地富反坏右"都会被一起押到会场低头认罪，一次次接受贫下中农的血泪控诉，直到"问题"交代清楚才让回家。

已经被批斗得麻木了的岳父，在纸糊的高帽下挂着一张写有名字的大纸牌，上台一站就是几小时，看不到一丝丝表情。岳父说他一生从未损人利己过，即使当旧社会警察那会儿，也多是热心帮人，从不干伤天害理、仗势欺人之事。

不挨批斗时，岳父和村里其他男人没有两样，日出而作，日落而息。岳父平时的话语不多，却在村里人缘极好。他是那种不善于用言语表达却能用实际行动关心你、帮助你的人，再难的事，再难干的活，只要有他接手，问题与困难总会迎刃而解。

"文革"结束，恢复高考，妻是村里第一个考上中专学校的。她靠努力走进城里工作，这不仅是全家的骄傲，也是家族的荣光，更是对受尽折磨苦难的岳父岳母此生最大的精神慰藉。

岳父不止一次地对我讲："那个特殊年代，遇上那种特殊遭遇，一个人不死也会脱掉一层皮，能熬过来就是一家人的幸运。"岳父的话发自肺腑，源于内心，他的人生太需要温暖，他也时刻在用胸怀温暖着他人。

三

与妻结婚那天，岳父穿着一身朴素的灰色服装，手上夹一支点燃的香烟，白色烟尘慢悠悠地向空中飘去。在娘家人送妻出门时，中等个头的他，站在门前那块土堆上却显得十分伟岸。

一直未曾说话的岳父，突然走过来拉住我的手，一脸郑重地对我说："你俩好好过日子。"话语不多，简单朴实，但铿锵有力。我坚定地点头并答应了岳父。

婚后，我与妻共同努力攒下一万多块钱，成为"万元户"，便在县城单位附近买了一套两室一厅七十平方米的经济适用房。生活发生质的变化，虽只是小县城，但毕竟比乡村繁华，住得也舒适些。

岳母去世的那年冬天，已七十多岁高龄的岳父想来这个新家看看。当时五岁的女儿已独立分床睡。由于房屋小，仅有两个卧室，岳父执拗地在客厅沙发上住了两晚便要回乡下。妻问他为什么不多住几日，岳父说城里什么都好，就是住着不习惯。

直到去世，岳父再也没来我家小住，这件事一直是我和妻心中挥不去的遗憾。

岳父岳母一生含辛茹苦养育五个儿女长大，妻是家中幺女，也是岳父岳母最疼爱的。老两口始终平等对待儿孙，儿女和晚辈不仅孝顺，也很敬重岳父岳母。

岳父酒量不大，年轻时就爱小酌几杯。每次去看他，他都要我陪他喝几盅。他边喝边把最好的菜肴往我碗里夹。舅嫂跟他开玩笑说把我这个女婿看得太重了，岳父总是笑而不答。

转瞬间，岳父苍老了许多，满头银发。大半个世纪的坎坷人生养成了他的孤僻与任性，年龄越大越易发脾气，之后又像个犯了错的孩童似的，需要晚辈哄着让着才肯罢休。

岳父去世前，住在乡下大舅哥家，始终保持着耕田种粮的生活习惯。春种时分，他也时常起早贪黑、低头弓腰在水田里忙活。岳父说："活在这个世上，就图个心里亮堂、舒坦踏实。"

四

岳母虽是目不识丁的农村老太太，却是个非常明事理的母亲。岳母曾多次告诫妻子："你要少让他分心。"1988年8月，我在岳母及妻支持下考上军校。

岳母的身世比起岳父来更为辛酸。她三四岁时，在一个风雨交加的黑夜，父亲从染布房算完账回家途中遭遇土匪。为躲避袭扰，时年二十四岁的他被迫躲进一片坟地，直到天亮才从坟地回到家中，可能因受风寒或受到惊吓，连发四五天高烧后便突然离世。

父亲的英年早逝，给岳母和她年轻的母亲带来的打击非常之大，从此母女俩相依为命。苦熬到岳母七八岁时，她的母亲又因积劳成疾抛下她拂袖而去。从此，岳母成为孤女，寄养在叔婶家生活。

叔婶视岳母为己出，当作亲女儿一样照顾。聪明贤惠的岳母从十多岁开始，就把叔婶家里里外外打理得井井有条，深得叔婶信赖。二十岁那年，由叔婶做主，将岳母嫁给了发妻已去世两年的岳父。出嫁那天，叔婶专门用六抬的大花轿将岳母风风光光嫁了过去。

当时岳父全家仅靠那一亩三分水田活命。遇上水涝旱灾年，庄稼大幅减产，一家人的生活便陷入窘境。岳母用她那双灵巧的手，再艰难的生活，她都有办法操持得让全家人一年一年地熬过去。

妻怀孕临产那年，我刚由团里的新闻干事调到上级机关任参谋，无法回家照顾。岳母知道情况后对我说："伢子，你现在有难处，请保姆又要花钱，还是我来照顾吧，你安心干好你的工作！"我深知，此时的岳母自己家中也有难处。

也是那一年，在小学当老师的三舅嫂孩子刚满周岁，正蹒跚学步，需要人帮忙照顾，我怎好意思让岳母来我家照看孩子呢？我领妻归队那天，岳母执意随我一起来部队"享福"。至今我也不晓得，岳母是怎样做通三舅嫂的工作的。

妻分娩时，产房外焦急等待的岳母，听着那阵阵撕心裂肺的叫喊，想到女儿痛苦不堪的样子，早已心疼得泪流满面。妻子产后，岳母想方设法照顾她俩。

照料婴儿是一件非常辛苦的脏活、累活、苦活，每天不仅要屎一把尿一把地伺候，还得给孩子洗澡、洗尿布、喂奶，整天提心吊胆，生怕孩子摔倒、磕碰，可把岳母给累坏了。

那半年，岳母累弯了腰，白发也越添越多，可她从没有过一句怨言，还常安慰妻说："丫头，我不辛苦，在别人眼里，我还是个有福之人，儿孙满堂，临老还能跟着你来城里生活，妈妈心里很知足呢！"

虽岳母这么说，但我和妻心里一直愧疚，因为那时家里条件太差，只能让岳母委屈地住在低矮潮湿的小平房里，冬冷夏热，哪谈得上"享福"？已经七十多岁的老人家整天还要为我们的生活操心。

五

岳母来我家后，就忙着给她那未出世的外孙女准备尿布、小衣服。妻从小不会做针线活，岳母就自己动手，一针一线缝制小兜兜、背心、小衣服，到我女儿出生时，岳母差不多把家里的小衣柜都给塞满了。

岳母跟随妻在部队住了小半年，每逢我晚上加班，她都为我做好消夜放在炉灶上；早晨我起床晚了，她又把早饭热了又热，从不叫醒我，让我多睡一会儿；有时我出差在外，她一定要把做好的那些好吃的食物给我留上一份，哪怕她自己一点没吃，也要为我留上一口。

那一年，在岳母和妻支持下，我因工作成绩突出荣立三等功并提前获得晋职。

送妻返回老家前，我专门陪岳母去五台山游玩了两天，参观显通寺、菩萨顶、塔院寺、黛螺顶等，让她平生第一次体验了一把城里人的旅游生活，岳母很开心，游兴也很浓。这是她老人家一生唯一的一次旅行。遗憾的是，曾承诺陪她去北京看天安门、长城和故宫，终因工作忙而未能实现。

回老家后，女儿因不适应家乡闷热、潮湿多雨的气候环境而经常生病，或发高烧或腹泻不止。

有天晚上，女儿患肺炎耳烧脸热，浑身滚烫，昏睡不醒。妻急得要拍电报给我，岳母坚决不同意。女儿住院半月，有时输液到深夜，岳母始终陪在床边，直到女儿病好，她才让妻打电话给我报平安。

1994年6月，岳母在洗澡时不慎滑倒在浴缸里，摔断三根肋骨，躺在床上不能动弹，疼得她额头上常沁出汗珠。恰在此时，我因患腰椎间盘突出症也回到家中休养。同样躺在床上不能动弹的我，吃喝拉撒全靠妻来伺候。岳母看我整天痛苦不堪的样子，又看着妻整天为我求医问药忙碌的身影，常暗自流泪。

岳母在床上仅躺了三五天，便忍着疼痛爬起来，用手撑住身体，为我端水送饭，扶我上厕所，送外孙女上幼儿园，有时还坐床边陪我唠唠话。然而，此时的我却怎么也想不到，她已患上了胰腺癌晚期。

胰腺癌是恶性肿瘤，发病时较隐匿，死亡率极高。岳母患癌的信息对我与妻来说无疑是晴天霹雳。岳母倒表现一脸平静，她对我和妻说："我已七十多岁了，早知天命，你们也都成家了，我这辈子不亏了，也没什么好牵挂的。"岳母把死亡看得如此平淡。

眼看她的身体每况愈下，妻坚持要送她去住院，每次都被岳母婉拒。在我再三劝说下，她才勉强同意，我和妻便陪她到省城大医院做了一次全面检查。医生建议住院，岳母说什么也不肯，执意让我们送她回老家。我心里清楚，岳母既想叶落归根，更不想拖累我们。

尽管妻多方寻医救治，想努力延长岳母的生命，老人家还是一天比一天消瘦，食欲减退，腹胀疼痛，已步入生命的最后阶段。她躺在一张小床上，骨瘦如柴，唯有一息尚存，又常被疼痛折磨得死去活来。

六

1995年正月十四那天，我携妻女回娘家探望。见岳母时，当即有种不祥之感。弥留之际的岳母，一反常态，靠在床边撑着身子，吃了大半碗稀饭，面色逐渐红润，似乎是回光返照。

我与妻伫立床边，胸口像被东西堵住般，紧紧凝视着她。妻抓着岳母的手，脸贴在嘴边，反复询问母亲想说什么。岳母的嘴微微翕动，发不出声来，不一会儿，她便急促地喘着粗气，随后几秒钟便戛然而止。妻见状，用手试试鼻息，知她去了，禁不住声泪俱下号啕大哭。

看着岳母那久久凝望的眼神，我知道那是她对生命和家人的不舍，更是对儿孙的无限牵挂。

岳母在亲人的注目下闭上了双眼，生命定格在七十三周岁，她老人家永远地离我们而去，走得那么安详。我默默走出她的房间，站在院落一角，眼泪像断了线的珠子顺着脸颊往下流淌。

岳母的灵柩停放三日，我与妻女彻夜未眠，一直守护在旁。灵堂设在舅哥家堂屋，门头上写岳母的名字，两边挂着黑底白字的悼念条幅，那是我亲手为她老人家撰写的，横幅两旁摆放着子女和至亲们送的数十道花圈和挽联。

出殡那天，全村人都来了，亲朋好友也渐次赶来。那天，气氛肃穆，哀乐缓缓，鞭炮声声，鼓乐喧天。我眼含热泪、几度哽咽地给岳母大人致悼词，深情回忆了逝者的一生，心中充满着无限的感慨。

致完悼词，鞭炮齐鸣。由岳父出面请来的八位壮汉，也称"八仙"，抬着岳母盛装的棺木缓缓移步出门，子女则低声哭泣扶棺前行，其余众人皆尾随其后。

一路走，一路跪拜，一路鸣炮。参加送葬的上百位亲友，个个表情凝重，披麻戴孝，送葬队伍中白幡阵阵，挤满了那条两里长的乡间小路。仪式简单而凝重，充满着浓厚的乡土气息……

下葬时，抬棺的"八仙"把岳母的灵柩轻缓地放进事先挖好的长方形墓穴中。然后举行封穴仪式，先鸣炮，众人再挥土、掩埋、烧纸，儿孙和亲友依长序坟前下跪磕头，向岳母作最后的告别。转眼间，岳母的一生就此终结，也是新的开始。

岳父岳母是土生土长的乡下人，生于斯，长于斯，终老于斯。他们经历了平凡而不平庸的一生，平凡得就像脚底下的泥土、路边的野草一样。他们身上那种勤劳、朴实、善良的优秀品德，以及对子女亲友的慈爱、宽厚、体谅，特别是对子女的爱就像一杯醇香浓郁的美酒，让我越品越觉得甘甜，越回味越不舍得放下，常感叹不已，钦佩有加。

岳父岳母是我心中永远最敬重的人。他们不仅送给我一个好妻子，也给予我一个幸福美满的家，是我们做晚辈最坚强有力的后盾！

父亲老了

父亲退休后和母亲居住在老家县城一个老旧小区里，房子是退休前买下的，装修的年代也很久，没有电梯，没有花园，更不能散步。年纪大了，父亲母亲的身体也有了这样或那样的毛病。

两年前，父亲来省城住院，拟手术切除肺部一小肿瘤。手术期间，怕受其他患者情绪感染，我特意安排父亲住进一个单间病房。我那几天因公出差，顾不上照料，便托堂兄陪护。即便去医院一两趟，看到父亲情绪不稳，偶尔聊上几句，也是简短的。

多年前，我与妻子商量要把父母接到省城来生活，便于照料。和父亲商量了多次，他不想离开生活几十年的小县城，离开那些朋友、同事。父亲说大城市人地生疏，出门不方便，哪哪都不方便。

这次父亲的肺部结节手术，是我托人请到省内一位知名专家亲自为他做的。手术很成功，且术后无需化疗，父亲很满意也很欣慰。

出院那天，我与妻子送他回老家，父子俩终于有一次长时间聊天的机会。在与他聊了一些术后注意事项后，他突然跟我提起《我的老姨娘》那篇散文，说其中有些细节描写不像当年的那个姨娘。他的这句话着实让我吃了一惊。

父亲是不怎么喜欢看书的，尤其是年龄大，双眼做了白内障手术后。让我惊叹的是，他居然看了我发表在《同步悦读》上的文章。

我的散文大部分描述的是乡情、亲情、友情、爱情和风情，已八十岁高龄的父亲能看下去，是不是因为我是他的儿子呢？

在我幼小时的记忆里，对父亲是没有多少印象的。我刚满月便被抱到外公外婆家抚养，跟着未成家的舅舅姨娘生活。三岁那年，父亲当兵去了山西，直到十二三岁时，我才算真正回到母亲身边。

现在，我回老家看望父母，有时也想陪父亲多坐会儿，陪他聊聊天。可退休多年的父亲，对现在的人情世俗及社会风气确实不能理解多少，有时与他之间的交流很难同频共振，常常话到嘴边又咽了回去。

和父亲聊天，通常在平静中开始，随着话题越来越少，谈话的气氛也开始变味。有时，是激烈的争论，有时争论急了，父亲也显得不耐烦，声音便很高，只有谈到感兴趣的话题，他的脸上才会露出一丝笑容。

前几天，父亲陪母亲来省城检查并治疗因眼底出血导致的视物不清，我有了机会谈家里和过去的事。比如，我的祖籍在哪里？爷爷是什么原因逃荒来的？为什么从谢河村搬到小李庄？

曾有两三次，和父亲谈到当年他当"赤脚医生"的经历，每次都能勾起父亲的深深回忆。他说那段往事已尘封半个世纪，虽大部分记不起来，偶尔也会有一两件记忆深刻的事让他难忘。坐在旁边的母亲急忙插话，跟我讲起父亲的那段光辉岁月。

20世纪60年代中期，社会上出现"赤脚医生"。母亲回忆说："你父亲是在那年春夏之交，正值农村插秧季时，被大队推荐到公社卫生院接受半年的短期培训的，回来后就当了'赤脚医生'。这是当时农村人对乡村医生的尊称。"父亲能被选中为"赤脚医生"，据说是因父亲不赌博，大队干部认为他品行好能胜任"赤脚医生"。

父亲说："其实我被选中的真正原因是我结婚了，比别的同龄人更成熟稳重些，才深得大队干部信任。"退休多年的父亲，现在仍不会打牌，也不会搓麻将。

那个年代由于贫穷落后，当"赤脚医生"是没有固定收入的，根本不能解决家中的生活窘况。村里的"赤脚医生"的设备也十分简陋，两间泥巴房，既是家也是卫生室，除一个药箱、一个针筒、几片药片、几块纱布外，器械少得可怜。在村民眼中，那却是一座护佑生命的"圣殿"。

尽管极其艰苦，不管是风雨交加的黑夜还是烈日炎炎的夏日，只要有人来找，父亲都会毫不犹豫随时出诊，在方圆四五里，他是几个生产大队和一家粮站职工的唯一村医。自己治得了的，父亲会一心一意尽力去治；自己治不了的，就陪同将患者送到公社卫生院或县医院。

母亲告诉我，那时的"赤脚医生"只收治病成本，因父亲拿生产队的补贴。如果碰上困难户，就要倒贴成本了。为此，为节约费用，父亲常给病人采摘中药材。当兵临走时，父亲还将节余的 26 块 3 毛钱的治疗收入全部交给了大队会计。

父亲当"赤脚医生"时，那双脚，沾过泥，蹚过雨，踏过雪；那双脚，毒蛇咬过，蚊虫叮过，荆棘刺过……

父亲说，他常背一个印有鸡蛋般大"红十字"的药箱，穿着白大褂，在坑洼不平的乡间小路上孤独地行走。尤其遇到流感或流脑暴发，不但要挨家串户走访发药，还得讲解预防知识，通常一天吃不上一顿热饭菜，睡不上一顿安稳觉。

那时的"赤脚医生"，大多没受过系统培训，掌握的医学知识也比较肤浅，大病、重病治不了，通常能解决的便是一些伤风咳嗽、头痛脑热、摔伤擦损等常见的外伤或普通小病而已。虽说只能治一些小病，却也大大方便了社员。

父亲当"赤脚医生"两年多，通过自己的努力为周边群众诊治上万人次小病。有时大医院治疗不了的，父亲则用"土方子"，反而将患者治愈，这是他一生中常引以为豪的事。

一个阴雨连绵的夜晚，有位浑身湿透的石姓村民推开屋门，沾满泥巴的双脚还在淌水。他向父亲哀求道："我女儿快不行了，求求你快去救救她吧！"

由于无钱医治，石家小女儿被父母从医院接回家，躺在床上奄奄一息。当父母的实在不忍心丢下孩子，便抱着一线希望踏着泥泞冒着风雨来求父亲。

外面天色已透黑，伸手不见五指，父亲简单问明情况，转过身子，穿上蓑衣，背起药箱，赤着双脚便随他出了门。

父亲家离石家约有四里路。途中，雨哗啦啦地下，羊肠小道泥泞不堪，随时有滑倒的危险。父亲深一脚浅一脚地来到石家，早已浑身湿透，顾不上换衣，立刻进行抢救。

在飘忽不定的煤油灯灯光下，父亲看到小女孩骨瘦如柴、脸色蜡黄，出现严重黄疸，处于休克状态，如果不及时治疗，最终会导致肾衰而死亡。那时，父亲学医才一年，也从未见过如此重症。石家人眼巴巴地望着他，把他当成最后一根救命稻草。

父亲先把脉，又从药箱翻出携带的《赤脚医生手册》，希望能找到一个对症的药方，结果越翻心越乱，急得一头冷汗。最后，父亲根据粗浅的医学知识作出一个大胆判断。于是，他先打针输液，后叫人找来柴胡、茵陈等中草药熬汤。

夜深了，父亲决定留下来观察。此时的小女孩已昏迷不醒，呼吸微弱，家人非常担心。夜里很冷，父亲抱着一床无法御寒的被子守候在患儿床前，困倦至极，却不敢合眼。他随时观察病情，一会儿量体温，一会儿喂中药，不知不觉中，已是鸡鸣五更。

　　小女孩终于醒来，发出一声啼哭，父亲心里的一块石头终于落地，也看到了希望。之后，父亲连续一个月天天上门，带来自己采摘的中草药，亲自熬成汤汁喂给小女孩，最终用"土方子"治好了小女孩的肝炎。

　　那个年代像父亲这样的千千万万个"赤脚医生"为人民群众生命健康作出了巨大贡献，应该说是功不可没。

　　如今，父亲老了，但他仍像一轮太阳，照亮我的心田，让我永远阳光灿烂。

家的味道

有些日子没回老家探望年迈的父母了，听说母亲身体有些不适，心里总不踏实。刚好这两天手头没啥要紧事，我便携妻匆匆踏上返乡之路。

一

中午陪父母吃饭，母亲说特意为我做了一份锅巴饭、一盘炸糯米圆子，还端上来一份她自己腌制的嫩生姜片，这些都是我从小爱吃的美味佳肴。猛然间，那种叫乡愁的思绪如潮袭来。

小时候，母亲常给我们子女做好吃的锅巴泡饭、酱油拌饭和青菜煮年糕，逢年过节才给我们做炸糯米圆子、豆蒸馍粑粑和鸡蛋蒸饺，有钱时也会买点芋头糖、芝麻切、花生糖等。

母亲做得最好吃的美食还是炸糯米圆子。将炸好的圆子放到用柴火烧的铁锅上蒸十分钟后，再浇些红烧肉的汤汁，老远就能闻到那股扑鼻的香味。

做糯米圆子，各家各户手法不一样，喜爱不一样，味道也就不一样，可说是千人千味。有的喜欢往糯米饭中加腊肉，做成腊肉糯米圆子；有的喜欢加肉糜、香菇，做成鲜肉糯米圆子；如果什么配料都不加，就做成素糯米圆子；还有水晶糯米圆子……总之，配料不一样，糯米圆子的味道自然也就不一样。到如今，我都坚持认为母亲做的腊肉糯米圆子是记忆中最好的味道。

做腊肉糯米圆子一直是母亲过年时的"保留节目"，寓意是团团圆圆、和和美美。进入腊月，母亲就忙开了，准备糯米、腊肉等食材。腊月二十七八前，母亲要亲自去买当年最新鲜、品质最好的糯米，然后放在通风干燥的阳台上晾晒一两天。

煮糯米饭是做好糯米圆子的第一步。母亲先把淘洗好的糯米放入锅里，加适量凉白开水，放置十分钟，让糯米浸泡后开始黏滑，再用急火煮开，然后改用中火、小火慢慢蒸煮，直到糯米饭的香味散发，渐渐弥漫整个房间为止。

糯米饭煮好后要稍微冷却会儿，母亲把挑选好的农家土鸡蛋打碎搅拌后倒入刚出锅、冒着滚烫热气的糯米饭中，再将事先准备好的腊肉粒、葱花、姜末、蒜泥放入，再加精盐、生抽、黄酒、味精和五香粉等调味料，用双手反复用力拌匀。拌好了糯米饭，母亲的一双手也被烫得通红。

静置十分钟，趁糯米微软热乎时，母亲将糯米饭搓成一个个乒乓球大小的丸子，每搓一个丸子前都要用水沾湿一下手心，这样搓起来才不会粘手。一大铁锅的糯米饭，一刻不停也得半个多小时才能搓完，搓好的圆子被整齐码放在竹筛里，待凉透了才能下锅油炸。

做油炸圆子，食材看着简单，却很费工夫。尤其是油炸环节，站在锅边，待时间长了，似乎腰都断了，稍不留神还把圆子炸得焦煳。本来临近过年，事情多就容易心浮气躁，没有耐心是干不好这活的。母亲却向来干得有条不紊，得心应手。

母亲把从农村油坊里买来的自榨菜籽油倒入大铁锅中，开大火烧至翻滚，把冷却的糯米圆子依次顺锅沿轻放进铁锅里。为防油溅锅灶，母亲在放圆子前先把火头调至中小档，再将圆子慢慢炸至焦黄，捞出沥干后装盘。

炸糯米圆子时，母亲从不让我在旁边参与，担心菜籽油溅到我的小脸上。刚出锅的腊肉糯米圆子又香又脆，实在太诱人，我总想趁热尝口鲜，母亲从不允许，说要等圆子放凉透些才能吃，原来母亲是怕我饥不择食被烫着。

咬上一口，圆子透着腊肉的香与鸡蛋的黄，那柔韧筋道的口感，酥软爽心。吃着母亲做出的糯米圆子，感到满满的幸福味道，看似家常便饭，实则倾注了母亲对家人满满的爱。

二

元旦刚过，大街上的红灯笼一盏又一盏地亮了起来，离大年三十全家团圆的日子也越来越近。每到年前，就想品尝母亲做的腊肉糯米圆子。前几天，母亲也打来电话，问我春节要不要从家里带点糯米圆子回省城吃。

年轻时的母亲，曾因积劳成疾做过两次大手术，身体伤了元气，最后总算从鬼门关爬了回来，年老了又患上了多种老年慢性病，我实在不忍让已古稀之年的母亲，站在灶台边为我做糯米圆子了。"过年讲的就是一家人团团圆圆，年夜饭一定要吃糯米圆子。"电话中，母亲总忘不了要叮嘱这么一句。

思绪回到 20 世纪那个物质匮乏的特殊时代。

那一年，我家那两间破旧狭窄、透风漏雨的土墙老屋实在容纳不下一家人居住，父母便咬牙东拼西凑，盖了三间土墙瓦房。房建好不久，母亲被批准随军，带着欠下的一屁股外债跟随父亲去了部队。

父亲所在的部队驻扎在黄土高原上的一个深山沟里。母亲则被安排在部队家属工厂上班。二十多人的小厂主要是代加工铅笔，后改成生产瓦楞纸板纸箱。因交通不畅，效益不好，有一段时间，母亲只好利用空闲时间到附近小饭馆里打工攒钱还债。

当地人不习惯吃南方的大米饭、炒菜。到部队后，母亲认识了不少来自湖北、四川、湖南等地的军嫂，跟她们学会了不少各地特色菜的做法，其中有道经典的菜叫回锅肉。在饭馆打工期间，母亲不经意间做的这道菜却深受老板和顾客喜爱。

回锅肉源于四川农村传统家常菜，也是一道川味特色菜。所谓回锅，就是将肉煮熟后切片回锅再烹炒的意思。原料主要用猪后臀肉，伴之青椒、蒜苗等，色泽鲜亮，肥而不腻，口味独特，吃起来醇香可口，是一道百吃不腻的家常土菜。

当上"大厨"后的母亲，每天第一件事就是将老板买来的带皮五花肉洗净，放入少量盐浸泡出血水。然后用猛火将锅中冷水烧开后，放入葱段、姜片、花椒、大蒜等吊汤，待汤气有香浓味时，再放入洗净的猪肉和黄酒等。肉煮至七八成熟，以筷子能插入即可，捞起、取出自然冷却备用。

夏天热，母亲会把捞起的猪肉先放在冷水里浸一浸，趁外冷内热时下刀，切成薄片，生姜、青蒜切片，大葱切斜段。肉切得太厚则腻，太瘦则焦，太宽太窄都难以成型。如今有冰箱，也可以把刚煮好的肉放置急冻室里两三分钟，就更好切了。

烹炒前，往炒锅里加少许菜籽油煸香辣椒、花椒，再放肉片煸炒，至肉片颜色变透明，边缘略微卷起后，将肉片拨拉到锅一边，放自制黄豆焖酱混合熬炒，炒出红油，再放少许酱油调色，与肉片一起均匀翻炒，使豆瓣特有的色泽和味道深入肉片中，最后撒点青蒜，撒少许料酒、白糖、鸡精，翻炒几下即可起锅。

为适应当地食客口味，母亲把这道菜进行自创改良，结合老家舒城乡下炒菜的做法，对怕辣的客人，选择彩椒、青蒜、洋葱、韭菜、香干、白菜梗等进行搭配，煸炒时放少许老陈醋，使麻辣浓郁的川味回锅肉瞬间变成香气扑鼻、醋味浓郁的山西回锅肉，让这道菜呈现出了独特的魅力。

三

除会做川味回锅肉、农家大烩菜外，母亲还会腌制各种各样的小咸菜。母亲腌制的小咸菜咸淡适宜、酸脆爽口。

母亲嫁给父亲后，一直生活在老家的那片黄泥岗上，种庄稼，忙家务，带孩子，额头上常挂满汗珠，头发间常夹杂着土屑、稻叶和菜花，身上常沾附着泥土灰尘。

那时家里太穷，家无余粮，更无细软。母亲只能用她那双粗糙的、常来不及洗净还沾着泥土或牲畜粪草味道的双手，洗锅、淘米、煮饭、做菜，把我们兄妹从牙牙学语拉扯到长大成人。

那几年，母亲起早贪黑，变着法儿将自家菜园产的萝卜、雪里蕻、花菜等，腌制成各种小菜。例如晒成萝卜干，有的腌成萝卜丝或萝卜丁。总之，母亲把家中坛坛罐罐都装得满满的，足够全家人享用一年半载。

土姜不仅能当调味料，也可腌制食用，尤其是嫩生姜。如今，我仍天天早餐吃腌的生姜，这也得益于从小喜爱吃母亲腌的生姜的习惯。

母亲先把鲜嫩的生姜洗净除皮，放在通风处晾干；再将嫩姜切片，放入盆中加适量的白醋、花椒和盐，拌匀后腌制十分钟左右，装入玻璃瓶或陶瓷罐中压实，封盖时顺瓶口撒少量白酒，置冰箱冷藏一周即可食用。

俗话说："家备生姜，小病不慌。"生姜不仅营养价值高，还是药食同源食材。据中医介绍，生姜具有活血、祛寒、除湿、发汗等功能和健胃止呕、祛腥臭、消水肿之功效等。

因体态臃肿，体内湿气重、手脚冰凉等症状，中医建议我要常年坚持吃姜或喝姜汤来调理，我便坚持每天吃腌的生姜，不仅调理了身体，还增进了食欲。

母亲腌制的嫩生姜，脆脆的，确实好吃，也不易放坏。随着母亲年龄增长，这几年，我不忍心再让老人家忙活，便向她讨教腌制方法。后来自己从网上购买生姜，按其传授的方法腌制，味道真的不错。

而今，已过不惑之年的我，离开老家在外工作几十年了，吃米饭、喝稀饭时始终离不开咸菜辣味，有时甚至连喝开水也想用手拈点咸菜放在嘴里搭搭味道，特别是母亲腌制的那些咸菜。

　　每次回老家，吃着母亲亲手腌制的生姜、萝卜、豇豆和咸鱼、咸肉、咸鸡、咸鸭等，是那么香又甜，常舍不得放下碗筷，有时还会多盛一碗饭，感觉那才是母亲的味道，也是家的味道，更是幸福的味道！

四

　　岁月的洪流，卷走了青春，也卷走了年华。记忆，会随时间流逝而变得模糊；味道，则永远在心底刻下深深的印痕而忘不掉，尤其是承载着母亲的味道，既没用特殊的食材，也没有复杂的技法，更没有精贵的作料，母亲却用最质朴的初心，把对家人深沉的爱，默默地留在三餐四季的家常菜里，留在子女的味蕾中，更深深地印在儿女的心里……岁月愈久，回味无穷，味道愈浓！

娘亲舅大

我有两位至亲舅舅，都是地地道道的农民，也是一对孪生兄弟。虽说外形酷似，但性格迥异，大舅耿直，二舅内敛。

一

小时候的我，五六岁前是在大舅的驼背上长大的；七八岁以后，是跟在大舅的屁股后长大的。

记忆中过年放鞭炮，都是大舅抱着我点的，那时我才几岁。过年时，大舅都给我买一挂小鞭，让我自己拆开一个一个地点着玩。

开始，我害怕，不敢去点火，大舅搂着我，让我把身子使劲往后靠，胳膊尽量向前伸，拿着一根点着火的小枝条，颤颤巍巍地去点捻儿，刚把捻儿点着，大舅就飞快地把我抱离，远远地跑开。

砰的一声震天响，炮仗在空中炸开了花，我也高兴得心花怒放，大舅看我开心，自己也高兴。

到我七八岁时，大舅教我撒渔网、戗泥鳅、捉黄鳝。大舅说乡下男孩，从小就要学会这些，长大了才能有吃有喝。这也算是一项技能。

大舅不仅会打鱼，还会织渔网。

农闲时，大舅在家织渔网，有手撒渔网、双竿渔网，织得最多的是手撒渔网。有时，大舅也把多的渔网拿到集市去卖，给家中换回些油盐。大舅家院里院外都挂满了大大小小的各种渔网。

大舅跟我说："撒渔网是一项技术活，渔网撒不开，网住的鱼就少。"大舅撒渔网时，一手在前，一手在后，身子向左或向右一转身，猛地向前一冲，松开手，渔网立刻撒开一大片，水面上顿时漾起一个圆圆的波浪，他再使劲抖动网绳，鱼儿就在网里向上直蹿。

被网住的小鱼，大舅随手扔回水里去，只有一巴掌以上大的鱼儿才会被收入篓中。小时候我不懂，为啥要把小鱼放回去，长大了才理解大舅的做法，竭泽而渔而明年无鱼矣。

二

春夏之交，是农村插秧的季节。平整的水田里存着一层浅浅的水，秧苗刚开始分蘖，晚上，大舅便带着我，打着自制的灯笼，去秧田地里戗泥鳅。

大舅用 8 至 10 根缝衣针，把针屁股烧红，然后均匀地插到一把旧牙刷头上，再绑上一根一米长的竹竿，带我顺着田埂寻找，看到泥鳅，猛地戗下去，针扎在泥鳅身上，再狡猾的泥鳅也会被戗上来。大舅一晚能戗四五斤泥鳅，偶尔还能戗几条"倒霉"的黄鳝。

空气阴湿的傍晚，大舅就带我去红花草田或水草沟里放黄鳝笼子。

黄鳝笼是大舅自己用竹篾编制的，圆圆的笼子每个高约 80 厘米，直径八九厘米，笼子的两端各有口子，一端为盖口，一端为进口，进口处像喇叭状。

大舅提前将蚌肉、蚯蚓等诱饵装进笼子里，傍晚时分沿着临水的树根旁、石缝边、涵洞里及有红花草的水田里将笼子埋下去，然后在露出水面的笼子上再盖些水草，黄鳝在夜间四处觅食时就会主动钻入笼子。

第二天早上起床后，我再跟着大舅去收笼，一般一只笼子一夜可捕捉到三五条黄鳝。大舅说这些功夫全是他多年的经验积累而成的。

三

大舅还是方圆十里有名的种瓜高手，育瓜苗是他的强项。他卖出的瓜苗包成活，有时对方管理不善枯了苗，大舅也照样酌情补偿。

大舅自己也种西瓜、香瓜。他种的西瓜有红瓤的，也有黄瓤的，个个又大又圆，甘甜清香，一般至少得有十斤重，瓜籽粒也大，晒干了可炒着吃。

收获季节，晚上，大舅带着我到西瓜地看瓜田。

庄子上有几个调皮捣蛋的小伙伴经常在夜里光顾大舅的瓜田。大舅每次都能及时发现并逮住他们，在训斥一顿后又悄悄摘上几个香瓜送给他们。

那个年代，西瓜一般是卖不到现钱的，都用小麦或稻谷来换，一斤小麦或稻谷换几斤西瓜。天气不热时，大舅也带上我，到周边的庄子上去兑换。一上午工夫，大舅拉去的西瓜都会兑换完，带着一车小麦或稻谷满载而归。

后来市场放开，瓜农可进城卖西瓜了。大舅再也不用到周边庄子上去兑换了，而是用板车将西瓜拉到城里卖个好价钱，他每年种的西瓜几乎都让在城里上班的二姨夫的同事提前预订完，一抢而光。

晚年的大舅不再干重体力活，而是常年在外靠拾荒谋生，后来不幸染上尘肺病，身体日渐衰弱，在家卧床靠吸氧机帮助呼吸。

那几年，大舅常戴顶草帽，蹬着三轮车，穿梭在拆迁的小区和农村乡下，收捡各种被遗弃的物品，大包小包地堆在随时会散架的车子上。

大舅是个勤劳朴实的人。因为勤劳肯干，很快，大舅靠拾荒在村里建起了新楼房，给两个表弟也娶上了媳妇，过上了舒心的日子。

然而，好景不长，大舅开始出现咳嗽、咳痰、胸痛、呼吸困难等症状。经查，大舅患上了严重的尘肺病。患病后，我主动给他在省城联系了一家最好的医院，请了医生给他手术诊疗，尽力想将大舅的病治好。

因尘肺病是一种死亡率和致残率较高的疾病，大舅只能边治疗边预防各种并发症来延缓生命。疾病带来的痛苦时时伴随着大舅的晚年生活。

四

我上小学那年，二舅应征入伍。那天，大队干部组织人员敲锣打鼓把入伍通知书送上门，给二舅戴上大红花，亲朋好友纷纷前来道贺。

二舅上过高中，也是庄子上少有的文化人。20世纪70年代初，国家还没有恢复高考制度，高中毕业的二舅只能回到生产队务农。

二舅当兵不久便入了党，并担任部队文化教员，后因一场大病做手术拿掉几根肋骨，错过了提干发展的机会。二舅退伍回乡后，因不能从事重体力劳动，到了公社电影院当了放映员。

导致二舅终身残疾的疾病是怎样发生的，我无从知悉，后来也没有多问，怕触及二舅的痛处，或许只有二舅自己心里最清楚。

我对二舅挺敬佩的，不仅因二舅有文化，还因他穿军装的样子。有一回，二舅到村小去接我放学，穿着一身笔挺的军装，十分英俊、潇洒、帅气，我跟在他身后，感觉二舅好威武。

后来二舅将我转学到城北中学上学那一年，我跟二舅朝夕相处生活了大半年，就住在电影院他的宿舍里，吃饭就去公社食堂。

那时二舅已成家，我有两个漂亮乖巧的小表妹，日子在平淡与温馨中度过，感觉二舅每天过得好幸福。

五

二舅和二舅妈是媒妁之言订的婚。二舅妈虽是个农村女人，却长得特别秀美，齐齐的刘海、白皙的肌肤、温柔的眼睛，长长的两条黑辫子常年甩搭在肩后，说话永远柔柔好听。

我依稀记得，二舅妈嫁过来那天，打扮得非常漂亮得体，装束既不土气，又不俗气，脸上露出两个浅浅的酒窝，浓眉下一双明亮的大眼睛，一颦一笑，透着淳朴与羞涩，看上去就是一个既秀外慧中又大方能干的姑娘。

有一年，我从部队回家探亲，当时还是女朋友的妻陪我一起回乡下看望外婆，见过二舅妈后，妻在回城路上好生羡慕地跟我说："你二舅妈长得真漂亮。"

那天，我与妻刚到外婆屋里稍叙一会儿，二舅妈就过来喊我俩吃饭。二舅妈做事麻利，不大会儿工夫就做了好几个菜，有一个菜还是我从小就喜欢吃的烧公鸡。

吃完碗里菜，我便在烧公鸡盘里翻了许久，除鸡翅、鸡爪、鸡肝、鸡脖、鸡头外，没找到一块有肉的。当我疑惑时，二舅妈带着羞涩的微笑向我解释："你二舅身体不好，把有肉的都留给你二舅了，你俩年轻，牙口好，多吃翅膀、鸡爪这样的活肉。"

那次回来，我心中对二舅妈多少有点不快，之后几次请我去吃饭我都婉言谢绝了。直到二舅妈因宫外孕去世，我才知道事情真相，原来是我错怪了二舅妈。

二舅妈去世后，二舅夜不能寐，常以泪洗面，萎靡不振，完全像变了个人似的，多年来都未能从痛苦的阴霾中走出来。

后来有人劝二舅再找个老伴儿，二舅一直不肯，说世上再也遇不到像二舅妈这样的老婆了，他不能对不起二舅妈。

有一次，我请二舅到家中吃饭，他对我说："你二舅妈其实也是个苦命人，父母去世得早，从小吃了不少苦头；结婚后，应该过得好一点，但摊上了我有病，反而一直是她在照顾我。"

结婚后，二舅妈知道二舅身体不好，自己从来舍不得多吃一口肉、多喝一口汤，把家里最好吃、最好喝的全留给了二舅，让他补身子增加营养。

六

那个炎热的夏天，二舅妈宫外孕大出血，二舅急忙用板车拉着二舅妈去县城医院。路上，躺在车上奄奄一息的二舅妈跟二舅说想吃块西瓜，二舅便停下车，当他买来西瓜送到她嘴边时，发现二舅妈已因失血过多闭上了双眼，永远地离开了她最亲近的人。

这是二舅妈唯一一次向二舅提出的要求，二舅觉得这辈子最亏欠的人就是二舅妈了。回忆这段往事的时候，二舅几度哽咽，泣不成声。

二舅妈去世时，留下刚满周岁的小表弟。从那时起，三十多岁的二舅就一个人拉扯着三个孩子，含辛茹苦把他们抚育成人、成才、成家。

那年春节，我携妻女给舅舅拜年。在二舅家，从他脸上我明显感觉二舅真的老了，虽只有六十多岁，但他一生经历的痛苦是常人所无法承受的。

后来父母告诉我，二舅患食道癌，已到了晚期，他放弃治疗，他说他没辜负二舅妈的托付，已把孩子们都养大了，他也要到天堂里去找二舅妈了。

临走时，我拉着二舅的手说："二舅，你好好养病！我下次回来再来看你！"二舅应着，把手缩了回去，那双手干瘦如柴的，却很温暖，我多想再多握会儿。

我心里清楚，若没有二舅妈多年不离不弃的精心照顾，哪有后来二舅的生活呢！二舅心里，一直惦记着二舅妈。

怀念二姨娘

　　傍晚时分，接到表弟打来的电话，说"二姨娘走了"。家乡话里，"走了"是表达人"死了"的意思。得知二姨娘去世，我的心情顿时变得沉重，眼泪倾泻而下。我当即决定，明天赶回老家去送她老人家最后一程！

　　享年八十三岁的二姨娘，在六年前因患阿尔茨海默病，常年生活不能自理，久治不愈，这次终因病情恶化而难以挽回生命。

　　晚上，躺在床上的我，翻来覆去睡不着，眼前像放电影一样，都是二姨娘生前的音容笑貌。二姨娘个头不高，短发齐耳，慈祥和蔼，说话轻声细语，有种不同于乡村妇女的气质。

　　二姨娘是大外婆家的二女儿，从小我就喊她"二姨娘"，也是源于小时候对二姨娘的恋母情结。二姨娘给予我的那些无微不至的关爱一幕幕涌上心头，浮现在眼前，让我充满了感恩的回忆。

　　20世纪六七十年代，家家户户都穷，外公外婆家也一样。下肢残疾的外婆，未成年的舅舅和老姨娘，一家人的生活全靠外公苦苦支撑。住的是土墙老屋，年久失修，四面透风漏雨，遇上雨雪天，常有倒塌危险。

二姨娘从小失去双亲，一直视我外公外婆为至亲。每年，她都从自家粮食和经济上给外公外婆家不少接济。我母亲从小跟二姨娘走得十分亲近，不是亲姊妹胜似亲姊妹。二姨娘家住庄子东头，与外公外婆家墙根挨着墙根。

说来巧合，我和二姨娘的闺女是同年同月同日生，我称她"表姐"，她叫我"表弟"。说是表姐，其实只比我大两个小时，表姐早晨出生，我是上午出世。

那几年，二姨娘既要照顾年幼的表哥表姐，有时也要帮着照应襁褓中的我，我饿了时，二姨娘也会把另一只乳头塞进我的小嘴里。

从小我就跟着表哥表姐玩耍，后来有了表弟，我们一起在这个小庄子上长大，表哥走到哪儿，我们就屁颠着跟到哪儿，一刻也不会离去，表哥就是我们姐弟的"定盘星"。

有天上午，我们围在煤球炉旁玩，表哥看到炉火快要熄灭时，便将一小杯白酒倒进炉膛，刹那，一阵蓝色火焰冲天而起，有一两米高，将表哥的眉毛和额前头发烧焦。瞬间，一股刺鼻的焦煳味弥漫空中，幸亏我们胆儿小，迅速远离了火炉才幸免于难。

表哥自然少不了被二姨娘一顿臭骂，二姨娘也把我们几个小的叫在一起，脸色阴沉地告诉我们为什么不能玩火，说"白天玩火晚上就要尿床，尿床了就会打屁股"。我记住了二姨娘的话，从此对火是敬而远之，再也不敢玩火了。

二姨娘会做一手家常菜，味道好，我特别爱吃。每到饭点，我都会端着饭碗到二姨娘家，既能和表哥表姐一起玩耍，又能蹭点二姨娘烧的鸡、鸭、鱼、肉等好吃的。

我小学毕业那年，二姨娘一家随在县城工作的二姨夫迁到城里住了。二姨娘进城后，舅舅和老姨娘也先后成家，且有了表弟表妹，外公外婆也顾不上照看我，我只好被母亲接回身边。

那时，父亲在外当兵，完全顾不上照顾我们母子，家中全靠母亲一个人。不久，母亲也随军去了部队，把我和大妹妹又托付给爷爷奶奶照看。

去城里的二姨娘家找表哥表姐玩耍成为我小时候最大的奢望。每当寒暑假，我都去二姨娘家小住几天。每次去她家，除能吃到好吃的外，还能看好几场电影。

那年暑假，我第一次来二姨娘家。从未见过世面的我，就像刘姥姥进了大观园，看城里什么都新鲜、看到什么都好奇。

二姨娘住县电影院职工宿舍楼，楼有些年代了，墙皮脱落，红砖裸露。一家五口挤在三间房里，姨夫姨娘住一间，表姐住半间，表哥表弟住半间，另一间是客厅，客厅后半截兼厨房。

晚上，我便和表哥表弟一起挤在那张夏天铺着凉席、冬天铺着棉褥子的硬板床上。后来，我去当了兵，每次回来探亲，都要去二姨娘家吃住几天，还是喜欢和表哥表弟一起滚床，三个人同盖一床大被子。

进城后的二姨娘因缺少文化，一直找不到合适的工作，先在街道草包厂上班，厂倒闭后又到县电影院寄存小组看管观众自行车，再后来又靠卖《电影画报》《电影介绍》《大众电影》等宣传刊物谋生。

二姨娘家的收入主要靠二姨夫的工资，日子过得确实够紧巴的。尽管这样，我却从没听过二姨娘有抱怨。不管何时，只要我们从乡下来，赶上家里没好菜，她便让二姨夫领着全家去职工食堂打牙祭。

食堂里每顿都有三四样菜，有荤有素，荤素搭配，天天不重样，尤其是桃溪小炒，肉丝细嫩滑滑的，再配上芹菜秆、白菜秆和洋葱丝、红绿青椒丝等，炒熟了那真叫个香喷喷。

负责食堂的师傅，二姨娘让我喊她黄阿姨。胖胖的黄阿姨喜欢用小灶铁锅炒菜，揭开锅盖时，那股饭菜香味阵阵扑鼻，让我一想起来就忍不住流口水。

黄阿姨每次给我打菜时，总会笑眯眯地望着我，有时还摸着我的小脑袋，关切地问我在乡下的生活状况，问问我父母回来了没有，用炒勺把菜盛得满满的才倒进我的碗中。

逢年过节，我便想起远在他乡的父亲母亲。尤其是母亲随军三年了，我和大妹妹都没有和父母谋过面，这几年的中秋节便在乡下或去二姨娘家度过。

庄子上人家，是一家挨一家，一户挨一户。中秋节前夜，在皎洁的月光下，家家户户忙着炒花生、做月饼。母亲在家时，也会给我们炒花生、做月饼。可她随军一走，我们就什么也吃不到了。

节前两天，我跟着庄子上的大孩子挨家挨户去串门，想到邻居家讨得一些花生、月饼和大妹妹分享。

二姨娘家的表兄姐弟是不愁吃不上花生、月饼的。每年中秋前，二姨夫都会收到单位发的月饼票，二姨娘就去商店排队，买来用黄牛皮纸包裹的大月饼，每个月饼足有半斤，圆圆的、厚厚的、黄澄澄的冒着油光的月饼，让人馋涎欲滴。

每次去二姨娘家过中秋节，都能吃到这样的月饼。

晚上，二姨娘一家人围坐一起，由表哥执刀，随意切开一个月饼，绿色的、红色的甜丝，黄色的花生仁，无色的冰糖馅都会露出来，二姨娘告诉我那是五仁月饼。尤其是那些冰糖粒，我含在嘴里任由其融化，舍不得咀嚼。

不管是母亲做的，还是二姨娘买回来的，抑或是左邻右舍叔伯婶送给我的那些月饼，都是儿时舌尖上最美的味道，更是一年中望眼欲穿的期盼。

在那个年代里，家里是没钱买年画的。农历小年一过，我就着急忙慌地要去二姨娘家，从她家找来一大堆电影宣传画报，省下买年画的钱。回家后，也顾不上休息，连夜把那些画报用糨糊粘贴到墙上去。看着满墙贴的都是电影宣传画报，仿佛自己置身于电影的世界里。

那年正月十四，我回乡探亲。晚上，表哥的前女友介绍我和妻认识。初次相识，双方都不好意思开口言语，为打破尴尬，吃过晚饭，二姨娘便将提前准备好的电影票递到我手上，让我和妻去看电影。依稀记得放映的是一部反映战争题材的故事影片《一个美国飞行员》。当时电影院里没有暖气，冻得我手脚冰凉、浑身颤抖，实在提不起兴趣。大约看了十分钟，我就拉着妻顺着边门逃了出来。

县城龙头塔旁的县电影院是孩子们童年的精神家园，电影预告牌每天都挂在大厦边的电线杆上，周边摊贩云集，有卖馄饨的，有卖烤红薯的，还有卖茶水和摆小人书摊的，电影开场前都在热情地叫卖。

和妻认识后，妻也成为二姨娘家的常客，逢年过节，二姨娘总想着把妻叫过去吃顿饭，说她一个人在城里工作，辛苦又孤单，叫在一起热闹。

转业回地方工作后，每逢春节，我都携妻去二姨娘家给姨夫姨娘拜年。有一年照例去她家，已患病多年认不清人的二姨娘，在姨夫和表哥的提示下，居然能口齿不清地叫出我和妻的名字，让我十分感动，说明二姨娘心中时时在记挂着我和妻。更为感动的是我女儿出嫁回门那天，二姨娘在家人搀扶下拖着病重的身躯出席了答谢宴，这也表达了二姨娘在心中对我们的深情厚爱。

二姨娘去世前，在医院住了二十多天，我居然一无所知，非常遗憾未能见到她老人家最后一面。年迈的二姨娘虽已驾鹤西去，但她一生勤劳善良的品质，将永远激励着我们。

我的老姨娘

　　母亲兄妹四人，母亲最大，姨娘最小，从小我就称她为"老姨娘"。她和母亲虽是亲姐妹，长得却不像，母亲脸形像外公，老姨娘的脸形却更像我外婆。

　　我十岁那年，老姨娘出嫁，选择我当小花童，伴送她到婆家。她的婆家离外公外婆家不远，相距三四里路，在一个生产大队。离娘家近，老姨娘可常回来照顾年迈的外公和下肢残疾的外婆。

　　老姨娘出嫁那天，秋高气爽。早上天刚放亮，大人就把我从被窝里拽了起来，给我换上一身新衣裳，说是老姨娘出嫁，要我打扮漂亮点。

　　那个年代，不时兴"伴娘"。送亲的队伍，除男女双方请的"红娘"或"媒婆"外，女方可让喜欢的侄男侄女或闺密陪伴。据说后来才衍生出了"伴娘"一说。

　　那天，送亲的队伍里除了我，还有两位年长的媒婆，有两位挑稻箩筐的男性，算是我表叔，有三位扛着嫁妆的，是我表姨。

路上，我紧紧拽着老姨娘的衣袖不松手，边走边抬头看老姨娘，心里有一种说不出的滋味。老姨娘也常低下头看看我，一声未吭，眼里噙满了泪花，把我的手紧紧地拉着。

箩筐四周各贴有一块方正的大红纸，箩筐内装有梳头镜、暖水瓶、双喜脸盆、大木盆、大红被子、花枕头等嫁妆，每样嫁妆也都用一张方正红纸压着，扁担两头也缠绕着红纸条。

老姨娘出门前，有人在门口场院上先放挂鞭炮，寓为"出门炮"。一阵噼里啪啦的声响后，门口顿时热闹了起来。

老姨娘坐在屋内的床头，穿着一件红色对襟袄子，不停地擦眼泪，外婆也是泪眼婆娑。有人说说笑笑，有人吵吵闹闹，有人在老姨娘床前劝慰，他们说些啥，那时的我太小，听不懂是什么意思。

时辰快到时，大舅在众亲友簇拥下进入老姨娘屋内。老姨娘在众人帮扶下，趴到大舅肩头上，大舅则顺势弯下腰，背起老姨娘径直出了堂屋大门。

那个年代，农村姑娘出嫁是没有送亲车辆的，全靠送亲的人一双脚步行。从外公外婆家到老姨娘的婆家，虽说不太远，也要走上个把钟头。

到了婆家，老姨娘的双脚先不给着地，在媒婆的引导下先踩上一只矮板凳，再踏过烧着红红木炭的火盆，待迈进大门后两脚才能站在地上。

此时，老姨娘披着一顶红盖头，由姨夫的妹妹，也就是她的小姑子牵手步入洞房，其他女人紧随其后，说说笑笑观察着老姨娘先用哪只脚迈进洞房的，说先迈左脚头胎生男孩，先迈右脚有可能会先生女孩。我不知道老姨娘到底用哪只脚先迈进婆家大门的，婚后的她生了一男两女。如正常人家一样，这种习俗可能是乡下人对生育的一种美好愿望而已，我坚信绝不可能靠先迈左脚或右脚就能决定生男生女的。

老姨娘进入婆家，来送亲的人任务算完成了。姨夫家有人帮忙卸箩筐里的嫁妆，有人领我们进堂屋抽烟喝茶，其他人跑前跑后，都忙得不亦乐乎。

晌午吃喜席，来送亲的人被姨夫家当天主事的人盛情邀请坐上堂屋的一张四方桌，说是喜宴的正席，媒婆坐上位，其他人按辈分或岁数依次落座，我年龄最小，坐下席，单等吃完喜席打道回府。

之后，每年我都要去老姨娘家拜年，我喜欢老姨娘给的压岁红包，喜欢吃老姨娘烧的家常菜，因为老姨娘做的饭菜，是我小时候吃得最多的，感受到的也是"姨娘的味道"。

每次去她家，她总是满心欢喜地迎接我："大姨侄来啦，赶快进屋！"然后连忙搬来凳子，让我坐下说话，给我端水倒茶，吩咐姨夫去菜园里摘些菜，留我吃完饭才让我走。

那时候，老姨娘家也一样贫穷。每次去她家，她都会把家中最好吃、最好喝的拿出来，让我一次吃个够、喝个饱。

姨夫年轻时患过眼疾，受当时经济条件限制，未能得到及时有效的医治，造成视力严重下降，给生活带来诸多不便。前几年又患白内障做了切除手术，平时只能在家门口打点零工贴补家用。

老姨娘从未抱怨过家庭困难，几十年如一日，艰难照料着一家人的日常生活，照顾地里的庄稼，收拾庭前的菜园，喂养家禽家畜。

她家门前有块空地，约有半亩地。老姨娘用它平整出个菜园，种些辣椒、茄子、西红柿、豆角、南瓜、黄瓜、丝瓜等各类有机蔬菜，绿油油的黄瓜、豆角，紫色的茄子，鲜艳红亮的辣椒，又细又长的丝瓜，煞是喜人。

菜园四周，老姨娘还种些花儿，待春暖花开，各种鲜花争相吐艳，红的如火、白的似雪、粉的像霞、黄的赛金，阵阵芳香扑鼻，令人陶醉其中。

老姨娘听说吃南瓜可降血糖，每年都要多栽几株南瓜秧，结出的几百斤南瓜全送给了患糖尿病的母亲吃。这几年，她听说我的血糖也升高了，每次南瓜成熟时，她都打来电话让我去拿。

　　每次回老家，路过老姨娘家门时，我都要停下车，进门看望她，和她拉拉家常。走时，老姨娘都会给我带一堆白菜、青菜、青椒、莴笋等，有时还把家中养的土鸡杀上一两只，让我带回来给外孙女吃。

　　老姨娘从小没读过多少书，和母亲一样，因家里穷早早便辍学了，会认的也就是一些简单的数字而已。虽认字少，但庄子上的人都夸她心眼好、人实诚。凡事都能忍让，宁愿自己吃亏，也从不占人便宜，没跟左邻右舍红过大脸，闹过矛盾。

　　老姨娘膝下儿女，如今虽已成家，但小家庭的条件都不是很好，一直让老姨娘揪心不已。表弟夫妻俩去浙江开窗帘店，做点小买卖，把孩子丢给老姨娘照看。她把孙子视为珍宝，含在嘴上怕化了，捧在手里怕摔了，用心呵护着孙子的成长。

　　一天上午，二表妹突然给我打来电话，哭着跟我说，老姨娘骑三轮车送孙子上学途中，连人带车摔倒在地，造成颅内严重损伤，人处于昏迷状态，被送进县医院重症监护室抢救。我心中陡然一紧，问明原因，先是安慰一番，放下电话，立马开车回老家县城。路上，我在心里默默为老姨娘祈祷，希望她平安无事！

　　在童年的记忆中，老姨娘视我为己出，待我甚至比母亲待我更亲。平常，她喜欢抱我，逗我开心，让我感觉特别的受宠和温暖！

　　想起那年春天，外公家养了头又肥又壮的老母猪。有一天，我突发奇想，缠着老姨娘要骑猪。老姨娘自然不会轻易答应。我乘她未注意偷偷溜进猪圈，赶出那头母猪。母猪一出猪圈门，我便纵身往它身上跳。第一次没骑上去，往后退了几步，准备再跳到它身上去，不料，听到有人吆喝，母猪快速跑起来，我不仅没跳到猪身上，还一屁股跌坐在潮湿的猪圈门口，弄了一身猪粪尿。原来是老姨娘在吆喝，看到我跌下来，老姨娘心疼得搂着我流下眼泪。为能让我骑一回猪，老姨娘真是拼了，猪在前面跑，她在后面追，趁机将我抱到猪背上，我开心极了，老姨娘却累得气喘吁吁。

当我从省城赶到老家县医院时，已是下午两点。

我走进重症病房，看到老姨娘躺在病床上，头颅上裹着厚厚的白纱布，露出一双干瘪的眼睛和一张微微翕动的嘴巴。我呼唤着她，她似乎听到了我的声音，微微点头。

护士长告诉我："幸亏送医及时，要是迟来半个小时，真有可能被死神带走了。"听完，我为老姨娘悬着的一颗心可算放下来了。

经全力抢救，昏迷十天后，老姨娘终于被医护人员从死亡线上抢救了回来。老姨娘醒来后，家人都在埋怨她，说她年岁大了，不让她骑三轮车，就是不听！

已经六十多岁的老姨娘，就是这样一位普通农家妇女，她从那个饥肠辘辘的年代走来，她的这一生，也是吃了太多的苦，受了不少的累。

年轻时，老姨娘特别能干活，里里外外都是一把好手，如今虽已年岁大，仍旧摆脱不了劳碌的命，帮着看孙子，家里家外忙个不停。

炎热夏季早上，太阳一露头便热浪滚滚、热气袭人，即使什么也不干，也会汗流浃背。老姨娘天麻麻亮就去菜园忙活，她要赶着太阳还不大晒，趁着清晨的一丝清凉，拢畦、搭架、除草、翻地、浇菜。

待太阳慢慢升起，汗如雨下的老姨娘回到家中后，草草吃几口早饭，便把家里拾掇一遍，叠床、刷锅、洗碗，把鸡、鸭、鹅、猪等牲口喂完，才能歇息。

农村人的中午饭，虽没城里人家讲究、复杂，但也会搞上两三样菜，家里人多，少了也不够吃。

那时候，用的都是土锅灶台，一大一小两口铁锅置放台上。老姨娘一会儿在灶台上忙一阵，一会儿到灶台下忙一阵，洗菜、切菜、炒菜、添火。

大铁锅是用来煮米饭的，锅中间放一个用竹条扎成的方格笼，笼子上放置几个蒸菜，如咸鸭、咸鱼、咸猪脸，或是蒸茄子、渣马茹苋、辣椒蒸白干，锅沿上用稻草扎的锅圈围着，防止漏气。

小铁锅是用来炒菜的，平常家里人吃饭，炒个菜园里产的白菜、萝卜啥的，或是搞个豆腐青菜鸡蛋汤，随便做几样，老姨娘都要忙活一阵子。看到一家人能吃上热乎的饭菜，不管有多累，她都十分开心、知足。

正午的太阳高高悬挂在天空之上，火球般炙烤着大地。这时候，忙了一上午的老姨娘才有空拎个小凳小椅，拿把破蒲扇，找个门口有风的地方，坐在那儿，赶做一年到头都做不完的针线活儿。困意袭来便打会儿盹，以至手中的针线头有时会洒落一地。

下午三四点，毒辣的太阳渐渐西下。老姨娘也随姨夫下稻田里拔草。几天不见，稻田里的杂草已经长过秧苗，有半人多高。齐脚深的水，受到高温蒸煮，滚烫得让人蜕掉一层皮。

老姨娘戴着草帽，顺着秧苗慢慢往前走，此时，她的腿肚子被烫得钻心地疼痛，汗水顺着脸颊不停地往下淌，常常湿了眼睛。

老姨娘时不时弯下腰，把长高了的、夹杂在秧苗中的稗子等杂草拔除。而每一次薅拔，双臂、脸上、脖子及双腿，都要和刺拉拉的稻叶亲密接触，被稻叶刺得火辣辣的疼……

初夏来临，我再次回到老家，看望正在家中康复的老姨娘。她见到我很开心，一个劲地说是我救了她的命，唠叨了许久也不愿意让我离开。

其实，我的心里很明白，老姨娘是自己救了自己的命，因为，她是个好人，一生做了许多善良之事，是老天爷对她的眷顾，不想让她过早地离去。

坐在老姨娘面前，我发现她自出车祸后越来越衰老了，脸上添了几道鱼尾纹，多了几分沧桑。但愿岁月来得慢些再慢些，让她早日恢复健康，希望老姨娘大难不死，必有后福，今后能活得更开心、过得更快乐！

今生有缘

渺渺尘世，茫茫人海，有种缘分是上天注定。妻说这辈子与我相识，是千年修来的情缘，也是我此生的福分。我相信缘，更相信缘分。

那年元宵节前夜，老家县城大街小巷披红挂绿，张灯结彩，街道上车水马龙，人山人海，一派节日喜庆热闹的景象，人们沉浸在欢乐和喜悦之中。

夜晚的微风也轻轻吹拂着人们的脸庞，霏霏春雨从天上飘落下来，像落叶一样轻，像针尖一样细，像丝线一样长，预示着这是个属于我的春天。

初次与妻见面，妻子给我留下极好印象。她穿着藏青色短式皮夹克，脖上围条编织的淡粉色围巾，微微弯曲的乌黑秀发齐着耳根，显得端庄娴雅。

介绍我与妻认识的是表哥前女友，也是她的初中同学、闺密，一直有意撮合我俩。

事情起因可追溯至半年前。我陪父亲回乡探亲，住在城里二姨娘家。听说表哥谈了女朋友，我很开心，执意让他把女友喊来，用我带的相机给他俩拍了许多照片。

返回部队前的一天晚上，和表哥闲谈，开玩笑地说帮我也介绍一个。表哥笑笑没有吭声，我也只说说而已，后来也把这事淡忘了。

时隔五个月后，表哥高考落榜也当兵来到我所在的部队，我们成了战友。表哥女友也随姨夫来我家看望表哥，并带来一张妻的生活照。

遗憾的是，那天我不在家中，没能见到他们，因我做了个小手术正在医院当病号呢。

出院回家，我才知表哥女友和二姨夫已离开。父母没跟我多讲，只是告诫我说："婚姻是一个人一辈子的大事，不能当儿戏，要从长相、年龄、家庭三方面考虑，认真考虑好。"

我没顾得在家多休息，便匆匆返回部队，找到表哥，想问明情况，表哥只说妻人品不错，需要我接触才能更多地了解。

我连着给二姨夫写了三封信，也托表哥给他女友发了三封信，终于等来表哥女友回信，她在信中简单介绍了妻的家庭情况、个人理想追求，文字虽简短，从中可见一斑。

不久，我进入部队举办的文化补习班，准备复习报考军队院校。春节前，表哥女友和二姨夫分别来信，希望我回去一趟与妻见个面。一切都是天意，恰在此时，文化补习班因故解散，仿佛冥冥之中的天意。

之前，我已知晓，妻娘家在桃溪乡下农村。妻是家中最小的，上有六十多岁的父母和几个哥哥姐姐，一大家子十几口人。

"文革"时，妻的父亲因新中国成立前在县警察局当过一年多的片警而遭受批斗，哥哥姐姐为此失去上学机会。高考制度恢复后，全家人把希望寄托在妻身上，妻不负众望，通过考试捧上铁饭碗，吃上皇粮，跳出了这个贫穷的"农门"。

那个年代，能考上学校的农家孩子像大熊猫一样珍贵，特别对女孩子来说，意味着铁饭碗端手上，从此吃上商品粮，刮风下雨不用忙，足以衣食无忧。

初次与妻见面，二姨娘用心营造了轻松愉快的氛围，打消我与妻的陌生感。为打破尴尬，吃过晚饭后，二姨娘便拿来两张电影票，提议我与妻一起去看电影。

县电影院对我来说并不陌生。小时候，一到寒暑假，我就喜欢去二姨娘家住几天，常随表哥到电影院门前卖电影杂志，有时也偷偷溜进去看会儿新电影。电影院的职工几乎全认识我，大多数人还能叫出我的乳名。

因为迟到，没有看到片头，也不知电影叫啥名字，后来听说是美国大片《一个美国飞行员》。当时能容纳千余人的观众大厅里黑压压地坐满了人。

第一次坐在妻旁边，一股暗香袭来，与一个不熟悉的女孩看电影，拘谨得我大气不敢出、话不敢说，好像喉咙里发出的声音都变了调，极力装出镇静的样子来掩饰内心的紧张。

县电影院设施比较简陋，银幕亮度低，音响单声道，画面清晰度不高，座椅是能上下起伏的七合板压制的，冬季没有暖气，夏天没有空调，只有天花板上的吊扇给观众送来清凉。

老家舒城冬天不供暖，又是连绵的阴雨天，我穿的军装又比较单薄，电影看了十分钟，就感觉浑身上下冷飕飕透心凉，冻得直打冷战，手脚也冰凉。

电影没看完，我们就从电影院旁门出来，来到"龙舒八景"之一的龙头塔旁，仰头望去，龙头塔每个角上悬挂的铁风铃随着风力大小发出清脆悦耳的铃声。

据说这个龙头塔已有 380 多年历史，始建于明代，塔身外砌青砖，内填杂土。塔身周围上下弹痕累累，第七层每角悬铁风铃一只，其中一只风铃曾被侵占的日军枪弹击毁。

龙头塔下，原是一口大池塘，清澈见底，荷叶飘香，龙头塔影倒映水中。结婚后，我与妻还专门来此，背朝龙头塔、面向荷花塘拍过一张合影。

　　我们绕过龙头塔，顺着飞霞路的老城墙遗迹边走边聊。舒城县城原来是有古城墙的，据说1938年5月的一天遭日军轰炸，城墙损毁。此后，北城垣与北城河在梅河路建设中逐渐消失，西、南城垣亦在城市改造中消失，东城河成为暗河，西、南城河及城内玉带河保存至今。

　　在昏暗的路灯下，我偷偷向妻瞄了几眼，虽看不清她的脸庞，但她说话的声音是甜如浸蜜。从聊天中，我能感觉她满脸温柔，满身秀气。

　　那个夜晚，我与她聊得最多的话题是部队里的生活、训练和学习的那些事儿。早上叠被子，要把被子叠得方方正正，像个豆腐块；白天走队列，要挺胸收腹站直，像一根桩；晚上拉集合，你睡得正香时，要听到哨声就出发……

　　妻盯着我静静地聆听，听得津津有味，很少搭话，偶尔插上一两句，也是不痛不痒的回应。我的热烈，妻的平静，倒显得反差很大。

　　不知不觉中穿过老城墙遗址，我们来到县政府门口。之后，我将妻送到她居住的单身宿舍门前。远远看去，那是一套20世纪50年代盖的荒草土坯房，在风雨中摇摇欲坠。

　　妻站在门前，向我挥手道别，说："有空再见！"要是平常，说什么我也不愿意在这么寒冷的夜晚来散步，簌簌的寒风冷雨直往衣襟里钻，但那晚与妻第一次散步内心里却是热乎乎的，说确切点，是高涨的激动和幸福让我忘记了自然界的无情冷酷。

　　如今，我与妻结婚已有三十余载，一路上有妻相伴，我的人生才变得精彩。也感谢妻多年来的默默付出，这份真挚的情感，我会永远珍惜，从缘起走到缘续，从缘续走到缘定！

那把小花伞

与妻第一次相识那年，我刚过二十岁生日，对一个男人来说，还是不太懂事的年龄。那一年，在我的人生中却遇到了一个对上眼的人。

与妻认识第五天，约她陪我回乡下去看望外公外婆及叔伯婶，她欣然应允。若干年后，一天与妻闲聊，我问她为啥当初这么慷慨答应我的邀约，她说也想借机了解我在老家的为人处世。

初春早晨，天气仍严寒，冷风吹在脸上如刀割般疼痛，匆匆外出的行人戴着棉皮帽，围着柔软的围巾，穿着厚厚的棉衣。我也一样，把自己包裹得严严实实，早早来到妻的宿舍门前等她。

妻住的集体宿舍，是三间破烂不堪的土墙草顶房，里面住四个室友。草房夹在两层楼间一狭小空旷地带，倒也显得冬暖夏凉。

妻撑一把浅蓝色小雨伞，穿着一件枣红色皮夹克，面带微笑朝我走来。此时，空中宁静地下着丝丝春雨。

看到妻的那瞬间，心里有点莫名的感动。互相点头示意，算是打过招呼，她便娇嗔地对我说："你是个水星吧，要是今年老家发了大水，非找你算账不可。"

她的这句话让我丈二和尚——摸不着头脑，半年后我陪她回娘家才找到答案。原来，妻娘家住桃溪丰乐河旁，历史上十年有九涝。

桃溪是千年古镇，历史上曾因境内丰乐河两岸有大片桃树，中间夹一溪（丰乐河）而得名。"桃溪春浪"即为"龙舒八景"之一。妻家就住在旁边。

妻顺手递给我一把藏青色小花伞，执意要我走前面，她跟在后，估摸着是怕遇上熟人不好意思。我撑着那把伞，与妻一前一后，迎着凛冽的寒风，伴着淅淅沥沥的春雨，一步一步向老家乡下走去。

"好雨知时节，当春乃发生。"元宵节刚过完，人们仍沉浸在过年的氛围中，春天的脚步却悄悄地随着鞭炮声的落寞而临近。

清晨的春雨悄然洒落，像丝绢一般，轻柔地滋润着大地和人们期盼的心里。春雨很细，似雾非雾，比雾更朦胧，更美妙。突然有种奇妙的感觉在心中萌动，此刻，我好像突然喜欢上了这春天的细雨。

虽春雨给人们带来的情感更多的是忧郁，或是惆怅，抑或是寂寞，但我在这细雨朦胧中感到的是一种惬意的享受，我享受着它的静谧，享受着它的温柔，更享受着它给我与妻初次相伴出行带来的那种浪漫意境。

路上，一切都显得那么宁静、安详。这时，若闭上双眼仔细聆听，会听到脚踏地面发出的细细的沙沙水声，这倒让我想起了"润物细无声"的景象。

远处，一片片高低起伏、错落有致的农家房屋似乎被春雨如烟如云地笼罩；近处，一棵棵小草在春雨的荡涤下倒显得格外青翠欲滴，那是春姑娘送给大地最美好的新年礼物。

我与妻边走边聊边享受着这静谧与幽深。

那天天空作美，一上午下的都是毛毛雨，路上行人稀少，即便偶遇行人，都用雨伞罩着自己的脸，妻在路上也未遇到熟人。

穿行雨中，我想若与妻能同打一把雨伞，成双成影、亲密无间地行走聊天，聊小时候的生活，聊部队的战友情谊，聊未来的生活打算，那是多么惬意。

不知不觉中，我与妻走了一个多小时，穿过化肥厂街区，再往前不远，来到县城北中学。我指着学校告诉妻，那是我的母校，我曾在这里求学半年。

顺着碎石路进入校园参观，道路两旁，分别有两三排红砖青瓦房，每排有三四间大教室，教室外带有走廊。离开学校四五年，学校仍无多大变化。此时正放寒假，人去屋空，校园内寂静无声，没有了昔日的热闹景象。

眼前是一大块草坪和一个简易的篮球场。说是草坪，其实就是一块平整的场地，有的地方光秃秃的，有的地方则是一窝窝长得十分茂盛的杂草。这里是学校举办体育赛事、师生集会等重要活动的公共场所。

我原本是没有资格到城北中学来上学的。

母亲随军前，我是庄子上叔伯婶口中常夸赞的"别人家的孩子"。那年，小学升初中，我曾以桃溪学区统考并列第二的优异成绩考入石岗初级中学。

上初一那年，父亲回来探亲，归队时将母亲也接走，把我和大妹妹交给爷爷奶奶照顾，我才知道母亲是随军了，留下我和大妹妹在农村孤单地生活，仍住在父母年前刚盖好的那三间土墙瓦房里。

初一上学期，我担任班长；初二下学期，我被降为劳动委员；到初三开学时，我啥也不是，成绩也一路下滑到低谷，气得班主任要吐血，说啥也不同意我进教室。

我也是破罐子破摔，整天穿着喇叭裤，痞里痞气，跟社会上一帮人看电影、打群架，几乎成为别人讨厌的野小子，从昔日老师喜爱、左邻右舍夸赞、同学羡慕嫉妒恨的佼佼者跌落到被学校拒之门外。

二舅和老姨夫怕我惹是生非，无奈之下想办法托关系把我转学到了城北中学。一路上，妻不多说话，一手撑小花伞，一手插兜里，总是微笑着听我讲述那段往事。

到达外公外婆家，已是下午一点钟。虽已过中午饭点，但舅舅、舅妈早早特意为妻做了一碗荷包蛋茶，说是外甥媳妇第一次上门要甜甜蜜蜜的。

我当兵第二年，古稀之年的外公在翻晒稻草时不慎中暑去世，丢下外婆一个人生活，住在两间低矮潮湿、透风漏雨的破土墙草房里。外公的离世，对外婆的精神打击无疑是巨大的。

从小患有腿疾的外婆，行走不方便，日常生活靠外公来照料。外公的突然离世，让外婆犹如天塌了一般，从此失去精神和生活双重依靠。外婆后因病常年卧床，靠儿子媳妇一日三餐送饭送水维系着生命，干瘪的两颊常流着浑浊的老泪。

我是跟着外公外婆长大的，外公外婆非常疼我。这次外婆见到妻，甭提多高兴，拉着妻的手问长问短话儿说不完。坐在她的床边，看着外婆两眼塌陷、骨瘦如柴，我的心中很不是滋味。

我把带给外婆的闻喜煮饼、稷山板枣、临猗苹果等山西特产拿出来让外婆品尝。外婆尝了一口煮饼，还没咽下去便哽咽起来，说："要是你外公今天还活着该有多开心啊！"

外公生前走哪儿就把我带到哪儿，一直张罗要给我找媳妇，到处承诺娃娃亲，希望早日能抱上重孙。今天，当我真的领着未来的外孙媳妇到他家时，他老人家却再也不能看见我与妻了。

短暂停留后，我就回老家庄子上去看望叔伯婶，大伯大妈已备好饭菜等着我与妻吃中午饭。

沿着小时候常走的那条弯弯曲曲的乡间小道，我拉着妻的手再次踏着泥泞走进春雨中，远远望去，雨声里，每一片枝叶，每一丛青草，每一把泥土，都被春雨唤醒，静谧的村庄也若隐若现……路边的青青麦田，在酣睡一冬后，正舒展身体，英姿焕发地呼吸着春的气息，吮吸着这来之不易的甘霖。

沟溪边的杨柳也在春风中轻轻摇摆，露出鲜嫩的春芽。春雨飘飘洒洒慢慢落下，像无数细针一样，洒在旷野中的每个角落里。

空中蒙蒙的雨丝，不远处我的村庄、我家的老屋，绵柔的雨丝织就的如烟的春纱，就像是一幅美丽的乡村水墨画那般美妙，我与妻都被雨中的美景所深深陶醉。

到大伯大妈家，已是下午两点多，堂兄弟妹早已将丰盛的菜肴端上桌。大伯家有九口人，在庄子上既是大户也算穷户。那天，大伯大妈一点不含糊，鸡鸭鱼肉，一张四方桌摆得满满的。

吃饭时，我与妻身后站着几位从小看我长大的村中长者，我请他们入席，他们推辞不愿意。于是，大家站在那儿一边吃饭一边津津乐道地给妻讲述我童年的那些往事，众口夸我懂事乖巧、讨人喜爱。

儿时，记忆中的大妈是令我讨厌的。大妈常因一些鸡毛蒜皮的琐事与母亲争吵，偶尔两人还大打出手，结下怨恨。

其实在农村乡下，妯娌间打闹是常见的事儿。大妈年轻时有时故意不分青红皂白，隔墙咒骂，甚至在邻里间散布各种难听的话伤害母亲的声誉。父亲当兵在外，母亲孤立无援，时间长久了总会激起矛盾。

这次我与妻回来，大伯大妈却一反常态，令我感到意外。我与妻结婚后，每次回老家，都要看望患病躺在床上生活不能自理的大伯大妈，除给他们带礼物外，有时也给大伯大妈塞个红包。

在大伯大妈家吃过中饭，返城的路上，雨还在淅淅沥沥地下着，我与妻却满脸洋溢的都是喜悦，各自撑着把漂亮的小花伞，快乐地在春雨中行走，任凭那记忆的时光把自己牵入梦境般的思绪之中。

护士老婆

　　从事护理三十余年，老婆已是高年资护士，一辈子勤恳敬业，终于在年前光荣退休。退休后，老婆没来得及清闲，便赶上外孙女出生，需要人照料，老婆正好无缝对接。

　　刚工作那会儿，老婆曾一度彷徨、孤独和苦闷过，总觉得护理就是伺候人的事，天天与病人屎尿血及呕吐物打交道，以后的日子怎么过呀？

　　每当看到康复出院的患者满怀敬意地鞠躬致谢时，老婆的眼神中不禁流露出藏不住的感动，从中她又看到当好一个护士的责任与光荣。

　　一天晚上，陪老婆逛街，迎面走来一位中年女性，突然立定在我们面前，惊讶地望着老婆说："您是汪护士吗？多年不见了，还记得我不？这是我儿子，那一年住院，多亏您给护理的呀！"

　　老婆被这突如其来的惊呼声震惊，忙对着这位中年妇女点头致谢，向对方回以默默的微笑。

老婆曾跟我说，干了半辈子护士，经她手打针输液的大人、孩子成千上万，哪记得茫茫人海中的这一位？

这样的"偶遇"有好多次，每一次，从她脸上的笑容中可以看得出来，她感到特别欣慰，这些年所做的一切和付出的辛劳都是值得的。

从卫校毕业那年，老婆经人介绍与我相识。那时她已是医院正式职工，而我入伍不久，是一个月仅拿10元津贴费的小战士。她的同事听说后，无不说她太傻，劝她尽早"悬崖勒马"，放着身边那些才华横溢的大学生同事不找，却要找一个当兵的穷小子。

老婆家人起初也希望她在城里找个条件不错的，特别是姐姐不顾一切跑来劝阻，逼她改变想法。老婆说她从小对军装有种特别的情结，喜欢军人特有的刚毅气质，更喜欢军人的那份朴实和坚强。

之后，老婆开始与我展开长达五年的马拉松式热恋，直到我从军校毕业才决定结婚生子。老婆说她嫁给我是这辈子最正确的选择，也是心甘情愿的。

老婆出身于老家乡下的一个贫穷农家，父母兄姐靠"勤做细耕苦种田"来养家糊口。在家人的支持下，她通过勤奋努力考上护校走进城里，她的成功曾被当地莘莘学子树为榜样。

恋爱期间，身在军营的我，与老婆见面交谈的机会少之又少。老婆多次写信或打电话鼓励我："恋爱结婚是我俩的事，只要你不后悔，我是不会后悔的。"

第一次相约去她家，面对未来的岳父岳母，我紧张得头冒虚汗，拘谨得不知如何是好。老婆却在一旁用眼神一次次地鼓励我，才使我定下神来。

归队那天，老婆送我到汽车站，目送我进入车厢。就在客车启动的刹那，她将一件包裹好的物品从车窗外迅速塞进来，松开手时，她的眼泪夺眶而出。汽车驶离车站有段距离了，老婆仍站在原地，向我这个方向张望。

安顿下来后，我打开包裹，看到的是一件做工十分考究的墨绿色陶瓷鸳鸯笔架，两支精致的鸳鸯笔并排插在笔架上。我百思不得其解，后在一位战友的点拨下，才知她送的"笔架"应喻"必嫁"之意。

不久，老婆来信要我安心复习，力争考上军校，非我不嫁，兴奋得我几夜都未睡好。那年七月，我以高分考上梦寐以求的石家庄陆军学院，实现了自己的梦想。

收到录取通知书时，我的心情非常激动，一口气跑到邮局，等了两个多小时，才拨通老婆单位电话，第一时间把喜讯告诉她，她在电话那头也激动得哽咽。

20世纪90年代第一个春天，老婆嫁给我，组成小家庭。婚房是单位为照顾军人家属分给的一套福利房，有二十多平方米，另外还有一个巴掌大的院落和四五平方米的厨房，锅、碗、瓢、盆将小小空间塞得满满当当。

婚礼那天，老婆着一件深红色半截呢子外套，围一条粉红色纱巾。在几位亲友陪同下，我带着一辆面包车到岳父岳母家来接亲。

仪式十分简单，既没有证婚人，也没有主婚人，只有父母邀请的一些同事、战友和亲朋，老婆邀请的同事、闺密和同学见证了我们的婚礼。

新婚蜜月结束，我便离开老婆，回到军营。之后大多数时间在他乡度过，和老婆相聚短暂，留给她的是无限的思念和寂寞的漫漫长夜。

当老婆脱下工作服，看着同事与老公、孩子携手相约外出，跟朋友、同学一起开心聚会时，当她拖着疲惫的身躯回到空荡荡的家中时，她心里那种说不出的滋味始终萦绕在心头。

那时的她，多么想我能回到她的身边啊！

尽管如此，老婆却坦然对待，她跟闺密说从谈恋爱的那天始，就做好独守空房的思想准备，她说只要我能照顾好自己，就是给她最大的慰藉。

听到这样的话，我泪流满面，内心感动不已。老婆虽没有窈窕的身材，但她有一颗常人难以拥有的善良之心。

女儿出生后，老婆的生活从此没了规律，白天上班，晚上教子，黑白颠倒是常有之事。一年里，我仅有一个月的探亲假，老婆则包揽了家里所有的家务。

那几年，老婆在儿科当护士，楼道里外都住着患儿，常要加班加点，顾不上休息，有时忙得连吃饭的时间都难以抽出来。

患儿难护理，稍不留意，就会招来家长责骂。老婆对患儿很有耐心，和患儿家属处得也很融洽，有些"常客"的家长，还点名让老婆给孩子打针吊水。

逢上夜班，老婆只能把女儿一个人安顿在家睡觉，只有深更半夜把患儿安顿好后，才能抽出丁点时间，跑回家中看看熟睡的女儿，给女儿掖掖被子，然后放心地返回岗位。

女儿小时特难伺候，小病不断，有时半月余就生一次病，一病就个把星期，弄得老婆焦头烂额，白天照顾患儿，晚上伺候女儿，甭想睡个安稳觉。

老婆在电话中说，她最大的愿望就是能不受干扰地睡上一个整觉。听了这话，我感到心酸，顿生愧疚，觉得这辈子欠她的实在太多，恐怕下辈子也还不完。

自考热那几年，老婆也加入潮流，带着女儿攻读高等护理的大专。她常在夜深人静时，一边守护熟睡的女儿，一边死记硬背那些难懂的英语单词。

那时候，每门课学下来，老婆都为此耗费不少心血和汗水。有时，女儿挂着点滴，她陪在旁边还坚持看书。

女儿四岁那年，帮忙照料女儿的岳母患胰腺癌住院。我因训练摔伤也请假回来休养。这下可忙坏了老婆。

那段时间，老婆不分白天黑夜，既要上班又要伺候老小，忙得瘦了一圈，一头乌发也急白了许多。

老婆从小在农村吃苦受累惯了，总把困难自己扛，不叫苦不叫累。还好有生性好动的女儿在身边蹦蹦跳跳，哭哭闹闹，她的心里多少有些慰藉。

经过三年拼搏与努力，老婆终于拿到蚌埠医学院高等护理教育大专学历证书。之后，她结合护理实践，撰写多篇学术论文在国家和省级护理杂志上发表，还获得过全省护理论文一等奖。

每年"鹊桥"相会，我都有太多感谢和安慰的话想对老婆说，我也想天天陪着她，一起分享、一起承担，恨不能把一年的家务活在探亲的一个月内全给它干完，好让她轻松快活几天。老婆倒心疼起了我，说："你一个人在部队，加班加点撰写材料也非常辛苦，年纪轻轻把头发都熬白了。作为老婆，我没有尽到妻子的义务，你回来了就好好休息。"所以，她从不让我插手她的"内政"。

每次回家，总发现她早就把我最爱吃的咸鱼腊肉准备好放在橱柜。远远望见居室的灯光，一路奔波的疲惫顿时烟消云散。除了女儿，这个世界上让老婆最担心牵挂的人自然是我，她说最怕我在外喝醉酒伤了身体。

岳母去世那年，我调回家乡工作。老婆把多年省吃俭用的钱拿出来，在县城购买了一套两居室。有了新房，女儿也长大了，加上我这个帮手，老婆也能从烦琐的生活中稍微解脱一些。

老婆常跟我说："想想之前自己一个人把女儿拉扯大，真不知道那是怎么熬过来的。如今，自己年龄大了，学历低了，知识面窄了，记性差了，常有一种落伍的感觉。"

每当夜深人静，老婆除了追那些喜爱的电视剧外，还抱起厚厚的《黄帝内经》和中医药教材。老婆说："现在老了要注重养生保健，健健康康多活几年，别给女儿女婿添麻烦。"

弹指一挥间，结婚三十年，女儿已长大成家，老婆也当上外婆，外孙女四岁多了，还像她妈妈小时候那样缠着老婆。在不经意间，岁月的年轮无情地在老婆的脸上刻下了抹不去的印痕。

家有贤妻

　　弹指一挥间，与妻结婚三十五周年，俗称"珊瑚婚"。三十五载，是那么漫长，让我们从风华正茂的青年踏入双鬓染白的中老年；三十五载，又是那么短暂，瞬间已是过往，仿佛发生在昨天。

一

　　一生中难得的是拥有一个知心爱人，妻跟我常这样感叹。对一个人来说，一生的守候是无法用一两句简单而苍白的山盟海誓来表达的，而要靠无数个平淡日子的同舟共济、相濡以沫。

　　婚前，别人花前月下，如胶似漆、卿卿我我，而妻与我则远隔千里、相互思念，心中的苦痛是常人所不知的；婚后，妻既当爹又当妈，不仅操心柴米油盐酱醋，还要与公婆、小姑子和女儿磨合。

　　1992年5月，我们迎来宝贝女儿。女儿出生时，体重8斤半，脐带绕颈，妻几个小时生不下来，遭了大罪，疼得在产床上声嘶力竭地叫喊，把我和岳母急坏了。我在产床边，紧紧握着妻的手不敢松开，岳母站在产房外无比无助。

在做了个切口手术后，女儿才被接生的医生从妻肚里很不情愿地拽了出来。刹那，似乎是她受了委屈一般，突然来了声非常清脆的啼哭，接着在产床上撒了泡尿，逗得在场的医生开怀大笑。

女儿的到来给我们小家庭带来了无限的快乐，也改变了妻的生活规律。说实话，女儿从呱呱坠地到牙牙学语，一路走来，的确让妻耗费了不少的精力。

为让女儿健康快乐地成长，妻对她的教、养、育的重视程度不亚于现在的一些年轻妈妈，自己省吃俭用不说，从不亏待女儿半点，她说女孩要从小富养。女儿入托、上学、就业、成家、生子的全过程，妻都竭尽全力、倾其所有。

女儿出生半个月，开始上吐下泻，又哭又闹，小屁屁天天拉得通红的。看医生，医生说是生理性腹泻，没什么好办法，我们只好从医院借个红外线灯来烤疗。

那时医疗条件极差，医院未设新生儿科，女儿因拉稀呕吐被折腾得浑身疲软，却无法找到其病原。从现代医学来看，就是小儿乳糖不耐受，导致女儿消化功能紊乱引发的。

妻经常被奶水堵得发高烧，仍坚持母乳喂养。所幸，女儿在四个月后，乳糖不耐受的情况慢慢有好转，六岁后身体变得越来越结实。但比起同龄孩子来说，女儿早期的营养不良，一直是妻子的一块心病。

二

为让妻少吃苦、少遭罪，那年底，我向单位申请回乡创业经商。第二年初，我与舅兄合伙开办了一家沙发材料店，租了百十平方米的仓库，开始了下海生涯。

正当我与舅兄的生意做得红红火火之时，一纸电报将我召回，让我参加跨军区、跨兵种大型联合军事演习。军令不可违，我只得放弃生意，匆匆离开妻儿返回部队。

回到部队后，原本的生意只能靠舅兄去打理。舅兄急，妻也急，她边上班边带女儿还要抽空去帮忙。其间，妻急得几次上火。

1995年，那年除夕下午，团里准备新春晚会，领导指名要我当主持。团里音响设备差，我便从驻地老乡那里借了辆摩托车去师文艺宣传队借设备。为赶时间，我的车速有点快，途中连人带车摔进路边两米多深的沟里，后被路人发现送到医院，确诊为腰椎间盘膨出。

春节后，腰椎间盘膨出疼痛得越来越厉害，严重到影响日常生活，更不能参加训练，常感觉腰部胀痛、下肢放射样痛，久走久站小腿痛，有时还会下肢麻木、发凉等。

团首长得知情况后十分关心我，专门派人护送我回家中疗养。刚开始，连上厕所、解鞋带、下床弯腰都要妻帮忙。早上起来，她要先帮我穿衣服，再送我到医院做理疗，才能回到科室安心上班。

每天，我要做牵引、理疗、红外线热烤、推拿按摩，等妻下班再接我回家。晚上，不管有多累，妻还要帮我再做双下肢交替抬举、双下肢同时抬举、上半身后伸抬起、身体两端同时抬离等动作训练。治疗了大半年，我才基本康复。

在我患病最痛苦、最郁闷、最难挨的时候，是妻给我化解心结，带我到省城找专家求诊。听说偏方能治疗，不管路途有多远，都会牺牲休息去向人家讨要。

三

我康复了，妻却病倒了。妻调来合肥后，面对新工作、新环境、新同事，她显得并不开心，天天愁眉不展。大概是生女儿时遭了不少罪、月子里生活没有调理好的缘故，妻的身体一直处于亚健康状态。

我在淮北工作时，妻在老家县医院当护士长。外科急诊病人多，特别忙，晚上九十点钟下班是常事。正在上初中、青春期叛逆的女儿需要她生活上照顾、学习上辅导，妻成天忙得焦头烂额。

2006年10月，我转业回到合肥，女儿也随之转到省城上学。妻看似轻松，实则更忙了。周一，要早起收拾，赶第一班车回县城上班；周五晚上，再搭乘最后一班车很晚才能回到合肥家中。

为了有更多时间照顾家庭，妻放弃正常休息，和同事调换班次，提前把工作安排好，才能放心回来。就在这样连轴转的工作和得不到充足休息的双重压力下，妻的血压急剧升高，最高时达160mmHg。

2010年秋，妻终于如愿以偿调到省城郊区工作，不再两地奔波，一家人不仅团圆，还搬进了三室一厅的新居，女儿也顺利考上大学。

有时候，我真觉得上苍是很不公平的，对于像妻这样一个心地善良的女人，为什么老天爷舍不得给她一点好日子过呢？

2011年的一天，上班途中，妻所乘坐的公交车停在站台上下客时被一辆农用车撞击，全车乘客只有妻受了重伤，摔断了三根肋骨，在病床上躺了大半年。

妻子卧床养病期间，大多数时间我能守着她，有时我要出差两三天或个把星期，她只能硬撑着站起来照顾自己的生活。

此后，妻的身体一直处于亚健康状态，不是头疼就是背酸，总是不明不白地生病，查不出病因。今天这儿好了，明天又不知哪儿疼。有人说是更年期，但我更觉得是年轻时苦累多了，亏欠了自己的身体。

四

女儿出国留学那年，我与妻送女儿到重庆搭机赴芬兰，返回时，乘船游览美丽壮观的长江。

我们沿着一座小桥，上了一艘三层楼高的豪华游船。走进船舱，站到船头，看长江，像一条金鳞巨蟒，翻滚着，呼啸着，奔流而去。江面上一艘艘巨轮驶过，留下一朵朵翻滚的浪花。

客轮在江面上缓缓移动。我与妻跟着游船先后参观了白帝城、石宝寨、丰都鬼城、神农溪、神妇溪、张飞庙、黄陵庙等长江沿岸的许多著名景点。

傍晚时分，忙碌的长江似乎感到一丝疲倦，又开始缓缓地前进。一阵江风吹来，江面上泛起小小涟漪，倒映在江里的青山顺着水波轻轻晃动。

黄昏，长江上景色如此优美，妻却无心欣赏。她感觉身体在打冷战，以为又像几天前一样感冒了，也没多在意，吃了几粒感冒药，躺在床铺上休息，症状暂时有所减缓。可到了夜间，症状明显加重，用两床被子紧紧包裹着也冷得她浑身发抖。

游船仍在星星渔火的江面上驰行。妻的高烧仍退不下来，我每次询问，她总说能挺得住。此时，她已高烧几个小时了，靠不停地喝白开水来咬牙坚持着。

熬了一夜，妻瘦了一圈。第二天早晨，游船到达三峡，游客纷纷下船参观美丽壮观的三峡大坝。妻却浑身酸痛，脸发烫涨得通红，我扶着她靠在长江截流纪念园的柱子旁，等待游客参观结束。

一夜高烧，粒米未进，妻十分虚弱，连说话喝水的力气都没有了，靠着我一动未动。我也心急如焚。

返回武汉的大巴终于来了。我把妻扶上车，靠在我肩头，她昏昏欲睡，突然呼吸急促。我拍拍她的脸，问她怎么了，她说全身乏力，颈部疼痛，心慌气短。我心里也发慌了，一边安慰她一边在心里不停地祈祷，希望大巴在高速上快快开。

在焦急中又过去四个多小时，终于到达武汉，我急忙拦辆出租车将妻送到同济医院急诊科，妻被确诊为急性甲状腺炎，经输液治疗，病情才得到控制。

五

带给我和妻更多的还是恋爱时那些幸福而又浪漫美好的记忆。每次在小区或公园散步时，我们都一遍一遍地回忆年轻时那些美好的往事。

恋爱时，我与妻常骑单车，顶着骄阳，沿着农村那崎岖不平的土路，来一场说走就走的单车之旅。妻坐后座，紧搂我的腰，一路骑下来，虽热汗淋漓，却也引来无数路人羡慕的眼光。

女儿出嫁后，家里剩下我和妻。只要有时间，我们就牵手一起去旅游，游览祖国的大好河山。每到春暖花开，背上行囊，开上私家车，清晨，迎着朝阳，沿着高速公路，一路向前，驶向心中的那片伊甸园。

如今，我与妻已走遍安徽境内和周边省份及西藏大部分旅游景点，偶尔也会跟着老年旅游团走出国门，到境外去感受别样的异域风情。

俗话说，没有锅勺不碰沿的，夫妻间磕磕碰碰在所难免。日常生活中，我与妻也会因鸡毛蒜皮的事引发矛盾，双方通过交流后都会静下心来各自反思，从没因过分冲动而大吵或动手。

"岁月如梭光阴过，你我依旧手牵手。"我们已携手走过三十五年。人生能有多少个三十五年？能够陪伴长久的正是牵手最久的你，我们一起经历，一起哭笑，一起奋斗，一起努力！人的一生，只有经历了春天，才能领略到百花的芳香；只有体验过困苦，才能懂得生活的美妙！

祝福女儿

女儿出生前，为给她起个好听、有寓意的名字，妻与我来来回回写了多封信。我拟的陈晨、陈晋、陈婉三个名字，妻都不乐意。她在《辞海》里查到"深思默想"这个词，顿生灵感，写信跟我说"沉思"的谐音"陈思"不错。我与妻长年分居两地，妻用"思"来表达对我的思念，意在其中，用心良苦。

一

小时候的女儿，活泼好动，长大后，像个小男孩一样，留着短发，喜欢搞恶作剧、小破坏，敢对不听话的小男生动手，真是调皮捣蛋又可爱。

两岁时，全家先醒来的是她，先惬意地打个呵欠、伸个懒腰，然后悄无声息地爬出被窝，光着小屁股先叫醒外婆，又跑进我与妻的卧室，直到把大人都弄醒了，她才蹒跚而去。过不多久，又能看到她甜甜酣睡的身影，嘴角还挂着弯弯的笑容。

女儿虽淘气，讲起话来却有"小大人"风范。要是有人问她爸爸妈妈哪个好，她要么继续玩她的玩具，要么干脆说两个都好。只有我与她两个人时，女儿才毫无顾忌地对我说："妈妈不好，爸爸最好！"语气绝对是肯定的。可没过一阵儿，她准会又跑到妈妈跟前，低声跟妈妈说："爸爸太胖，不好看，妈妈最好！"不折不扣的一个小"两面派"。

有段时间，三岁多的女儿随她妈妈来部队探亲住了一个月，临走前两天，我陪娘儿俩逛逛驻地公园。一路上，女儿紧拉我的衣角，仰头看着我，再三叮嘱，她过生日时，我一定要回家，她说她要请客。我说："你拿什么请爸爸？"她一本正经地回答："我在饭店请你，我请客，妈妈掏钱。"小小年龄也学得"市侩"了。

送妻女到车站那天早上，女儿以为我要和她一起回家，早早醒了，嚷嚷着要起床，光着小脚丫跑到我床前，贴在我的脸上狠狠吻了三下，飞也似的跑回自己床上。

下午，当我把娘儿俩送进车厢后，我与妻靠在车窗两旁，面对分别，无言以对。女儿站在一旁却高兴得手舞足蹈，反复追问："爸爸，你回家给我买什么生日礼物呀？"

看着无忧无虑的女儿，我这个做父亲的泪水在眼眶里直打转，只能忍着，不想让年幼的女儿看到我泪流满面的样子。妻看我伤心难过，就催促我快点下车。我也担心在女儿面前掉眼泪，伤了女儿幼小的心，便狠心地扭过头，流着眼泪快速地走到车厢外。

女儿发现我走了，猛然意识到什么，拍打着车窗玻璃，望着站台上的我大声哭喊起来。妻怎么也劝不住，女儿一个劲地叫喊："我要爸爸，我要爸爸。"哭声震碎了车厢里每个人的心。

列车一声长鸣，载着女儿的哭声渐渐消失在远方。站台上，孤身一人的我，回想女儿开心快乐的身影，眼泪像开了闸似的，顺着脸颊不停地往下流，我不想去擦它，迎着风，任凭它模糊了我的视线……

二

时光荏苒，岁月如梭，不知不觉中，女儿已长成大姑娘。长大后的女儿，与我成了"文友"。

从牙牙学语起，女儿就喜欢听我和她妈妈给她讲故事，一讲就是大半天。那时，家里经济拮据，没有更多的钱给她买小人书或故事书，我与妻便找小学生作文来替代。我与妻讲得越多，她听得越出神。

四五岁时，女儿会认不少字了，她嫌我们讲的水平不高，便自己捧着作文一字一字地读，常看到晚上十一二点还不松手，遇到不认识的字便向我们请教。

上小学三年级时，女儿开始动笔写作文。一天，她非常认真地告诉我，她写了一篇叫《植树》的"文章"，"求"我帮她发表。我没急于表态，先是认真拜读了她的"大作"，捧着她的作文，翻来覆去看了几遍，尽管只有猫尾巴长，却真的未能找出什么错误，语句还算顺畅。

按女儿要求，我把她的作文原封不动地寄给了《农村孩子报》。让我意想不到的是，这篇文章赫然在报上发表出来，还寄来 15 元的稿费，这给女儿，也给我增添了百倍的信心。

女儿写作热情陡增，一连写下数篇，篇篇都有进步。其中《我拿稿费订报纸》被《农村孩子报》和《舒城报》同时刊用。女儿成为学校里小有名气的"新闻人物"。

有段时间，女儿骄傲的天性暴露无遗。凭借小小名气，她开始翘小尾巴，写作热情陡然降温，常在我和妻面前抱怨，说："写作文太苦了，不想再写了，几次作文考试，都被老师扣了大分。"

女儿从沾沾自喜中被一盆凉水浇醒，向我和她妈妈表态，一定要把作文成绩找回来。女儿提出要到作文辅导班去充电，我和妻毫不犹豫予以支持。

在作文辅导班，女儿学得很刻苦，很快冒了尖。通过老师辅导，她写的十多篇作文均在全国中小学生作文大赛中斩获大奖，有的作文还被收入作品集或被报刊发表。

女儿又从写作中找回自信，表露出将来想当作家的梦想。看着女儿捧回来的一本本荣誉证书，作为父亲，我打心底里高兴与激动。那时，我相信女儿将来一定能成为了不起的作家。

三

那几年，我在淮北工作，离家几百公里，实在没精力照顾正在上中学的女儿。女儿却很努力，不抱怨任何困难，始终把心思用在看书、学习、写作上，像《红楼梦》《水浒传》《西游记》《钢铁是怎样炼成的》等中外名著，反复看了数遍，平常她向我提出的最多要求是多给她买书。

女儿的志向是考一所她向往的大学。多年来，她也一直在实现人生目标的道路上奋斗，也始终保持较优异的成绩，为父母争足了光。我们也在心里默默为女儿送去祝福，希望她能成功！

然而，高考像是坐过山车，兴高采烈地走进考场，一不小心就会跌入谷底。高考就是高考，有人欢喜有人悲伤，失败就是失败，没有任何词语可以替代。

平常成绩一直很好的她，却在高考中"大意失荆州"，考了个二本院校，没有实现自己的目标。对于女儿来说，这是这辈子最沉重的精神打击，也的确是人生无法承受之重。

女儿把自己关进卧室，大门不出二门不迈，不开灯、不吃饭、不洗澡，也不见任何人。隔着房门，听到女儿的低声哭泣，她不停地抽噎着。全家人都急坏了，聚在一起商量对策。爷爷奶奶偶尔还要责怪一两句，说我与妻对孩子的要求太高了。

我们何尝不为女儿的高考失利而焦心呀！但此刻，我们能够理解她的委屈，只有让她哭够了，她的情绪才能平复，才能劝说她从阴霾中走出来。

关了整整一天一夜，女儿心力交瘁，伤心透顶，曾经认为自己很有把握的高考，没想到却在这场没有硝烟的战斗中输得一败涂地，她也只能用无尽的哭泣来表达心中的不甘与内心的不服。

第二天，女儿打开房门，走进客厅，坐到沙发上。我和妻一夜也未合眼，始终关注她的一举一动。未等开口说话，女儿面对我们又流下泪来，接着失声痛哭，立刻又变成长号，像一匹受伤的野狼，在深夜的旷野中嗥叫，惨叫声中夹杂着愤怒和悲伤。

过了会儿，她又开始呜咽，并再次试图用哭声来掩盖她的痛苦。她那不时地啜泣变成持续不断的低声哭泣，双眼紧闭，想竭力停止抽泣。

看着消瘦憔悴的女儿，妻本想上前劝慰，被我悄悄打断。我轻轻拉了她一把，把她的手紧紧地攥住，用眼神示意她不要吭声，待女儿情绪宣泄完之后再说。

女儿终于不哭了，擦干眼泪，洗了把脸，简单地吃了两口早饭。之后我们平静地围坐一起，认真分析梳理原因，讨论复读与上普通二本院校的得失，最终达成共识，决定先上一所与芬兰联办的"2+2"某学院国际工商管理专业。

在反复劝说引导下，女儿显然受到一些启发，脸上慢慢恢复光泽，偶尔也有些笑容。我们乘机告诉她，你的人生并没有失败，高考失利对你来说既是坏事也是好事。坏事，是未能实现奋斗目标，心有不甘；好事，是从此有了向着人生目标继续努力的不竭动力。

四

上大学之后，女儿很快调整好心态。两年时间，她完成了大学四年才能完成的学业，考取教师资格证、财会从业资格证、车辆驾驶证、英语四六级和雅思考试，参演了微电影《那女孩对我说》……

大一那年暑假，她早起晚睡，不修边幅，以安徽大学国防生为原型，创作了二十多万字的长篇网络小说《嫁人就嫁 GFS（国防生）》，被晋江文学网签约，短篇小说《有没有爱，都不要慌，路还很长》被寓形网采用，成为一名九〇后网络女作家，被吸收为安徽省作家协会会员。

大学期间，女儿先后在《中国人口报》《安徽日报》《安徽商报》《清单》《博客天下》等报刊发表新闻、文学、翻译等作品数十篇，其中《用奉献书写人生的华美乐章》获中国人口报社优秀新闻作品二等奖。

2014 年，女儿取得经济学专业和国际工商管理专业双学士学位，后被香港浸会大学录取为国际新闻专业硕士研究生。作为一所蜚声国际的世界一流大学，该校在多个全球权威大学排名中表现卓越。2016 年 11 月 11 日，在浸大研究生毕业典礼上，女儿为其母校填词创作的歌曲《浸大——南山南》被钱大康校长定为在内地硕士招生的唯一宣传曲。

十年寒窗苦，换来一朝乐。如今，女儿已成熟成家，有女婿与外孙女陪伴，我与妻再也不像过去那样为她的冷暖与安危担心了。

初为外公

那年正月，期待已久的外孙女呱呱坠地，母女平安。外孙女足月出生，体重5.8斤。站在产房门前迎接母女俩时，我就迫不及待地想早点看到外孙女长的是啥小模样。

刚出生的外孙女被护士阿姨用被子紧紧包裹，小脸被衣物遮挡，护士说："新生儿要避免感染。"

回到病房，我情不自禁走上前，轻轻掀开被角，第一眼看到的外孙女像一个半熟的桃子，耳轮分明，皮肤白皙，鼻子秀气，嘴唇饱满，脸皮娇嫩，躺在妈妈身旁，酣甜地睡着大觉。看来先天发育是没有任何问题的，这也让我与妻放下了那颗悬着的心。

凝视外孙女，仿佛凝视着一件活生生、水灵灵的艺术品，我顿生怜爱，目不转睛，百看不厌。

外孙女睡得香甜，两只小眼睛眯得很紧，像两根细细的线，小嘴张合着，好像在无声地呐喊出她来到这个世界上的喜悦。

面对外孙女，我既兴奋又紧张，想抱着又不敢。虽说婴儿骨软耐摔，但心里还是害怕，怕失手把宝宝摔着了。看着无比可爱的外孙女，心头的喜悦无以言表。

为照顾女儿坐月子和外孙女，女儿高薪请了一名月嫂提供产后及婴幼儿护理。月嫂认真细致，每天都做详细的护理记录，包括产后膳食搭配和宝宝喂奶时间、次数、食用量等，深得我们全家人信赖。

外孙女满月不久，月嫂又被另一家约走，我与妻便把女儿和外孙女接回娘家。这下，外孙女成了家庭的核心成员，她的到来改变了家中平静的生活，全家人开始围着她转，围着她忙。

我这个初为外公的再也闲不住了，她给我们不仅带来了欢乐和新的生活希望，更让我较早品尝到了天伦之乐的味道，感受到了那种隔辈亲的滋味。虽辛苦，但快乐着！

每天早上，闹铃声一响，我与妻就匆忙起床。我俩有明确分工：我负责到早市买菜，做早餐和晚饭；妻负责给宝宝喂奶、换尿布、洗衣服。

好在妻快到退休年龄，单位领导一般不交给她过多过重的工作任务，同事也很照顾她，经常把她应干的事情也顺带干了，让她回家照顾外孙女。

我上班在市中心，离家较远，中午不方便回家。为帮妻分担，每到下班时间，我就着急忙慌地往家赶，回家便去看看外孙女。看她平静安详地睡觉，看她贪婪地吮奶，看她哇啦哇啦地哭着，看她那两只黑眼球左右转动着看这个瞅那个……她的一举一动那样叫人关注，牵动着我的心。

外孙女才一个多月，什么也不懂，整天就知道吃饱了睡，睡醒了吃，一天睡二十多个小时。都说婴儿是在睡眠中生长，那就让她多睡睡吧！希望她在熟睡中早点长大。她睡着了，大人们方能得到片刻解放，她若是醒着，便要吃奶，我们便要哄她。

外孙女很乖巧，不闹人，但她一哭闹起来，我们就紧张，有时也瞎猜一番：是饿了还是累了？是不舒服了还是困了？是哪儿疼了还是哪儿痒了？于是，又是抱着拍，又是好话说尽地哄，虽然明知她可能一点都听不懂。

我在家时，听到她哭，就会马上去哄她。我把她抱在怀中，她的一对黑溜溜的眼睛时而不眨地盯着你看，时而慢慢地睁开左眼，右眼却睁不开或半眯着，不知道我这个当外公的在她的眼里到底是个什么形象。

除吃奶、换尿布外，外孙女拉便便成为全家人关注的头等大事。她生下不久，因乳糖不耐受，一天腹泻三五次，光吃不长，女儿急得哭了好几回，只好先把母乳暂停，改吃牛初乳。两天过去，外孙女虽不再腹泻，却也拉不出便便，全家又开始着急，女儿更是沉不住气，打电话向当医生的同事讨教。后来月嫂换尿布时闻到宝宝屁股有异味，听到这个"喜讯"，全家人才如释重负。

偶尔，我也会抱着给外孙女喂奶。我把她抱在手臂上，把奶瓶嘴塞进她的小嘴里，明知她什么都不懂，却喜欢跟她说话："宝宝，多吃点，吃得饱饱的，长得高高的……"看着她用力地吮吸，心里真是有种说不出的开心。

有时，她吃着吃着把奶嘴抵出来，又不会说为什么，也真让我与妻不知所措。偶然见她咧嘴一笑，那真是最开心的时刻："看看，她在笑，她在朝外公笑了。宝宝，再笑一个给外公看看！"这时，我会自然想起"含饴弄孙"这个成语，现在我可真有切身体会了！

两个月后，外孙女从出生时不到6斤长到10斤多，头发、眉毛也开始慢慢长出来，小胳膊、小腿儿长得胖乎乎的，长成一圈圈的"褶褶"，就像一节节雪白的莲藕。明显比生下来时有劲多了，当我把一个手指头小心翼翼放在她手心里时，她就会紧紧抓住不放。

外孙女的小脚丫玲珑、匀称、丰满。她睡醒后，躺在小床上，脚蹬手刨，小胳膊不停地挥舞，小腿儿不住地踢，小眼睛好奇地打量着这个陌生的世界，小嘴里还不时地发出"咯啰、咯啰"的声音，就像一位小小的乐队指挥家。

外孙女喜欢泡澡，外婆给她洗澡时，她会安安静静地躺在浴盆里一动不动，任凭怎么搓、揉、捏，享受着沐浴的快乐。每次洗完澡，若来不及给她喂奶，外孙女就把小手指头放进嘴边吮吸，一旦被妈妈呵斥，又乖乖地把手拿到一边，怯怯地看着妈妈。

以前听老人常讲隔代亲，自己却从没有体验，现在自己亲身体会到了，那确是一种爱的传递和延续。

从女儿长大至今，二十多年的我一直没抱过小孩子。外孙女虽只有 10 斤左右，但抱在手里长时间保持一种姿势也很累，一边抱一边还要轻轻地拍着。

为哄外孙女，我翻出记忆中所有哄她妈妈小时候的话，翻来覆去再讲给她听，看她躺在我的怀中，我又仿佛回到了初为人父、怀抱女儿哄她入睡的岁月。

外孙女出生后，我把对女儿的亲情全倾注到了外孙女身上。每次抱她，我都感觉有特别的幸福感，一两个小时下来，胳膊和腰虽累得发酸，心里却甜丝丝的。

到三个月时，外孙女像个小人精儿似的常令我们惊喜。譬如，她开始懂得观察人了，当一家人围坐桌前吃饭时，她总是乖巧地躺在摇椅里，左看看右看看，高兴时还会来个"鲤鱼打挺"，一旦有人放下碗筷去逗她，立刻就佯装要哭，想让你去抱抱她。

现在，她假哭的动作越来越娴熟，一边有节奏感和韵律感的"啊呀啊呀"，一边满眼期待等你抱她，如果你没去抱，她会继续卖力地干号，直到哭得你心软为止。

初为外公，除了激动与紧张，也会有一丝丝伤感。当外孙女喊我第一声"外公"时，我难免会有将老之感，叹岁月远去。外孙女的出生，意味着自己的生命将被延续，也倍感欣慰。

再过几天，就是外孙女出生百日纪念，希望宝宝天天都能像花儿一样开放，像阳光一样灿烂，像鸟儿一样自由，健康快乐度过每一天！越来越聪明，越来越漂亮，越来越可爱！

极光周岁

　　"极光"是外孙女的乳名，她刚满周岁。女儿给她的宝宝取这个乳名时，我与妻始终不同意，甚至和女儿还为这事闹得不愉快，谁也说服不了谁，直至现在，我和妻也极少喊她"极光"，更多的是叫她"宝宝"。

　　女儿执意取"极光"这个乳名，源于她曾在北欧芬兰留学的一种情怀。芬兰有个北极圈，北极圈有个北极村，到北极村就能看到北极光。女儿曾去北极村看极光，她特别喜欢极光。

　　芬兰的民歌里有这样一句话："如果你找到神秘的北极光，幸福生活就离你不远啦！"足以见得在芬兰能看见北极光是一件多么幸运又幸福的事情。

　　我曾去过芬兰，游览过首都赫尔辛基，这是个位于欧洲北部、靠近北极，只有约560万人口的欧洲小国，遗憾的是没有到过北极圈，更没见到北极光。

　　女儿解释：把宝宝乳名取"极光"，寓意为两人幸福的结晶，期待宝宝像北极光一样在未来的人生中五彩缤纷、绚丽绽放。

一年前的那个夜晚，女儿被送进医院待产时，我是既担心又激动：担心的是女儿能否平安把宝宝生下来，激动的是我盼望已久晋级外公的愿望就要实现了。

下午五点多，女儿被推进了产房。九点多时，女儿从产床上发来母女平安的短信，我那颗始终悬着的心才放了下来。又等了约两个钟头，护士才把母女俩推出产房。当我轻轻掀开被角看到极光那红红粉嫩的小脸时，从内心深处顿时产生一种莫名的隔辈亲的情结。

时光飞逝，不知不觉过去了一年。这一年里，极光带给我们许多欢乐和幸福。这不，刚生下来还是一个小不点的她，眨眼工夫就一岁了，长成了"小天使"，让我们十分欣慰，其苦也甜。

"抓周"是中国传统文化，合肥也有"抓周"的习俗，就是把一堆有寓意的物品摆放在宝宝面前，让宝宝自己选择。极光诞生后，家人都盼望宝宝将来有个好前程。

前一天晚上，女儿女婿用气球、彩带、画片等饰物，在极光的小房间里精心布置了一个"抓周"仪式的场地，将照相机、钢琴、场记板、状元笔、调色板、菜板、书本、剪刀等20多种日常用品且各具寓意的玩具整齐地摆放在爬行垫上。

一切准备就绪，第二天上午，外婆将极光抱到爬行垫上的一刹那，她的眼睛顿时放亮，快速抓起身边的场记板（寓意为导演）、算盘（寓意为会计）、钢琴（寓意为音乐家），然后抓起剪刀（寓意为设计师）、包包（寓意为时尚达人）、书本等分别送给外婆和爸爸妈妈。在我再三请求下，极光抓起一个菜板（寓意为厨师）送给我，引得我们捧腹大笑。她回头看我一眼，也开心地笑了。她的这一举动，寓示着我在家庭中的地位。

极光周岁生日，对全家来说是一件大事，这是宝宝来到这个世界上第一个生日派对。因此女儿格外重视，早早订了宝宝能吃的生日蛋糕，这也是极光出生以来第一次享受生日蛋糕的美味。

见到精致漂亮的小蛋糕，极光兴奋得手舞足蹈，不晓得怎样下手，环顾了许久，爬到蛋糕旁，捡起上面用奶油做的小红花塞进嘴里，一边吃一边叽里咕噜，谁也听不懂，更不知道她说些什么。吃着吃着，她突然用力振起双臂，显得十分激动。

女儿用奶油把宝宝的小脸涂抹成了花猫脸，嘴、耳、鼻里都沾满了奶油，身上的衣服、袜子和爬行垫上也到处是红一块、白一块的蛋糕渍。

极光开心极了，边吃蛋糕边即兴表演"才艺"，当妈妈喊到"变身小仙女"时，她可能是太兴奋太激动了，在举起双手时因垫子油滑，一下子失去重心扑倒在爬行垫上，再一次引起哄堂大笑。

极光尚在娘胎里时，我就想，宝宝出生后，我这个当外公的能为她做些什么呢？我素有写散记的习惯，有时一周一篇，有时半月一篇，想起来就写，有感而发也写。我觉得宝宝在成长过程中能留下一些文字记录，其意义不可小觑，待她长大时再送给她，就是一笔千金难买的丰厚的精神财富。

从极光出生那天起，女儿和我同时用手中的笔，记载着极光成长过程中的点点滴滴，女婿则用相机和他的画笔来记录他女儿成长的足迹。

极光百日那天，我精心撰写的《初为外公》发表在《安徽日报》上，记叙了极光出生百天的点滴；极光周岁时，女儿把记录宝宝每时每刻的周记结集成《光谱》一书，作为生日礼物送给了她的女儿。

极光成长过程中的大事小情、点点滴滴，无一例外都是我创作的素材来源，这得益于与她朝夕相处的天然优势，耳闻目睹了她从牙牙学语到学会叫"爸爸妈妈"，或与大人交流展示每一个"才艺"的过程。

极光两三个月时，我们还没教她或教会她任何东西，一些表情、动作和语言，是她自己逐步摸索出来的，大人只起到服侍、引导、欣赏等作用。有时大人说话，她就用"嗯""啊""哦"，接得恰到好处，有着太多的巧合和灵性，让我们惊喜不已。

在这个阶段，她只能躺着，还不会翻身，手脚只会乱舞乱蹬。但口眼的张合，可以展示出不同形态的脸部表情，或哭或笑，风云变幻只在一瞬间，还能摸索着从喉咙里发出更多的声音。

可以说，初生，是人生中最不自由的时候，也是最无能无奈的时候，更是需要大人给予最多呵护，最大限度地给予自由的时候。

五六个月时，为锻炼极光爬行能力，利于她全身协调能力的发育，女婿专门买回一个爬行垫。起初她挺抗拒的，不愿意到上面玩，后来，女儿在爬行垫上放置电动小火车、钢琴、算盘、图书、小鼓等玩具，激发了她的兴趣，开始从这边爬到那边，显得很开心，有时还在嘴里念念有词，试图扶着围栏站起来，这个爬行垫也极大地发挥了它的价值。

现在，极光的爬行能力超强，每天晚上洗澡前，我和外婆都给她穿上护膝，鼓励引导她在室内爬行二十多分钟。她一边爬，一边开心大叫。有时爬着爬着，就伸手扶着身边的物件站起来，休息一会儿，或是让你抱抱，尤其是近几天，她在大人搀扶下能晃晃悠悠地走上几步，自己开心地摇头晃脑，特别是她推着学步车走来走去的憨态，真是可爱极了。

到了八九个月，极光能分清自己的头发、鼻子、耳朵、小手、肚肚和外公外婆、爸爸妈妈了，有时在视频中见到爷爷奶奶或祖太太也表现得很开心，这可能就是血缘亲的缘故。

早晨上班前，我要去卧室抱抱亲亲她，她的耳朵很灵，只要听到脚步声，就会一下子从床上爬起来，伸出双手让我抱，偶尔还会亲亲我的脸颊；晚上下班回家，当她听到钥匙开门的声音时，她也会从爬行垫上站起来，扶着围栏，面朝大门，咧着嘴"咿呀呀"地叫着，像是在跟我打招呼问好。

极光最早学会叫"爸爸妈妈"，叫得很清晰、脆亮，"爸爸""妈妈"是连在一起叫的。冲我与她外婆，她就叫"爸""妈"，只叫一个字，我估摸着是跟她妈妈学的，女儿喊我们时就叫一个字"爸""妈"。

极光也学会了撒娇，高兴时，躺在你怀里两腿不停地乱踢，就是不下来，让你哭笑不得；遇到不开心时，也会哭闹一两声，但很快就会停止。每次接种疫苗时，她都不哭，还跟妈妈说"宝宝最勇敢"，她似乎不知道疼痛的感觉，惊呆了接种疫苗的阿姨。

一周岁了，极光也学会了叫我"阿公——"。那晚，她足足连叫了我二十多声，嗓子都喊哑了，虽然吐字还不够准确，把"阿公"叫成"阿东"，但每一声叫出来，都让我满心欢喜。有时叫"阿——婆"的时候还有些调皮，把"婆"发出很重的音，还要喷出满嘴唾沫。

极光出牙相对比较晚，萌出速度还可以，已长了七八颗牙。长牙期间，她也会随着牙齿的成长而变得脾气暴躁，尤其是在临近出牙时，口水多，到了晚上，哭闹发脾气，估计是出牙疼痛。

极光很机灵，常逗我们大人玩。听见音乐就摇动身子，听见儿歌就拍手……每当听到《采蘑菇的小姑娘》《小二郎上学》等这些婉转悠扬的音乐时，她都会随着音乐起舞，扭着小屁股，摆着手，跺着脚，还真有点像模像样的。

看到新鲜事物，极光总想去探究。每次乘电梯，她都盯着电梯上闪动的数字看个不停；家里的衣柜、鞋柜、抽屉，没有哪个柜子没被她"扫荡"过，她把鞋、袜和小物件统统掏出来，放到地上再扬长而去。

我与外婆每次陪她玩，她都会找她喜欢的儿童书，叫你读给她听。有时听得很认真，问她听懂了没有，她会跟你点点头，似乎是告诉你听懂了。有次陪她玩时，我说宝宝你把《万能船长帮帮忙》找给外公看看，她一次就能从一堆书中正确地挑出来并送到我手上。

极光不挑食，虽以奶粉为主，她却更喜欢吃面条、稀饭和米饭。平时她妈妈给她做的各种饼子，她也很给面子吃上几口。她更青睐外婆用白水煮的西蓝花、胡萝卜、青菜梗、蘑菇、山药等辅食，坐在婴儿餐椅上，一声不吭地用手抓，先抓喜欢吃的鱼、鸭血或是瘦肉，再抓青菜，一顿下来，常弄得满脸满身满地都是。

有时候觉得极光就像个懂事的小大人，更像个小人精儿！每次，我和外婆问她眼睛在哪里，她就把眼睛眯得很小；问她鼻子在哪里，她就把鼻子摸一摸；问她嘴巴在哪里，她就把舌头伸出来，非常搞笑。

可能是遗传原因吧，据说宝爸小时候就比较瘦弱。如今极光一周岁了，认知能力高，动手能力强，个头也长到 78 厘米，但体重只有 17 斤，让伺候她一年的外婆经常感叹没有成就感。

女儿常埋怨我们说她幼年时的照片太少了，我那时候在千里之外的山西工作，离家较远，和她们聚少离多，少有机会陪她们母女或带她出去旅游、拍照。

为多留一些极光成长过程中的视频、照片，女儿不仅买了专业相机，还专门请儿童摄影师在百日、半岁、周岁时上门拍摄，加之我们平时用手机给她拍的照片、视频，极光天天都成为家族群中的"头条"。如今她的照片、视频在每个人的电脑或手机里都快挤爆了。

随着极光一天天长大，天使宝宝的她越来越喜欢"上房揭瓦"，家里的楼梯一天要爬上去好几趟，小房间里的儿童攀爬梯稍不留神就独自爬了上去。

极光看似有点腼腆，实则是个典型的人来疯。逢年过节聚会，亲友围上来问候，极光见到生人，绝不轻易让你抱她。待到混熟了，她还是愿跟别人交流，谁抱都可以，哪个也不得罪。玩高兴了，就把平时和我们牙牙学语、笑意连绵的那一套全用了出来，双手"恭喜恭喜"，与你挥手"拜拜"……

天伦之乐的幸福时光总嫌短暂，含饴弄孙尤为甚之。作为外公，在极光周岁生日，我要把世界上最简单的一句话，最美好的一个祝福，送给你：宝贝，记住，你生命中的每一次扬帆远航，我与外婆的祝福都会伴你同行！

第三辑

军旅　军歌

　　人生如戏，岁月如歌。当兵入伍是热血男儿的梦想与追求，戎马生涯二十余载，绿色军营教会了我。军旅如歌，那是一支动人的青春之歌，歌不尽的军中岁月，唱不完的军旅之情。太多难以忘怀的记忆和无法释怀的情感，始终萦绕在心头。

军旅如歌

　　"我是一个兵，来自老百姓……"每当听到这首铿锵有力的军旅歌曲时，我都会想起自己当兵的经历，也像另一首熟悉的军歌唱的那样，"十八岁、十八岁，我参军到部队……生命里有了当兵的历史，一辈子也不会懊悔"。

　　当初离开家乡，带着青春梦想走进绿色军营，只有十七岁的我，就这样开始了军旅生涯。

　　有人把军旅比作人生驿站，有人把军旅比作美丽家园，有人把军旅比作一道彩虹，而我更愿意把军旅比作一首歌，一首只有当过兵的人才能真正理解其深刻内涵的歌。

　　这首歌属于新兵，当然也属于我这样的老兵。这首歌它始终伴随着我，让我在绿色军营这个大学校里开花结果、健康成长。

　　绿色，是和平的象征；绿色，是青春的代名词；绿色，以蓬勃向上的朝气催人奋进，给人以鼓舞。

大凡有过军旅生涯的人，谈起人生中那段激情燃烧的青春岁月，总有一种割舍不断的绿色情结，总要勾起那充满激情的美好回忆。

军旅如歌，一支美妙的歌。它没有情歌缠绵，没有山歌婉转，没有渔歌浪漫，但钢铁是它的旋律，步伐是它的节拍，热血男儿是它激情澎湃的音符。

军旅如歌，一支动人的歌。我用青春为它填词，我用激情为它演唱，我为它写下了一首首热血沸腾、美妙动听的旋律……

回过头仔细想一想，对自己的人生影响最大的，还是二十多年来穿着军装的戎马岁月。我们以苦为美，以苦为乐，以苦为荣。

是军营培养了我的个性，让我学会了真诚与宽容；是军营给了我血气方刚的性格，教会了我在困难面前一往无前的勇气；是军营强健了我的体魄，虽然脱下了军装，但我仍时刻保持着军人的作风。

或许正是因为人生有了这样一段在军旅中度过的青葱岁月，在漫长的生命长河中，尽管有许多坎坷、生活逆境，我始终坚信会挺直腰杆走过来，走出属于自己的一方天地，走出自己的人生辉煌。

小时候，我特别仰慕军人，期盼能有穿军装的那一天。长大后，敬慕之情是与日俱增。军人的服装，显示出他们威武的气质；军人的步伐，跨出其特有的刚毅；军人的肩上，挑着祖国的安全，人民的希望。

或许是对绿色军营的渴望，或许是当兵的梦想，或许是大盖帽的诱惑，或许是那绿色象征希望，或许是对绿色的某种期待，抑或军人顽强拼搏的精神和一身的浩然正气感染了我，让我选择了当兵。

绿色的军营，漂亮的军装，标准的军礼，对我有多么大的吸引力，当时想，如果能当上兵，那才叫过瘾呢！

初中毕业那年，我如愿以偿走进了绿色军营，踏进部队这座革命的大熔炉。我这才知道，军营是磨炼人意志的熔炉，能铸造出一个人坚强的心灵。只有经历过军旅生涯，才能真正明白何为困难、何为挑战。

回首军旅生涯，那段时光记忆犹新，官兵一致的集体生活，站岗、值班、训练、食宿，从早到晚在一个锅里吃饭，一个屋檐下睡觉，一个哨位上站岗，一个工作台值班，学习、作息有规律、有秩序，守纪律，服从命令听指挥。

军人在军旅生涯中谱写建功立业的精彩华章，离不开部队的艰苦训练，夏阳酷暑、寒冬腊月，斗骄阳、战飞雪，磨炼了意志，丰富了经历。

军营的环境不仅塑造人，也改变人。久而久之，自我意识被削弱，集体观念被强化，由此筑起了兄弟团结、战友情真、生死与共、战无不胜的钢铁长城！

多年后，战友们一个个相继走出军营，我再回望军旅那段精彩的生活经历，思绪良久，感慨颇多。

没有当过兵的人，永远无法理解军人的情感；没有在部队摸爬滚打过的人，自然也没法理解战友之间的深情厚谊。

每每忆起往日的欢声笑语，每每想到那充满战斗豪气的训练场，我就仿佛回到了金戈铁马的军旅生涯，重温昔日的营盘美好，满是甜蜜与幸福的感觉。

或许，有人会认为军营的生活枯燥无聊；或许，有人觉得军人的训练强度太过繁重；或许，有人感到驻守深山或是边陲，是对生命的一种蹉跎！对我来说，多年的军营生活，让我的人生彻底改变，也让我具备了更加刚毅、更加成熟、更加稳重的性格！

我曾经甘愿用自己的血与火、汗与泪，为国防建设燃烧自己的青春热血，把青春奉献给祖国，把汗水洒在军营。

我对属于自己那段军旅生活的日子无比珍视，每当想起穿军装的岁月永远是那样激情澎湃。很多时候，我都会回想起训练场上的情景，汗水无数、疲惫不堪，高强度的训练有时候甚至被视为一种煎熬！

那种彻骨的疯狂，却使每个人身体里潜在的能量得到突破，练就了优秀体能的同时，更锻炼出了勇往直前、无惧一切困难的军人气概！

作为一名曾经的军人，我已离开心爱的军营十多年了，但军营中所发生的一切依然历历在目，那曾经的军旅生涯，将永远是我人生当中最宝贵的财富。

是绿色的军旅生活，把我从一个稚气未脱的少年培养成一名稳重成熟的军官，首长的谆谆教诲时时鼓舞着我，深深地印在我的脑海中；是军旅波澜壮阔的日子，为自己的生命打上了充满阳刚之美的印记，生命中有了这样一片绿色的叶子，是一份多么无限的愉悦，我怎能忘记？

作为一名军人，我虽然没有机会上战场，但转业之后，我依然是这种战斗豪情的受益者，无论生活和工作中遇到什么困难，只要想起那时候的挥汗如雨，就不再畏惧，再艰苦的训练都被我熬了过来，还有什么可怕的？

在短短的二十余载军旅生涯中，是部队改变了我的人生观，改变了我的生活，我学会了做人、求知、律己、创造、劳动、生活、育人、交际、办事、审美，变得敢于面对生活，敢于创造生活，敢于面对每一个困难，敢于用手中的笔抒发对美好生活的感悟，这一切都源自军营这个革命大熔炉的培养。

军旅如歌，一首激情澎湃的歌。让我们像年轻的士兵一样，永远记住那如歌的军旅岁月。

新兵生活

　　青春是用来奋斗的，也是用来回忆的。把自己的热血青春奉献给火热的军营，是一名热血男儿至高无上的价值追求。在一个人的军旅生涯中，最灿烂、最幸福、最值得怀念的日子，莫过于新兵生活了。

一

　　那一年，初中毕业的我带着父母等亲人的嘱托，走进向往已久的绿色军营，从内务卫生、作风纪律、队列射击等基础训练开始，通过三个月的综合训练，我完成了人生的一次重要蜕变。

　　起床的第一件事是叠被子、铺床铺、搞卫生，部队叫整理内务。从小生长在农村，我每天起床，被子一掀，晚上接着盖，也没叠过几回被、铺过几回床。

　　刚进军营那几天，为让被子叠得有棱有角、有线有形，天未亮我就被班长催促起床压被子、叠被子。新发的军被像棉花包，软塌塌的，叠不出形状，班长教我们叠、压、捏，用了两周多时间，才现出棱角，像个豆腐块。

叠被子时，先用双手捏住同一边的两个被角，再使劲往两边掀被子，让被子平铺床上。再从外往里折被子，折后的被子宽约为原来的三分之一。这时被子表面如仍有皱褶，用手将两边抚平，等皱褶没了，在被子两侧略小于四分之一处捏出一个长条，而后反复将长条捏明显，再双手捏住长条两边，用力往上拉长条，使整个长条隆起。如被子角不太平整，可用小卡片刷，使被子棱角分明，标准方块就大功告成。

班长告诉我们，叠被子虽是一项简单而重复的体力劳动，但它需要用耐心和专注去完成，这是为了保持军人的纪律性和整齐性，也是对军人的效率训练和锻炼。同时，保持内务卫生整洁，有助于维护军人的健康和军队的良好形象。

二

新兵连有百余号人，一天三顿饭，洗洗刷刷，蒸煮烧烤，仅靠三四个炊事员是忙活不过来的，连队干部便动员新兵轮流去炊事班帮厨。顾名思义，帮厨，就是到厨房帮助工作，是个辛苦活，也是新兵的重要一课。

新兵去帮厨，能干的是择菜、洗菜、切菜、腌菜和掏煤灰等这样的杂活，炊事员干的是蒸饭、炒菜这样有技术含量的活。

遇到节假日，帮厨的新兵能乘机"偷点腥"，吃上几块大肥肉解解馋。"老炊"们有时看见，也是睁只眼，闭只眼，不说穿罢了，因为他们也是从新兵过来的。

帮厨的新兵由各班轮换，每天去一至两人，大家都争着去，至于让谁去帮厨，由班长说了算。新兵连期间，每个人仅有两三次轮流帮厨的机会。

周日或节假日，那是新兵连改善生活的日子，不少新兵会主动要求放弃休息去帮厨，打下手，包饺子、包包子，干些零碎的活儿。

入伍前，我在农村生活，也会做些简单的农活，一般厨房的事情难不倒我，唯独使我害怕的是帮厨时让我切腌萝卜。一顿早餐，差不多要切上两大脸盆。

腌制后的萝卜头又软又圆滑，稍不留意就会切到手指头。

那个年代，部队生活都比较艰苦，新兵连的伙食也很单一。中午和晚上均是"一锅炖"，即大白菜、宽粉条、老豆腐、五花肉、土豆块、豆芽菜、萝卜片等混合后放入一锅，小火慢炖，炖出的味道非常鲜美。

大烩菜炖好后，帮厨新兵负责将其盛进每个班的大菜盆里，一个班一菜盆，提前五分钟至十分钟盛好，等列队的新兵来了坐下即可就餐。看着战友们个个吃得津津有味，帮厨的新兵虽觉得累一点，心里却是暖暖的。

一晃四十年过去，转业回到地方多年的我，吃过许多美食，感觉无论多么好的厨师，也难做出新兵连那大铁锅炖烩菜的味道，那味道独特，格外值得怀念。

三

抢着打扫室内外、训练场和营区道路的环境卫生也是新兵连一道独特的亮丽风景。在新兵连，每天早晚都会上演抢扫把、藏扫把、偷扫把的情景剧。

入伍前，有的新兵向退伍的老兵请教，到部队怎样表现自己？那些老兵会毫无保留地传授这样的"秘诀"：除干好本职工作，还要多做好事儿。

我们所在的部队驻地属高山严寒区和寒冷干燥区的晋西北黄土高原，冬季漫长，气候寒冷，多大风天气。冬天气温常在零下27℃左右，北风吹、雪花飘，地上滴水成冰。

心中装着老兵"秘诀"的我，到部队第一件事便是在起床后去找扫把，此时发现，已有多人手握扫把在室内外热火朝天地忙开了，显然比自己早了一步，原来扫地这一"秘诀"不光我知道，估计大部分新兵心里也是清楚的。

之后，每天凌晨，各班的新兵似乎约好了一样，悄悄起床，把头天晚上藏在铺底下的大扫把拿出来，然后分头行动，把操场、营区道路里里外外扫上一遍。当干完活开心地回到宿舍后，从窗户中你会隐隐约约地发现，其他班新兵扫地的身影又出现在操场上。

天天早晚，各班的新兵都要相互抢扫把、藏扫把、偷扫把，目的很明确，想表现自己，得到连队干部表扬或嘉奖。其实，操场里外已无可打扫的地方了。班长、排长也知情，就是装聋作哑不说破，估计是怕影响新兵做好事的积极性。

四

新兵连最重要的还是军事训练，这是硬指标。训练内容包括队列、战术、射击、体能、紧急集合、野营拉练等等。

先说队列训练吧，早饭和中饭后，新兵们都要到操场上站军姿，稍息、立正、向左转、向右转、齐步走、跑步走、正步走……一遍遍重复着枯燥机械的动作。一天下来，一身尘土、一身汗水不说，每到晚上，浑身酸疼难忍，有时连高低铺也爬不上去。

如果青春是精品，那么军姿就是美丽。入伍第一周，重点是训练站军姿。站军姿亦称"拔军姿"，也是每个军人必上的第一课，展现的是军人的独特风采。

站军姿的要领概括为"三挺三收一睁一顶"：所谓"三挺"，挺颈、挺胸、挺腿；"三收"，收下颌、收腹、收臀；"一睁"，眼要睁大，并直视前方；"一顶"，就是头要向上顶。

接下来，依次进行着装整理、整齐报数、立正与稍息、向左向右看齐、停止间转法、报数、齐步走、跑步走、正步走等基础训练。

正步是队列训练的重点，看似像走路一样简单，实则不容易做到。上身要正直，微向前倾，身体重心要前移，腿要绷直，脚尖下压，脚掌与地面平行，步伐要一致，抬脚落地要果断。一人练习容易，集体合练时常乱了方阵。

走正步也是先练军姿后练走。跑完早操，新兵都要站会儿军姿或练一阵子压脚尖，睡觉前还要练踢腿，或是站着练金鸡独立，两腿绷得直直的，没有一点弯儿，悬空的那条腿得往上抬高。

走好正步，踢出人生第一步，不管是流汗还是流泪，我们的步伐从未停止过。腰酸了，硬撑着；背疼了，更要挺直腰杆；嗓哑了，喉咙依然忍痛嘶喊。

一直以来觉得自己的平衡感不错，可单腿站立时间长了，也会摇摇晃晃、东倒西歪。每天，我们会把那一公斤沙袋绑在小腿上练腿部力量。

正步走的难点在于手脚之间的密切配合。经过半个月练习，脚步的整齐性、一致性基本做到了，但班长说："光练脚步，手臂摆臂与踢腿结合不好也谈不上走好正步。"开始时，往往脚抬了忘了摆臂，手动了脚又慢了。难啊！我在心里默默叹息着。

要想练得好，光是个人好也是不行的。班长要求每个人走正步时一定要有集体荣誉感，有团结精神，只有这样才会力往一处使，才能走得整齐划一。为达到步调一致、协调一致，全排站成两列，由两列到三列，再到四列、五列，再至后来整个连队集体走。

站军姿、稍息、立正、向左转、向右转、齐步走、正步走……平常看起来最简单的动作竟有那么多规则，漫长的站军姿、踢不完的正步、挨不完的训斥。通过训练，我的内心慢慢变得坚强无比。

五

军体拳训练，看起来容易，做起来难。入伍前，我曾跟师父练过一阵子拳、剑和棍术，懂得拳术动作要迅猛刚烈、攻击精准、攻敌要害，同时，还能强身健体、用来自卫。军体拳是由拳打、脚踢、摔打、夺刀、夺枪等基本的格斗动作组合而成的。开展军体拳训练，主要是培养军人勇敢顽强的战斗作风。

军体拳包括弓步冲拳、马步横打、反弹侧击等十六招。当班长喊"军体拳第一套——预备"口令后，在立正基础上，我们的身体稍向右转，同时右脚向右前方一步，两脚略呈"八"字形，体重大部落于右脚，两手握拳，前后拉开，拳眼向上，自然挺胸，目视前方。

跟着班长的示范动作，练习第一招"弓步冲拳"。弓步冲拳出拳迅猛，右拳直出，左拳收于腰间，双腿下蹲成马步，眼睛直视前方。没到一分钟，有人脚下就摇摇欲坠坚持不住了。到第三招"反弹侧击"时，更是练得东倒西歪，不过，坚持一会儿，基本上都能掌握平衡。越学越来劲，很快第四、第五招也学会了。第六招是走正步，走到别人身边再发动进攻。有了坚实的正步基础，这招也很容易掌握。

全班开始集中练习，班长喊道："稍息！军体拳第一套，准备格斗。一！二！三！四！五！六！七！好！打得好！要记住，军体拳不是用来对付穷凶极恶之敌的，而是用来对付歹徒的。"

六

部队有句老话叫"老兵怕号，新兵怕哨"。说的是老兵害怕吹阵地冲锋号，像我这样的新兵，则害怕听到紧急集合的哨声。

哨声就是命令。军人接到这样的命令，便是进入临战状态。紧急集合的哨声在军营吹响时，也意味着军人将要奔赴急难险重的救灾现场或战火纷飞的战场。

通过一天高强度训练，劳累后还在酣酣甜甜的睡梦之中时，一声哨响，惊得让人立马从床上弹起。房间不准开灯、人员不准说话、动作不准有声响，一切都在悄无声息和黑灯瞎火的寂静状态下进行。

四分钟内，所有新兵要摸黑打好"横三竖二"的行军背包，衣帽穿戴整齐，携带武器装备，快速跑到指定地点集合。

紧急集合讲的是速度，要求一个"快"字。如有人不能及时到位，整个连队或班、排会被责令反复练习，重新拉动，每个人不仅要经受身体折磨，还要承受心理压力。

让我印象最深的一次是在新兵连训练结束前的那天晚上，寒冷的冬夜刮着凛冽的北风，属极端天气，穿着棉衣棉裤皮大衣、戴着皮帽都冻得人直打哆嗦。

那天训练得很累，我们躺下后便进入梦乡。凌晨四五点，集合哨声传来，我们均被这急促的哨声惊醒，迅速起床，手忙脚乱地在黑暗中穿衣服，打背包，别胶鞋，装牙具，背挎包，扎武装带，背背包，系毛巾，场面好不热闹。

　　班长经历多，对紧急集合有经验。平时，他会把衣帽、背包绳等物品摆放在自己最熟悉、能随手拿得到的地方，一旦用时，会忙而不乱。而我们这群新兵蛋子没有经历过，听到哨声响，黑灯瞎火中，一个房间十来个人慌张得你拉我拽，找衣服，找帽子，找胶鞋，找腰带，还有找被子的！自己的被子掉在地上，摸来摸去，就裹挟上别人的被子跑出去了。

　　队伍整理完毕，连队干部挨个检查每个人的背包和随身携带的装备物品，发现有人穿反了胶鞋的，有人扣子扣错位的，有人没穿胶鞋，还有人帽子戴歪的……

　　这还不算完，队伍跑起来就更可笑了，排长、班长拿着手电筒，跟在队伍后面不断地弯腰，捡拾掉落地上的物品，为抢速度而打的背包，此时一个个现了原形，背包带掉了，背包也散了，有人只好抱着被子跟着队伍跑……

　　待返回操场再集合时，天已有亮光。看得出，排长、连长脸上都挂着一层霜。大家你看我、我看你，想笑又不敢笑，只敢在心里偷偷地笑……这些都是新兵连集合中常闹出的笑话。

七

　　野营拉练是考验军人意志品质的一种特殊形式，也是锤炼军人的"磨刀石"，更是送给我们新兵的"成人礼"，让新兵在摔打磨炼中完成向合格军人的转变。

　　风雪严寒日，正当练兵时。隆冬的晋西北，肆虐的寒风裹挟着雪粒刮到人的脸上，犹如刀割般又辣又疼。连日的狂风暴雪，使原本寂寥的空荡山谷显得更加阴森可怕。

　　从凤凰古城的宁武到原平县城，全程徒步约 60 公里，翻越三座大山、跨过两条大河，来回三天。刚开始我们心里都不以为意，可真当一步步走时，其中的千辛万苦是鲜为人知的。

拉练出发前，连队干部对所有人员携带的物资装备进行称重检查，规定每个新兵负重不得低于30公斤，这对我们来说着实是一次考验。

沿着弯弯曲曲的盘山公路向上而行，地形高低起伏，途中还要穿插急行军、快速通过染毒地带、疏散隐蔽等多科目训练，目的是锻炼新兵的应急反应、快速机动、有效处置等作战能力。

对我来说，也是人生第一次徒步走这么远的路，且是盘山公路，体能消耗严重超过平常所需，同时还要克服冰雪天气和风大的影响。

我们穿着厚厚的毛皮大衣，戴着皮帽，露出两只小眼，吃着面包干粮，喝着冰冷的水。虽天气恶劣，条件艰苦，然而，我们一路以苦作乐、一路高歌猛进、一路艰难爬坡、一路真情互助，现在回想起来，真的让人感到温暖和感动。

拉练中，文艺小分队走在最前头、站在排头、抢在先头，一会儿是清脆的快板，一会儿又是锣鼓阵阵，休息时还有乐开怀的三句半。我们也一路歌声不断，在此起彼伏的呼号声中，向着目的地进发。

在那"苦不苦想想长征两万五，累不累想想革命老前辈"的快板声中，我们步伐整齐、英姿焕发；在飘扬的军旗下，我们精神抖擞、战意昂扬；在洪亮的歌声中，我们步履矫健、铿锵有力。"加油！""快，快，快！""前方就到宿营点，再坚持一下。"在一声声"加油"的呐喊中，整个新兵连便结束了长途野营拉练。

这三天，我们付出艰辛，也收获很多，手上磨出老茧，脚上打出血泡，但野营拉练给我们的人生留下了一笔宝贵的精神财富；虽时间短暂，但足以体会到人生路途并非总是一帆风顺，时常会有荆棘存在，与坎坷同行。

人生最美是青春，青春最美在军营。如果说人生是一本书，那么，新兵连生活就是这本书中最美丽的章节；如果说人生是一出戏，那么，新兵连生活便是这出戏中最精彩的一幕。

班长如兄

　　"我的老班长，你现在过得怎么样……"每当听到这首耳熟能详的军歌旋律时，新兵连老班长的身影便萦绕在我的心头。

　　初中毕业那年，在父母期待和亲友祝福下，我走进绿色军营，结识了军旅生涯的第一任班长。对于初入军营、十六七岁的我来说，身为军中之母的班长，是我人生中的导师，更是我成长中的引路人。

　　班长姓刘，山西代县人，比我年长五六岁、早当三年兵。他中等个头，身体健硕，性格内敛，说一口地道的山西话。

　　入新兵连那天，正值国庆节。偌大的营区干净整洁，挂满了彩旗和迎风招展的国旗，显得十分庄严。

　　班长领我回班里，先帮我卸下背包，又给我倒上一杯热水，再为我解开背包放到铺上铺好。在这滴水成冰的严寒冬日，我感到了一丝丝的温暖。

　　后来得知，在新兵入营前，班长已忙碌了好几天，上上下下、里里外外，把宿舍收拾得窗明几净。

平常，班长表情严肃，很少说话。每当休息时，他爱拿个巴掌大收音机，坐在窗台边，眯着眼睛，欣赏那悠扬的音乐，有时也听我根本听不懂的山西梆子戏，有时趴桌上看书练字写东西。

班长每天唠叨最多的就是要我们把被子叠得有棱有角，像个豆腐块，谁叠得不好，他会让你重复叠上十次八次，再叠不好，罚你做50个俯卧撑或100个仰卧起坐，直到叠好为止。

叠被子，也叫整理内务，是新兵生活第一课。头三天，我们始终叠不好被子。班长一遍遍做示范：将被子铺平、四个角整平，再把被子分三等份，叠起来的被子对齐不留鼓包，最后把边角修整抹平即可。

那条软塌塌的棉被经班长手一捏、一拍、一打，严丝合缝，不仅成为方方正正的"豆腐块"，更像个精美的艺术品，我们看得目瞪口呆，敬佩不已。

有天早上，连队组织整理内务评比。班长说开饭前再把被子整理一下。我感觉我的被子已叠得不错了，没理会班长的话便径直出去了。事后，战友说是班长爬到上铺给我重新叠了一下被子，全班才获得优胜奖。

经过两个多月接触，我感觉班长特别有能耐，在我眼中，没有他不会干的事。他教我们理小平头，教我们洗衣缝被，教我们礼节礼貌，教我们走路跑步，教我们唱歌拉歌，教我们军事技能……

班长也是农家子弟，从小生活在穷乡僻壤的山沟里，贫穷落后陪伴着他的童年，初中毕业后选择了当兵。当兵后，班长的班长在训练之余要他们多读书、多看报、多练字。班长听话，利用业余时间参加了硬笔书法、新闻秘书、经济管理三个函授专业的学习。

新兵连时，我对班长很崇拜，崇拜他成熟稳重，崇拜他训练有方，崇拜他办事果敢，崇拜他满肚学问。班长不仅是一班之长，还是连队队列和射击教员，他编写的各类训练教案垒起来足有一尺多高。

开班务会，班长话语不多，却言简意赅、掷地有声，一二三简明扼要，绝不将一句话讲两次、一件事讲两遍。分析问题时，透彻精辟，感觉句句都是真理，让人受益终生。

山西冬季室外气温常在零下 6℃，尤其是宁武这地方，属高山严寒和寒冷干燥区，冬天多大风且漫长，最低气温常达零下 27℃。

驻地背靠大山、面迎恢河，俗称"西风口"。集训期间，新兵们都穿厚厚的羊皮军大衣，脚上穿一双笨重的军用大头皮鞋，头上戴厚厚的军用羊皮帽。班长和我们一样，在训练场上迎着刺骨的北风，一站就是两三个小时。

为教会一个小动作，他常把毛皮手套取下，一次次做示范，冻得双手又红又肿，有时僵硬得都伸不直，可班长说为了全班能取得好成绩，苦点冻点都没啥。若你哪个动作做不好，他可就要给你脸色看了。

一次训练中，我领教了班长的厉害。班长正在纠正一个战友正步弹腿问题，他让全班跟着练，我站在那里东张西望，被他发现了，他狠狠地剋了我一顿，并罚我在操场上面"树"思过。从此，我再也不敢偷懒耍滑了。

班长在组织训练时喜欢拿根约尺把长的小树棍，经常用它"量量"你的步伐够不够，前后是不是在一条直线上，如果你动作做得不规范，偶尔也会拿它在你的屁股上"量量"，让你怪丢人的。

班长也有菩萨心肠时，当你哪个动作做好了，他会让你停下搓搓手，活动活动筋骨、伸展伸展腿脚；有时还会请你站到队前做示范，再表扬上你几句。每当受到这样的礼遇，你会让全班战友对你羡慕嫉妒恨。这时，你又会感到班长特亲切。

班长的严格要求，使全班训练水平始终走在连队前列，被连队定为示范队列班，多次代表连队参加团、营队列会操比赛，也为新兵连争得多项荣誉。

刚开始训练，我们的接受能力都非常差，进步也较慢，当出现疲沓、松劲情绪时，班长就带我们一起声嘶力竭地喊上几声铿锵有力的口号——一、

二、三、四，总能点燃起心中的激情！

到了周末，新兵连组织文体活动，班长帮着策划、指导排练；组织包饺子，与我们一起拌肉馅、擀面皮；拔河比赛，他加入其中，使出浑身解数，指挥啦啦队加油鼓劲。

新兵连首次组织实弹射击。班长问紧张不紧张。面对期待已久的荷枪实弹，从内心来讲，我们是既兴奋又紧张。

射击场上，班长同我们探讨射击体验心得，让每个人将射击技巧烂熟于心。果然，在考核中我们个个发挥出色，每人 10 发子弹，平均打出 95 环，命中率名列全连第一。

集训第三个月的一天凌晨，一声长哨骤响，新兵连千余名官兵闻令而动、整装待发，一场以实战为背景的野营训练拉开战幕。

那年冬季，晋西北的冬雪下得特别多还特别大。那几天，恰逢天气好转，但仍寒气逼人、冽风如刀，暮霭沉沉、呵气成霜。盘山公路两旁白雪皑皑。迎着凛冽寒风，从凌晨一点出发，经过长途跋涉，傍晚时分来到原平县的一个村庄停下，此时天已黑得伸手不见五指。

小憩片刻，吃点干粮，又整装出发，以班列队，悄无声息地走进呼啸的北风中，再向新的营地奔赴，直至第二天凌晨两点，我们才到达新的宿营地。

我因个头小，始终走在行军队伍最后，穿戴厚重，背着 30 多公斤重的步枪、子弹、水和食物等，双脚打了血泡，一瘸一拐，走在崎岖不平的盘山公路上实在有些吃力。

班长回头看到我，从队伍前返回队尾，把我拉到路边，帮我用针挑破血泡，再包扎好，将我扶起，然后不容分说接过我的背包，坚定而小声地要求我"跟上"。

春节将至，我因请假超时和班长闹了不愉快。大年二十九，我回县城看望父母。晚上，父母执意留我吃个饭，未想到一场暴雪来临，导致我不能按时归队，当我踏着齐腰深的大雪返回连队时已是深更半夜。

班长没有睡，一直在等我。不到三公里的路，我深一脚浅一脚地走了约四个小时，几乎是爬回连队，浑身被汗水湿透，眼睫毛上结满冰碴儿。班长见到我，毫不留情地狠狠训斥了我。班长的怒吼声惊醒了熟睡中的战友，大家惊恐地看着我，当时我也感觉很委屈，便当场和班长顶撞了起来。

第二天早操结束，排长找我谈话，又对我进行了严厉的批评教育，责令我写出深刻检查。我认为是班长告了我的状，再见班长时，我带着满腹的怨恨，有时索性远远地躲避着他。

春节过后，新兵生活结束。离开新兵连那天，我没有和班长道别，背着行李包，悄悄跟老兵连的接兵干部走了。今天想来，真是为自己当年幼稚的行为感到愧疚。

六年后的一天，我在忻州市的大街上偶遇老班长，看到班长皮肤变得黝黑，脸上也多了一份沧桑。

班长见到我，微笑着主动跑来拥抱我，关切地问长问短，让我既激动又感动。第一次见班长笑得那样灿烂，愉悦兴奋的表情像太阳穿过云彩放射出的光芒一样，我对班长的怨气顷刻间烟消云散。

班长告诉我，他已退伍回到这个城市，正待安置。我因公务，与班长只能简单地互致问候便匆忙分手，约好下次再见，可这一别，又是三十多年过去了。

临别时，我五指并拢、挺起胸膛、双脚立正向老班长行了一个庄重的军礼，算是补上了新兵连时欠下的这个迟到的敬礼。

后来，我也当上了班长，我始终以老班长为榜样，给新战友端上一杯热茶，让他们洗去一路风尘劳累，洗去对家的不舍；同他们谈心交友，让他们真切感受部队大家庭的温暖；手把手教他们，让他们尽快羽化成蝶，破茧而出，飞得更高、更远……

时光荏苒，岁月如梭。弹指间，四十年过去，老班长的一言一行、一举一动仍深深印在我的脑海中，挥之不去、抹之不掉：是老班长，让我拥有了战胜困难的勇气；是老班长，让我懂得团结互助亲如兄弟；是老班长，让我辉煌的青春在部队得到绽放。

老班长，你现在过得还好吗？

补习班记事

又是一年高考入学季，我不禁想起三十年前在部队文化补习班集中学习迎战军校招考的那些往事。那是一段美好的记忆，令人终生难忘；那是一段拼搏的经历，成就了我的美好人生。

一

那年春节前一天，近百名来自某集团军军直单位的男兵女兵，兴高采烈地走进驻守山西运城某坦克旅的文化补习班，开启半年的高中文化补习生活。我有幸成为其中一员。

运城，号称山西"小江南"，古称河东，地处晋陕豫黄河"金三角"中心地带，是中华民族和中华文明重要发祥地之一。运城，因"盐运之城"而得名，它是中国唯一一座因盐而建的城市，"山南山北同是水，一咸一淡两样味"。

离盐湖不远、环境清幽的旅部机关大院西北角，有一个独门小院，三排平房，左排住女兵，右排住男兵，中间是庭院，用于学员集中活动、晾晒衣物等。

每天，我们这帮学员听着旅部机关的军号声作息。早上六点起床，晚上十点熄灯。不同的是，战士们走向的是训练场，而我们这些学员走进的是宽敞明亮的教室。

那几年，部队首长、机关总是想方设法举办各种形式的文化补习班，希望把熟悉部队生活、军事素质过硬但文化基础薄弱的优秀士兵，通过采取"院校化教学、连队化管理"等模式统一组织文化课学习、军事训练和内务管理，积极创造条件，倾心助力优秀士兵成长、成才，圆梦军校。

二

我们那批学员有来自军、旅、团机关的，有来自基层连队的，有来自卫勤保障分队的，有来自仓库站所的，有的是高中毕业，有的是初中毕业，文化水平参差不齐，军事素质高低不一。学员年龄相差也较大：有的刚满十八岁，有的则已结婚生子；有的服兵役三年以上，有的入伍不到半年，还是个"新兵蛋子"。

我是初中毕业，入伍两年。与我同年入伍的，多数是高中毕业，有的当年就考上了军校。每当听到某战友考上军校时，我心里都久久不能平静。

拿破仑有句经典名言，"不想当将军的士兵不是好士兵"。作为农村来的孩子，上军校一直是我梦寐以求的唯一愿望和努力奋斗的目标追求。

1986年底，在战士报道员岗位，我因多篇新闻稿件在军区和省级媒体刊发而荣立三等功。此时，正值各级单位推荐优秀士兵到文化补习班集中学习，若能入选，意味着离实现穿"四个兜"军装的愿望又向前迈进了一大步。幸好，我因立功符合条件，被组织批准参加学习。

来到文化补习班，面对高中数理化，踌躇满志之余，猛然被一盆冷水劈头盖脸般浇醒。上课不到两周，就令我头大。老师讲课内容听不懂，一知半解地学了几个月，终因文化课成绩太差、底气不足、信心不够，最终遗憾地放弃了当年的军校招考。

三

1987 年底，旅文化补习班再次集中开班。科长罗会阳找我谈话，他语重心长地对我说："一个人只要实实在在地努力了，就一定会有所收获。"他鼓励我要放下思想包袱，重新轻装上阵。在他的支持下，我第二次走进文化补习班。

这次与我同被推荐参加补习班的还有我的表哥，他因高考失利错失进入高等学府的机会，后报名参军来到我所在的部队，我们成为战友。表哥始终未放弃参加高考的初心，卧薪尝胆，积极备战。

到文化补习班后，我与表哥结成学习对子。我的数理化底子薄，表哥就用课余时间帮我补课，指导我从初二、初三年级数理化补起，每门课又从第一章第一节开始，一章一节从头来……就这样，他让我反复练习，直到触类旁通、举一反三。

每一章节学完，表哥都给我安排小测试，每次都能顺利通过，这让我重拾了曾丢弃的信心，也增添了我努力拼搏的激情。之后，按表哥教的方法，做到熟记理解定义、死记硬背公式、分析理解例题，还真十分奏效。

同学文丽，和我是同桌，她一直激励我，是我名副其实的"课外辅导员"。据说她在县重点中学读高中，那年因填报志愿偏高与高校擦肩而过，后在亲友劝说下带着遗憾参军入伍。

近水楼台先得月。对数理化反应迟钝的我，不管是大题还是小题都喜欢叨扰她。她热情、开朗、大方，是补习班公认的学霸。对我向她请教的问题，她总是不厌其烦，耐心细致，讲解仔细，让人易于理解，我也对她心生敬意。

四

所有学员都十分珍惜来之不易的学习机会。规定六点起床，有人五点就悄悄起床背英语单词，说是晚上十点熄灯，有人仍躲在被窝里打着手电筒做习题。那段时间，人人争分夺秒，个个不分昼夜。

我们的辅导老师是专门从山西最知名的康杰中学请来的高年资教师。该校是教育部联系的 30 所重点中学之一，拥有多名国家级、省级骨干教师和高级教师，被称为"河东英才的摇篮"。能得到名校名师的辅导乃我们人生的最大幸事。

有这样一位数学老师让我印象特别深刻，他姓刘，戴着黑框眼镜，约六十岁，中等个头。刘老师当时还兼山西大学数学系教授。课堂上，这位刘老师精神抖擞、思维敏捷、声音洪亮。我从未见他带过教材，但他讲到哪道例题在书上哪页哪行时，分毫不差，令我十分惊讶，可见他那深厚的数学功底和高超的教学艺术。

当年社会上有句流行的话叫"学会数理化，走遍天下都不怕"。不少学员把这句话作为自己努力的座右铭。对于从未学过高中数理化的我而言，实在是个不小的挑战，也算是我学习路上一个很大的拦路虎。

在文化补习班，重点补习高中数学、物理、化学、语文和英语这几门课，政治课靠死记硬背。要在半年内把高中两年（当年高中是两年制）课程学完，那几乎是不可能的事。特别是像我这样的学员，老师要从基础讲起，还要兼顾每个人的学习进度和接受程度。

五

面对时间紧、任务重、进度快、难度大的局面，队长赵海军、指导员尹建平多次给我们做思想工作，组织歌咏比赛，举办联欢晚会，帮我们释放压力，让我们轻装上阵。

那年春晚，队长、指导员让我发挥特长，当主持兼导演、策划、撰稿，多重身份展现自我。与我共同主持节目的同学小云，至今还保留了当年我俩主持节目的主持词。一页页翻看那些已泛黄的手抄，一行行、一笔笔歪歪扭扭的字迹，这些手抄是我花了一整晚的时间所撰写的主持词。回头看，还有不少错字、错词和别句，甚至表达的意思跟演出内容完全不是一码事，让人忍俊不禁。

第一个上场的是谷谦，他演唱《拜年歌》；然后是谷谦与温建庭合唱的二人台《拜大年》；接下来，赵凤莲演唱豫剧《谁说女子不如男》，王丽、黄勇演唱《军营喜事多》和部分女同学合唱《当兵的历史》；之后，段君坚表演了魔术、小品；等等。当年那场春晚演出，像电影画面一样在我眼前浮现。

<h1 style="text-align:center">六</h1>

为确保学员能顺利通过军事技能考核，文化补习班适时开展军事训练。常见的是队列训练，这也是学员必修的基础课。同时还组织如坦克、轻武器等专业理论知识学习和技能训练等。

幸运的是，在康杰中学恩师和表兄及同学文丽的辅导帮助下，我的数理化成绩有了较大进步，语文、政治和英语成绩也稳中有升。那年军校统一考试，我以 444 分的成绩，被石家庄陆军学院首批录取。

发榜那天，得知表哥考入蚌埠坦克学院，文丽考入北京军区军医学校，我为自己高兴，也为他俩高兴。没有两位"左膀右臂"支持，今生今世我根本没有机会上军校。

二进文化补习班，首长的关心、支持与激励，成为我不竭的动力。每天上午、下午各四节课，晚上还有两节自习课，连续十多个小时，虽头昏脑涨腰疼，但我仍能坚持到底。上课时，全神贯注听讲，做好课堂笔记，按时完成作业，利用晚自习温故而知新。

经过半年努力，全班大部分学员考上了自己理想的军校。那一年，我们这个班在集团军师、旅、团举办的文化补习班中因考上人数最多、成绩最为优异而独占鳌头，成为远近闻名的部队明星补习班。

离开部队二十年了，仍是难忘文化补习班的那段时光、那些师长和那帮同学。我深知，正是部队首长和组织的培养，才使我们成长为一名党的干部，有的还走上了领导岗位。

坦克旅早已随部队体制改革而撤销，文化补习班也不复存在，但那段生活经历早已深深镌刻在我的心坎里，成为我一生中最美好的回忆！

致敬那岁月

初学写稿，是当兵入伍的第一年。那年春节后，我被选入师司训队学驾驶。在司训队期间，我边学习边做通讯员，负责号声播放、报刊信件分发、仓库物资管理、汽车配件领换及板报广播稿编发等工作。

一

之前，虽写过作文，在新兵连时也写过发言稿，但这些与写广播稿完全不是一码事。为写好广播稿，除向司训队干部请教、请文书帮忙修改外，一有空闲，我便剪贴《解放军报》《战友报》上的文章，有时也照猫画虎写上几篇，然后送到驻地原平县广播站，向编辑老师请教。

有位编辑老师姓田，是一位资深的老编辑，五十多岁，个头不高，身材微胖，齐耳短发，面目慈善，戴副深度眼镜。她每次都和蔼可亲地接待我，认真翻阅稿件，热心指出问题，当场予以修改。能采用的，现场填写播出单，播出后及时给我寄来稿费。

1985 年 7 月 1 日，我收到了人生的第一笔稿费，那是由田老师编播的一条短信，稿酬 0.3 元，至今我仍珍藏着那张已泛黄的稿费通知单。有时赶上周日，田老师还留我在她家吃饭。那个年代，田老师家并不富裕。每次去她家，她都会亲手做碗肉丝面或包包子、蒸米饭让我增加营养。离开时，还找上几本广播新闻写作方面的书让我带回去学习。

1985 年底，百万大裁军。司训队也整体转隶到 300 公里外的山西运城，师司训队改为旅司训连，我留在连队当助教，再没机会去拜见田老师了。若干年后，我专程去原平看望她，打听到的消息是田老师因病去世多年了。现在每每忆起她，都深深地怀念。

二

司训队学习期间，在田老师的指导下，我在苦写文字稿的同时，还偷偷学了摄影，用攒了一年的津贴费购买了一台海鸥相机，从此迷恋上了摄影艺术。同时，也大胆尝试向各级报刊投稿，有文字稿，也有新闻图片，但仅在《山西卫生报》登载了一个治疗冻疮的小秘方，其他的数十篇稿件，均石沉大海、杳无音信。

正当心情苦闷时，有天下午，我到师机关去报送材料，返回路上遇到一位同乡，同乡在机关工作，他热情邀我到宿舍小坐。打开门，一股热气扑面而来，室内暖洋洋的，原来他烧电炉取暖。经了解，机关干部宿舍没有通暖气，冬季全靠电炉取暖。个别人甚至用电炉烧水、做饭、种蒜苗。

从同乡宿舍走出，心里不是滋味。一个电炉小则 500W，大则 1500W。如果一天不停地烧，得浪费多少度电？上级要求基层官兵节约用水、用电、用煤，可机关干部用电炉取暖种蒜苗这种浪费行为谁来监管呢？回到队里，我奋笔疾书写下《××部队机关干部烧电炉取暖种蒜苗》的小稿，投给《解放军报》。半个月后的 1985 年 11 月 30 日，《解放军报》在第四版用简讯登出。

不料，我的这篇小稿在师机关引发震荡。针对报纸反映的现象，师首长当即召集会议，成立五个督查组，于当天晚上对师机关干部宿舍、所属部队干部宿舍和家属院进行一次突击检查，当场查获电炉400余个。同时，现场对官兵及家属进行了一次节约用电和安全用电知识的宣传教育。

一波未平，一波又起。"电炉"事件后不到一个月，我又捅了一次"马蜂窝"。

当时，已改为旅司训连的连队里有不少喜欢读书的战士找我要报纸和杂志看。我这才得知，原来司训连的报纸虽订到班排，但班长、排长看完后，有的被收藏，有的传阅丢了，大多数战士是望"报"兴叹。

当时正值年终报纸订阅季，各级部门都在要求将报刊订足订够，满足官兵看报需求。于是，我灵机一动写下《××部队司训连报纸多半被干部占有》的读者来信，想反映一下基层连队看报难的真实情况，并投给了《解放军报》。未承想，这篇不足400字的小稿即在1986年1月25日的《解放军报》三版《读者来信》专栏套框登出。

当天下午，司训连里突然来了几位陌生人，他们径直走进班排，向战士了解订报、读报、阅报情况，查找报纸去向。后来得知，这是旅政治部专门派来的调查组，主要了解核实报纸订阅情况。

在报纸刊登这封"揭短信"的当天，旅政治部主任梁永乐亲自给连长、指导员打电话，指示决不能责难我，而要热情支持我关心部队建设的行动。

事后，旅政治部专门召开会议，通报调查情况，对连队报刊分发、阅读、保管工作进行专题研究，提出解决办法，要求各级部门要不折不扣地做好报刊订阅和利用工作。会议还批评了个别同志乱拿、乱扔、乱藏报刊的行为，要求各连队购买报夹，指定专人管理，成立荐报、读报、评报小组。

第三天上午，我接到宣传干事朱云忠的电话，让我下午去找他。当我忐忑不安来到他的办公室时，朱干事热情招呼我坐到他面前，一边询问我的工作情况，一边拿个信封递给我，说这是旅政治部发给我的用稿奖金。朱干事殷切希望我今后能发挥特长，多写反映部队火热生活的稿件。

见过朱干事后，我得知旅首长不仅没有批评我，反而还鼓励我支持我，让我十分感动。不久，旅政治部发来通报，表彰我两次勇于揭短的事迹，并号召全旅官兵向我学习。《战友报》也以《某坦克旅端正党风不护短，陈永兵两次揭短两次受奖》为题介绍了我的事迹。当晚，我也激动地写了篇《主任支持我写批评稿》，刊登在 1986 年 3 月 4 日的《通讯员报》上。"五一"前夕，我被调到旅机关担任战士报道员，从此与新闻写作结下不解之缘。

三

新闻写作中遇到的第二任老师便是时任旅后勤部政工科科长的罗会阳。他是一位多年从事笔杆子工作的老政工，转业后，曾担任过市级体育局、广电局局长和政府副秘书长等要职。

罗科长不仅经常给我提供新闻线索，还手把手指导我修改稿件，使我在新闻写作上走了很多捷径。约一年时间，我先后在《解放军报》《战友报》《山西日报》及山西人民广播电台等刊播稿件 60 余篇，编写了培训教材《通讯员写作初谈》。1986 年获集团军和旅新闻报道先进个人并荣立三等功，被推荐参加第二年的军校招生考试。

幸运的是，经过半年多文化补习，1988 年 8 月，我如愿以偿考上了石家庄陆军学院。入学后，担任兼职文书，负责中队外宣等工作。

学院政治部年初都要下达宣传报道任务，半年一通报，年终要评比。对在军区级以上报刊登载三篇以上的，在年底由学院直接给予个人立功或通报表彰。各学员大队之间也相互攀比，暗中较劲，看哪个大队任务完成多、稿件影响大。评比表彰让我压力山大。

中队队长白来忠、教导员胡华平对学员报道员既重视也宽容。他俩常说，作为学员，首先要以学习为主，在完成学校课程的前提下，通过写作来进一步提升能力水平。中队领导的理解与支持，让我轻松地在写稿与学习之间两不耽误。

两年军校生活期间，每年我都能在《河北日报》《石家庄日报》等媒体上发表稿件40余篇，超额完成学院下达的报道任务，其中《军人妻子的情怀》和《叔侄俩争上游》分别被河北人民广播电台和《战友报》评为年度优质稿。

1990年7月，我从军校毕业，被分配到驻守在山西忻州的某团二炮连任排长。在不到一个月里，我充分发挥写作特长，给团广播站和报道组提供的20余条信息均被采纳。很快我的才能被首长发现，在连队百十号官兵还没认全的情况下，被调入团机关担任组织干事。

在这里，我有幸结识了写作道路上的第三位良师益友，是他力排众议把我推上宣传股股长这个职位，他就是时任组织股股长、后任团政治处主任的军旅诗人、作家王永富。

那个年代没有电脑，全靠徒手抄写。王股长并不着急让新来的我干什么，而是让我先每周至少背熟一篇公文。从"通知"开始，后到"总结""汇报"等各类材料，每背熟一篇，他让你当众背给大伙听，如背得结结巴巴，理解得不深不透，便要求你从头再来，什么时候让他满意了，才算过得去。

开始我不能理解王股长的这一做法，认为他是在给新干事"找碴儿"树权威。时间长了，我才理解了他的良苦用心。对于我这样的写作小白，这是一条捷径。在他培养下，组织股出来的干事在部队先后都担任了团职干部。干事柴新会从不会写通知到后来任师组织科科长，成为师机关的笔杆子；干事武峥嵘被选调到军区政治部，一路升至保卫部副部长，后来担任了衡水市委常委、军分区政委。

在组织股期间，我从王股长身上学到的不少公文写作方面的技巧，为我后来无论是在部队从事新闻写作还是回到地方从事公文撰写都打下了坚实的基础。

那年，在王股长指导下，我执笔编写的《×××团组织史》资料被集团军评为一等奖。年底，我被师机关选调到战勤科任参谋，负责综合材料、调研报告撰写和新闻宣传等。

四

战勤科科长韩宪斌可说是我写作之路上的又一位恩师。短短一年时间，他指导我撰写领导讲话材料 30 余份，调研报告 10 多篇，战时后勤文书 20 余种。在原总后勤部《后勤》《后勤学术》等杂志上发表理论研究文章 5 篇；6 篇调研报告和理论研究文章被《基层后勤理论与研究》一书收录。当年荣立个人三等功并获提前晋升副连职。

1993 年初，我回团里任八连副连长。半个月后，时任团政治处副主任的王永富再次找到我，要我回政治处任新闻干事。我也深知，新闻干事难干，是个苦差事，一把辛酸泪，满纸"本报讯"。一年到头都难轻松，天天加班熬夜写稿。

当时我所在的部队已改为机械化步兵团，驻守在偏远的农村，新闻素材受限，想要完成上稿任务，可谓"蜀道之难，难于上青天"。加之好几年没写过新闻，看问题、选角度、"抓活鱼"的经验不足，想在军报或军区级报刊发篇稿件实在太难了。

团首长的支持与鼓励，让我鼓足了勇气接下这个重任。时任团长傅卫不仅是军事训练专家，也是军事摄影迷，经常与我切磋新闻图片的拍摄；时任政委李文瑞、副政委成亮洪曾是师机关的笔杆子，政治处主任田明华也是机关笔杆子出身。几位首长都非常重视新闻宣传工作。

为支持我，团长傅卫专门要求团办煤矿为我购买了一台价值不菲的尼桑相机，让我用于团里重大活动及新闻图片的拍摄；政委李文瑞特批从全团爱好写作的战士中抽调人员组建报道组。

当年，我与报道员岳志强、季建中等携手努力，用辛勤汗水把对军营火热的爱和对战友真挚的情感写入稿件、摄入镜头，先后在《解放军报》《战友报》上刊发稿件 16 篇，在《山西日报》《忻州日报》等媒体上刊播稿件上百篇。

年底，我再次被选调到师装备部任管理员，季建中退伍后被《中国建材报》聘为记者，岳志强荣立二等功后被提拔为副连职干部。

在师装备部任职半年，时任团宣传股股长的冀宝胜被集团军机关作为笔杆子人才挖走，宣传股股长岗位空缺。此时已任团政治处主任的王永富便向团长、政委力荐我，就这样，1994 年 7 月 1 日，我再次回到团里主持宣传股工作，任正连职代股长。同年 10 月份，去代转正任股长。

任职期间，团长傅卫因患肝癌晚期倒在训练场。获悉情况后，我连夜搜集整理他的事迹。三十五岁任团长的他，那年才三十九岁。他虽然出身于军队高级干部家庭，但从不摆架子，爱兵如子。他十四岁走进军营，当战士，是全师有名的训练尖子；当连长，是集团军挂号的优秀"四会"教练员；当团参谋长、团长，是出色的一线指挥员，撰写的多篇前瞻性研究文章被《军事》等杂志采用。过硬的军事技术，使他在部队中树立了崇高的威信。在官兵心目中，团长就是标准，示范就是规范，榜样就是命令。

傅卫当团长期间，我也多次跟随部队先后参加了"黄河 93"跨区域作战演习和千里挺进内蒙古大草原等演练。作为团首长指定的"战地"记者，我在演习现场拍摄了大量的"战地"照片，为团史留下了一笔宝贵的历史影像资料。

傅卫团长住院后，被确诊为肝癌晚期，癌细胞已扩散多处。消息传来，我不禁潸然泪下。他的病，也牵动了部队上下、军营内外众多人的心。于是，我连续三天鏖战，撰写了长篇通讯《军魂——记献身国防事业的驻忻某团团长傅卫》并配报纸短评，发表在 1996 年 5 月 22 日的《忻州报》上，三个半版面的事迹引起了时任师政治部主任李德顺的关注。首长看到报纸后，当即组织由各部门笔杆子组成的工作组来团里，对傅卫事迹展开了更翔实的调查。

团里也成立三个小组配合师部工作组，一个综合协调组、一个材料收集编写组和一个工作保障组。我任材料收集编写组副组长，负责事迹访谈、言论摘编、日记摘抄、故事整理、图片收集和其他资料汇编等。集团军也迅速派来工作组，与师、团一道展开工作。

我和组里同志一道，白天黑夜连轴转，一边收集一边整理，先后收集整理了傅卫事迹访谈录、傅卫故事篇、傅卫言论篇、傅卫新闻图片篇、傅卫日记摘抄及讲话材料等 20 多万字的宣传素材。

五

不久，军、师两级党委分别作出向傅卫同志学习、争做焦裕禄式的好干部活动的决定，在集团军官兵中引发强烈反响。新华社、《人民日报》、《解放军报》等多家媒体记者蜂拥而至，再次对傅卫事迹展开全方位采访，并在同一天刊发《献身国防事业的好团长傅卫》的长篇通讯，由我拍摄的多幅傅卫生前军事训练照也被多家媒体单幅或整版采用，其中《解放军报》头版头条采用了我的一幅压题照片。

在中央级三大媒体刊发长篇通讯的三天前，我突然接到一个特殊任务，师政治部让我连夜送幅傅卫生前工作或现场训练照到新华社《瞭望新闻周刊》杂志社。接到任务已是下午三点，北京是个啥样我不知道，新华社门朝哪儿开我更是不知。师宣传干事胡线勤耐心地把地址、联系人、什么时候到达，跟我一一作了交代。

从众多图片中，我挑选了一幅傅卫团长面带笑容为即将退伍的老兵送行时的照片，精心包起来，便往火车站赶。那时从部队驻地到北京，一天只有两趟火车，必须赶上最晚一班，第二天早上才能按时送达。

一夜火车，早上约六点半到达北京，虽说是夏季的七月，北京的早晨仍透着丝丝凉意。我来到位于宣武门西大街 57 号的新华社，此时已有一位中年男人在大门前等我，自我介绍说是《瞭望新闻周刊》的责任编辑。1996 年 7 月 29 日，第 31 期《瞭望新闻周刊》登出了长篇通讯《军中焦裕禄——团长傅卫》，我拍摄的照片也上了本期封面，这位未记住姓名的编辑老师还特地给我寄来了两份杂志以作纪念。

1996 年 11 月中旬，在《解放军报》高级编辑卜金宝老师推荐下，我带着登载在《解放军报》《战友报》等报刊上的稿件剪贴本来到安徽省军区，找到时任政治部主任的任潮海。首长看了我的简历后，当即表示同意我调回省军区工作。从此，我在县（区）武装部和军分区政治部工作了十年。

其间，先后宣传了人武部好主官吴平、基层武装干部徐大胜和实干部长张西平等多名先进典型，多次获得省军区新闻宣传一、二等奖。转业地方后，又先后担任宣教处副处长兼《中国人口报》安徽站负责人和内部刊物《安徽卫生健康》《安徽卫生健康年鉴》《人口志》执行主编，宣传了多名个人和先进集体等典型，出版四本新闻随笔作品集，加入安徽省作家协会、安徽省散文家协会和安徽省摄影家协会等。

天似穹庐，白驹过隙。在部队从事新闻写作的经历已过去二十余年，如今也离开宣传岗位多年。每每忆起曾经的新闻岁月，感慨颇多。这是一段极其珍贵的经历，更是一笔丰厚的精神财富，让我终身受益。

军校逸事

军校，顾名思义，是专为军队培养军事指挥干部和专业技术人才的院校。1988年8月，我有幸考入石家庄陆军学院，成为一名军事指挥专业的学员。

一

石家庄陆军学院，位于河北石家庄市西郊，环境优美，气势宏大，闻名华北，享誉全军，是当年军中热血男儿最向往的军校之一。

学院分生活、教学和训练三个区域，排列有序的建筑物有400余栋，尤其是超大训练场，绿草如茵，花团锦簇，就像一座美丽的花园。用水泥跑道从中隔成一块块方方正正的区域，东西南北纵横贯通。训练场上，能容纳万名学员同时操练。

走进校园，展现在眼前的是大大小小的花坛，有月季、牡丹、玫瑰……还有些说不出来名字也未见过的花儿，此时正千姿百态、争奇斗艳，有的花瓣展开了，有的则含苞待放。

刚办理完入学手续，还未来得及喘气，我便被通知去司务长那里领被褥、衣物等。从里到外、从夏秋到冬季，共领了十多件（套）军装和胶鞋、皮鞋，还有脸盆、水瓶等生活用品。回到宿舍，我便迫不及待地换新装，站在军容镜前，左照右看，整整衣领帽檐，如梦似的不敢相信眼前的一切。第二天早早来到学院军人服务社排队，拍了几张彩色照片寄回家，想让父母看到儿子穿上"八七"式四个兜的军官服后的自豪。

我最喜欢那双"三节头"皮鞋，穿皮鞋是我多年的梦想。记得那年回家与妻相亲，借的是战友的皮鞋。军校就读期间，我对这双皮鞋极为珍惜爱护，经常把它擦拭得锃亮。后来我找修鞋师傅给鞋底钉了鞋钉，走起路来，发出嘎吱嘎吱的声响，很是威武。

熄灯的哨声吹响，室内顿时寂静下来。此时，其他学员和我一样，因为兴奋而无法入眠。那晚，我思绪万千，想起文化补习班的学习时光，想起首长的叮咛和战友送别的祝福，更想起父母等亲人的嘱托……

入学第一周，中队天天开展内务卫生评比。军校内务评比标准比部队更严，物品要精准定位，床底下的鞋子要摆放有序，脸盆里毛巾、牙刷、牙膏要朝向一致，柜子里的衣服须折出棱角，表面平整。

叠被子是新兵的"入门课"，也是军校学员必修的"基础课"。刚领到手的军被表面有褶皱，想叠成"豆腐块"，必须先要将它抚平、压实。常用办法是先铺床上喷洒水，用胳膊肘一点点擀平，再将两边褶皱用手抚平。新被太厚，开始捏不出棱角，要天天压，半把月后才能棱角分明。这样，方方正正的"豆腐块"就叠成了。

这一周，无论早上起床，还是课间休息，学员回到宿舍，有事没事都在捣鼓自己的新被子。

中队长姓白，在这个中队已干了12年，送走了6届学员。他处事公正、敢于较真，是院领导公认的放心干部，也是学员心中最尊敬的好兄长。

白队长有"三宝"：戒尺、手套和秒表。戒尺，是用来测量正步步幅和高度的；手套，是用来检查内务卫生的；秒表，则是用来掐我们跑步时间的。

白队长常戴一副雪白的手套来检查内务卫生，他把手伸到桌凳底下和犄角旮旯处，有一丁点灰尘都瞒不了他的那双眼和手。

二

军校是非常注重内务卫生的，一方面是部队高标准形象的体现，通过整理内务养成标准意识；另一方面是通过抓内务卫生整理，从点滴上促进军人作风纪律的全面养成。

我们这届学员大都来自北京军区各兵种部队，有来自基层一线连队的，有来自后勤保障分队的，更有刚从老山前线换防下来，未来得及休整，就来报到的。

来自基层连队的学员，起床后会快速把被子叠整齐，板板正正放在床铺上；来自老山前线的学员，有的在新兵连时就跟随部队上了前线，长时间待在阴暗潮湿的"猫耳洞"里，别说整理内务，就连睡个安稳觉也是一种奢求。

睡在上铺的学员，站着头顶天花板，跪着弯腰屈腿酸疼，无论如何也不方便，到早餐集合哨吹响，被子还没叠出个样。有时费老鼻子劲叠好了，对比来自连队学员的"豆腐块"，自己的倒像是块大面包。

我来自旅后勤机关，平时住惯了单身宿舍，对内务卫生也没啥硬性要求，从来也没好好叠过几次被子。

入学后，为了不拖全班后腿，我有空就爬到铺上，跪在床头不停地去捏压。有时，我也不惜往被子上喷洒热水，放上板凳、马扎等重物来压。中午，从舍不得拉开被子午休，而是轻放在桌台上，然后和衣而睡，起床后，再小心翼翼搬回原处。

那段时间，每天组织内务评比检查。卫生整洁，尤其是被子叠得标准的班会获得中队流动小红旗，叠得差的班自然会受到通报批评，对个别被子叠得差的学员，队领导会责令整改。

　　练嗓门，也是军校学员重要的必修课。学员毕业后会成为一名基层指挥员，如果嗓门不大，又不会喊口令，那是无法带兵打仗的。除队列训练用口令外，平常集会、上课或就餐等也用口令，这是每天重复训练的科目，大嗓门就是这样练出来的。

　　中队有四个区队，列队喊口令、练唱歌、比嗓门。学员之间互不服输，个个伸直脖子、瞪大眼睛、较着劲儿拼命地喊，声如洪钟，唯恐被对方比下阵来。每比完一轮，队领导点评，评出一二三四，再由各区队长继续点评，被点名批评的区队，由区队长带着继续练习。

　　练嗓子是一个反反复复的过程，不经历多次的沙哑锤炼，是练不出声音洪亮的嗓门的。我每次都铆足劲儿喊，不记得嗓子喊哑了多少遍，只知道嗓子哑了还要继续喊，有时还故意把嗓子喊得沙哑，目的是掌握由内向外的胸腔发声要领，早日练成大嗓门。

　　军校学员的就餐也有规矩，不能随便进入餐厅。我们学院是一个中队一个食堂，每个食堂的餐厅都能容纳 150 人。

　　每天，每班要安排一名学员到食堂轮流值日，可提前进入餐厅为同班学员盛饭打菜，培养互助精神。其他学员按班级顺序列队、唱歌，然后有序进入，围到本班饭桌前，待值班人员下达"坐下"口令后，学员们才能开始动筷子。吃饭时不准随意走动，不准交头接耳，更不准在餐厅大声喧哗。

　　大凡有过军旅体验的人，对"嘟嘟——"的哨声都有一种特殊的敏感。无论何时何地，只要听见尖厉、急促、清脆或冗长的哨声，立刻就会热血喷涌、心潮澎湃，会产生持枪奔赴沙场的特别冲动。

　　军校几年，我们听惯了这样的哨音，刺耳的声音穿透力极强，绝对震耳欲聋，全楼层无死角。

　　军校的一日生活是由无数遍的哨声串联起来的，任何时候都离不开那清脆的哨声。从起床开始，吃饭、训练、集合、看电影和熄灯……一天下来，只记得耳朵里全是各种各样的哨音，有三长两短的，有一长一短的，有连续短声的……固定时间的哨声倒不可怕，比如吃饭、熄灯。最要命的是听到紧急集合的哨声，只要急促的哨声响起，不管你在做什么，都得以最快的速度冲向集合点。白队长常严肃地跟我们说："哨声就是命令，是和平年代的'冲锋号'。听到哨声，前面即使有虎狼挡道，也要勇猛地冲过去。"

军校也是歌声的海洋。凡有学员集结的地方，就有嘹亮的军歌。常见的是饭前要唱歌，队列行进要唱歌，开会、看演出、看电影前也要唱歌。像《学习雷锋好榜样》《打靶归来》《一二三四歌》《团结就是力量》等是每天必唱曲目。

吼声震天，地动山摇。每当我们整齐划一地站在门前操场上进行歌咏比赛时，这边歌声刚落下，那边歌声又响起，一浪接一浪，形成声的潮水、歌的海洋。我们扯着嗓子吼，直吼得浑身上下血脉偾张，血液加速流动、翻腾，直吼得全身的骨节都在咔咔作响，嗓子眼火辣辣的。

虽说脱下心爱的军装已有二十多年了，但如今每当听到那铿锵有力的军旅歌曲时，总会把思绪带回那火一样炙热的军旅生涯，想起那些曾朝夕相处的战友。

三

在军校，让我们寄托希望、赋予情感最多的是写信，书信也承载了我们太多的美好回忆！那时没有网络视频，军校和外界没有过多联络，即使能打电话也很不方便，长途电话费用又高，写信可以说是最好最便捷的通信方式。

入学不久，我就购买了一沓印有"石家庄陆军学院"字样的信纸、信封，放入桌里。每周写一封，有时一月寄一次。军校学员的信是免费寄的，只要把写好的信盖个"三角戳"就能直接寄走。

每天，学员们都盼着有来信，收到信尤其是收到心中期待已久的"她"的信件时，那感觉真的是妙不可言！

军校最重要的课程还是军事训练。对于学员来说，一切都得从零开始。第一次上军体课，教官让我们先跑5公里。我跑了不到三圈就面色苍白，气喘吁吁，腿肚抽筋，身不由己，败下阵来。

我每天都拼着命为增强体能而奔跑，不管刮风下雨，还是炎热酷暑、数九寒冬，早晨跑，中午跑，晚上跑，周末跑，节假日也跑，每天跑10公里以上，从未停歇过。渐渐地，越跑越快，越跑越远，越跑越觉得带劲。

不仅练体能，还要练军体拳、单双杠、仰卧起坐、俯卧撑、跳马、障碍、手枪、步枪、火箭筒、机枪、防毒器具、爆破器材，82迫击炮、100迫击炮、队列指挥、单兵战术、班战术、连战术、营战术和团战术，从地图使用、图上作业到野外生存等军事技能，等等。

军事训练不仅是对学员身体的考验，更多的是对个人意志的磨炼，虽很苦累，其中有酸楚的泪水，有苦咸的汗水，有飘扬的歌声，也有欢乐的笑声。这种人生的体验，也是战胜自我、锻炼意志的最佳机会。

每年国庆节，学院都要组织阅兵分列式，那种仪式感是最能使我感知军人荣誉的时刻。1989年，国庆节阅兵前一周，我们没有了休息，全天候泡在操场。早操、午休、晚饭后都要坚持在操场组织单练、合练，各中队相互较着劲地组织训练。

为严抠动作要领，中队干部常把连续的踢正步动作分解为折臂、踢腿、"一步一动"、"一步两动"。天天训练，时间长了，穿的那双"三节头"皮鞋上都渗出一片片白色的盐花。

随着慷慨激昂的军乐声，院领导乘车检阅。随后进行分列式，由40余名学员组成的仪仗队意气风发地通过阅兵台，紧随其后的是各中队学员组成的受阅方队，他们精神抖擞、步伐铿锵地通过阅兵台，那整齐的动作、震天的吼声，无不展示着军校学员特有的青春风采。

军校就读期间，学院还经常组织紧急集合演练。通过演练，使每位学员掌握应对各种突发事件的方法，并以最有效的手段在较短时间内控制事态发展，或保证完成上级交办的临时任务。

紧急集合往往在半夜三更，人人睡得正香时，"嘟嘟嘟……"一声尖厉的长哨声和连续短促的哨声突然响起，打破了长夜的宁静。

随着"紧急集合"的命令，学员们要在4分钟内起床穿戴、打背包、带单兵装备、下楼集合、跑步到指定地点，迅速完成人员清点、火速集结。

一天训练下来，本已疲惫不堪，被惊醒后睡意全无，在黑灯瞎火中完成各种动作，待跑到室外，有丢鞋子的，有掉缸子的，有衣服没扣的，有被子散开的，总之，不少人狼狈至极、洋相百出。

四

军校两年，在经受风与雪、冰与火的淬炼后，我永远难忘的是：在酷暑烈日的训练场汗流浃背操枪弄炮的身影；在灯火通明的教室冥思苦想绘制战术标图的身影；在窗明几净的宿舍一丝不苟把被子叠得像豆腐块的身影；在巍巍太行山中800里拉动演练的身影……

太行山，又名五行山、王母山、女娲山，是黄土高原和华北平原的地理分界线，纵跨北京、河北、山西、河南4省、市，北起北京西山，西接山西黄土高原，东临华北平原，绵延400余公里。山高岭大，逶迤弯曲，地形复杂。

每年五六月，华北天气干燥且逐渐炎热，在800里太行山上的综合演练既是对毕业学员的一次"大考"，也是毕业前最后一次淬火和洗礼。

800里，除有百公里是摩托化乘车机动外，其余全靠学员的双腿双脚完成。途经获鹿、灵寿、平山、井陉、赞皇等市县，连绵不断的山脉，崎岖不平的道路，弯弯绕绕的河流。

行军时需要身背被褥、手榴弹、水壶、防毒面具、子弹袋、军用挎包等，还要肩扛 82 迫击炮或 100 迫击炮，负重在 40 斤至 50 斤。

出发时信心满满，斗志昂扬，唱着嘹亮的军歌、迈着整齐的步伐，越走越觉得"路漫漫其修远兮"，渐渐地，脚底磨出了水泡，大腿内侧磨出了血印。

拉练期间，组织穿插山地攻坚、阵地防御、耐饥觅食等演练。最难受的是耐饥觅食，在两至三天的时间里没有食物供给，没有野味可猎，没有乡村可寻。在光秃秃的山头上，挖出地坑，铺好被褥，就着满天黄沙尘土，沉沉地睡去，饿醒了就喝几口冷水充饥，喝完了再睡，熬到晚上再出发。

最后一天到达目的地，中队食堂给每人发二两米、一点肉丝和白菜，就地挖灶埋锅，炝锅、炒肉、加水的程序全部乱套，只有一个标准，用最短的时间将手中食物做熟，填饱肚子。

两年的军校生活，让我终生难忘。这座钢铁大熔炉磨炼出了我坚韧的性格，给予了我能力素质，教会了我为人处世，让我扛得住艰辛、受得住煎熬、耐得住性子、守得住寂寞。谨以此文纪念已逝去的那段激情燃烧的青春岁月！

青山写忠诚

2021 年 10 月 19 日晚，央视"时代楷模"金色发布大厅迎来一位特殊的嘉宾，他就是被中宣部授予"时代楷模"的"当代愚公"张连印。

一

仪式现场，主持人深情宣读了《中共中央宣传部关于授予张连印同志"时代楷模"称号的决定》，中宣部负责同志现场为"绿化将军"张连印颁发了"时代楷模"奖章和荣誉证书。

这位中等个头、黑红脸庞、穿着一身迷彩服，站在舞台中央向台下观众敬军礼的嘉宾就是我的老师长、后任河北省军区副司令员的张连印将军。

在看视频回放将军四十年戎马生涯，退休不褪色，回乡十八载，植树205 万株，造林 1.8 万余亩的英雄壮举和他亲属、战友、乡亲们介绍他先进事迹的宣传短片时，我既十分感动又特别心酸，不禁潜然泪下。

感动的是，老将军在 2003 年退休后，毅然放弃安逸的退休生活，回到穷乡僻壤的家乡山西左云县，回到生他养他的老家张家场村，自掏腰包，自带干粮，义务植树造林，无怨无悔地绿化荒山沙丘。

雁门关外、长城脚下的张家场村，位于全国林业六大工程之一的京津风沙源治理区，是我国北方荒漠化土地集中分布区，也是典型的黄土高原丘陵区，更是老将军曾生活过十九年的家乡。

站在这块熟悉的土地上，望着眼前一片片光秃秃的荒山沙丘，老将军的心里不是滋味，往事萦绕在他的心头。小时候，家里穷得连鞋子都没的穿，四岁时父亲病故，六岁时母亲改嫁。

1964 年冬，在他十九岁那年，乡亲们敲锣打鼓送他去部队当兵。因表现出色，入伍第二年他就光荣加入了中国共产党，两次受到毛泽东主席的亲切接见。四十年军旅生涯，他从一个吃百家饭、穿百家衣长大的放牛娃，成长为一名军队高级领导干部。

二

从省军区副司令员岗位退下来的老将军解甲不懈志，始终心怀乡亲养育之情，扎根在风沙漫天的家乡，凭借自己一双粗糙大手和坚忍毅力，将昔日连绵的荒山秃岭变成绿水青山，为左云县环境改善和京津风沙源治理作出突出贡献。

不仅如此，老将军还不图名不图利，为造林倾尽一生所有，把自己十几年辛勤取得的成果全部奉献给乡亲们，毅然向当地政府提出"一不要林权，二不要地权"，只图改变家乡生态环境面貌，为后人留下一片"林荫"。老将军的行动不仅让乡亲们打心底里佩服，也让我深深地敬佩并由衷地为老首长的行为感到自豪和骄傲！

绿化荒山，防风治沙，改善生态，造福村民，即使身患癌症、脑梗，老将军依然生命不息，奋斗不止，不愿意放弃自己曾许下的承诺。

2011 年底，老将军查出身患肺癌。手术前，他默默把欠下亲友的钱——

还清，去照相馆拍好了遗照。只是树还没种完，心愿还没完全实现。手术后的他实在等不及，第二年刚开春，便拉着老伴，坐了一夜的绿皮火车，又辗转乘长途客车，再次回到张家场村。

林场的树种得越来越多，绿荫面积越来越大，但老将军体内的癌细胞也像小树苗一样在疯狂地生长。

2014 年，他的癌细胞出现转移。这次，在住院一个月后，他再次回到张家场村。他告诉乡亲们，"要是我不回来，这摊事就散了"，他压根没想过自己的身体，想的尽是种树的事儿。

幸运的是，似乎是命运对好人的眷顾，已患癌症、脑梗多年的张将军，在忘我种树中创造了令人不敢想象的奇迹，肺癌钙化，身体逐渐恢复健康。

如今的他，依然走路飞快、步履矫健、精神抖擞，看不出曾是一个患肺癌、脑梗直至癌细胞扩散并与死神擦肩而过的重症病人。

写到这儿，许许多多当年曾与老将军在一起工作或生活中相处的往事不禁涌上我的心头。

三

三十多年前，我从军校毕业第二年被选调到师机关任战勤参谋，老将军是我的师长。他给我的第一印象是和善坚毅、具有长者风范。

有一次，军区首长要来师里检查指导工作。由师长代表师党委综合汇报军事训练、政治教育、后勤保障等各项工作情况。根据分工，我负责汇报材料中后勤保障部分的拟稿。

接受任务后，我查找资料、翻阅材料、汇总文稿，整整忙了一个通宵，草拟出一份洋洋洒洒约 3000 字的汇报初稿。早晨一上班，我就急匆匆来到师长办公室，准备将文稿送给师长审阅。

这是我第一次直面师长，也是调到师机关后第一次完成如此重大的任务，不知道能不能过关，心里也没底，一直忐忑不安。

带着疲倦、带着不安，我轻轻敲门，师长在屋内说了声："请进来！"我推开门，向师长敬军礼，并将文稿轻放到他办公桌上，说了声："请首长审阅！"师长并没有着急看稿子，而是放下手中的笔，抬头看了看我，微笑着问我："小陈呀，辛苦了！家是哪里的呀？今年多大啦？到机关来适应不适应呀？……"

我一一向师长作了汇报，师长满意地点头，一边翻阅我送来的文稿，一边告诉我再补充一些材料，说上午等通知碰头研究。

回到办公室，我一边按师长要求找材料，一边等待通知。约十点，接到电话，要我立马赶往会议室。当我匆忙赶到时，其他部门拟稿人员已到了。师长正跟他们一一提出修改要求，说这段应该这样写，那段应该再精简点……

轮到我了，师长说："小陈，你刚来，后勤情况不太熟，这样吧，我说，你记，我们一块儿修改。"我的脸瞬间红了，脑子有点发蒙，赶忙打开笔记本，找了个角落悄悄坐下，一边听师长讲，一边快速地记录。

师长告诉我，这次综合汇报的后勤部分重点是贯彻落实《军队基层后勤管理暂行规定》（以下简称《暂行规定》）的试点经验，这是首长和上级机关非常关心关注的事，也是此次汇报的重点内容。

他说："《暂行规定》是军队基层后勤全面建设的一个基本依据，在拟稿时，要重点把握四个环节，即从摸清物资装备底数、发挥现有物资装备效益、按照编制标准配齐物资设备、健全完善各项管理制度上，把全面落实《暂行规定》的基本思路、试点做法、经验教训和当前部队的后勤保障工作结合起来、融合进去，实事求是来写。这样的材料，才是上级首长和机关同志真正想听、想要、想看的东西。"

师长的一席话，对我启发很大，也让我茅塞顿开，特别是师长当面教我怎样确定写作思路、怎样搜集资料、怎样修改材料的经验，让我受益一生。

四

在战勤参谋岗位工作一年多，我先后给首长撰写讲话材料 30 多篇、调研报告 10 多篇，在原总后勤部《后勤》《后勤学术》等杂志上发表论文 5 篇，其中部分调研报告和研究文章被《基层后勤理论与研究》一书收录，我当年荣立三等功并提前晋职。

说到这个三等功，又不禁让我想起 1992 年在张家口下花园地区举行的那场全师摩托化步兵实战合成演练，想起那六天的不眠之夜，也想起张师长对我们的谆谆教诲。

张家口位于河北西北部，是连接京津、沟通晋蒙的交通枢纽，是历代兵家必争之地。四周山峦起伏、沟壑纵横，坝上草原四季分明，夏秋季干燥、炎热多风沙，有塞外明珠、塞外山城之美誉。

那年七八月份，在张师长的率领下，全师官兵冒着炎热酷暑，千里挺进长城脚下，驻扎在下花园地区一个靠山坡的屯子里。屯子不大，有百十来户人家，乡亲们非常热情，腾出最好的房子让我们暂住。

因屯子没有通水通电通路，演练那几天，我们的吃水靠老乡用马车到五里外的桑干河里拉，用电则靠发电机。这个小屯子，也是师机关所在的指挥所，战勤科又是后勤指挥中枢，负责系统内组织指挥、战术演练、后勤保障等。

在此次演练中，作为战勤参谋，我担负的主要任务是给师首长提供情况分析判断、保障需求测算、兵力编成部署、拟制保障命令……

张师长是演练总指挥，多次来我们驻地，与官兵同吃、同住、同演练，面对面、手把手指导我们怎样分析研判敌情、我情。他常说，后勤官兵一定要做到"兵马未动，粮草先行""宜未雨而绸缪，毋临渴而掘井"。

按照张师长"缺什么训什么、什么弱补什么"的要求，师后勤部紧紧围绕市场经济条件下部队遂行多样化军事任务对后勤参谋人员能力素质的新要求，采取专题辅导与强化训练相结合、单项作业与综合演练相结合等方法，对战勤参谋人员组织理论辅导、作业练习，以考促训。

在指挥所的帐篷里，站在沙盘旁，常聆听张师长给我们分析判断敌情、我情及战场环境对后勤保障行动的影响与要求，精准测算物资、卫勤、军事设施、运输投送保障等需求，研究保障力量编成与部署方式、主要保障行动和保障重点，怎样拟制提交保障命令文书预案等。对一些重要文书预案，张师长还亲自帮助修改或提出修改意见。

短短几天里，面对缺水、缺电和炎热酷暑、蚊虫叮咬，我们几位参谋人员不分白天黑夜，不分分内分外，趴在作业桌前，拟制各种条件下的作战保障命令文书预案。饿了，咸菜就馒头啃上两口；困了，打个盹儿，醒了洗把脸再接着干。一周下来，人人都脱了一层皮，掉了好几斤肉。

那时候没有手机、电脑，全靠手写誊抄。我一个人就撰写后勤作战文书达 20 份四五万字，战时文书拟制能力水平有了较大提升，受到张师长点名表扬并在演习结束表彰时荣立三等功。

五

在日常工作中，我与张师长接触也较频繁，经常陪同他到基层部队调研指导工作。他对年轻军官也非常关心，常跟我们谈心聊天，嘘寒问暖，没有一点首长的架子。

有一次，我们坐在一个桌上吃饭。张师长看到我，便直接招呼我坐到他身边。师长边吃饭边笑着问我有没有女朋友，想找什么样的女朋友，还对坐在旁边的王副政委开玩笑说："师机关有不少女干部没有解决个人问题，像小陈这样的帅小伙，'肥水不流外人田'。"

张师长的话说得我脸红到脖颈，不敢直视他的眼神，更不好意思回答他的问话。王副政委也笑着问我："有没有这个想法呀？师长要为你做媒呢！"

后来，虽没让师长操心为我做媒，但师长对我这个普通青年军官的关心、爱护、培养的恩情一直被我铭记在心底。

"莫道桑榆晚，为霞尚满天。"被誉为"新时代的甘祖昌""穿军装的杨善洲"的张连印将军把自己一生不变的初心写在雁北大地，写在家乡的土地上。他把故乡当战场，把一片荒坡沙丘变成一片林海，体现了对家乡故土的深情厚谊，对家国乡亲最深的情怀！

远远望去，如今的张家场村，房屋漂亮整洁，道路树木成行，干涸多年的十里河不时地能听见欢快的河水声。昔日的穷山恶水如今处处天蓝水碧、鸟语花香，呈现出一派人与自然和谐相处的景象。

人生不可复制，精神却能共鸣。2024 年 3 月 10 日张将军带着未竟的事业离我们而去，不带走一片绿叶。我们虽不能人人都具有像老将军那样的特殊经历，却可以有像老将军那样做人的品德。老将军造林治沙，靠的不是特殊的经历、特殊的身份，而是一种无形的精神力量，那就是"初心永不改"的为民本色！

战友老高

　　老高，名昌友，跟他认识没几天，我们便相处得十分投缘。那天，省军区组织新任团职干部集训，我来报到时晚到一些，老高主动迎接我并向大家一一介绍，谦虚又不失礼。

　　握手嘘寒后，相互间因不太熟悉也没有过多话题，便各自忙去了。从他介绍中得知，同寝室的老陆、老梁都是皖北汉子，看得出他们都有北方人的豪爽。

　　一天后，大家相处熟了，又都是当兵的人，年龄、兵龄相差无几，自然不拘小节，几乎无话不谈。睡觉前，躺在床铺上的老高经常抛砖引玉，他给我的印象也最为深刻。

　　老高与我是同龄人，年轻帅气，国字脸、宽额头、大眼睛，身材高大魁梧，个儿一米八以上，留着板寸头，说话嗓门亮、声音粗犷，一看就是标准的军人。

　　老高心细如丝，粗中有细。相处几日，我便清楚了他的为人处世。集训期间，他从不偷懒，勤快麻溜，每天主动值日，盛饭、打水、拖地，清理室外卫生，忙得不亦乐乎，脸上常挂笑容，属于难得的乐天派。

对我们不懂的问题，老高总是一副热心肠，常给指点迷津、帮助辅导，那些拦路虎在他面前变得那么乖顺，我和老陆等兄弟全仰仗并依赖着他，能偷懒则偷懒。

老高是从地方考入军校的。在校时，是名副其实的高才生。毕业后，从当基层连队干部开始，一步步走到今天的岗位，工作干得相当出彩，深得领导赏识。

老高说话耿直爽快，做事干脆利落，为人体贴仗义，用现在小女生的话来形容他就是长得"帅呆""酷毙"，是女孩子心目中理想的"男神""白马王子""暖男"。

老高谈起他的家庭，说起他的妻子，喜悦之情和满足之感溢于言表，让人羡慕嫉妒恨。他说他和他妻子是在去军校的火车上相遇的。

那天，天公作美。两人座位面对面，如此，让两人相见如故、一见倾心，加之又是砀山同乡，便有了聊不完的话题、说不尽的趣事。

深夜下火车，老高又一副热心肠把她送回家中，未想到被未来的岳父岳母相中，误以为是乘龙快婿，受到高规格的款待。老高戏称是在错误的时间、错误的地点点燃了一场"错误"的爱情火焰，被错打错配成"鸳鸯"。

老高那叫一个自豪啊，妻子当时也是省城某名牌大学毕业生，纤细美丽、温柔优雅，这可是"众里寻他千百度。蓦然回首，那人却在，灯火阑珊处"。第一次去女友家，就受到岳父岳母认可，可想当年老高的魅力有多大。

回忆起那段激情燃烧的岁月，老高总想再回头去寻找那段魂牵梦萦的最初的爱的感觉，他那满脸幸福的样子惹得我们几个兄弟"闹心"，后悔自己生来就不是有"艳福"的人。

老高是室友中最能侃的一位，侃起来滔滔不绝，兄弟几个难得插上一两嘴，只能干瞪眼、竖起耳朵听他一个人"演讲"。

老高上知天文、下知地理，无所不晓、无所不知、无所不通，这与他平时爱看书爱学习爱写作有关，老高说他什么书都涉猎，却钟爱看长篇小说。

集训期间，老高每晚与我们神侃之后，都要看书看到深更半夜，几部大部头很快被搞掂，老高说买书、看书、藏书是他人生中最大的享受和快乐。

老高和我们几个兄弟一样，都是农村穷苦家庭出身、靠自己的努力才走出来的孩子。

夜深人静，老高有时也聊聊自己的"童年苦难史"。有一件事把我们几个兄弟给"忽悠"得一夜没睡好觉，心里头总是酸酸的，对过去的那段苦难经历，我们都有似曾相识的感觉。

老高从小有当兵的愿望，那一年报考军校被录取，县里来人通知他面试。坐在村口那棵大梨树下翘首以待的老高，被县里来人用小汽车接走又被送上去合肥的火车。老高说那天是改变他一生，让他想哭让他心酸让他难忘的日子。

天高云淡、风和日丽。老高穿着一双裂口的破拖鞋，带着家中仅有的 50 块钱随来人出了门上了车，来接他的人是谁，至今老高也没搞清楚。

老高的家乡虽是梨王之乡，但他从小生活在穷乡僻壤的黄河故道上，从没坐过小汽车，也没见过火车是啥模样。

对于一个从没坐过汽车、没见过火车是啥样的乡下孩子来说，坐火车到合肥是他平生第一次出远门，能到省城上学，老高既激动又担忧。

在蚌埠转车时，老高怕跟丢了，远远跟在一个到合肥办事的旅客身后，可怜兮兮地跟在人家屁股后面，既不敢多言，也不敢靠近。

在合肥下车后，为节省 1 块钱的公交费，老高忍饥挨饿，从早上六点多孤零零地走在大街上，一直走到下午一点多才找到学校，几乎靠他的脚"量"了大半个合肥。出门在外三四天，他总共才花了 15 块钱。

回到家中，老高想想自己"逛街"的漫漫长途和几天来的辛酸往事，在屋子里抱头痛哭。老高说男儿有泪不轻弹，只是未到伤心时。

老高的传奇故事很多很多，三天三夜说不完，生活中的老高有坎坷有舍弃有彷徨，也有遗憾。

半个月时间，老高每晚都要给我们侃上一段，侃到人生精彩处动情时，大家跟着发一番感慨，说："人生无常，人生之不如意十有八九，我们能相识相聚，就是有缘，说明缘分到了。"有句话说得好："有缘千里来相会，无缘对面不相识。"今生，我们兄弟有缘！

半个月时间，集训生活结束。面对分手，老高说人生能有几次相聚，什么时候都缺少不了分离的故事，我们也同样，但我们不同。

在这短暂的日子里，我们笑过闹过抱怨过，笑谈人生，忆过去、看现在、展未来……在分别的那时刻，我们共同祝福、共同祈盼，紧紧握手、真诚拥抱，互道一声："兄弟，别忘记我！"

几年后，我到异地出差和老高再次相遇，得知他也转业离开了喜欢的军营，且分配在我同一个系统工作，我们又成了另一个战壕里的战友。

再次相聚，我俩既激动又感慨。激动的是能再次相聚，有更多说不完的话；感慨的是岁月像是一把杀猪刀，无情地在我们的脸上刻下了无数的皱纹。拥抱兄弟，端起酒杯，开怀大笑，一饮而尽……

祝福短信

　　"犬踏寒霜去，猪携福运来。""春风起舞猪年到，一帆风顺开门笑！"除夕之夜，伴随鞭炮声声，手机短信或彩铃声不断响起，收到的第一条短信来自江西上饶市，是我跟随多年的老首长发来的："新的一年，新的开始，新年快乐！"

———

　　那一年，部队精简整编，我从野战部队调回家乡县人武部工作。上班没几天，领导让我带队去参加军分区组织的武装干部集训，第一次认识老首长，首长那时任集训队队长。

　　集训期间，个别参训人员因违反集训队规定，受到首长批评。我身为带队负责人，自然免不了要承担第一责任。

　　总结会上，别的班都拿到不同奖项，唯独我带队的班作了深刻检讨。事后，首长没有当面批评我，而是把我找去谈话，希望我回原单位后不要有任何思想负担，放下包袱，好好工作。

三个月后，军分区机关进行机构改革。未想到，首长居然被组织上调整到我所在的县人武部任政委，成为我的直接领导，从此我与这位兄长般的领导结下了一生美好而深厚的情谊。

在人武部工作期间，首长对我严格要求、言传身教，可以说，他的风范言行，让我受益终生。从认识他的那天起，他就叮嘱我在工作中学习、在实践中思考、在挫折中磨炼，不断提高自己的工作能力和管理水平。

首长十六岁从军，早年虽没上过多少学，却是一位儒雅型、有学者风范的领导，他的渊博知识源于他始终如一地勤奋学习、孜孜追求。

几年来，他带领人武部党委一班人团结拼搏、创新发展、开拓前进，将全县民兵预备役工作打造成为安徽省武装战线的一面旗帜，首长也因此被南京军区树为武装干部的典型。

之后，首长受到组织提拔重用，离开了人武部。人虽调离，他的心却仍念想着我们。每年除夕夜，他都给我们发短信，表达对大家最深情的祝福。

二

手机短信的铃声仍响个不停，悦耳的彩铃让我陶醉在幸福的短信祝福中。

"猪年心情好，短信先送到。天天没烦恼，幸福身边绕。一颗快乐心，全家平安好。健康要记牢，生活步步高！"

"风雨送春归，礼花迎福到，已收短信千百条，犹有人未到。祝福不争先，只等吉时到，待到祈愿变现时，全随鞭炮笑。祝金猪撞怀，阖家幸福！"

"好听的故事没有结局，真挚的友情不用言语，惦念的朋友才有短信，祝福的电波不会休息，美好的向往没有距离，问候的短信表达心意！"

"新春到来，送上我溢满祝福的短信。愿你抱着平安、拥着健康、揣着幸福、搂着温馨、带着甜蜜、牵着财运、拽着吉祥，永远快乐！"

……

读着读着，我的思绪一下子被拉回到三十多年前的那个除夕夜晚，天气异常寒冷，北风凛冽，呼呼作响，刮在脸上，像刀割般疼痛。

那天夜晚，十七岁的我背着一支比自己肩还要高的步枪守在哨位，面对眼前绵延千里的吕梁山脉和脚下结着一尺多厚冰层的恢河，想家的泪水顺着眼角不断往下流。零下二十八九摄氏度，那滴水成冰的严寒恶劣天气，那阵阵呼啸的北风，吹得我瑟瑟发抖，紧裹着皮大衣一动也不敢动。

此刻，我非常想念家中的亲人，写给爸爸妈妈、爷爷奶奶、外公外婆的新年祝福收到了吗？他们在家中过得还好吗？……两个小时的岗哨，我在对往日的思念和泪水中瞬间度过。那个年代，要有手机短信该多好啊！

"健康是最佳的礼物，知足是最大的财富，信心是最好的品德，关心是最真挚的问候，牵挂是最无私的思念，祝福是最美好的话语，祝新年快乐，平安幸福！"

又一阵手机铃声响起，打断了我的深深回忆。

打开手机，原来是远在山西忻州的一位老战友发来的。那一年，我俩去执行一项特殊任务，途中一起面对了一场生死攸关的考验。

行车途中，我们所乘坐的军用卡车刹车和方向突然失灵，一头栽下通往静乐的"十八盘"山下三十多米深的半山腰。卡车在连翻三个跟头后被重重地卡在一块石头上，险些掉进万丈深渊。

瞬间，坐在驾驶室和站在车厢里的人不淡定了，将心提到了嗓子眼。

好险啊！一行五人小心翼翼地从挤瘪了的车头和车厢里慢慢爬出来，生怕车辆再次往下滚落。站在路边，摸摸脑袋，还好，都长在脖子上，这才松了口气，心里也踏实些，幸运的是这次车祸没有出现人员伤亡。

始建于 20 世纪 60 年代忻州至静乐的盘山公路，因其上下两坡共有十八道盘山弯路，俗称"十八盘"，是当年忻州通往静乐县的唯一通衢。这里崇山峻岭，深涧险谷，两山夹峙，峰环萦回。

从死神手里"逃"回后，我们越发珍惜宝贵的生命，兄弟之谊更加深厚、战友之情更加浓厚，也真正体会到什么是生死之交、患难与共。

之后，每逢重大节假日，我们都会互通问候。前些年，没有手机，除夕前，几乎同时收到对方寄来的贺年卡，虽只有短短几句话，却表达了战友之间的生死情谊。

如今，我俩都脱下军装，回到家乡，忙碌在各自的工作岗位，但我们在情感的世界中，那生死情、患难情既不会因空间距离拉大而减少，更不会因岁月年轮改变而消失，它仍然是最难忘、最刻骨铭心的记忆，让我一直回味、留恋！

现在有了手机，平常交流更多了，有时在微信群里聊聊天、叙叙旧，但每到除夕，都会不约而同地将祝福平安的短信向对方送达。

三

不知不觉，收到了来自各地老领导、老同事、老战友、老同学、老朋友和亲友的新春祝福短信百余条。

祝福短信有搞笑的，有问候的，有邀请的，但每一条都让我感到领导、同事、战友、同学、朋友和亲人的那份真情、真诚、真心。

除夕的钟声快要敲响时，我又收到一条短信："新春到来喜事多，阖家团圆幸福多，心情愉快朋友多，身体健康快乐多，一切顺利福气多，新年吉祥生意多，祝你好事多！多！多！"

这条短信，是一位文友送给我的，我把它也作为新春礼物送给我的博友、文友、驴友和拍友，作为我迟到的新年祝愿！

正准备关机休息，突然铃声又响，屏幕显示："新年到，祝老公在新的一年里，每天心情开开心心，精神饱饱满满，工作稳稳当当，办事顺顺利利，身体健健康康，出门平平安安！"

这条短信最珍贵，是老婆发给我的。她微笑深情地望着我，一下子将我从对过往的回忆中拉了回来，我紧紧搂住她，凝视着她，此刻我想对她说，家的感觉真好，有老婆的呵护最幸福！

松开手，我赶紧按键，给老婆回了一条："听说，和漂亮的女人交往养眼，和聪明的女人交往养脑，和健康的女人交往养身，和快乐的女人交往养心。老婆，和你交往，我全养啦！祝你永远年轻、永远健康、永远快乐、永远幸福！"

第四辑

时光　时空

　　时光就像一名宽厚的长者，胸怀宽阔，淡泊寡言，宁静而深邃，又如同白驹过隙，一去不复返。不论多少次日升月落，一切自会四季轮回。你我皆凡人，平凡的生活在岁月的时空中也会留下不平凡的时光。凡人之歌，也是天籁。

往事难忘

20 世纪 50 年代末，老家丰乐河段连年溃堤、洪灾频繁。有一年，百年不遇的洪水造成大片农田庄稼被淹，房倒屋塌，爷爷带着家人从谢河双合庄逃难到石岗小李庄，从此，靠日出而作的耕种生存下来。

我三岁那年，大妹妹出生。父亲当兵走后，母亲独自用柔弱的双肩承担着养育两个孩子的家庭重任，带着我和大妹妹在家中艰难地度日。

母亲是一个性格倔强、做事爱较劲的农家妇女。外公外婆重男轻女，当双胞胎的舅舅出生后，他们便把所有希望寄托在两个舅舅身上，让未读完小学一年级的母亲辍学在家。

十七岁那年，母亲嫁给父亲，从一个穷家破院走进另一个更为贫寒的家庭。

据说，父母结婚时连件像样的衣服也没有，更没有像样的婚礼仪式。结婚后，父亲到大队当了"赤脚医生"，还是靠工分吃饭。爷爷奶奶膝下五个子女，能吃饱饭已经不错了。

那年春节，父亲从部队回来探亲，我也从外公外婆那儿回到家中，一家人终于团聚。从父母喜悦的神情中，我隐隐约约地知道，母亲要随军了。

节后，家里开始翻天覆地的大动作：粮食被叔叔挑去粮站换成了粮票，母亲常用的衣物被打成包裹送到汽车站托运，父亲忙着去大队和公社办理随军证明。一切都是在我毫不知情的情况下有序地进行的，我仍像往常一样，天天按时上学放学一条线。

父亲归队的那天早上，起床后的他穿上了一身崭新的军装，十分威武帅气。母亲也随之换上一身新衣裳，同父亲一道与前来送行的亲友打招呼告别。这是我看到母亲多年来唯一一次穿得最整洁、最漂亮的一身衣服。

见我醒来，父亲摸着我的头对我嘱咐了几句，大意是带母亲去部队上班，让我在家看好大妹妹，等把母亲安顿好了再回来接我俩。我坐在床边，眼里立刻噙满泪水，点头答应了。

父亲领着母亲去了部队，我与大妹妹仍住在父母盖的瓦屋土房子里，一住就是三年多。三年虽短暂，却是我漫长人生中最难忘最煎熬的一段时光，也是一段最刻骨铭心的岁月记忆。

母亲随军去部队那年，我刚满十二岁，大妹妹才九岁，从未离开过母亲的兄妹俩从此成了"留守儿童"，在孤独、寂寞和思念中相依为命、相伴生活，日复一日地度过每一天。

大妹妹非常能吃苦，一日三餐都由她做饭。有一次，听邻居大婶说用稻草灰放锅里熬粥香，大妹妹也不知这样对不对，便连着几个早上都抓把稻草灰撒进稀饭里，结果熬好的粥黑稠稠的，后被邻居大婶发现，害怕得她连哭了好几回。

让我和大妹妹最糟心的是吃水。平常都由三叔和四叔帮我俩挑，农活忙时他们也就顾不上我俩了，只好由我俩自己抬水吃。

小时候，我与大妹妹个头都不高，要费吃奶的劲才能将水桶从池塘里拖上来，再用扁担晃晃悠悠地抬回两里外的家中，到家之后，水也就剩下小半桶了。

人小力气也小，舀不到池塘中间的清水，只能舀池塘边上的浑水，倒进水缸里，再用明矾顺着水缸四周不停地滑动，直到塘水清澈见底。

为了哪头重哪头轻，我俩有时还要争吵。大妹妹毕竟年龄小，承受不了百八十斤的，我虽愧为兄长，却也未长成年，同样承载不了那份重担。

春暖花开，又是一年春。最辛苦的要数春种。母亲随军后，生产队为照顾我们兄妹俩，未将我家承包的土地全部收回，而是给我们留下了一块。每年，我与大妹妹便靠这一亩三分地来解决吃粮问题。

犁田耙地靠三叔和四叔帮忙，秧苗要靠大舅来提供。春耕期间，家家户户都十分忙碌，叔叔、舅舅家也一样，插秧苗就只能靠自己了。

第一次下地插秧，我与大妹妹都兴奋地早早起床，天还未亮就下到地里。妹妹撒秧苗，我学着大人样，分开两条腿，弓着腰，把秧苗对准前面的秧苗，一棵棵插到水田里。一会儿，那块地就变成了一片小"草原"，在风中摇摇曳曳，仿佛亭亭玉立的美少女。

开始时感觉蛮好玩，可时间一长，腰直不起来了，像断了似的。好不容易站直起来，发现腰也酸，腿也疼，恨不能倒下去好好躺上一会儿。我这才恍然大悟，干农活有多累呀！

用时一天，总算把秧苗全栽下去了。晚上回到屋里，全身像散架似的，躺在床上不能动弹。

当我再次见到父亲时，又是两年过去，那种陌生感让我不敢认他。父亲在家没待几日，他要领着大妹妹回部队上学。父亲是在县汽车站旁拦了一辆过路军车带着妹妹离开的。父亲上车后，我跟着三叔、四叔往回走。

路上，我的脚步越来越沉重，心里有种说不出的别离滋味，泪水在眼眶里不停地打转，最后还是忍不住顺着两颊流了下来。我与大妹妹朝夕相处，尽管有时磕磕碰碰、吵吵闹闹，不顺心时也在她头上撒撒气，如今她真的离开我，顿感心中空落落的。

不久，好心的左邻右舍向我提起，说我父母把我丢在农村，户口还在村里，以后还是农村人，也就是说父母不打算要我了。

初次听到这样的传闻并没有轻信，我相信父母不会丢弃我的，盼着总有一天会回来接我，也会带我进城。可时间长了传闻多了，越来越感觉像是真的，我苦恼得一个人躲在被窝里暗自哭了好几回，心想这辈子父母不要我，只有待在农村的命，混一天算一天吧。

失去父母约束管教后，我开始自暴自弃，跟着社会上一群人隔三岔五去县城看电影。学校里几乎照不着我的面，除班主任的课外，我是三天打鱼，两天晒网，成绩直线下滑，一落千丈。

初三时，我的成绩在全班垫了底，老师对我彻底失去信心。那年中考，我考了个全班倒数，数理化门门不及格，化学仅考了 3 分，气得老师差点把教室的桌子都砸了。

二舅担心我出意外，便与老姨夫一起找到一位当校长的同宗同族兄弟，托他将我转入城北中学。

在城中，二舅把我放在身边，住在公社电影院他的宿舍里。电影院几乎每晚放电影，我根本无法安心写作业，成绩仍然没有多大提升。

最后学期快结束时，传来噩耗，爷爷因脑溢血去世，让我赶紧回家。从学校赶回去时，爷爷已躺进灵柩。

爷爷过世第三天，父亲从部队回来了。安葬完爷爷后，在与亲友的聊叙中，父亲得知我的变化后十分气愤，也非常后悔。

那几年，很多青少年受社会风气影响，穿喇叭裤，披肩长发，耀武扬威，招摇过市，甚至还当起"土痞子"危害一方。亲友们怕我学坏了，纷纷劝说父亲把我带回部队。父亲也深感事态严重，料理完爷爷的后事，便匆匆带着我离开老家、离开学校、离开小李庄，在黄土高原的山西弹指一挥间，生活了十四载。往事，不堪回首；往事，回首难忘。

历练人生

几天前，一位多年未见的老战友来合肥看望我，在推杯换盏中，不约而同回忆起三十多年前打工的那段辛酸往事……

1984年仲夏，他从霍邱农村来到山西，想在宁武县城寻份工作。不久，我俩相识，因是同龄人，又是同乡，自然好沟通，于是，决定结伴去打工挣钱，一方面想赚钱贴补家里，一方面想积累一些社会经验。

那天，我俩怀揣激动来到一家私人施工队。说是施工队，也就六七个工人，多是承接修修补补的活，稍微大点的活就是垒个院墙、盖个四方院子。

老板姓张，湖北恩施人，为人厚道实诚，我叫他张叔。不管干多干少，每天给每人发5块工钱。在那个年代，一天5块工钱还真是不少。

早上七点起床，八点出门去工地，十一点半回家吃饭，下午一点再去工地，六点回家吃晚饭……挖地基、拌砂石、抬钢筋，一天下来，回到家里倒在床上会立马沉沉地睡过去。早上醒来，浑身酸痛，像被人用棍子打了一遍。

也许，我是那种不喜欢过平静如水的日子的人。当我忍受着烈日的炙烤和寒风的侵袭，在工地上挥洒血汗的时候，我在想，我不怕苦和累，但我就怕看不到方向，我怕浑浑噩噩地过日子。事实证明，选择到工地打工是我人生之路上的一个节点，也是转折点，更是新的起点。

后来，我与他一起报名参军，我俩如愿以偿地穿上自己向往的绿色军装。

几年后，在另一个城市我俩不期而遇。那时，我在旅机关当报道员，他在一家部队脉管炎研究所当卫生员，跟着一位军中名师学习治疗脉管炎，成为一名小有名气的中医大夫。

1988 年，我考上军校，我俩再次分别。直到二十年后我转业回到家乡，才通过微信重新联络上。

1993 年春，单位动员我从事"三产"经营。我与单位签订了两年协议，收拾行李准备"下海"经商。

"下海"这个词，我最早是在军校时听教官讲的，说某某人到广东"下海"，带回来一大麻袋电子手表在办公室兜售，赚大了。

我查阅资料了解到，留职停薪是 20 世纪 80 年代初国家实施的一项政策，为搞活市场经济，鼓励有能力、有闯劲的人放弃铁饭碗，自力更生，艰苦创业。

按规定，停薪留职一般不超过两年。其间，不升级，不晋职，不享受各种津贴、补贴和劳保福利待遇。两年后，可返回原单位，也可自愿放弃工作。

我在家乡县城汽车站附近租了个约 10 平方米的沿街铺面，经营各类海绵、沙发面料和辅材。我负责货源采购和大宗业务营销，舅兄负责门店零售和客户接待。

签协议、付租金、办证照，沙发材料店终于开张了。舅兄说，要开门大吉。在开张那天，特意选了一个黄道吉日。结果一天下来，没有一个顾客进门，有人从门前看一眼就悄悄走了。

开张没有大吉，像一盆凉水浇了个透心凉。晚上回家，躺在床上翻来覆去睡不着。我在想，是不是我的选择错了？

第二天，我早早来到门店，将门板一扇扇打开，与舅兄聊起对未来的构想。舅兄劝我不要心急，说心急吃不了热豆腐，做生意要沉得住气，静得下心，广交朋友才能财源滚滚。

上午九点多，迎来第一位客户。这位王姓客户也是舅兄熟悉的人了。舅兄把我介绍给了他。

虽初次见面，我们却聊得很投机。本不打算采购材料的他，因我们是新店开张，与舅兄又是老朋友，便决定支持一下，带点材料回去。

舅兄认真填写客户需要的材料名称、价格、数量并交给客户确认。第一笔生意，我给客户打了个 8.8 折，客户表示非常满意。

总算开张大吉！舅兄与我都开心。那天，来的客户虽不多，但心情不言而喻，一直悬着的心终于放下了。

1984 年中秋节，宁武县县城举办一年一度的庙会及物资交流大会。宁武庙会文化历史悠久，是一种极具地域特色的民俗文化，内容丰富，与戏剧演出、儒学教化、集市交易紧密结合。

宁武地处黄土高原的晋西北山区，县域面积不大，但不少村庄都曾有庙。许多庙都举办传统庙会，届时十里八村的人如潮水般涌向那里，看戏、购物、走亲访友……

曾经的宁武庙会，凸显出当地的民俗文化、饮食文化、服饰文化，也凝聚着浓浓的亲情、友情、故土情。新中国成立后，宁武县县城的物资交流大会取代了庙会，每年春秋季，在和平街或东关河堰上临时搭台进行。改革开放后，每年 8 月 1 日，都在县城职工体育场进行。

那里有两座固定戏台，通常有两个剧团同时演出，会期七天。山西晋剧院、晋中晋剧团、吕梁晋剧团、大同晋剧团、雁北北路梆子剧团、忻州北路梆子剧团、太原豫剧团的名角儿应邀前来演出，让人大饱眼福。

那年的物资交流大会吸引了太原、忻州、大同等周边市县及本地的客商前来设摊交易，四乡八邻上万人蜂拥而至，抢购各种物资，给平静的小城增添了繁华与热闹的气氛。

庙会前几天，同学赵春波、张宝生找到我，商量一起利用物资交流大会的机会做点买卖赚点钱。反正毕业在家也没啥事，我便答应了。

做什么最好赚钱？物资交流大会一开幕，我们仨便在体育场里转，一家一家地看，大到商家设置的展台，小到衣服鞋帽、针线等。最后，我们在蔬菜交易区停了下来。

蔬菜交易区人山人海。来自太原、忻州、大同等地蔬菜公司的运输车装满了圆白菜、青椒、大葱、土豆等，各类蔬菜摊前也被围得水泄不通，个把小时光景，满车蔬菜就被抢购而光。

我们来到蔬菜公司负责蔬菜批发的师傅面前，向他打探销售情况。师傅也是实诚人，当即领我们见了现场负责人，双方一拍即合，由他们提供货源，我们负责销售。

第二天上午，蔬菜公司的车辆如约而至。我们分头行动，很快搭好蔬菜摊，按照公司指导价，开始叫卖。

不一会儿，摊前挤满形形色色的人，有裹白毛巾的大爷，有围四方巾的小媳妇，还有穿花棉袄脸蛋上沾满煤灰的娃娃们，小小的蔬菜摊前挤满了人。

三人既分工又合作。我与宝生负责称重，春波负责收款。第一天，8000多斤蔬菜销售一空。纸币、钢镚把春波背的书包塞得鼓鼓的，他始终抱紧不放松，生怕被小偷偷了去似的。

打扫完摊位，我们决定找个小饭店坐下来，既要清理"战果"，又为犒劳自己，因为我们忙得一天没有吃饭了。

那个年代，想在宁武县城找家炒菜的饭馆很难，有的也是刀削面、手擀面，宁武人一天三餐不吃面不行，就像南方人一天不吃米饭同样不行一样。

点了个回锅肉、一条红烧鱼，点了宝生和春波爱吃的烩黄菜和俊儿肉（猪皮冻），还要了一壶高粱白、一份豆角焖面、一份莜面鱼鱼和一碗圪饦汤（猫耳朵），准备好好饱餐一顿。

利用上菜前的空当，春波把书包里的钱一把把掏出来，每人数一遍，边数边开心议论。除去付给蔬菜公司的本金和晚餐费，当天赚了600多块。

从那天起，连续干了五六天，直到交易大会结束，每人分得1100多块。这笔钱，是我人生中"下海"捞到的"第一桶金"。

多年过去，在宁武职工体育场物资交流大会卖菜的事至今让我难以忘怀。

2005年那年，我脱下穿了二十多年的绿色军装转业回到家乡。在待安置期间，我与妻商量，想重操旧业，再次体验一把"下海"的感觉。

选地点、找房子、谈租金。老家是县城，收入不高，房价却贵得离谱，商业用房价格自然也高。当时家底太薄，把家中盐缸里的钱都倒出来，才凑了13万元。

找门面持续了一个多礼拜。不是我信不过中介的花言巧语，而是为了节约中介费，只好自己骑车按照租房信息一家家询问，看了三四十家后，才确定与这家签订了租房协议。

这栋小楼有200多平方米，年租金约5万元，应该算比较便宜，且离菜市场近，缺点是位置有点偏，好在周边有两所学校，人气还比较旺。于是我与妻商量，决定将饭店命名为"状元楼"。

拿到房子的第二天，我领着大厨、服务员就这样干起来了。我负责申请营业执照、卫生许可证和环保证明，其他人员负责装修、采购锅碗瓢盆、筹备后堂炉灶，每个人都开始紧张忙碌起来。不到一个月，状元楼酒店隆重开业。

所谓"酒店"，其实是个土菜馆，上下两层，9个包厢。匾额上"状元楼"三个烫金手体书是特地请当地的工匠帮我手工刻制的。

开业那天，楼上楼下的包厢坐满了人，还有客人等着翻台。服务人手不够，我也亲自上场，端水倒茶、迎来送往。

做服务行业都是苦活，做餐饮行业更加苦累。点菜慢被骂，上饭慢被骂，味道不好也被骂。

生意好时，端茶倒水，忙东忙西，一天工作 16 个小时是家常便饭。记得刚开业那几天，天天营业到凌晨一两点，早上还要买菜，安排人打扫卫生，休息不好，再加上吃饭也没个准点，感觉很憔悴。

生意不好时，一个人坐在大厅抽着闷烟，薅着头发。生意好不好，都发愁。两个月下来，我似乎没有了刚开始创业的激情，且觉得生意越来越难做，更感觉自己越来越累，这种累不只是身累，更是心累。

很多人认为餐饮是暴利行业，起初我也是这样想。随着周边餐饮店数量不断增长，竞争也就越来越激烈，甚至可以说是过度竞争、恶性争夺。

米、面、油、火、菜、水、电这些构成餐饮本身的成本，也是随着生意好坏而变动的，而房租、人员工资、税费等，你挣不挣钱每天都要开支，甚至有时入不敷出。

每天晚上，我都要计算盈亏情况，了解客人消费需求。每周下来，都要与厨师一道对菜谱进行研究，推陈出新，先后研究推出一千多道各式菜品。

时光荏苒，转眼间二十年。经历多次"下海"体验后，我明白了一个道理：也许有些路是条捷径，有些路可以让你风光无限，有些路安稳又有后路，可是那些路的主角都不是我。

生活需要历练，人生需要历练。当我终于放下过去，放下那些已经逝去的岁月，去拥抱明天的时候，我发现我拥有的生命才更加精彩。

丹桂飘香

　　"叶密千层绿，花开万点黄"，又到了幽香闻十里的金秋。每到这个时节，楼前的那几株桂花树，在秋日阳光的照耀下，满树闪烁着金色的光芒。

　　轻轻推开窗户，看到树上的桂花正静静地绽放，花香渺渺，醉意朦胧，心意迷蒙。一股股扑面而来的淡淡清香味弥漫整个房间，沁人心脾，令人沉醉。

　　闻香止步，在桂花树前，我会静静地站上一会儿，慢慢观赏。眼前这株桂花树，树干高大挺拔，叶子碧绿翠滴，一簇簇堆在一起，不留一点儿缝隙。

　　走近细瞧，许多娇嫩的花苞藏在叶子间。这些淡黄色花蕊，均匀分布在四片米粒大小的花瓣上。这些小花朵清丽典雅，在尘埃中孤婉挺拔，如繁星点点，密密匝匝地簇拥着。

　　桂花开花时，随手轻轻一摇，那一朵朵米粒大小的金黄色的花，随秋风轻轻落下，就像下了一场纷纷扬扬的桂花雨。被风吹落的桂花，也飘落在我思绪的田野里。

记得外公家也种过几株硕大的桂花树。秋天来临，树上会开满桂花，米粒般大小，金黄金黄，密密麻麻，也是一簇连着一簇。它们尽情地绽放，浓郁的香味引得许多人前来围观和欣赏。

那时我才几岁，不晓得这种开黄色小米粒花的树叫什么名字，只知道这种树开出来的花特别清香。桂花盛开时，从外公家门前走过的人会忍不住放缓脚步，闻"香"下"马"。

秋风习习、秋意浓浓的中秋夜晚，伴随蟋蟀等秋虫愉悦的欢叫声，仰望一轮明月挂在空中，闻着桂花的香味，外公搂着我，指着天空中的那轮圆月，一遍遍地跟我讲"月宫里有玉兔……吴刚捧着桂花酒"，我从小就对《嫦娥奔月》的故事充满了无限好奇。

又是一年桂花香。

前不久，路过村小，忽然想起村小里也曾生长着几株桂花树，树干如同成人手臂般粗，呈棕褐色，上面凹凸不平，粗糙得像老年人的肌肤一般。叶片数不胜数，深绿色，狭长形，叶脉清晰。

那年初秋，我入村小上学，正值桂花散发醉人香味之际。那一株株随风摇曳的桂花树，在秋风中洒落一地的桂花。

这些桂花树有些年头，据说是当年乡贤王仁峰先生，也就是台湾著名影视明星王祖贤的爷爷在创办学校之初栽种的，寓意是崇高、贞洁、荣誉、友好和吉祥。

村小建在王老先生家圩子里。校园四周是长方形教室，中间围一个长方形操场。操场四周栽种了桂花、垂柳、白杨等树木。秋意渐浓，这些桂花树散发着香气。

细看这些桂花，花色还真不一样，有金色的，有银中带金色的，还有红色的。它们紧紧拥抱在一起，悄悄躲在绿叶丛中、树干之间，像学校的园丁一样，静静地绽放着生命的芬芳，点缀了我们多彩的童年！

　　晚上漫步小区，偶然会闻到空气中有股淡淡的幽香。循香寻味，原来是楼下门前有两株相隔不远的桂花树。树上有几朵尚未凋零的桂花，虽没了秋日高雅，却依然挺立枝头，看上去别有一番韵味。

　　这些只有三四年树龄的桂花树像一位位亭亭玉立的美少女，修长的树干快要延伸到四楼的窗户。向前伸展的枝条，常年碧绿的树叶，让我感受到了青春萌动的气息。微风轻轻一吹，她们总要微微点头，笑容可掬地问候往来的家人。

　　桂花也称"九里香"，被赞"自是花中第一流"和"世上无花敢斗香"。寒风呼啸的冬季，别的树木早已变得光秃秃，不再绿意盎然，而这些桂花树却依然精神抖擞、朝气蓬勃，给人以希望与力量，仿佛让人在冬的季节里感到了春的温馨。

　　更深寂静的夜晚，楼下那两株桂花树默默绽放黄色的花蕊，夜幕下，虽看不清，却能感受桂花的幽香袅袅而来，馨香四溢。

　　倚窗而坐，品尝手中的这杯香茗，享受闲暇时光的同时，也在享受这份心灵的安抚及休憩。桂花清香醉人的味道融入静谧的夜色，这朦朦胧胧的感觉，让我的内心变得平和而自在。

　　金秋时节，天高云淡，秋高气爽，省城大街小巷和公园里的金桂、银桂、丹桂和四季桂都在竞相绽放，用美丽的花朵，点缀着红叶娇艳的季节。

　　金桂体型小，花朵呈金黄色，其叶片厚，长年保持绿色；银桂树干端直高大，树冠圆整，花萼长，花色较浅，呈银白、乳白、绿白色和乳黄白色，四季常青，点缀秋景；丹桂植株高大，花期极短，花色较深，呈浅橙黄色、橙红色或深橙红色。

　　四季桂最有特色。树冠呈卵圆形，叶对生较小，花淡黄色，香味较淡，终年常绿。因一年四季开花，故称四季桂。桂花糕、桂花糖、桂花饼、桂花茶和桂花酒，一般都是采摘四季桂的花制作的。

那年的秋季，与妻带外孙女去附近的塘西湖公园欣赏桂花。远远望去，一株株桂花树紧挨着，散发的芳香中还带有一丝甜意，使人久闻不厌。

公园里人头攒动，熙熙攘攘。桂花开得五彩缤纷，有银白的，有朱红的，有淡黄的，还有橙红的……我不禁赞叹道："独占三秋压众芳，何咏橘绿与橙黄。自从分下月中种，果若飘来天际香。"

桂花以香闻名，花香独特，时浓时淡，清远悠长，若以香论，世上的花没有能比过桂花的。因此，桂花自古以来都被文人所钟爱。

古代诗词中，咏桂数量颇为可观，且都和月宫、嫦娥、玉兔及酒食有关。宋人杨万里赞曰："不是人间种，移从月中来。广寒香一点，吹得满山开。"朱淑真："月待圆时花正好，花将残后月还亏。须知天上人间物，同禀秋清在一时。"任希夷："人间植物月中根，碧树纷敷散宝熏。自是庄严等金粟，不将妖艳比红裙。"向子諲："人间尘外，一种寒香蕊。疑是月娥天上醉，戏把黄云揉碎。"这些优美的诗词，让人充满幻想，可见，自古以来桂花就充满了神秘。

我则喜欢王维"人闲桂花落，夜静春山空"的空灵，喜欢宋之问"桂子月中落，天香云外飘"的悠远，喜欢王建"中庭地白树栖鸦，冷露无声湿桂花"的宁静，和白居易"遥知天上桂花孤，试问嫦娥更要无。月宫幸有闲田地，何不中央种两株"的趣味。

对桂花的认知，最早则是老师教唱的那首："八月桂花遍地开，鲜红的旗帜竖呀竖起来，张灯又结彩呀……"这首歌在大别山非常流行，那时我才十多岁，还不解其意。

长大后的我不仅知道了桂花树，还从书本上知晓了桂花的用途很广。桂花性温且无毒，入药可化痰止咳生津，治牙痛等。

桂花香美且香甜，正因香甜，才有了桂花糕；正因为香甜，才有了桂花酒；正因为香甜，才有了无数脍炙人口、源远流长的诗词歌赋。

　　话说明朝末年，咸宁有个商贩叫刘吉祥，他从状元杨升庵桂花飘香的书斋中得到启示，将鲜桂花收集起来，挤去苦水，用糖蜜浸渍，并与蒸熟的米粉、糯米粉、熟油、提糖拌和，装盒成形出售，取名桂花糕。一经售出，便引得人们争先购买。桂花糕逐渐成了当地知名特产。

　　桂花糕的来历，各地版本不同，传说也不一致，无从考证。小时候我没有吃过桂花糕，母亲也没吃过，更谈不上会做。后来，到城里生活，我才有机会品尝到用牛皮纸或粉红色纸包装的香甜软糯、香味浓郁的桂花糕。

　　桂花树是高贵之树，它有很多美好的名字，仙树、月桂、丹桂，也有叫木樨的。桂花是一种神奇之花，能观，能品，能食用，最迷人的还是它的香味。

　　桂花树是平凡的，同时它又很伟大。它没有榕树粗壮伟岸，没有康乃馨娇柔优雅，也没有玫瑰浪漫温馨，更不似荷花出淤泥而不染，它只为把自己的清香传遍天下。

　　人生自古多磨难，世间冷暖皆自知。从桂花飘来第一缕花香，到花谢花飞、落英满地，时间不超半个月，桂树却用整整一年的等待，经历了春风夏雨、冬雪秋霜，最后才灿然绽放。从桂花零落看人生，人生亦是如此，有阳光灿灿，也有风霜雨雪。

吸烟有害

　　许多男人都有一个不良嗜好，那就是喜欢抽烟，有人甚至视香烟如生命。在这些男人中，当年也有一个嗜烟如命的我，我曾身陷其中不能自拔。

　　我从军校毕业到基层部队搞宣传那阵子，为完成新闻报道和文件材料拟稿任务，常常要通宵达旦，冥思苦想。困了，在一旁加班的老干事会给我点上一支烟，说那玩意儿可以解解乏，试着尝试吧。从此，一试就试上了瘾。

　　1996年底，我调回家乡工作，朋友多、战友多、同学多、亲友多，你来我往，不知不觉中烟瘾更大，烟量也大，抽得也更猛了，一天多则一两包，算是个名副其实的"烟鬼"。

　　在烟雾缭绕、腾云驾雾中，我慢慢患上了咽喉炎。妻女忍受不了我的咳嗽和浑身烟臭味，劝我戒烟。

　　记得有一年春节期间的一个晚上，与亲朋好友聚会中，酒喝多了，烟也抽醉了。睡到下半夜，烟魔作怪，刺激咽喉，阻碍呼吸，不时引发咳嗽，从凌晨咳嗽至天明，之后咳嗽便成了我生活中的常态。

半夜里，妻边为我捶背边劝我戒烟："吸烟既浪费钱，更有害于身体健康，何苦呢？不要再抽了。"

我没有在意妻的劝说，反而不以为意地对她说："现在的男人有哪个不吸烟的啊？"

又过去几年，我转业到省直机关工作，熬夜操笔撰写公文是常态，尤其是一个人写材料，当写不下去时，就很想抽支烟，缓解一下心情，有时还真能文思泉涌，但也熬白了鬓角，熏黄了脸庞。

之后的生活中便养成了一个不好的习惯：不管是饭前还是餐后，我都喜欢来一支吸几口。

每当咳嗽难受之时，当护士的妻就给我上保健理论课："吸烟有害健康，少抽一支烟，多活一分钟！"

有一年春天，我的慢性咽喉炎再犯，咳嗽得更加厉害，导致晚上无法入睡，到医院检查，医生的话和妻一个样：不能再吸烟了。

回到家中，妻这回没给我好脸色，要求我把抽烟的坏毛病必须戒掉，说："我的话你可以不听，医生的话你总得听吧，戒烟了就不会再咳嗽。"

连续咳嗽不止，让我感受颇深，在病魔面前，没有什么恶习是戒不掉的。这回便真听了一次妻的话，决定暂时不吸烟。

决心凿凿、信心满满，所有认识我的朋友、同事都当着面说笑我，原因是他们不相信！说你都抽二十多年了，怎么可能说戒就能戒掉呢！

好景不长，咳嗽刚好一点，就又好了伤疤忘了疼。有时偷偷躲在家里阳台上抽；有时遇见朋友、战友、同事、同学、亲友，在挣扎与痛苦之后，只得再次与"烟魔"握手，又会情不自禁接上火。

又到了春天，老毛病再次复发，这次咳嗽得更加厉害，整夜睡不踏实，甚至咳的浓痰中还带有血丝，早晨起来刷牙，会不停地作呕。

　　这回妻发火了，说："你不戒烟就一个人搬到书房去住，别搅得娘儿俩睡不好觉影响第二天的工作与上学。"看着妻女连续几天爱搭理不搭理我的样子，我才深感事态的严重性。

　　在学会抽烟前，妻经常在亲朋好友面前夸赞我，说我是个不抽烟的好丈夫，我也保养得皮肤白皙，女儿很喜欢我，经常依偎在我怀里，甜甜地撒着娇，一家三口其乐融融。

　　自从染上烟瘾，脸抽得发黑，牙也抽得发黄，妻闻到我浑身散发的烟臭味，气就不打一处来，不仅不给好脸色，还唠叨个不停。女儿也不再像从前一样和我亲近，说："老爸是个烟鬼，去和香烟亲热吧。"

　　我一进家门，娘儿俩就远远躲着我。母女俩一个唱黑脸、一个唱红脸，弄得我在这个家庭中的地位一落千丈，我越想越愧疚。

　　于是，我再次决心把烟戒掉。为表达诚意和态度，我把家中的香烟全部交给妻处理，还让她打电话请同事、战友监督，若发现一次，便罚我请他们下饭馆撮一顿，同事、战友自然乐意当这个监督员。

　　眨眼工夫，如今已过去二十多个年头，从那之后再没抽过烟。有时喝多点酒，朋友们也乘机想"害"我，非给我递烟、点火不可，但想到说过的话和坚持到现在的不容易，我还是努力克制住自己。

　　戒烟之后，从最开始的烦躁难受，到嗓子舒服不再咳嗽，刷牙也不再干呕，慢性咽喉炎也不治自愈，身上的烟臭味再也没有了。

　　妻女自然也很高兴。那年春节，娘儿俩到专卖店为我精心挑选了一套品牌西服和一套休闲装，说是用戒烟省下的钱好好为我包装一番，让我在男人堆里有个模样儿，也是对我戒烟成功的褒奖。

　　生活中，抽烟是很多人的不良习惯，要戒掉确实也很难。好在，渐渐明白"吸烟有害"这个道理的人越来越多，队伍越来越壮大。其实，戒烟并不难，难的是缺乏信心、意志和毅力。世上无难事，只要下定决心，再大的烟瘾那都是可以戒掉的。

邻里守望

俗话说，"远亲不如近邻""邻里好，赛金宝""千金买宅，万金买邻"，这些由祖辈传下来的谚语，恰恰反映了邻里之情的无比珍贵。唐代诗人王勃"海内存知己，天涯若比邻"，也印证了千年来邻里关系在人们心目中的分量。

一

从结婚有了新家开始，我便拥有医生、警察、老师、个体户和公司老板等一帮左邻右舍。

那年国庆节前，我特邀几位相处多年的左邻右舍到酒楼小聚，品尝家乡土菜，喝杯分别的小酒。

起因简单，我要在"十一"期间搬家了，离开这熟悉的小区、和睦的邻居，多年的情感，让我舍不得这么悄无声息地搬离。

左邻是小谷一家，与我住对门。小夫妻俩共同经营一家机械设备公司，养育一双懂事乖巧的儿女，可谓事业上夫唱妇随，生活上幸福满满。

小谷与我相邻五六年，我从未见过他们夫妻俩红过脸、吵过架，两个孩子不管在哪儿见到我们，总是"爷爷、奶奶"叫得亲切，听得人心醉。

我们两家住的是复式楼层。年轻人聪明有智慧，在入住前，把楼上与楼下隔开装修，出租给他人居住，一个月收入两千余元。

在楼顶上，小谷搭建个阳光房，安装了霓虹灯，种养绿植、蔬菜和一对猫咪，放置休闲桌椅、茶具。空闲时，约请三五好友在楼顶吃火锅、喝啤酒，举办个小型聚会。远眺夜空，欣赏着那星星点点与五彩缤纷的街灯构成的一幅幅美妙无比的图画。

借鉴小谷家的做法，我也打算把闲置多年的二楼房间拾掇拾掇，简单装修后租出去。于是，请师傅在楼顶加盖隔热层，楼面铺了油毡，防止渗漏雨，又腾出一块空地，摆放二十多个花盆，种植些常吃的蔬菜，养些花草。

施工结束才发现到楼顶养花、种菜爬楼梯成了问题，事前没考虑安装到楼顶的楼梯。

当我为这事发愁时，小谷猜出了我的心思，主动找我说："叔叔，做个楼梯要花万儿八千，不少呢，我家已有了，要是信任我，就与我家合用吧，这样不浪费。"说着，他把早已准备好的楼梯门钥匙交到我的手上。

小谷心很细，在与我家隔开的栅栏墙上，专门开一个移动大窗户，方便从他家玻璃房进入我家楼顶。

有了这个楼梯，我与妻上下楼顶种菜、养花那就方便多了，有时我们两家人一边在楼顶侍弄花花草草，一边聊天叙话，小孩子在两边走动、玩耍，加深了解，也增进了邻里感情。

小谷是做设备生意的，家里少不了电锤、起子、扳手、绳子等常用工具，而我恰恰在这方面经常抓瞎，家中不是缺这就是少那。每当需要时，就会敲他家的门，夫妻俩总是不厌其烦楼上楼下地帮我拿这个取那个，有时还亲自帮我解决问题。

二

楼下邻居是祖教授一家。祖教授是省农科院烟草专家，常年奔波在外，也是一位运动达人。我与他相邻时间最长，有近十年。家中有时难免出现管道漏水、衣物掉到楼下阳台上、东西摔在地板上、电视声音大等闹心烦神的事。自从外孙女来到我家，家中再也没消停过。

刚满周岁的外孙女经常会把她不喜欢的玩具扔到地板上，捡回来，再扔出去，大人越是阻止，她越是来劲。尤其到了晚上，她乘你不备时将物品砸在地板上，会发出很大的声响，祖教授也知道是我外孙女所为，从未上楼来责问过。

那年冬天，楼顶上浇花种菜的水管被冻坏，连续爆裂两次。第一次，祖教授发现楼顶有哗哗的流水声，怀疑是水管破裂，电话联系不上我。晚上回到家，我发现家中停水了，正在这时，祖教授来敲门，原来是他情急之中把我家水表阀门关了。

没过几天，楼顶水管又被冻爆裂，祖教授这次直接关掉水表阀门。望着楼顶水汪汪的地面，我心中非常感激，多亏了祖教授，要不然不知道白白地浪费了多少水……"水管事件"使我越来越体会到"远亲不如近邻"这句话的深刻含义。

三

外孙女要上托班，为方便接送，我与妻决定把这套复式房卖掉，搬到离女儿女婿不远的新小区居住。搬家前，住在老家县城的老邻居管姐听说了，非要来新家"燎锅底"。

"燎锅底"是农村新居落成的传统习俗。据说，主人在搬入新家当天，要邀请至亲好友来新家相聚，把旧房里的喜气、财气同时带进新屋来，让它和新房的新喜气、新财气接起来，祝愿主人家日子越过越甜美。

刚搬新家，需要拾掇，又适逢国庆期间，难得休闲，我便与妻商量，约几个曾经的老邻居，请他们一并来新家，聚集人气，打打牌、喝喝酒、聊聊天。那天，又与管姐聊到了昔日做邻居的那些事。

管姐与我家曾住同栋楼对门，这也是两家在选择新房时商定好的。她的老公跟我是战友，我俩在同科室工作四五年，他对我关心照顾，我也非常敬重他的为人，我们相处得情同手足。

管姐是个热心肠人，从小在城里长大，见多识广，性格大大咧咧的，为人直爽，喜欢游玩，很快我们两家就成了无话不说的好邻居。

做邻居不久，我调到淮北去工作，只有周末或节假日才能回来。妻在家带女儿，既要照顾女儿又要忙工作，非常辛苦。管姐经常嘘寒问暖，给予很多关照。

2006 年 10 月，我转业到省城上班，又买了新房。不久，女儿转学来合肥，随后妻也调了过来，把老家这套房卖给了一个朋友。管姐听说后，也到合肥离我家不远的小区买了套二手房，两家又成了近邻。

在两家孩子相继成家之后，我们两家便相约结伴旅行，游览了许多好玩的景点。管姐喜欢聊天，一路上聊她过去的事。她讲的故事，有的讲了不下十遍，少的也有三五遍，不管她讲多少次，我们都愿意听，她也乐意讲。

管姐讲得最多的是她与老公"罗曼蒂克"的爱情史。有时，我们也故意拿话逗她，气得她当场泪洒两颊，要与老公离婚，在一阵哈哈大笑后，又雨过天晴，破涕为笑。

有了外孙女后，管姐的话题从老公身上转移到外孙女身上。一唠叨起来，就有说不完的话题。

每次相聚，管姐都一边抱怨说带孩子太累，孩子像皮猴，一边告诫我们以后不要管女儿的事，说"一手揽过来，两手推不出去"，边说还边迫不及待地在手机上翻看和外孙女在一起享受天伦之乐的照片、视频，说到开心时，有时还要来个现场"直播"："宝宝，看见外婆了吗？看见了吗？你想外婆吗？

外婆好想你！"逗得我们开玩笑说她就是个典型的"贱骨头"。

我家有了外孙女后，管姐经常与妻视频聊天，共同话题便是外孙女。妻告诉管姐，昨天宝宝学会讲什么了，今天宝宝又长高了，管姐显得非常开心，脸上总挂满灿烂的笑容。

四

在老家县城居住十多年，先后搬过三次家，相处了五六位邻居，有杨大夫、刘老师和高经理等等，跟他们相处多年，彼此都留下深刻印象。

这几年，这几家人也陆续搬迁到合肥，有的买了房，有的调来工作，有的则在这儿开拓事业，每年都会约在一起相聚几次。

印象深刻的是刚结婚时，住进爱人单位分的平房，邂逅了第一任邻居，夫妻俩一位是妻同事，另一位是中学老师。

这套平房，原由妻单位办公室改造而成，约二十平方米，一间大房，一个小庭院，还有四五平方米的小厨房兼餐厅。房后是个水塘，常年死水一潭，气味难闻。

与妻结婚生子，完成人生最重要的两件大事都在这间平房里，这里也是我与妻幸福生活的起点。

女儿出生后，岳母来家中帮忙带孩子，祖孙三代住在这间平房里虽有点拥挤，却十分温馨。左邻右舍也乐意来我家小厨房门前坐坐，边吃饭边聊天。

家里人多了，住就成为问题。为了让岳母居住舒服些，我自掏腰包买红砖、水泥和白石灰，请师傅在庭院里搭盖了一间小平房，供岳母单独居住。

平房里没地方设置卫生间、淋浴房，通风条件也差，逢春夏两季，白天一身汗。

住平房的人家，几乎都这样，但有一点，左邻右舍之间，谁也不会笑话谁，因为大伙儿都一样，日常生活也没什么隐私可言、你我之分。

五

三十多年过去，城市里的楼房盖得越来越多、越来越高，小区建得也越来越高档、越来越漂亮，随着小区增多、楼层增高，人际关系也越来越疏远，我越发怀念在平房里生活的那段日子，不禁感叹：还是住平房好啊！

在我家生活最困难时，左邻右舍也给了我与妻莫大的帮助与支持。杜大姐就是其中的一位。

杜大姐与我家一墙之隔，一个人带着儿子生活。那年，我"下海"经商，每当遇到资金周转困难时，杜大姐是有求必应，想方设法帮我周转，有时连父母养老钱也拿出来借给我，对我十分放心。

后来，杜大姐工作调动来到合肥，一段时间两家失去联系。机缘巧合的是，她的儿子大学毕业后进入一家省属医院当了医生，我女儿研究生毕业后也考入这家医院，从小一起玩耍的两个孩子成了同事。

右邻是胡老师一家，与爱人小韩青梅竹马，也是一对欢喜冤家，常为家庭琐事或鸡毛蒜皮的事拌嘴，秀起恩爱时也绝不亚于现在的一些年轻人。

我们两家住的房就是单位的会议室隔开的，一分为二，土墙瓦顶，中间用隔板吊顶，又用砖砌了一道隔墙，左边一间是我家，右边则为胡老师家。

房间过道狭长、空间窄小。白天去上班，家里没人，没什么感觉，到了夜晚，对方家里的一言一行、一举一动、一笑一闹都尽收"耳"底。

那时，胡老师家的孩子小，两口子常为生活琐事吵闹。有时从晚上要争执到后半夜，有时吵得谁也不让谁，一会儿平缓一会儿激烈，平缓时，我们悬着的那颗心跟着停歇下来，高潮迭起时又瞬间提到嗓子眼。

小韩脾气躁，常对聪明、活跃、顽皮的儿子一言不合就扬起巴掌，她儿子琛琛经常跑来我家求援。"叔叔阿姨，妈妈又打我！""小韩，你这是干吗，哪有这么天天打孩子的？骂几句得了啊！"就仿佛自己的孩子挨打了一样心疼，岳母与妻常为此替琛琛求情。这要搁现在，你家孩子一哭，邻居准敲门告诉你别扰民。

这些曾经的邻居，与他们之间的故事有很多很多。虽非亲非故，几十年过去，俨然与他们成了半拉子亲戚，联系仍十分紧密。

随着人们生活节奏的加快、居住环境的变迁，城市里的邻里关系正渐渐淡化，邻里之间甚至变得冷漠无情……人与人之间似有一种隔世之感。

我庆幸，曾拥有这些好近邻。孟子曰："乡田同井，出入相友，守望相助。"如今，我更希望：邻里相伴、邻里相携、邻里相帮，成为演绎新时代邻里守望的最美邻里情。

养花的乐趣

　　生活中，我非常喜爱花卉，养好养坏、花开大小、啥样品种，我无所谓，只求它们长得壮实、四季常绿，无须过多打理，有水能活，能开花就好。

　　有天下班，看到走廊尽头垃圾桶旁有个小花盆翻扣在地上，我走近一看，是一盆已经叶黄干枯的吊兰，估计是被同事扔掉的，心中顿生怜惜，随手将它捡回办公室。

　　我先给吊兰盆松土，又接来一杯凉水，把松土浇透，再擦干盆边水滴，然后将它轻轻置放在窗台上。未想到第二天早上，我进入办公室，看到这盆原本叶卷稀疏的吊兰返青了，非常开心。

　　我原本是个不太喜欢养花的人。之前逢年过节，家中的花卉都由一生钟爱养花的母亲送给我，有开花的，有打花苞的，也有常青绿的。有些花我叫不出名，甚至问过母亲后也懒得记住。

　　那些花来我家"落户"后，我也常忘了或无暇顾及给它们施肥、浇水、培土。

有段时间，我出差在外两个多月，心想这些花可能都干枯死掉了。当我回到家中，一眼看到它们在阳台上长得生机勃勃、青翠欲滴时，心里猛然一惊，这些花并没有因无人伺候而枯萎死去，有的甚至还枝繁叶茂，长出许多粉嫩的小花苞。

从那以后，我对养花种草逐渐产生兴趣，感觉花卉的生命虽然短暂，但它的生命力极其坚强。

在家和办公室，我都摆弄了一些花，有君子兰、蟹爪兰、仙人球、仙人掌、绿萝、富贵竹、摇钱树、招财树、七叶莲、龟背竹、杜鹃花、散尾葵、芦荟、鸿运当头、蝴蝶兰等，哪种花卉好养我就养哪种。

养的花卉品种虽不少，却没有珍稀名贵的。那年国庆节，乔迁新居，女婿特从花卉市场买了两盆兰草花送给我，他说我的性格适合养兰草花。的确，兰草花的到来给新家增添了绿意。

兰草花属名贵花卉，也是我国十大最香的名花之一，姿态优雅，香气逼人，历来被文人雅士作为高贵典雅的象征。遗憾的是，两盆兰草花在我眼前逐渐衰败枯萎，心中十分惋惜。

立秋刚过，合肥仍炎热，高温坚挺在35℃上下，正值兰草孕育苗芽期，对水分养分需求较大，三五天就要浇水一次，且要浇透。而我是初次养护，也不懂怎样去伺候，在我手上最终送了它们的小命。

后来知悉，兰草喜阴，怕阳光直晒，而我则把它们放在阳台上；兰草盆底要放些瓦粒、炉渣或木渣，而我则放的是混合土；兰草浇透后要放置阴凉处，我则看盆里表面土壤干燥，每天早上都给它们浇一次水。

结果可想而知，一个多月，有盆兰草叶开始发黄，根已腐烂，像生命走到了尽头。后来，我求助于母亲，把它们送到母亲家中，母亲用配制的疏松、通气、透水的培养土又把这盆珍贵的兰草花给救了回来。

有年春节前，看到同事在办公室养了盆龟背竹，长势可爱，甚为喜欢。

这位老兄特意从家中园子里精心挑选一株两叶的龟背竹送给我，我视若珍宝。可惜，这盆龟背竹在我家养了三四个月后，因浇水不当死了，让我懊悔不已。

老兄听说后，又从自家龟背竹盆里挖了一个根节，给我培育了一盆。这回，他反复叮嘱注意事项并给我指导了一些养花秘籍。这盆龟背竹带回家中，我是小心翼翼，三个月后终于在两个龟叶间又长出一枝尺把长的幼叶，心里喜欢得不得了。

谁料，有天晚上正在玩耍的外孙女突然跑到龟背竹前，用自己的小剪刀，把那枝嫩叶从中剪断。我发现时为时已晚，心疼不已，后悔把它放在宝宝能够得着的地方。

于是，我赶紧找来细绳捆扎。我一边捆扎一边告诉宝宝，这盆龟背竹就像是一家人，左边是爸爸，右边是妈妈，中间是宝宝，你把"宝宝"剪死掉了，"爸爸妈妈"多伤心呀！两岁多的外孙女似乎听懂了我的话，又似乎知道自己犯了错误，点点头表示以后不会再剪了。

还好，这株枝叶还没有完全被剪断，过了一段时间，它又在断裂处顽强地长出了新芽。现在，外孙女再看到这株枝叶时，就会跑过来告诉我说："阿公，那是花妈妈的小宝宝，不能剪掉的。"她还会用小手轻轻地去抚摸着它。

合肥的气候，对养花种草来说，也不算很适宜，春夏秋冬，虽四季泾渭分明，但夏天热得要死，冬天又冷得要命，只有春秋两季才是百花盛开时。尤其夏冬季节，要想把花养好，还真的要好好学学养花知识，掌握养花技能。

我也慢慢摸索了一些养花门道：有的花喜阴凉，要安置在室内，如兰草、蝴蝶兰；有的花喜干燥，则要安放在阳台，比如仙人球、仙人掌；有的花容易烂根，就要少浇水，如芦荟、蟹爪兰。不懂的，我就从网上查找，不仅充实了自己的业余生活，还学到了一些养花知识，何乐而不为呢！

我养得最多最好的便是吊兰。吊兰喜阴，适宜室内生长，夏季每两周浇一次水，冬季不需经常浇。春季开花后，会长出许多小花茎，可以剪下来扦插或水培。我钟爱那盆捡到的宽边吊兰。宽边吊兰喜温暖湿润和半阴环境。它耐寒力较差，适宜在排水良好、肥沃的沙质土壤里生长。许多同事喜欢宽边吊兰，我把剪下的茎送给需要的同事扦插，已经繁育了一盆又一盆，不仅点缀了家里空间，也活跃了办公室气氛。

从此，我开始不断收集养花资料，不断尝试播种、叶插和枝插技能，不断购买花盆、花土、花肥、花药、花架……

我在办公室还养过一盆蝴蝶兰，这种花平常养护也极为简单，它是双子叶植物，属常绿灌木、落叶灌木，生长过程中喜阴凉，不能长期暴晒，平时除注意温度适中，保持好的通风环境，保证一定的浇水量就行了，这样就能让蝴蝶兰开出最美丽的花朵。

还有一盆让我得意的是君子兰。这盆花养了三年多，年年都开花，花大且色艳，有时一年开两次，实属罕见。君子兰株形端庄优美，叶片苍翠挺拔，花朵仪态雍容，色彩绚烂美丽，它的美观大方、清秀高雅，深受人们喜爱，也算是办公室里名贵的花了。

记得那年初，同事赵姐退休前到我办公室辞别，她告诉我，她养了几盆好花，长得挺粗壮，花也漂亮，听说我喜欢养花，想送给我。我爽快地答应，一眼便相中了这盆君子兰。

我住的是平顶房。我在楼顶上辟出二十多平方米养花种菜的地方。从花鸟市场买来二十多个方形花盆，整齐码放在一起，又从农家菜地运来几十袋肥土，再从老家农村找来鸡鸭粪和菜籽饼混合沤泡在大塑料桶里，作为平时养花的肥料，万事俱备，只等花开。

事与愿违。夏季气温高，在楼顶暴晒后连脚都站不住；冬季气温低，楼顶上风大又结冰，花卉无法生长。只有春秋两季，我在楼顶上养了荷花、南瓜花、辣椒花，像月季花，栽上几天就枯死了。

在楼顶上养花种菜，最怕的是天气突变，要是赶上狂风暴雨，那就更糟了。

一场暴雨下来，花会凋谢，菜也会被连根拔起。必须赶在暴雨来临前，要把这些花、菜安顿好。

虽在楼顶上没养成花，但我很感谢那段日子。上班脑力劳动，双休日在家，能在楼顶上浇浇花、翻翻土、种种菜，如此循环，把脑力与体力劳动通过养花种菜结合在一起，也是一段很惬意的时光。

那两年，我也常在朋友圈"晒一晒"，比如，把一朵荷花拍出无数张照片，得到朋友们点赞，有的还直接约我要到家里来欣赏，这使我感到很骄傲。偶尔，会有三五好友来做客，分享我们的劳动成果。

当然，也有伤心难过时。有年夏天，先是几天闷热，楼顶温度高，后又连续几天下暴雨，楼顶的花、菜要不被晒死，要不被淹死。总之，辛苦几个月的成果全部泡汤。

如今，我对养花仍是乐此不疲，正如老舍先生所说，"我只把养花当作生活中的一种乐趣"。有喜有忧，有笑有泪，有花有实，有香有色，既能劳动，又长见识，这便是我养花的乐趣！

情系柯湾

柯湾，地处舒城西南山区，位于大别山余脉深处，是一个海拔 500 多米高，南北约 7.5 公里长，东西约 3 公里宽的小山村，属典型的山多、地薄、人口少，也是全县最偏僻、最贫穷的乡村。1998 年初春，组织上选派我担任柯湾村扶贫指导员，主要负责协调、指导柯湾村脱贫工作，直到 2002 年底才离开。

一

初来乍到这个山高人稀的村子里开展扶贫工作，对于常年在县城安逸上班的我来说，心里直打鼓，纠结、畏难和矛盾的情绪不言而喻。

春节刚过，单位领导便专程送我到柯湾村。乘坐的汽车一直开到燕春乡那条百十米长的街口边，师傅老史停下车，径直来到一个摊铺，买了三斤猪肉、两条鲢鱼和几块白干子，装了满满一塑料袋的白菜。我不解地问他买这么多菜干吗。他笑笑，没有直接回答，只是说："到时候你就知道了。"

车继续往山里方向开去，大约半小时，终于停在山谷处的一块空地上。

我抢着把买好的猪肉、白菜和鲢鱼等拎在手中，跟随领导、老史和乡干部们一起向柯湾村走去。

临行时，我询问老史，从停车点到村里有多远。他揶揄地指着远方那些散落在半山腰中的村庄，笑着对我说："不远，翻过那座山、跨过那条河、爬过那道坡就到了。"

我相信老史是不会骗我的。

上午十点多钟，我们一行人到达山脚下，整理好行囊，然后一步步向山上走去。对于身材微胖的我来说，走三步就得停两脚，没多一会儿就开始喘粗气。

站在山下，仰望山顶，山峰巍峨，树高林深，几片白云在半山腰随风游荡，淡淡的薄雾把大山包裹得越发厚重。

这是唯一一条通往柯湾村的山道，平时鲜有人来往，山路羊肠，埋没在浓荫中。我们在山中拔草寻路，沿着蜿蜒的山道，穿梭在茂盛的树林下，享受着春风和煦的抚摸。

走走停停，实在太累走不动了，就在路边的石头上坐下来歇歇脚，或眺望远方，或欣赏脚下的那些沾有露珠的野草。

为了保持体力，一路上，谁也不敢大声说话，更不敢逞强当英雄争头功，都是闷着头悄无声息地扶着路边的大石头或拽着小树杈深一脚浅一脚地向左抄近道、向右走捷径，累得大口喘着粗气。

我跟在众人后面，在独享这份宁静的同时，似乎也能听得到树木、花草们的呼吸声。我边走边在想，柯湾人就祖祖辈辈生活在这样的大山沟里呀？

耳闻小鸟婉转和鸣，循着叮咚的流水声，两个小时过去，我们一行人才翻过了这座叫"阳家山"的大山。站在山顶，举目望去，映入眼帘的是一片青山绿黛如油画般的世界。

晌午的小村庄，掩映在绿树环抱的群山中，青砖黛瓦的农家小院升起了袅袅炊烟，当微风吹过时，空气中飘来一阵阵扑鼻的饭菜焦香味。

老史告诉我，对面那个山中的小村落就是有着百年历史的柯湾村，那是块浸染着革命先烈鲜血的红色土地。

二

村庄上空升起的袅袅炊烟，与灰白色的暮霭交融在一起，整个村庄便笼罩在薄薄的云雾之下，那种朦胧的感觉，恍如仙境，洇染如画。

沿着村庄有一条弯弯曲曲的小溪流，溪水轻缓地向下游流淌着，站在山顶向下望去，就像一条系在村庄上的绿色绸带。

下午一点多，我们沿着小溪边的那条曲曲折折的山道一路走到尽头，走进村里。

村里没有村部，我们径直来到村主任黄学翔家。黄主任当过村里会计和民兵营长，在村民中威望甚高，在三年前村"两委"换届中，全票当选为村主任。

因为正式党员人数不够，村"两委"一直不健全，事实上只有"一委"，即有支委会成员但缺少村党支部书记，村里大事小情都由黄主任做主。黄主任家也就成了临时村部了。

黄主任中等个头，身材单薄，性格耿直，当过几年村干部，在村里也算是个"能人"了。据说，几年前黄主任多次想放弃当村干部外出打工，都被乡领导和乡亲们挽留下来，如今仍是村里的贫困户。

几名村干部聚集在黄主任家中等待我们。我们把带来的鱼、肉和菜拿进厨房，交给黄主任妻子和村妇女主任，请她们帮忙给我们烧饭。

老史对我微微笑了一下，我明白了。原来，买这么多菜，既是解决自身吃饭问题，也顺便犒劳一下几位村干部。利用饭前空闲，黄主任向我们介绍了村里的基本情况，谈了一些新年的脱贫设想和工作打算。

黄主任介绍，昔日的柯湾村，也叫小河冲。战争年代，这里曾是高敬亭将军率领的新四军四支队在舒城的抗日根据地，创造了大别山红旗不倒的奇迹。

新中国成立几十年了，在这片红色土地上，仍旧流传着这样一句顺口溜，很大程度上也说明了当地艰难困苦的情形：小河冲来冲又冲，十户人家九户穷；住在深山无人问，有女莫嫁小河冲。

到20世纪90年代，村里仍不通广播、电话和公路，贫困人口占全村总人口90%以上，主要种植水稻、玉米，而板栗、茶叶和毛竹等经济作物因山高路远、交通不便运不出山外，导致人均年收入不足300元，温饱问题无法解决，群众挣扎在贫困线上。

据统计，十多年间，柯湾村没有一个村外姑娘嫁进山里来，千余人口的小山村，仅光棍儿就达百人，老弱病残比比皆是。

三

俗话说，"要想富，先修路"。驻村后，我发现柯湾村整村不通路，入户时走的都是羊肠小道，又窄又不平坦。村民们提起这些羊肠小道，又生气又无奈，修通进村山路，是他们几辈人的愿望。

"这样的路，让城里的人去走，一年一次是体验、一月一次是磨炼，它却是全村人唯一的出山选择，天天走，就变成了一种折磨甚至苦难。"乡亲们直言不讳地向我述说了他们的苦衷。

几十年来，村里干部、群众曾多次谋划过，也断断续续修过那么一段，终因山高岭大、财力有限，特别是遇到雨雪天气，山水横流，修好的路段经常被冲毁，修通的愿望始终未能实现。

上任伊始，黄主任在参加第一次村组干部会时作出过承诺，一定要带领乡亲们开山筑路，实现"组组通"甚至"户户通"，带领全村贫困群众找到一条脱贫致富奔小康的真正出路。

说干就干。没有办公地点，他腾出自家房屋作为指挥部，动员家庭成员不计报酬地为指挥部成员烧水做饭。缺少物资和资金，他就拉上我一趟趟跑县里相关部门和扶贫联系单位请求支持。

面对重峦叠嶂、连绵起伏的群山，要想修出一条通向大山深处的公路，困难超出乡亲们的意料，也远超出我的想象。

自那天起，我们合力发动群众、勘察路线、编制预算，村干部分片包干，带着乡亲们日夜奋战，群山之间响起的轰隆隆爆破声让柯湾的村民看到了希望，同时也激发了乡亲们的修路热情。乡亲们自发集资，出钱出力，掀起了热火朝天的"修路潮"。

功夫不负有心人。经过三年多努力，耗资33万元、耗费炸药15吨，总长7.5公里、首尾落差30多米的柯湾公路顺利竣工。通车典礼那天，看着山下一台台小汽车如长龙般向村里缓缓驶来，乡亲们个个眉开眼笑。

遗憾的是，黄主任未能看到通车典礼的那一天。8月中旬，高温酷暑，在一个炎热的早晨，他与乡亲们正在攻克"叫花岩"地段任务时，突发脑溢血倒在工地上，永远离开了深爱他的家人和村民。

经过多年努力，如今从山七镇通向柯湾村的多条公路盘旋于崖间山坳，连通了柯湾村18个村民小组。路通了，电线也拉进山里，柯湾村的绿水青山成了当地群众脱贫致富的金山银山。

四

柯湾村贫困的另一个重要原因就是教育落后，教育资源匮乏，全村文盲人口占总人口半数以上。新建一所学校，盖上一栋宽敞明亮的教学楼，让孩子们都能上得起学、上好学，也是柯湾群众的最大心愿。

柯湾小学的教学条件十分简陋。全校仅有7间教室，窗户没有玻璃，也不见有一丝光线；土墙年久失修，破烂不堪，早已步入危房行列。这样的土墙草房安全性极低，很容易坍塌，且室内还常掉渣土。若逢连续阴雨天，外面下大雨，室内下小雨。

这些花季少年有学不能上，整天在教室外转悠打闹，有的孩子手上的书本已卷了边，本子上写得密密麻麻，用过的铅笔只剩指甲盖那么长了，还舍不得扔掉……我看到后心里越发不是滋味。

这里只有一间间这样破旧的教室，一张张用泥土垒起的桌子，一条条长短不一、高低不平的破板凳，没有电灯，没有黑板，没有书本，甚至没有粉笔！这一切远远出乎了我的意料。

为了早日让这些辍学的孩子返校读书，我多次向单位领导汇报，得到了领导的大力支持，于是组织干部职工开展了"爱心献希望工程"助贫活动，动员单位同事每人结对帮扶一名学生。

为了解决建设经费，我又带着村干部一起到县教育部门，争取到了25万元国家教育扶贫专项建设资金，又软磨硬泡从扶贫联系单位争取了7万元资金和一批门窗、砂石等物资。

同时，村干部一起动员乡亲们出工出力，用时一年，上下两层共18间教室的教学楼终于在开学前落成。

"六一"儿童节前，我又跟村干部和柯湾小学老师一起组织村里的30名孩子到县城来体验城市生活，让孩子们能够领略到外面的精彩世界，鼓励他们发愤图强，早日走出大山，闯出一片新天地。

"你都无法想象孩子们激动的心情，天还没亮他们就全都起床了，在那儿翘首以待。听家长说，还有的前一天晚上不愿意睡觉，担心睡着了起不了床。"陪同的老师告诉我。听到这样的话，我很心酸。

在城里，这些孩子一路雀跃，体验了许多个"第一次"：第一次到儿童乐园，第一次看儿童电影，第一次到餐厅吃饭……望着孩子们那一张张灿烂的笑脸，我看到了柯湾村的希望和未来。

五

刚到柯湾时，我情况不熟，便主动和村"两委"干部沟通、交流，了解更多实际情况，争取他们的理解与支持，找准问题，对症下药，有的放矢。

在入户走访过程中，我与贫困户面对面、拉家常，一起谋划脱贫出路，帮助他们因地制宜发展产业，解决生产生活困难，早日摆脱贫困。

那年，当我走进一名贫困户家时，我和这个家庭便结下了不解之缘。这位村民是全村最穷的贫困户之一。他原本想外出打工，无奈妻子患有间歇性精神分裂症，儿子身有残疾，两人都无法像正常人一样生活，这样的家境，迫使他不得不放弃外出挣钱的想法和机会，一家人生活长期处于窘境。

交谈中，得知他有种植、养殖的技能，苦于缺乏资金，尤其是没有本金，我便主动联系购买了两头猪崽和两袋饲料送给他，又动员他利用自家房前屋后空闲地，种植食用菌菇。

经过两年发展，他逐步走上了种植、养猪致富的路子，成为村里带头推广科技养猪和食用菌栽培技术的"土专家"。

为了能让更多村民掌握"百日养猪技术"，我给村组干部进行算账对比，搞好思想发动，并和科技扶贫队员一起上门指导，一次不行，第二天、第三天再上门，少则五六次，多则十多次，直到教会为止。

通过耐心细致做工作，柯湾村养殖户从起初几户人家快速发展到几十户。科技养猪成果惠及村民，也得到了大多数乡亲的理解与支持。五年间，全村共养猪两万多头，饲养黄牛两千多头，人均年增收 200 元。

信息闭塞是制约柯湾村经济发展的又一个重要原因。多年来，村里仅有三个广播喇叭，功率小，扩音效果差，以致于农村政策宣传、农业病虫害防治知识都不能及时传入农户家中。

为帮助村里尽快组建广播室，我带着村干部跑到县广播电视局，争取技术和资金，又跑到省城合肥购回大功率扩音设备、彩电和放像机，建成了覆盖全村的广播网，使家家户户都能及时听到政府的政策声音。

像这样的例子不胜枚举。

六

柯湾村最大的优势是空气清新，天蓝水清，气候宜人，人均有9亩多山场。然而，该村山势陡峭，壁立千仞，山上资源没有被充分开发利用出来。为此，我主动向村干部建议，倡导在村民中开展脱贫致富的"五比"活动，激发乡亲们的脱贫信心和致富欲望，同时引导村民调整产业结构，向山场要效益。

五年间，柯湾村因地制宜，合理规划，先后栽种板栗1500亩，油茶改造3000亩，种植毛竹500亩，山场成了乡亲们脱贫致富的"主战场"。

前不久，我专程驱车前往舒城山七镇，再次踏访柯湾村，看到数十名村民正在一片金黄色的菊花地里忙碌着。

据乡亲们介绍，这块占地30多亩的菊花产业基地是村民徐祖存创办的。眼下正是采摘时节，他按照每斤一元钱的价格雇用当地村民帮助采摘，乡亲们对这份"额外收入"感到分外高兴。

如今的柯湾村，村容村貌发生巨大变化，建起了标准化村部、学校和文化广场，山外的"凤凰"早已飞进深山，彩电、冰箱、摩托车、汽车、手机进入寻常百姓家，群众生活状况有了根本改变，大部分家庭住上了两层小洋房，柯湾人真正把贫穷和落后丢进了历史。

2020年是全国人民决战决胜脱贫攻坚的关键之年，在这最关键时刻，我虽已离开扶贫工作岗位多年，当年也没有做出什么惊天动地的业绩，但仍心系这方热土，情系柯湾乡亲。

脱贫攻坚是一项功在当代、利在千秋的伟大工程，此生有幸投身其中，为柯湾村争取项目、争取技术、争取物资、争取政策，虽苦犹甜。

带状疱疹

都祝新年有好运，谁知 2022 年伊始，不知是工作压力过大抑或是被病毒所感染，我饱受了带状疱疹的无情折磨。

那几天，总觉身体乏力，连续几个夜晚，翻来覆去睡不踏实，浑身上下隐隐疼痛，尤其是右肋骨下胆囊部有压缩性肿痛，我怀疑是胆囊炎症作祟。

早起便打电话联系老朋友彭主任，他是省城一家三甲医院 B 超室的主任医师，想请他给自己诊断一下。彭主任给我做了全面检查，确认肝、胆、脾、胰、肾未有任何问题后，我才放心地回单位上班。

下班回家后上洗手间，解开皮带时，巧碰腰部皮肤，突然有火辣辣的刺痛和烧灼感。低头一看，原来腰部皮肤呈三四块不规则或椭圆形红斑，中间那块红斑隐约见到水疱和被内衣磨破的血疱。于是我赶紧喊老婆来看。老婆曾多年在县医院当护士，有丰富的临床经验。她掀开我的内衣一看，当即怀疑我患了带状疱疹。

已是晚上六点多，到大医院看门诊，显然找不到医生。老婆陪着我开车找到一家药店，买了点药。回家用药后，当天晚上的觉睡得比几天前要踏实许多。

第二天醒来，对着镜子照，发现右侧腰部从前胸到后背又陆续出现更多成簇分布的不规则红斑，呈粟粒大小透明的水疱，由原先的三四块增加到七八块，发疹部位有红晕且疼痛更明显，总是在你不经意间，像针刺一样从上往下传导。

经朋友介绍，我赶紧慕名来到合肥京东方医院，找到皮肤科胡主任，详细描述了症状。他明确诊断为带状疱疹。

我向胡主任请教了三个问题，带状疱疹怎样才能发生？是不是要住院治疗？有没有传染性？因家中有个不满两周岁的外孙女，恐把她给传染了。

胡主任边开药边回答我。他说："带状疱疹是一种常见的病毒性感染皮肤病，可发生在面部、鼻孔周围、耳郭、四肢、躯干等部位。夏秋季，是带状疱疹发病率较高期，五十岁以上中老年人或免疫缺陷者极易感染，其传染性较小，患者不能直接传播带状疱疹病毒，但能在易感人群中，尤其是儿童中造成水痘流行。"

胡主任开了两个疗程的口服药和连续一周的抗病毒静脉输液针剂，再三叮嘱多喝水、多休息，不需要住院治疗。

遵医嘱，连续两天，按时去诊所打点滴、服用药物，却依然没有遏制偶然发作时的那种针刺般的痛。

第四天晚上，脱衣服时发现右胳膊腋窝也有明显疼痛，不能触碰，一碰就痛，用手摸摸，肿大的淋巴估计有鸡蛋般大小。

同事和朋友知道我患带状疱疹后，纷纷支招儿，有的介绍用某种抗病毒药，有的建议用土方子，还有的推荐用中西医结合治疗。

我是非常尊崇中医的，对中医充满敬畏，觉得中西医结合治疗应是个不错的建议。于是，我便托友人找到全国知名岐黄学者、江淮名医杨文明教授，请他"把脉号诊"。

杨教授详细了解了症状和治疗情况，在胡主任诊疗方案基础上，他建议结合针灸、放血、拔罐、烤灯，再配合中药服用，效果应该更明显。

杨教授告诉我，带状疱疹在中医的叫法或俗称为"缠腰火丹""串腰龙"，很多人都长在肋骨或腰部，一般不过中线，只长在身体一侧。像我的症状，已过中线，算是比较重的了。

他介绍，带状疱疹传播途径为"皮肤—空气—呼吸道"。"水痘—带状疱疹病毒"临床表现为水痘，成人表现为带状疱疹。一般由局部外伤、部分系统疾病和急、慢性传染病及中毒等为常见促发因素。

杨教授告诉我，以前教科书上说带状疱疹治好就不会复发，这个理论是不正确的。发病，多是人体免疫力下降的表现，如果一个人免疫力下降，随时都有再发病的可能。

他说："人若感染水痘，带状疱疹病毒就安安静静地躲在神经根的神经元中，就等哪一天免疫力低下、感染、疲劳的时候，潜伏的病毒会被再次激活。"

根据杨教授的建议，我去做了针灸、放血、拔罐、烤灯等理疗。对我来说，这些都是第一次体验。

针灸科的医生非常热情，那位戴着眼镜的女医生，先给我做刺络放血，说是清除体内毒瘀败血、调和气血、平衡阴阳和恢复正气。

趴在针灸床上，医生用三棱针在背后某些特定穴位快速点刺，刺破皮肤后，再轻轻按压挤出血液，那种痛不欲生的感觉瞬间袭来。在医生面前，只能咬牙坚持。

五分钟后，她又为我拔火罐。此时虽不感觉紧张，倒也有点可以忍受的轻微疼痛。接下来是针灸。医生用20多根银针围绕带状疱疹周围扎了一圈，每扎一针，尤其是她为个别针刺穴位调整时，如鱼吞到饵一样，针被拽住，会出现酸、麻、胀痛感。

再用烤灯烤半个小时，她告诉我，这个东西又叫"神灯"，是一种红外线电磁理疗仪，具有疏通经络、温经散寒、活血化瘀等作用。

通过一周中医针灸、放血、拔罐、烤灯、中药和西医抗病毒点滴输液等治疗，疱浆开始吸收、结痂壳并慢慢脱痂，遗留的色素、痂痕也逐渐缩小，直至消退。

人在病痛中，有时会非常脆弱，有时也会胡思乱想，何况书上说了，五十岁以上患带状疱疹的人，容易患肿瘤。我在想，患这种病会不会是我生大病的前兆？会不会是肿瘤类的不治之症？

在家休息那几天，不免有点黯然神伤、顾影自怜。对于从来都信奉"是药三分毒"的我来说，一般病痛，很少去寻医问药，这次，终因扛不住，不得不去医院。

也难怪，人过五旬，身上的毛病就会逐渐多起来。半百之人，各个器官已慢慢老化，一些老年慢性病如高血压等"三高"症，也会说来就来，如洪水猛兽，挡也挡不住。

近几年，有多位原本看上去身体非常健康的战友、同事、朋友，五十岁左右便去世。有位好友，先前身体棒棒的，天天锻炼，三个月前我们还在一起喝酒打牌，体检查出胰腺癌，说走就走了。

逝者已矣，倒也安息了，可悲可叹的是，这般年纪的人，往往是上有老、下有小，有的未见孙儿孙女便带着遗憾离开这个世界。灵堂之上，白发人送黑发人的凄惨场景，常会让前去凭吊的我不寒而栗。

病痛中，我想得最多的是康复后生活方式的选择和生活态度的调整，抑或人生得失的取舍。过去是家人唠叨也好，友人相劝也罢，总是不懂得节制，追剧追到深更半夜，喝酒喝得酩酊大醉，毫不珍爱自己的身体。

幸亏，很少生病的我，终被一场小小的病痛所唤醒，彻悟人生的最大财富是良好的心态、豁达的胸襟，更重要的是有一个健康的体魄。

说到底，人这一生，只有身体是自己的，只有健康才是最重要的，其他皆为身外之物，过眼云烟。

发烧不是病

老人说过，发烧不是病，烧起来要人命。有一年盛夏，我就经历了七天六夜的高烧，住了十多天院，才将烧"治"住。记下这段痛苦历程，与之分享。

一

周五晚，我带外孙女去吃火锅。回家不久，无任何征兆，突感头晕发热，四肢乏力，骨骼和肌肉酸胀。心想，该不会被空调吹感冒了吧？

家中常备有感冒冲剂，我赶紧找了两袋冲喝下去，换上运动装，想去小区走一走，发发汗。

平常，家里其他人都感冒了，我也不会轻易被感染。我自信，喝了感冒冲剂，很快就会好的。

到了晚上八点，四周被高楼和茂密树木遮挡的小区，地面仍滚烫灼人，像蒸笼一般，空气中流动的是一股股热浪，热浪在楼宇间旋转，闷得让人心慌。

高温酷暑的天气，步行有半个小时，身上仍未出一丝汗意。俗话说，是闭汗了。为了发汗，我越走越快，几乎小跑起来，半小时又过去，汗珠才顺着两颊往下流，全身也被汗水湿透。终于发汗了。

回家对着风扇猛吹，汗开始止住，身子也轻松些，我便去冲澡。冲完澡，又烧了壶开水，泡了杯红茶。喝半杯后，额头上开始冒出细汗，身上则大汗淋漓。坐在吊扇底下，不停地用纸巾擦，也无济于事。我瞟了一眼温度计，室内仍高达 36℃。

晚上十点多，睡意袭来，走进卧室，把空调、风扇全打开，想让温度快速降下来，心想着先美美睡一觉，待天明醒来，感冒也许就好了。

半夜时分，我晕晕乎乎，口干舌燥，耳烧脸热，脑袋嗡嗡响，浑身上下哪哪都不舒服。发烧的滋味真不好受。

我极不情愿地从床上撑起来，头晕、身软、腿发抖站不稳，举手投足，觉得自己像踩在棉花堆上一样。也懒得动手开灯，摸黑扶墙，去厨房倒了一杯温开水，喝了几口却咽不下去。

昏昏沉沉中，我又扶墙摸黑回到卧室，倒头躺上床再次睡下。

二

尽管空调已调至 24℃，风扇也开至最大挡，第二天醒来，还是发觉睡衣湿了，枕头湿了，空调被湿了，床单也湿了，更湿的是头发，像从水里捞出来的一样。知道自己再次发了汗，我想感冒应该快好了。

挣扎着从床上慢慢坐起，微闭双眼，任凭细细的汗珠从额头渗出。稍停，下床洗澡、换睡衣。发汗后，身子虚弱，似乎有些胃口，想吃鸡蛋煎饼、喝辣糊汤。

小区南门外左拐有个路口，早晚有多家小吃摊在那里摆摊，用餐的人多是周边高新产业园区的员工，也有少量像我这样嘴馋的附近住户。

这些摊主家家都有"绝活"，形成独具特色的风味。如天津狗不理包、重庆小面、广州叉烧包、苏州炸春卷、东北水饺、成都肥肠粉、淮南牛肉汤、阜阳辣糊汤等。常见的有油条、麻圆、狮头、蒸饺、煎饼、凉皮、面条、酸辣粉、麻辣烫、铁板烧、豆浆、稀饭、牛奶等。

吃鸡蛋煎饼、喝辣糊汤是我的偏爱。

摊主是对中年夫妻，操着皖北腔，面食做得筋道，我几乎每周都去他们的摊位买一两次煎饼。当我来到摊位前，夫妻俩熟练地将手中煎饼抹上自家做的蘸酱，打包送到我手上，我扫码支付，挥手离开。

那天也一样，要个鸡蛋煎饼和一杯辣糊汤。回家后，吃了两口煎饼，喝了口辣糊汤，闻着煎饼味道，感觉有点怪怪的，苦涩且难以下咽。我知道，这不是煎饼的错，而是我的味觉出了问题。好在辣糊汤有点辣咸味，才勉强喝了几口。

查阅资料得知，发烧是人体正常免疫反应。受病毒、细菌感染时，体温升高，酶活性增强，致舌尖上的味蕾反应迟钝，吃东西没味道，甚至觉得有异味。

三

早餐后，想起妻娘家侄女中午请吃升学宴。本想在家休息，转念一想还是决定坚持去。

对家住农村的妻侄女来说，辛苦多年把孩子培养上大学不仅是家庭的大事，也是家族的喜事，邀请的多是至亲好友，妻出门旅游不在家，当姑父的我不去参加会让亲友产生误解。

换身休闲服，简单收拾一下，来到地下车位。坐进车内，在发动车子的那瞬间，仍感觉头有点昏沉撑不住，甚至有晕眩感。

一路上，小心翼翼，谨慎慢行，始终将车速控制在时速六十公里以下，边开边提醒自己，不要跟大货车太近，不要闯红灯，实在不行，就在路边安全地方停下，休息一会儿再走。

妻侄女请客的酒楼是在农村一个小集镇上，店面不大，生意却很红火。驻足一看，一拨拨客人进进出出，多数是熟悉的身影、熟悉的面孔和熟悉的乡音。

搁在平时，我定会主动上前打个招呼问候一声。此时我在发烧，浑身滚烫，也没力气说话，最想做的事就是在车上睡会儿。

于是，我用车载遮阳伞挡住前玻璃，再将其他车窗稍打开点透气，放倒座椅，看看时间离开席还早，便在车内躺下。中午十二点，有人敲车窗，我醒来，迷迷糊糊上楼吃席。

面对满桌佳肴，一点香味都闻不到，只好用茶水代替敬同桌亲友，挑点口味重的菜，随意扒拉几口，便先告辞，回到县城父母家，直接躺客厅沙发上又睡着了。

两小时后醒来，似乎全身轻松一些，头也不那么沉重，脸也不再发烫，考虑吃完晚饭开车回合肥容易犯困出事，便给好友打电话请他帮忙开车。

果然如先前预料，晚上七点多，再次发烧，脸越来越烫，头越来越重，上车后躺倒便睡，一路沉睡到家中。

当晚，躺在床上的我，是清醒了再迷糊，迷糊了又睡着，一会儿不停地淌汗，一会儿又被空调凉风冻醒，周而复始，几乎折腾了一整夜。

四

早上五点多，我起床冲澡，趁头脑清醒时，抓紧熬点小米稀饭，勉强喝了半碗后又想睡觉，一直睡到当天下午两点多才醒过来。

睡醒后，口渴难耐，喝了几口凉白开，发觉浑身轻松多了，便想平静地躺会儿。不知啥时候，我努力睁着的双眼再次闭上，不久便又沉沉地睡着。

当我再次醒来时，已是半夜三更。在又黑又静的房间里，第一次体验到了失眠的滋味。倘若是睁着眼还好，要是闭上眼，哪怕只有那么一瞬间，就会感觉天旋地转，每一秒钟对我来说都是煎熬。

打开电视机，瞄了几眼，无心欣赏，随之又关掉。之前，我是经常追剧追到眼疼才肯入睡的，不仅能睡着，且能睡得很香很甜。

不知为何，那夜的我，脑海中总是浮现许多过往的人与事，睁开眼，看四周，老婆不在身边，孩子不在家里，只有我一个人躺在床上，望着屋顶、吊灯，突然从心中涌出一种叫作"孤独"的感受，儿时许多曾经历的事和很多逝去的人被我一一想起。他们清晰地在我眼前像电影画面一样闪现，我清楚地知道，这是人在发高烧后出现的意识幻觉，很恐怖，也很吓人，让人心存余悸。

清晨六点多，妻打电话询问病情，我把夜里出现的"幻觉"跟她叙说了一遍。当了多年护士的妻告诉我，凭她的临床经验，流感的症状是打喷嚏、流鼻涕、鼻塞或者头痛，或有咽喉黏膜充血肿胀、疼痛，甚至咳嗽等，而我的症状表现是反复高烧，可能是病毒或细菌感染，再三叮嘱我去医院看医生。

五

大清早，我便来社区卫生室，一量体温达 39.6℃。血象高，血糖也高，餐后达 18.6mmol/l。医生说不是病毒就是细菌感染，给我简单对症处理，说诊所不能接收发热病人，让我去大医院检查确诊。

踏进医院病房的那刻起，值班医生、护士开始忙碌起来，量血压、测体温、抽血、输液……从晚上七点折腾到夜里两点，长达七个小时，输了 4 瓶共 1600 毫升的抗病毒消炎药等。晚上九点，我才有了尿意。夜里十二点左右，体温降到 38.5℃。医生开玩笑说全身烧干了，肠子也烧红了。

入院第二天，心电图、颈内动脉和静脉超声检查未见明显异常。入院第三天，CT 检查发现两侧胸腔少量积液，双侧肾周渗出，肝门部、胰头旁及腹膜后多发增大淋巴结。入院第四天，无上呼吸道症状、无消化道症状，仍不明原因发烧，化验后发现血小板轻度减少，尿蛋白阳性 2+。经专家会诊，初步确诊为细菌感染性发热。

连续五天，通过注射抗感染治疗药物，到当晚十点左右，体温才降到正常。虽不再发烧，但因应激性反应，血糖巨高，被确诊为 2 型糖尿病。为此，又在医院多住了五天，针对糖尿病予以治疗。通过多种治疗，我的体重由170斤降至140斤，血糖控制平稳，达到正常值范围。

六

什么是细菌感染？医生告知我，人体在自然界生存，各种病原体都会感染，也可能会有细菌感染，细菌感染与自身免疫能力有关。比如细菌很强，健康人摄入太多可能会感染，如果细菌不是很强，可是抵抗能力下降，也可以导致细菌性感染。

医生说："发烧不是病，而是部分疾病的一种症状表现。"对一直信奉"是药三分毒"的我来说，一般对流感发烧，多采用吃口服药、喝感冒冲剂和白开水或冲澡降温等方法，很少去医院求医问诊。

这次终因身体免疫力下降，细菌性感染引发连续高烧，烧得我头晕、乏力、疲倦。几天粒米未进，连说话和端杯水的力气都没有，走路摇摇晃晃，就这样的状况也没引起足够的重视，错估了病情，也错过了最佳治疗的时机，最后不得不去住院治疗。

人生最大的财富不是拥有万贯家产，也不是拥有国色天香，而是拥有一个身心健康的体魄。生病住院，让我静下心来，想了很多，感叹人活一辈子，在健康面前，所有的一切都显得那么不重要，而对于我们每个人来说，唯有开心和身体健康，那才是最重要、最宝贵的人生财富。

为健康减肥

那年盛夏，我因细菌感染，持续高烧四天后住进医院，应激性反应引发血糖居高不下，终被确诊为 2 型糖尿病。

主诊的是内分泌科主任徐医生，他是一位有着丰富临床经验的内分泌专家，尤其擅长糖尿病、甲状腺、高脂血症、代谢综合征、肥胖症、内分泌失调等疾病的诊治。

住院期间，徐主任跟我介绍，患病因素有多种。原因不重要，重要的是出院后怎样控制稳定好血糖。他说："关键要控制体重，再通过饮食调节，可将糖尿病对生活的影响降至最低，避免并发症的发生。"

之前，常参加应酬，抽烟、喝酒、熬夜，三十岁那年，体重增长了30多斤，由帅哥变成胖墩儿，脸变圆，腰变粗。对于中等个头的我来说，实属严重超标，并伴有重度脂肪肝。

每年的体检，那一个个向上的红色箭头，刺戳着我的心，曾一度让我动过减肥念头，可日复一日，年复一年，停留在想法上的减肥目标始终未能付诸实际行动。

这次住了十多天院，让我有了切肤之痛。每天，护士轮流给我测指尖血糖，少则五六次，多则十余次，每扎一次，针扎指尖，疼在心头。我问护士，这个针要扎到猴年马月才是头呀？她笑而不语。

有天晚上，躺在病床上，想起年迈的父母早年患上糖尿病，一直靠打胰岛素、吃降糖药过日子，给生活带来诸多不便；现在自己也患上糖尿病，今后也要像他们那样，后半辈子靠打针、吃药生活，给妻女带来麻烦，心潮难平、辗转难眠。

第二天，等医生巡房、护士换药时，无聊的我打开电视，北京台正播放一档健康节目，一位八十四岁的中医药大学老教授深情讲述她四十余年潜心研究探索饮食控制糖尿病的经验与做法。

这位耄耋老人看上去像六十多岁，思路清晰，目光炯炯，精神矍铄，老而强健。受她影响和启发，我决定像她那样，用毅力来减肥，直到达到标准体重为止。

出院后，我网购了《糖尿病怎么吃》《减糖饮食》《减糖生活》等书，还搜集了有关科学减肥的专家讲座视频，边了解理论知识边掌握科学减肥的操作要领。

从书中得知，糖尿病名列人类十大死因第四位，严重威胁人类身体健康。可怕的是，血糖值过高会引发冠心病、心脏病、高血压等并发症，后果不堪设想。

与徐主任交流中也得知，糖尿病其实是一种生活方式病，罪魁祸首是饮食结构不合理！他告诉我，饮食治疗对控制糖尿病病情极为重要，主要做法就是"限制热量"和"减少糖分摄入"，外加适当运动，其他别无选择。

限制热量，简单理解就是减少食物热量的摄入，提升体内热量消耗，远离高热量的饮食，偏向低脂饮食。减少糖分摄入，就是要控制好碳水化合物的摄入，多吃蛋白类和脂肪类食品。限制糖分摄入是最好、最优的减肥方法。

日常生活中，不仅我们摄入的甜食和碳水饮料含有糖分，米饭、面包、馒头、面条、稀饭等主食也均为碳水化合物，且都含大量糖分。

徐主任说："减肥，首要的是减少身体糖分摄入，最佳办法是控制米饭、面包、馒头、面条、稀饭等主食摄入。"在他指导下，我结合老教授的做法，把减少碳水化合物摄入作为控制体重的首选。

每顿早餐通常吃清炒蔬菜 150 g，杂粮馒头 50 g，玉米棒 100 g，南瓜、山药或山芋各 50 g，鸡蛋一枚，牛奶或豆浆 250 g；中餐，白米饭 50g 或杂粮米饭 100 g，蔬菜 250 g，肉食 100 g，下午三点左右吃水果 100 g；晚餐适当减量，严控进食水果、坚果等零食。

坚持了一年，血糖控制效果和自身健康变化，日渐反映出减肥的妙处。现在，我的体重从 170 斤成功降至 140 斤左右，体检的各项主要指标均达标。

回想减肥过程中每一次取得的点滴进步，都源自艰辛努力和巨大毅力支撑。起初，为尽快实现减肥目标，能用的"招数"全使过了。

网上介绍，甩脂机是一种减肥神器，可瘦身肚，我毫不犹豫网购了一台，回家就甩，嗡嗡声吵得外孙女抗议，说"太吵人了"，只好作罢；抖音里又说，某品牌胶囊可减脂排油、减肚腩、减体重，瞒着妻买了一个月的疗程，结果天天像拉肚子似的，一天要上数次厕所，站起来头晕目眩；后来又有人推荐中药可减肥，我又买了一大堆放在办公室，天天泡着喝，效果到底有多大，真的说不清楚。

为什么控制好糖分的摄入能让人变瘦？在了解了发胖与减肥原理后，我才明白，原来过量摄入碳水化合物（即糖分）是导致肥胖的重要因素。比如点心、面包、米饭、馒头等高糖食物，在体内被分解为葡萄糖后进入血液。血液中的葡萄糖浓度（血糖值）就会急速上升，刺激胰腺大量分泌胰岛素。

胰岛素会回收葡萄糖，运往全身细胞，从而降低血糖值。部分葡萄糖被用于提供人体必需的能量，剩下未被利用的则转化为脂肪储存起来，脂肪的堆积最终会导致肥胖。

控制过量糖分摄入并不等于不吃主食或甜食。现实生活中，人们的饮食习惯偏向以米饭、馒头、面条等为主，辅以肉类、蔬菜和汤等，对控制减少主食摄入或许存在抗拒。正因饮食中主食占主导，而且天天在吃，所以只要能下决心控制，效果会非常明显。

如今，越来越多的人加入减肥行列。然而，不少人误将减肥理解为不吃米饭，减少主食就行，或是不吃晚餐，其实这都是错误的，结果会导致营养不良或坚持不下去。

想减肥成功，重要的是纠正自己不合理的饮食习惯，学会食用含蛋白质、维生素、矿物质和脂类等营养元素的食物。其中重要的是蛋白质，补充蛋白质能促进血液循环，刺激激素分泌，从内而外增强体质。

按照老教授的做法，我坚持四季三餐吃主食，且每天米饭、馒头、杂粮等总量控制在 300—400 g，鸡蛋、牛奶、豆浆、肉食等常年不间断。

如何轻松减少主食摄入？我的做法是，如想吃主食，则到超市、商场买无糖食品当零食，或购买五色杂粮和大米混搭做成米饭。外出就餐时，一般吃肉、菜，尽量不吃米饭、面条、馒头等高糖食物。餐桌上，无论哪种肉，如牛肉、猪肉、鱼肉可放心吃，尤其是红肉、鸡腿肉、里脊肉可以吃个饱。鱼肉类是含高蛋白质的，且肉质柔软好消化，更适合老年人。

某天晚上，我正为减肥遇阻而苦恼时，接到老战友电话，他说他把体重由 175 斤减至 135 斤，高血压、高血脂等慢性病已不复存在。电话中，他非常开心、自信地与我分享了采用饮食控制成功减肥的经验。

老战友说："想要减肥，必须戒掉吃零食的坏毛病。"我平时运动少，晚上喜欢泡杯浓茶，躺在沙发上追剧，边看电视边嗑瓜子或吃坚果，偶尔散散步回来，还想吃点饼干、糕点等零食。殊不知，饼干、坚果、糕点等都含有大量的白砂糖。这些糕点或油炸食品，均以小麦、大米或土豆等为原料，也属碳水化合物且是高糖食物。

还有容易被我们忽略的糖分摄入渠道便是家庭调味品。很多调味品中都少不了白砂糖成分，一不小心就会摄入过多。也有人误认为荞麦面、玉米面、山药面是低糖食品，有段时间，我也购买几袋作早餐，结果，餐后血糖值居高不下，甚至超过14mmol/l。事实证明，这些也是高糖食物。

蔬菜富含维生素 C 等维持身体正常机能必不可少的维生素和矿物质，还有丰富的膳食纤维，能抑制血糖值急剧上升。因此，每天应先从吃清炒蔬菜开始，最后再吃主食。这种进餐方式能让减肥更见成效。

坚持的决心和毅力也是减肥成功的关键。对于一个人来说，一天三餐只吃蔬菜、玉米、南瓜、山药、山芋等，常常是未到饭点，肚子就饿得咕咕叫，有时半夜三更，饿得全身直冒虚汗，翻来覆去睡不着，那时真想起床暴吃一顿来解馋。

关键是体重降到一定临界值时，每再降一个点都让人焦灼，我从170斤减至160斤，用了1个月；从160斤减至150斤，用了2个月；从150斤再减至140斤，用了3个月，其间还出现了反弹。这段时间，每减掉一斤，比登蜀道还难。

减肥实践中，要因人而异，具体控制到哪种程度也没有硬性规定，如果你身体健康，以减轻体重或维持健康为目的，就不需要把自己弄得太过神经质了。

心动不如行动，从现在开始，为健康而减肥！

宜城相约

金秋十月，相聚宜城，这里有我想见的人，更有你想见到的人！获悉国内知名新媒体《同步悦读》平台在江城安庆举办五周年线下采风活动，我是既高兴又激动：高兴的是，刚走进《同步悦读》才两个月，便有了一次与名家、文友面对面深入交流创作的机会；激动的是，能见到我早已仰慕的著名作家石楠先生。

我是初次参加笔会采风，对这次来美丽的江滨之城、古老的文化名城安庆参加活动非常期待，撰写了《桃溪瓦罐汤》《邻里守望》等作品，带到现场向老师请教、与文友交流。

早起的闹铃声响，我便一骨碌爬起，穿戴、洗漱、吃早餐，踏上驶向高铁站的最早一班公交。清晨，天空有点阴沉，气温比往日低 3—5 摄氏度。迎着瑟瑟的秋风秋雨，浑身透着丝丝凉意。

乘坐高铁时，我偏爱坐靠车窗位置。透过窗口往外看，一阵乌云随秋风飘过，一场秋雨随之滴落下来，落到车窗上，又顺着玻璃绵绵地、细细地流下。窗外，一望无际的广阔原野，若隐若现的绵延群山，芳林尽染、秋色迷人，随着列车高速移动，转瞬间呼啸而去，宛若一帧帧流动的山水风景，又好似一幅幅徐徐展开的水墨画卷。

透过车窗往外看，在不知不觉中，度过了一个多小时的旅程，列车到达了素有千年古城、百年省会、禅宗圣地、文化之邦、戏剧之乡等诸多美誉之称的安庆。

出租车师傅将我送到这次笔会下榻的酒店——黄梅山庄。这个山庄是安庆市最早一家将黄梅戏文化与酒店经营相融的特色星级酒店，环境优美、高档典雅，黄梅戏文化尽显其中。山庄也是安庆市作协文艺创研基地。

山庄坐落在美丽的菱湖之畔。风光秀美的菱湖公园环湖而建，以多菱而得名，原是一片天然湖泊，与石塘湖、破罡湖相通。辛亥革命前后建园，面积三十多公顷，是安徽最早建成的园林式公园，以菱荷景观和菱湖夜色而闻名。

站在霏霏细雨中，我抬头望见山庄门头的电子屏显示"欢迎《同步悦读》作家来安庆采风"一行字，确认没找错地方，背起行囊向大厅快速走去。

文友叶子和编辑婷婷老师在门厅前笑脸相迎，二位老师热情地帮我办理入住手续，叶子还主动引路，送我到入住的楼层，瞬间，我的心头涌起一股暖意。

午餐时，我了解到，叶子是一位农民作家。她家住凤台毛集的一个小村庄，农忙时种地侍候瓜果；农闲时四处奔波卖货。刚过四十的她，眼角留下道道浅浅的鱼尾纹，一双眼睛满是经历风霜的沧桑，仿佛她已习惯了曾经苦难的生活。

偶然机会，她与《同步悦读》结缘，之后笔耕不辍。卖货间隙就着路灯看书，在颠簸的行走路上修改稿件，先后写下《山间那一缕兰草香》《三叔》《春风醉农家》等一批带着泥土清香的作品，我深为叶子热爱文学的精神所感动，更敬佩她对乡土文学的执着追求。

在酒店大厅，有一群人围坐沙发，抽烟、喝茶、聊天。其中有一位戴着金丝眼镜、身材瘦弱、个头不高的中年人，跟大家握手寒暄，我猜想，他一定是我这次想要见的白夜主编。

在微信上，与白夜有过交集，更多的是向他请教问题或相互问候，留言只是片言碎语。在我的想象中，主编一定是位两鬓斑白、西装笔挺、皮鞋锃亮、系着领带、头发梳得油光可鉴的文人，或是冷峻，或是孤傲，或是沉静的学者。

白夜个儿不高，似乎不善言辞，文雅的神态、爽朗的神情之中始终透出一股热情。一直想跟他打招呼，无奈他的身边围着一帮新朋老友，几次上前欲言又止。

在餐厅，白夜环顾四周，然后给我打电话。我就站在离他不远的地方，估计他没认出我。我挥手向他示意，走上前与他握手，这才有了零距离与他交流的机会。

笔会活动由白夜主持。安庆市文联副主席、作协主席姚岚女士和《同步悦读》签约作家、文化学者胡铭先生分别致辞，组委会还特邀了著名作家、中国作协名誉委员、原安徽省作协副主席、安庆市作协名誉主席石楠先生现场做《我的文学之路》的专题讲座。

耄耋之年的石楠先生，著作等身、誉满天下，虽年逾古稀，依然精神矍铄，红光满面，反应敏捷。先生结合自己的文学之路，深情讲述了文学创作的经验体会，鼓励大家用文学的方式，为时代讴歌，为时代立传，讲好新时代的中国故事。

第一次"认识"石楠先生，是那一年我要为单位图书馆购买一批新图书，在采购清单中就有她的长篇传记文学《画魂——潘玉良传》等作品。

时隔二十多年，这次与石楠先生近距离接触，聆听先生教诲，涌动创作激情，汲取前行力量，心中万分激动。那天，组委会还精心为石楠先生筹备了生日晚宴，蜡烛点起，全场作家、文友纷纷起立，和先生同唱生日祝福歌，我的眼角噙满了感动的泪水。

这次线下采风，有幸认识了姚岚女士。她向文友赠送了由其主编的《新家园》系列纪实丛书。这套丛书从地名、历史人物、古迹、名胜、物产、典故、历史沿革等方面深入挖掘了安庆的乡村文化元素，让读者了解了做糍粑、打豆腐、擀面条、烫豆粑、蒸香粑等传统习俗的乐趣和农耕文化、宗祠文化、古皖文化、禅宗文化、戏剧文化及桐城派文化，为后期创作积累了大量素材。

帅气的孙仁寿老师是这次线下采风活动的主要组织者之一，已七十高龄的他风趣幽默，性格豪爽。那天，他的朗诵非常有激情，创作的诗词更有韵味，传递的是满满的正能量。

"文学采风走进安庆"群刚建时，我便注意到群里热闹非凡，从建群到现在，孙老师每天是第一个活跃在群里的人。《桃溪瓦罐汤》在平台刚推出，我就看到了他的留言："文笔老到……"这不仅是赞赏，更是对我的激励与支持。

胡静老师是《同步悦读》的资深作家，也是一名教育工作者。她性格活泼，秀外慧中，浑身透着一股书香气。据说她对安庆历史文化研究颇深，可谓了如指掌。我曾拜读过她的作品《烟火人间双井街》，通过双井街，她把老街小市民和市井文化写得入木三分。我很欣赏她的才气，更喜欢她唱的黄梅戏。

那天上午，她背着电喇叭，俨然是一名超级地导。她用磁性的声音介绍了有千年历史的迎江寺、长江第一塔振风塔、历经百年沧桑的倒扒狮老街、展示国人气节的国货街、皖派风格的安徽劝业场、明清风格的赵朴初故居、安葬新文化运动先驱者陈独秀先生的独秀园等历史文化街区和景点。

在四牌楼，胡静老师特别向我们介绍了"胡玉美"和"麦陇香"的历史渊源。她说："这两块金字招牌，同属来自徽州的胡氏家族。"一百多年前，一位胡姓男子肩挑酱货走街串巷来到宜城落脚生根，开办了"四美"酱园、"玉成"酱园，后又取玉成其美之意，创办"胡玉美"酱品品牌。

胡玉美酱酸甜咸辣、品种多样，以优质蚕豆、辣椒、封缸酒等为主要原料精心酿造而成，曾代表中国夺得巴拿马万国博览会金奖，国人为之骄傲。特别感谢陈大联老师向文友们馈赠"胡玉美"酱，吃在嘴里，"辣"在心里。

秋风萧瑟，落叶缤纷。久没散步，晚宴结束，马先勇老师拉着我在菱湖公园走了一圈。马老师是位转业军人，现已退休。但他退而不休，经常撰写反映军旅生涯的作品，常见诸《同步悦读》。也曾是一名军人的我，与他有着相同的人生经历。我俩边走边交流，欣赏了菱湖的美丽夜色。在灯光映照下，湖面碧波荡漾，渠道纵横，湖心小岛，枯荷傲立，亭竹相映。秋色美得醉人，原来，秋天的雨夜也是这样的醉美！

在金风送爽、丹桂飘香时，我有幸与来自上海、江苏、湖北和安徽省内的作家、文友来到党的创始人之一陈独秀、"两弹元勋"邓稼先、通俗小说大师张恨水、美学泰斗朱光潜、黄梅戏表演艺术家严凤英、著名爱国宗教领袖赵朴初的故乡和"七仙女下凡"的地方欢聚一堂，交流文学创作经验体会，感受到了黄梅戏故乡的美丽与神韵，特别在这里见到了想见的人，也见到了想见我的人！

逐梦在路上，文学在路上，笑声在路上。《同步悦读》走过了风风雨雨、曲曲折折的五年。五年来，她从嗷嗷待哺的婴儿，一路蹒跚而来，如今长大成熟，正走向亭亭玉立。我期待，期待如白夜主编所说，"同步"永远都是大家的，有家人的共同努力，也定将行稳致远，永驻你我的心房！

第五辑

风景　风情

　　有一种生命的状态叫行走，有一种定格自然风景的方式叫拍摄。以心摄影，影随心动，借景抒情，寓情于景。真正的风景，不在镜头里，而在旅途中；真正的风情，不在于卖弄，而在于自然流露。想与你分享心灵颤动的瞬间，在青山绿水间让心情得以放飞。

巍巍井冈

那年国庆节，全家满怀新奇、满载神圣地登临向往已久的红色旅游胜地——井冈山。在山上的那几天，不仅欣赏了井冈山的秀丽景色，还感受到了中国革命所走过的艰难岁月与辉煌历程。

十月的井冈山，没有了曾经隆隆的漫天战鼓，也没有了昔日的滚滚硝烟，这片土地上早已层林青翠尽染，树木高耸入云，溪水清澈见底，瀑布飞流直下。

进入井冈山，就仿佛跌进一片绿色的海洋。

绿，溢满山沟，缀满山坡，绵延到天边。公路好像是一条束在山间的腰带，在绿色的林海中时隐时现。

在绿色中穿行，听山泉弹奏，小溪唱歌，真是惬意。绿色随阳光的移动、云霞的浮现，显现出细微的变化和万千的层次。当风乍起时，叶随风动，绿涛波涌，真是绿色的井冈山。

眺望井冈山，满山绿竹簇簇，古树参天，不绝于目。苍茫的山峦、云海、巨木、翠竹，隐隐约约，人们仿佛置身在山野乡间的水墨画之中。

井冈山林壑幽深，群峰巍峨，既有风姿独秀、繁华喧嚷的山中城市，又有飞鸟难越的天然险关，可谓集泰山之雄、华山之险、黄山之奇于一体的自然之杰作。

在绿色掩映下，三十多处革命旧址熠熠生辉，似绿色林海中的点点红杜鹃，参观它们犹如翻阅中国革命这部史书中最初的精彩篇章。它们的存在，为这绿色平添了几分震撼人心的感动。

井冈山的红杜鹃，花朵大而热烈，因为它们曾被热血浸染，红红艳艳、密密匝匝地指向蓝天，映红了井冈山，那是它们在怀念逝去的英雄们！

作为中国革命的摇篮，井冈山有过燃遍神州的"星星之火"，有过悲壮的战争画卷，也有过无数可歌可泣的动人故事。

今天，井冈山的精神再次屹立于这险峰之上、群山之间，人们纷至沓来，希望在这里找到革命先烈曾走过的小路，倾听他们悲壮感人的战斗故事。我们寻觅着，寻觅着当年革命的足迹……

山路无声，征人有情。井冈山早晨的雨下得轻轻柔柔、细细腻腻，给人细水长流的味儿。在不知不觉中，雨和云慢慢消散，湛蓝的天空显露出来，山也明了，树更绿了。在通往黄洋界、大井的路上，在走向井冈山革命烈士纪念碑的路上，游客也逐渐多了起来。

沿着当年毛委员、朱总司令走过的井冈山路，我们也一路走，一路思考着，所不同的是，我们是在"忆史思源""温故知新"，寻找路中的革命真谛，品味路中的诗情画意。

站在山路边看井冈山，风景优美、风光如画，弥漫的是一种醉人的安详。井冈山的山，井冈山的林，井冈山的路，井冈山的屋，都被早晨的细雨洗抹了一遍，近处的景物轮廓清晰，给人一种一尘不染的舒畅感觉。虽然低头看不见山边边，抬头望不到山尖尖，但是山路连着山外大世界，牵引人们冲出禁锢，奔向"红旗跃过汀江，直下龙岩上杭"的新天地。

站在著名的黄洋界哨口，放眼望去，崇山峻岭延绵数百里，悬崖峭壁沟壑纵横、气势磅礴。白云在绵绵的群山起伏中翻滚，犹如一片汪洋大海，这里就是我们慕名已久的黄洋界了。

"黄洋界上炮声隆，报道敌军宵遁。"我在心里默诵着这首词，心绪难以平静。毛泽东的《西江月·井冈山》记述了这里发生的那场惊天地、泣鬼神的战斗故事。

那几乎被填平的黄洋界哨口工事遗址，锈迹斑驳的迫击炮台及身后多块高耸的纪念碑，正向我们讲述着一个营的红军指战员，利用地势布下了五道防线，与敌人斗智斗勇，依靠天险击溃敌军三个团的进攻，赢得了著名的黄洋界保卫战胜利的传奇故事。

而现在，承载着厚重历史沧桑的黄洋界就静静地横陈在我们面前，接受着充满崇敬的目光，牵引着人们对先烈的无限追忆。

站在红军当年战斗过的地方，望着这片曾被烈士鲜血浇灌过的阵地，我不禁热血上涌、心潮起伏，仿佛又看到当年那硝烟弥漫的战场上红军将士浴血奋战的身影，掩体旁、战壕边绿竹簇簇，山风吹来枝叶沙沙，也好似在诉说着红军将士英勇杀敌的故事……

黄洋界哨口有一棵大树，高十余丈，需三人合抱，枝繁叶茂，像把大伞。当年，毛委员、朱总司令率红军挑粮上山时，常在此休息。在井冈山革命博物馆里，我见到了当年朱德挑粮的扁担。小时候我就听过朱德扁担的故事，听了很多遍，每次都有不一样的收获。

井冈山革命斗争时期，为了粉碎敌人对井冈山革命根据地的军事"围剿"和经济封锁，毛泽东、朱德亲自带领井冈山军民到宁冈等地挑粮上山，每天要走一百多里。从黄洋界留下的"挑粮路""歇脚树"的遗址和朱德扁担的故事里，我找到了人民解放军英雄本色、强大战斗力的精神支柱和力量源泉。

井冈山是一座英雄的山，几万名革命烈士的鲜血染红了这座山。难怪这里的土地这么赤红，这里的山崖这么英雄般地悲壮而凝重。

难怪有人说，一见到井冈山的红土壤，就会感到，这里的土地浸透了革命烈士的鲜血，是革命烈士用鲜血染红了这片土地。

当年，毛泽东、朱德、彭德怀等率领中国工农红军来到井冈山，创建了中国第一个农村革命根据地，开辟了"农村包围城市，武装夺取政权"的具有中国特色的革命道路。

从此，中国革命尽管走过了许多艰难曲折的历程，但由于方向正确，革命的烈焰势不可挡，从井冈山点燃的"星星之火"，终成"燎原之势"，燃遍了中华大地。

面对巍然屹立的井冈山，我们仿佛看到当年战场上的滚滚硝烟，仿佛听到"红米饭，南瓜汤，秋茄子，味好香，餐餐吃得精打光"的歌声回荡在群山之间……

巍巍井冈山，中国革命的摇篮，它用一个个共产党人的神奇故事、一次次血雨腥风的艰难战斗，凝聚了一种不屈不挠的伟大的井冈山精神。

在建设小康社会，构建和谐社会的今天，我们的国家，我们的民族，就要有这种信念、这种精神，只有靠这种不可动摇的信念和精神，才能永远立于世界民族之林。

到井冈山去吧，到那里走走看看，不管山有多高、路有多远，你都可以从中悟出一些东西，心胸也自然会变得清朗和开阔，这就足够了。

啊，井冈山，巍峨的山，壮丽的山，英雄的山！

金秋庐山行

　　自古以来，庐山以其峰峦叠嶂、万壑争流、幽谷深涧、瀑布飞悬、岩崖俏秀、云海滔滔而著称于世。尤其它独有的云海、飞瀑、绝壁三大奇观，让我对庐山的巍峨雄壮和它的瑰丽、深幽、险峭、灵秀产生了别样的情怀，早已心驰神往。

　　"一山飞峙大江边。"雄伟的庐山俯视着万里长江，由长江、鄱阳湖相夹而形成山光水色、岚影波茫之景象。那年国庆节，我携妻女游庐山。汽车穿越九江城，行驶在蜿蜒曲折进入庐山的盘山公路上。

　　据说沿途有三百九十六道弯，转得人头晕目眩，"跃上葱茏四百旋"的诗意，的确把此时此境描绘得淋漓尽致。放眼窗外，峰岭绵延，漫山青翠，满眼碧绿，莽莽苍苍，无涯树海在晨风中摇曳，仿佛进入一幅充满魅力的天然山水画卷之中。

都说庐山美如画，景色美不胜收。其景色四季殊异：春山如梦，夏山如滴，秋山如醉，冬山如玉，是著名的避暑胜地，也是古今文人墨客的必游之地。尤其苏轼那"不识庐山真面目，只缘身在此山中"的千古佳句，使我们更热切地想早点进入山中。

那天，天公不作美，时不时飘落淅淅沥沥的秋雨。金秋的庐山，周围虽被一层薄薄的雨雾笼罩，但景色仍十分秀美。导游说："庐山的天气像小孩子的脸说变就变，今天来庐山，应该还算是个好天气，可以静下心来慢慢地游玩。"

导游指引我们看盘山公路两旁散落掩映在山坡、山谷中的别墅群，近千幢风格各异的别墅，依山就势，高低错落，点缀在万绿丛中，与大自然融为一体。据说这些别墅代表着二十多个国家的建筑风格，是庐山一道独特的景观。

车到山顶，映入眼帘的是一片三面环山、一面临谷的莽莽绿野。在千姿百态的庐山诸峰中，一座形似牯牛仰天长啸的奇特山岭——牯岭就镶嵌在其间，因山岭常年被云雾笼罩，故有"云中山城"之称。

牯岭这座钟灵毓秀的小镇，海拔 1164 米，因背依形似牯牛的牯牛岭而得名。街道干净整洁，两旁绿树成荫，芳草萋萋，鸟语花香。街心公园玲珑别致，凭栏远眺，剪刀峡美景随云雾变幻；若是进入夜晚，据说观九江城灯火，犹如天河倒倾，恰似人间天堂。

花径公园位于牯岭街西南的如琴湖畔。如琴湖因形如一把提琴，故而得名。湖水碧绿碧绿的，像一面镜子。一只只小船在湖面上慢慢驶过，荡起一圈圈波纹，划破了水面的宁静。在迷蒙的雨雾中，岸边的建筑时隐时现。

沿大林路漫步于湖边林荫小道，步行走到如琴湖的尽头，那便是有名的"花径"。相传花径是唐代诗人白居易咏诗《大林寺桃花》的地方。白居易被贬任江州（九江）司马时，于公元816年登庐山。时至暮春，山下桃花已落而此处却桃花盛开，白居易有感吟诗一首："人间四月芳菲尽，山寺桃花始盛开。长恨春归无觅处，不知转入此中来。"故后人称此地为"白司马花径"，并建造了"景白亭"。

亭中一横石上刻有"花径"二字，传说系白居易手书。如琴湖有曲桥通往湖心岛。园中繁花似锦，亭台碑碣，曲径通幽，湖光山色，美景如画。

穿过花径大桥，来到如琴湖上的天桥。天桥之奇，尚不在桥本身。桥临绝谷，绝谷之内，多峭壁峰壑，层层刻剥，如堆如砌，蔚为大观。

进入谷中，一条青石铺成的观景山道依崖而建，忽蜿蜒上升，忽曲折下降，一边傍崖，一面临渊，道旁古松林立，道路忽隐忽现，盘旋于谷中，宛如游龙。停立于崖边巨石上，见对面巨石累累，一岩横空悬出，宛如凌空架桥，人称"天桥"。

天桥上有一块巨石，酷似人头，人称"人头石"，五官俱全，面容憔悴，皱纹清晰，形象逼真，惟妙惟肖，栩栩如生。相传朱元璋与陈友谅在鄱阳湖大战，朱元璋兵败逃亡庐山，慌不择路逃到了悬崖边，下临深谷，前无去路，后有追兵。危急之时，突然天降金龙化作虹桥，朱元璋刚过完桥脱险，霎时晴天霹雳巨响，龙飞桥断，就此留下天桥奇观。后来朱元璋做了皇帝，建立明朝，这一美妙传说流传至今。

蹲坐巨石前，放眼谷中，远处的青翠山岭在云雾中龙飞凤舞，断壁千仞，悬崖万丈，奇石峥嵘，松柏苍翠，红紫匝地，不愧为人间仙境。我与妻女以悬崖做背景，拍了一张"感觉"惊险的天桥留影。

爬上山脊，转过岩边，忽见石垒墙上开一圆形门洞，上书"仙人洞"三个大字。导游介绍，"仙人洞"为庐山非常有名的景点，清朝时，佛手岩改称"仙人洞"。传说八仙中的吕洞宾在此修道成仙，后来这里成为道家的洞天福地。

"仙人洞"没有想象中的那么大，洞高、洞深约 10 米，洞深处有一滴泉，洞中央供奉着石刻吕洞宾神像，正怡然自得地看着洞外云卷云舒和人世间的万千变化。每当烟雾缥缈、香火缭绕之际，这里更添了几分仙气。

毛主席生前多次游庐山，有一次来到仙人洞，诗兴大发，留下了"天生一个仙人洞，无限风光在险峰"的著名诗句，使仙人洞名扬四海。游人至此，无不一品其味，也做一回"神仙"。

沿花径对面石阶逐级而下，就进入秀丽的锦绣谷。相传这里为晋代名僧慧远采撷花卉、草药处。这儿四时花开，犹如锦绣。北宋文学家王安石诗云："还家一笑即芳晨，好与名山作主人。邂逅五湖乘兴往，相邀锦绣谷中春。"据说是他游览此谷时即兴之作。

锦绣谷这块面向西南的山间凹地，经过冰川的反复切割，已形成了一个平底陡壁的山谷。"春时杂英百千种，灿烂如炽，至冬初苍翠不剥，丹枫缀之，亦自满眼雕缋。"四时红紫匝地，花团锦簇，故名锦绣。

沿锦绣谷傍绝壁悬崖修筑的石阶便道游览，可谓"路盘松顶上，穿云破雾出。天风拂衣襟，缥缈一身轻"。一路走来，谷中千岩竞秀，万壑回萦，断崖天成，石林挺秀，峭壁峰壑如雄狮长啸，似猛虎跳涧，似捷猿攀登，像仙翁盘坐，栩栩如生。

听导游介绍，庐山内的三叠泉也非常有名。有句话说得好："不到三叠泉，不算庐山客。"三叠泉是三级瀑布，飞流直下，飘飘洒洒，十分壮观。

三叠泉的美景必须爬到山顶才可以看到。三叠泉总落差达 155 米。一叠直垂，水从 20 多米的巅其背上倾泻而下，远看似雨雪交加，近观似大雾弥漫；二叠弯曲，跌宕奔涌，带起散珠细雾，凌虚而下；三叠又长又阔，洪流倾泻，如玉龙直闯潭中，激起滚滚波涛浪花，在山色空蒙中，犹如一幅生趣盎然的水墨画。

到庐山，不能不看庐山的瀑布。抵达黄岩景区，小心翼翼地步下数百级陡峭台阶，尚未看到瀑布全貌，耳畔便传来飞瀑的轰鸣声，清凉的雾气扑面而来，仿佛把我们从炎热的三伏天一下子带进凉爽的深秋。

只见一道清泉从山上流下，就像是从银河落下来的，远远望去好似一道银白的丝巾镶在山间。"诗仙"李白曾为它写了一首传诵千古的《望庐山瀑布》："日照香炉生紫烟，遥看瀑布挂前川。飞流直下三千尺，疑是银河落九天。"

站在瀑布边，闭上眼睛，任凭飞溅的水珠扑打着脸面。坐落在鹤鸣、龟背二峰之间的开先瀑布，旁边紧连一个小石堡，像倒扣的一只香炉，那便是李白笔下《望庐山瀑布》描写的香炉峰了。

香炉峰是庐山南麓的名峰，水汽郁结峰顶，云雾弥漫酷似香烟缭绕，故而得名。站在香炉峰顶俯瞰山下，但见奇峰竞秀，绿浪千重，烟波浩渺的鄱阳湖水天一气，舟楫往来。

转眼到了下午，当全家正兴致勃勃游览乌龙潭时，突然乌龙兴风作浪，天降暴雨。

乌龙潭周围那绿树浓荫，那清幽的环境，特别是从那断崖石缝间分五道奔腾飞泻的瀑布十分壮丽，远远望去，似一片水雾，随风飘洒，如一缕青烟，轻盈而娇艳。只可惜我们没有带雨具，怕雨水淋湿了衣物，便匆匆逃进车子里。此为庐山之行最为狼狈不堪的事了。

乌龙潭和接下来的黄龙潭游览不了，我们只好回过头去游览室内景点美庐和庐山会议旧址等。

美庐是一栋古朴的欧式别墅，原为英国人修建，后赠送给宋美龄，是当年蒋介石与夫人宋美龄在庐山消夏的官邸。有关美庐的逸闻趣事导游介绍了不少，但我最为欣赏的还是美庐在庐山别墅群中那独特的风格和魅力。

雨过天晴，站在庐山会议旧址向远处眺望，对面山上的云雾几乎把整座山给淹没了，隐隐约约露出一点儿山顶。云雾好似波涛汹涌的大海，浪涛一个接一个地滚滚而来，好像要把群山吞没，真的是气势磅礴，宏伟壮观。

"横看成岭侧成峰，远近高低各不同。"汽车离庐山越来越远了，回头再望庐山，庐山之美，美在景色千姿百态。看山上，密林覆盖，古木参天，云遮雾绕；望山下，弯道盘旋，山势险峻，秀谷葱茏。飘带似的长江，深不见底的悬崖峭壁，明镜似的鄱阳湖，不时奔来眼底。从车窗俯视山麓锦绣田畴，令人心旷神怡、流连忘返。

厦门之美

　　听说厦门的美，美在山之雄兀，美在海之辽阔，美在景之朴实，美在情之真切。带着对美的欣赏与感受，那年夏初，我与友人相约来到"城在海上，海在城中"的海滨城市厦门。

　　果然，初夏时节的厦门，花团锦簇，气候宜人，有别样情趣，正如诗人描绘的那样："百样仙姿，千般奇景，万种柔情。"

　　入住的是福林山庄，依山傍水，栋栋别墅掩映在绿荫丛中，红墙绿瓦，风景独特。车到山庄门前停下，刚才还晴空万里、蓝天碧云的小城瞬间倾盆大雨。接我们的司机小林告诉我："厦门的天就是这样说变就变，老厦门人都习惯了。"

　　晚上，由老首长设宴款待。宴会后，老首长又陪同我们逛厦门夜景。夜色中的厦门，清风送爽，霓虹闪烁，每条街道都像一条彩色飘带在风中、雨中轻轻飘扬，向海上蜿蜒伸展。

沿中山路、滨海路逛到厦门大学、亚洲第一座跨海大桥——厦门海沧大桥。老首长边走边介绍。他在厦门工作和生活了三十余年，看着厦门一天天发展起来，对厦门充满了深厚的情感。

老首长告诉我，厦门的美，美在得天独厚的自然景观、立体多元的人文百态，美在新旧建筑浑然一体、相得益彰，美在城市建筑中现代都市风貌与传统闽南特色结合得恰到好处，美在优雅古朴的传统建筑与现代化摩天大楼相映生辉。一句话，厦门之美，美在那高高的云顶岩，美在那碧波荡漾的大海，美在那鼓浪屿的云雾里。

站在海沧大桥上，任凭海风轻抚脸面，顿觉酒意全无。此时兴趣盎然，俯瞰厦门，灯火阑珊处，成片的红色屋顶星星点点地点缀在绿色之中，移步之间景色转化，街巷之间，房屋鳞次栉比，与绿树相映，透露着厦门的深厚历史印记。

脚下就是波涛汹涌的大海，在阵阵浪花中，远处的鼓浪屿似乎也成了身后的背景，这女王皇冠上的"明珠"，向站在大桥上的我们展露出她的全部面貌，日光岩奇峰突起，明丽隽永的海岛景色让人不禁陶醉其中。

回到车上，接送我们的司机小林打开影碟机，一曲"小城多可爱，温情似花开……"听得我们如痴如醉。小林是厦门本地人，也是地道的"厦门通"。第二天，小林又领我们厦门"一日游"。雨雾中，再次沿着环岛路观赏海景、浏览市容。小林说："要是晴天，沿着环岛路，骑上自行车，看金厦海域，览两岸风光，沐浴着咸湿的海风，是一件很惬意的事。"

第一站来到鳌园瞻仰凭吊陈嘉庚纪念碑和故居。曾被毛主席誉为"华侨旗帜、民族光辉"的陈嘉庚先生是著名的爱国华侨领袖、企业家、教育家、慈善家、社会活动家，长期侨居新加坡，从事橡胶产业，被誉为"南洋橡胶大王"。他一生热心兴办文化教育公益事业，先后在家乡集美创办中小学和师范、水产、航海、农林、商科等学校，后又创办厦门大学。

抗日战争全面爆发后，陈嘉庚先生在新加坡倡立"南侨总会"，领导南洋华侨支持祖国的抗日战争，极大地支援了中国的抗日斗争。

陈嘉庚先生虽家财万贯，却一生俭朴，所有的积蓄都用于家乡的教育事业和爱国民主运动。我们被老人的爱国义举所感动，在先生墓碑前，深深地三鞠躬，表达对他的崇敬。

"未到鼓浪屿，枉了厦门行。"小林介绍，这是老厦门人常说的一句话。他告诉我，鼓浪屿上有一句著名的回文对联"雾锁山头山锁雾，天连水尾水连天"，激发了我的莫大兴趣。

从厦门岛乘坐轮渡，约五分钟便到达鼓浪屿。鼓浪屿面积约 1.88 平方公里，名胜景点却有 65 个。岛上最有名的树是榕树，榕树生长得那样繁茂、那样生机勃勃。

踏上这独具特色的鼓浪屿码头，就感受到了一股浓烈的"钢琴之岛"的氛围。岛上，潮音海韵，鸟语花香，没有车马喧嚣，美丽的环境使鼓浪屿人以音乐为乐，陶冶情操。

鼓浪屿有大街小巷 365 条，钢琴则有 600 余架，时时能听到悦耳的钢琴声、悠扬的小提琴声、轻快的吉他声和优美动人的歌声。

这片土地上，曾诞生过一大批音乐家。在鼓浪屿，一家人开一场家庭音乐会，不足为奇，也不足为怪。正说着，从一户人家传来钢琴声，我们循声望去，见母女俩正潜心练琴学唱，兴趣盎然，其乐融融。

漫步在鼓浪屿环岛路上，徐徐吹来的海风给人一种惬意的快感，穿梭在鼓浪屿雅静清幽的大街小巷里，领略着小岛的天风海涛、旖旎的风光，无不为小岛独特的音乐文化而动情。

跟随人流慢慢往里走，发现鼓浪屿上的建筑都是中西结合的，千姿百态的是罗马式、哥特式、北欧式建筑。当年德国、日本和西班牙的领事馆都建在了小岛上。

　　白天的鼓浪屿非常漂亮，就像一颗璀璨的明珠，镶嵌在蔚蓝色的大海上，沿途绿荫丛中，彩蝶作舞，白鹭啾鸣，山花点点……小林说："夜晚的鼓浪屿更美。"登高望远，夜晚的鼓浪屿灯光闪烁，像灯的海洋、光的世界。

　　碧海环抱中的鼓浪屿，岛上海礁嶙峋，山峦叠翠，有郑成功的雕像、风琴博物馆、鼓浪石。说到鼓浪石，不得不介绍一下，鼓浪屿原名沙洲、元洲仔，有了这块鼓浪石，它就改名为鼓浪屿了。

　　穿过鼓浪屿的小巷，顺着日光寺的山径拾级而上，穿过龙头山寨、古避暑洞，来到鼓浪屿的最高峰——日光岩。日光岩，又称龙头山，海拔 92.7 米，是由两块一竖一横的巨石相依而成。登上日光岩放目远眺，云顶岩群峰叠嶂，山色秀丽，厦门大学、五老峰、海沧大桥等尽收眼底。

　　驻足鼓浪屿皓月园，高大威武的郑成功雕像呈现在眼前。雕像是为纪念民族英雄郑成功而建的，高 15.7 米，由 25 层 625 块花岗石组成。英雄身着盔甲，背飘披风，左手按剑，右手叉腰，雄姿焕发，似战前之沉思，呈决战之雄威。仰视英雄的雕像，沉思回想，仿佛让人回到了铁马金戈的年代。

　　到了下午，雨渐渐停息，海天相接处，一轮夕阳染红了一泓海水。站在海滩边，聆听海水拍打礁石的声音，任由海水冲在脚上，清凉在脚下。抬头向远处的金门岛望去，碧蓝的天空、湛蓝的海水连成一片，分不清哪里是天、哪里是海。

　　友人游兴大发，非要再乘船游览小金门。

　　游船在碧海蓝天、浩浩天风、盈盈碧波的大海中穿行，我们忘却了一天的劳累。坐船时，我趴在窗口看海景。第一眼看到的就是海礁，礁石的形状千奇百怪。海浪凶猛地拍打着礁石，激起的浪花高四五米。

　　船上的导游说："看大、小金门和沿海诸岛，云顶岩上是最佳位置。"云顶岩是厦门岛的最高峰，海拔 339.6 米。极目远眺，小金门仿佛一艘漂泊于海上的船，岛上绿树成荫，点缀着幢幢楼房。

约半个小时，游船顶着海浪来到离大担岛约百米处缓缓前行。游客们站到摇摇晃晃的甲板上，纷纷掏出相机或手机，以含门岛为背景拍照留念。

我们注意到，临近海滩的一幢大楼，颇为特殊，窗户特别多，询问船上导游，导游说："小金门是由5个小岛组成，除大担岛外，其余小岛上极少看到人影，但引人注目的则是分散于滩头的毫不遮掩的碉堡、工事和障碍物。"岛上，驻守的官兵纷纷向船上的游客挥手示意，表达着海峡两岸无尽的思念与眷恋。

虽近在咫尺，骨肉同胞却无缘相聚。在游船返回厦门岛的途中，我们遥望金门岛，感慨万分。此时，我不禁想起明代诗人池显方"一城如花半倚石，万点青山拥海来"和当代诗人赵朴初"鹭岛海上耀明珠，波漾山光画不如"的描绘厦门的著名诗句。

夏都西宁

五月，高原古城青海西宁，正值郁金香盛开时节，满城皆是五颜六色、含苞欲放或争奇斗艳的郁金香。此时的夏都已是一片花的海洋，满目皆绚烂，吸引无数宾客来此旅游观光。

一

那年"五一"，阳光明媚、春风和煦。我携妻女与同事一道，背起行囊，来了一场说走就走的旅行，千里迢迢来到雪域高原，来到"天路"的起点——西宁。

安徽已进入初夏，而西宁，春天的脚步姗姗来迟，才渐渐嗅到春的气息：寒风不再那样刺骨，像母亲的手轻轻抚摸你的脸颊；冰雪不再那样坚硬，开始慢慢融化进广袤的草原；小草不再枯黄，羞答答地露出尖尖的嫩芽，给大地披上一层淡淡的绿色。

位于青藏高原东北部的西宁，古称西平郡、青唐城，地处湟水及三条支流的交汇处，取"西陲安宁"之意。它是一座拥有悠久历史的高原古城，是中国黄河流域文化的组成部分，也是古代"丝绸之路"和"唐蕃古道"必经之地，素有"海藏咽喉"之称。

作为青藏高原的一颗璀璨明珠，西宁拥有丰富的旅游资源。"西宁八景"最负盛名，有石峡清风、金娥晓日、文峰耸翠、凤台留云、龙池月夜、湟流春涨、五峰飞瀑和北山烟雨。这八景是由清末湟中人张思宪所写诗《题湟中八景》而来的。

在西宁期间，我去过一次凤台留云，其坐落在西宁南山上。由于南山海拔比较高，凤台上常云雾缭绕，自成景致。据说，南凉时期，凤台留云就是西宁八景之一。

南山又名凤凰山，山上有亭，名叫凤凰亭。那天，我去凤台留云不为观赏美景，也无心观景，而是专程去南山的南禅寺——又名南山寺——拜访住持大师，为出车祸的同事祈福。

当地朋友告诉我，南山寺是西宁保存较完整的古建筑群之一，也是本地及周边地区汉传佛教信徒进行宗教活动的重要场所，每天上山祈福的香客络绎不绝。

二

朋友介绍，随着经济社会的快速发展，西宁的城市变化也日新月异，城中心如雨后春笋般地崛起一座座摩天大厦和一条条通向天边的高架。以前破烂不堪的小街弄巷，如今被一幢幢鳞次栉比的楼房、一个个环境清幽的住宅小区所取代。

据资料，西宁是个典型的移民城市，多民族聚集、多宗教并存，是青藏高原唯一人口超百万的中心城市；也是青海多民族聚居地区之一，除汉族外，世居西宁的有藏族、回族、土家族、撒拉族和蒙古族，在长期生产、生活过程中，各民族都形成了自己独特的风情。

最让西宁人为之骄傲的，是一年一度的郁金香节和环青海湖国际公路自行车赛。对我而言，最感兴趣的是郁金香节。当地媒体报道，越来越多的人也是通过郁金香节开始了解西宁，走进夏都，感受青藏高原。郁金香节也成为展示青海风情的大舞台，给寂静的高原带来了无限的生机。

漫步西宁街头，黄河路景观改造、新宁路景观改造，东西大街及南北大街景观改造正如火如荼地进行，尤其是西关大街景观改造让人耳目一新。

在市区主街道两旁的景观带里，我看到栽植的都是叶片对生、颜色翠绿、花梗较小的丁香花，它们的花萼呈钟状，花冠为漏斗状，子叶呈卵形。

我请教当地朋友。朋友说："丁香花是西宁市花，象征吉祥富贵，在我国分布广泛，拥有80%以上的野生品种。进入花期，花朵会形成聚伞花序，呈圆锥形排列，就像西宁人团结友爱、互帮互助的性格。因此，将其选为市花，并在西宁广泛栽培。"

西宁的夜晚，洁白如雪的丁香花会发起光来，有碧绿的、粉红的、浅蓝的，亮晶晶的，柔和的光将路上欢声笑语的姑娘映得格外美丽，群芳斗艳一般互不相让，一片撩人夺目的光华映得天上的月亮也失去了光彩。

我更喜欢西宁那满大街散发沁人心脾香味的郁金香。它们从草丛中悄悄钻出来，有的用叶子捂住小脸，羞答答的；有的绽开花瓣，扭动腰肢，向人们展示自己的婀娜身姿；有的骄傲地挺起胸脯，像一位位亭亭玉立的小公主……可谓千姿百态。

三

"一年春景莫错过，最是花开好看时。"一天傍晚，布满晚霞的天空正射下一道七彩的光芒，此时，我走进西宁人民公园，映入眼帘的是一大片花海。公园内游人如织，市民和游客纷纷前来观赏郁金香。

举目望去，一望无际的郁金香把公园装扮得五彩缤纷、绚烂多姿，一派生机盎然的景象。这里种植的普利斯玛、紫水晶、朱迪斯等30多个品种20

多万株的郁金香正在怒放。

郁金香的颜色约有 10 种，有的是金黄色，有的是橘红色，有的是白色，有的是浅黄色，有的是正红色，有的是粉红色，有的是紫色，有的是黑色，我想不同的颜色一定代表不同的含义。不管哪种郁金香都带有一点嫩绿的花瓣，如婴儿娇嫩的皮肤。

停住脚步，蹲下来仔细欣赏。郁金香花的形状，有的像酒杯，有的像象牙，有的像珍珠，有的像琥珀。叶子细又长，花叶三到五片，从叶茎中挺出来，艳丽似火炬熊熊燃烧，把公园点缀得像一幅美丽的图画。

走在公园小径上，你会发现，每个品种的郁金香都种植一大片，分割成一块一块，在晚霞照射下，各色郁金香芬芳吐蕊、娇艳妩媚，美极了，美得令人陶醉、令人流连忘返，人们纷纷拿起相机或手机自拍，或拍摄那含苞待放的郁金香。

在公园入口处的展板上，我认真看其介绍：郁金香，是百合科郁金香属植物。早在 1300 多年前便在中国有种植记录，唐朝诗人李白留下的"兰陵美酒郁金香，玉碗盛来琥珀光"即为明证。目前，世界各地均有种植，尤其是荷兰、伊朗、土耳其、匈牙利等国，将其定为国花，也称"世界花后"。

郁金香属长日照花卉，性喜向阳、避风，冬季温暖湿润，夏季凉爽干燥。宜人舒适的西宁，适合郁金香生长。多姿多彩的郁金香，让人从心灵和视觉上感受到美的冲击。

郁金香节，为西宁搭起了对外合作交流的平台，抛出了招商引资的"绣球"，提升了城市的高雅品位，人们在感受多民族文化的同时，又饱览了高原那神奇独特的自然和人文景观。

四

清晨，当太阳把第一缕阳光洒向大地，柔和的晨风拂面而来时，在市中心广场的花坛里，不管是绽放的郁金香，还是含苞吐蕊的丁香，都显得格外青翠欲滴，枝叶上挂着晶莹剔透的露珠，它们微笑着点头，像在欢迎游客的到来。

一群老年人在广场中央结伴晨练。他们迎着初升的朝阳，个个满面红光，神采奕奕，练得那么投入。有的打太极拳，一招一式舒缓连贯；有的练太极剑，刚柔并济，步伐稳健。

在郁金香花坛旁，有一群中年人围成一个大圈，正跟着音乐跳欢快的锅庄。他们中有些人动作娴熟，有些一看就是初学乍练者，正一丝不苟地模仿别人的动作。他们的精彩表演，常引来许多路人驻足观赏。

午后，市中心广场上又是另一番景象。广场西北面有个造型别致的凉亭，像是天外飞碟落到这座美丽的城市，又像是草原上一顶漂亮的蒙古族帐篷，敞开胸怀，迎接客人的到来。

兴许是这里地势开阔，空气清新，吃过午饭的居民喜欢来这里乘凉，自娱自乐。他们有的拉二胡，有的弹吉他，有的唱京戏，有的吹着我叫不出名的藏族乐器，别有一番情趣。

夜幕降临，广场上就更加热闹，这里成了灯的海洋、光的世界，藏在郁金香丛中的彩灯一盏盏地点亮，造型别致的霓虹灯也闪烁起来。瞬间，黑夜如同白昼，在灯光照耀下，各色郁金香显得更加妩媚多姿，在微风吹拂下，摇摆着身姿，穿着各色衣服的人们在广场中川流不息，搂腰抚背的俊男靓女成为人们眼中最亮丽的那道风景。

摆放在郁金香花坛角落的音箱正在播放《匈牙利舞曲》《马刀舞曲》《钟表店》等一首首世界名曲，广场舞大妈和游客随着节拍一起扭动腰肢。

市广场中央的喷泉仿佛被优美动听的音乐所打动，奔腾而出，直冲蓝天，高大的水柱和着音乐节奏，轻快地跳起舞蹈，有时像美丽的藏族姑娘挥舞长袖，有时像微风中的杨柳婀娜多姿。喷泉底部各色彩灯频繁变换颜色，照耀上下跳跃的水花，漂亮极了。

五

走进西宁，走进郁金香深处，闻着沁人花香，我顿悟为什么要来青海。原来执念的一直是这方心灵净土。西宁，虽身材娇小，却面容娇丽，她不愧高原古城、时尚都市、浪漫都市、郁金香城之美誉。

徜徉在西宁繁华的街道上，扑面而来的是魅力无限的高原风情；行走在夏都的小巷深处，盈耳入心的是带着藏域乡音传向远方的夏都之歌……在这郁金香激情绽放的季节，西宁，这座朝气蓬勃的高原城市，用郁金香演绎着春天的烂漫和夏日的翠绿，成就着秋色的斑斓和冬日的洁白。

有一种花，虽没有玫瑰那么热情，荷花那么清幽，水仙那么纯洁，梅花那么坚定，牡丹那么高贵，但它总包含着优雅和醇厚，它就是郁金香。

郁金香呀，不是你的容颜吸引了我的眼球，而是你代表时尚和国际化的符号让我倾心留恋。至此，我终于明白，郁金香只是西宁的一张金色名片，而丁香花才是夏都的真正市花。

稻香楼记

　　合肥老城区西南角，有个三面环水的半岛，半岛上，略有起伏的山丘绿树掩映着一幢幢不同风格的别墅琼楼，从外表上看，很普通，不起眼，但这里坐落着一家没有星级的明星宾馆，且它有一个很富有诗意的名字——"稻香楼"，也称安徽的"国宾馆"。

　　顺着一条弯弯的步道走进稻香楼，映入眼帘的是树木苍郁，竹影扶疏，鸟语花香，像一座开放式的休闲娱乐的市民公园。这里有假山楼阁、喷泉水榭、荷花鱼塘和多种花卉绿植供欣赏，有环湖路、湖心岛供游览，有石桥、凉亭供游憩，水光山色，浑然一体，景色分外绚丽。

　　那年 11 月初，正值合肥初秋，秋风吹过，空气清凉，金黄色的树叶纷纷飘落在地上，渲染着青青的草地。应原南京军区政治部《基层生活》杂志社之约，我专程到稻香楼宾馆拍摄一组外景照片供专稿配发，时任总经理的丁继明先生派人陪同我参观了鲜花环绕、绿树成荫且具有欧式风格的南苑，向我介绍了稻香楼的前世今生。

《合肥县志》记载，稻香楼"在德胜门外偏西，龚鼎孳建，今旧基尚存"。龚家祖籍是江西临川，来合肥后白手起家，成为名门望族。提起稻香楼，必提龚家七世孙龚鼎孳，十八岁成大明进士，在明朝、李自成大顺和清朝为官，被指"贰臣"（清朝历任刑、兵、礼部尚书），诗词在文坛享有盛名，又称"江左三大家"之一。传世作品《定山堂诗集》存3000多首诗词。晚年与"秦淮八艳"之一的顾媚常回稻香楼小住。其弟龚鼎孚从浙江仙居知县退归后，在合肥建稻香与水明二楼。一时间，这里成为文人墨客、达官贵人登楼凭栏、吟诗唱曲的场所。

龚鼎孳有诗云："雨过城荫碧淑长，画龙采蠲斗芳塘。使君心似冰壶月，不问荷香闻稻香。"其红颜知己顾媚，工诗善画，精音律，擅画兰，诗词婉约清新，时人争诵，号称"南曲第一"，受当世风流名士追捧。色艺俱佳的顾媚，也使得风流才子龚鼎孳垂顾。龚鼎慈曾自暴愿意做"贰臣"的重要原因："我原欲死，奈何小妾不从。"后又闻清大学士李天馥与李孚青父子，新安画派大师石涛，也曾拥有过稻香楼或曾居住于此。

龚家所建的稻香楼位于现在的合肥城西南角护城河中的小岛上，有浮桥与城内相连。《庐州府志》描绘，当时岛内有镜亭、蕉窗、竹坞等景点，登楼远眺，赏四时景致、览八方风情。

从龚家始建稻香楼算起，至今已有300多年历史。历史上，那一带就是古庐州的西山景区，其西北接黑池坝景区，三面环水，中部地势高耸起伏，曲折蜿蜒，占尽庐州城风光绝佳处，自然景色异常优美。其东北临雨花塘，其南傍稻香湖。湖塘之上，碧波荡漾，常年野鸟飞翔，鱼翔浅底，蓝天飞云，浮动于银光水面。西山沟壑丛林浓密，树木苍翠，竹影扶疏，郁郁葱葱；林中栖息着成千上万只白鹭，觅食时盘旋于西山上空。极目远眺，一幅情景交融的优美画面尽收眼底。

稻香楼历经百年风雨沧桑，乾隆之后才逐渐荒圮坍塌，至嘉庆仅存残基。清人邵陵凭吊时曾赋诗《题稻香楼》悼念："惨淡郊原落日黄，一声秋笛下牛羊。高楼不见人危倚，依旧西风送稻香。"可见，当年这座楼很有名气，是庐州府标志性建筑之一。在这座小岛上，还有一座"回族驸马坟"，早已被人为破坏了。

那么这座坟的主人又是谁呢？据史料，元代延祐四年（1317），戎马一生的钦察名将、句容郡王伯牙吾台·床兀儿被仁宗召入宫商议中书省事，后因与权臣伯颜不和，遂离开南下。至治元年（1321），床兀儿游宦至庐州，次年逝世，享年六十三岁，累封扬王。他生前先后迎娶楚王牙忽都女儿察吉儿公主，以及蒙元皇室也先忽都公主，被誉为"双驸马"，其归葬地得名"驸马岗"，如今合肥的柏式家族（回族）便是当年伯牙吾台氏的后裔。

新中国成立初期，一支解放军部队曾住在这个山丘上的简易棚屋中，时间不长部队转移，此处又成为合肥市残老孤儿教养院。1956年，安徽省委在此兴建稻香楼饭店，后来陆续添建了安徽饭店和安徽迎宾馆等。

1958年9月，毛泽东主席视察安徽，下榻稻香楼宾馆的西苑，曾在此为"安徽大学"命名和题字，后致信时任安徽省委第一书记曾希圣，"合肥不错，为皖之中，从长考虑，似较适宜（省会）"，从而确定了合肥为安徽省会的地位。

"稻花香里说丰年，听取蛙声一片。"如今，稻花香化作一缕乡愁，"稻香楼"也难觅踪影，这个名字却延续了下来，会永远留在合肥人的记忆里。这个充满魅力和承载太多历史的地方，也许未来不仅仅是一个城市路标。作为一个时代的人文符号，不少"老合肥"都希望它能得到重建。毕竟，"稻香楼"这个名字，不仅能给合肥这座新一线城市增添历史文化内涵，还能唤醒一座千年古城的集体记忆。

巢湖探源

　　从朋友圈看到一则信息，说合肥已批准建成庐江汤池"三冲巢湖源景区"为 AAA 级旅游景区。在这里，可以登山看景一览田园风光；在这里，可以感受体验日月山水四季梦幻；在这里，可以观赏千亩红岭杜鹃绚烂。

　　上小学时，听老师说过，巢湖源自大别山，因形似鸟巢而得名。从小到大，我都确信无疑。怎么会在汤池冒出个巢湖源头？怀着好奇之心，我驱车前往，一探究竟。

　　汤池因温泉而得名，处于庐江、桐城和舒城三县交界地带。这里山绿水清，鸟语花香，生态优美，风光秀丽。汤池是"千年儒释道，万古山水茶"的佛教圣地，也是一座千年古镇，古称"东坑泉"。王安石曾来此留下诗句"寒泉诗所咏，独此沸如蒸"。

　　清晨，行走于马槽河畔，欣赏两岸风光，最吸引眼球的是一群在河中洗衣涮被的女人，有的站立清洗，有的挥舞棒槌，有的窃窃私语。据说，一年四季，她们迎着朝霞，踏着余晖，独自或结伴来此，边洗边涮边唠嗑，嬉戏打闹，笑声一片。马槽河是汤池人的母亲河，也是汤池人生活中不可或缺的一部分。

马槽河岸边有一大片天然大树林，它有一个非常有寓意的名字，叫相思林。相思林中有一棵生两棵或三棵、四棵的树，当地人就叫它相思树。相思树，又名枫杨树，属常绿乔木，生长迅速，耐干旱，为荒山造林、水土保持和沿河防护林的重要树种。

在相思林里，见到一棵"四世同堂"的老枫树，树龄五十岁。此外，相思林内还种有迎春花、映山红、松柏等，这一大片郁郁葱葱的绿色海洋，就是汤池人休闲放松的天然氧吧。

过去，马槽河汛期的洪水常危及两岸。为预防水患，这片相思林很早就被当地村民作为防护林保护起来，爱护有加。现在，已发展到两百多亩。相传汉乐府诗中《孔雀东南飞》的凄美爱情故事就发生在这里。当地政府还在相思林建了一座孔雀东南飞的祠堂，如今很多周边的游客也常来此游玩。

沿着马槽河畔，从汤池的北边走到了汤池的南边，再往前行走，就出了汤池城。汤池城南是金汤湖，从金汤湖再往上走便是马槽河的源头，在海拔564米的起峰尖山峰下，山上泉水流入马槽河，经金汤湖后再流入巢湖。

我来这里，已是仲秋时节，却还是夏天气候，那天的秋老虎似乎在向我发威，气温竟然高达37℃。当地人说，走进深山里就没那么热了。

从汤池禅茶谷出发，沿彩虹公路往南行驶，驱车十多公里便到达三冲村。该村倚山而立，临水而坐，风光旖旎，是大别山余脉托起的一颗秀美珍珠。村口石碑上刻有"三冲汇流，巢湖之源"八个红色大字。

资料记载，"三冲"为三个山冲的简称。三冲村，是以其地理环境和地貌特征而得名，它东、南、西三面环山，三处村落呈扇形分布，东南边是涂家冲，南边是江家冲，西南边是林家冲。三处又呈掎角之势，相互呼应。"冲"是庐江方言，寓意是山间的平地。

据介绍：三冲汇流，是因境内起峰尖的山脚下有山泉水形成的大小三条支流（俗称大寨河、小寨河、交洼河），流经江姓、林姓、涂姓聚集地的江家冲、林家冲和涂家冲三大村落，在此汇聚而成的一道自然景观，最终经马槽河流入巢湖，故而有"三冲汇流，巢湖之源"之说。

村口石碑旁的小溪流便是马槽河，这条弯弯曲曲向前延伸流动的小河清澈见底，河边的垂柳，叶子开始泛黄，挂在树梢上，落在小河里；远处层层叠叠的山峦，随着秋色浸染，成片的树叶也慢慢变成浅黄、深黄，那是一种十分梦幻的水墨画。原来，乡野的秋色也是火红的。

沿着马槽河畔往起峰尖山上走，清澈的溪水从脚下欢畅流淌而过。两岸景色果真不错，有些发黄的草丛中，盛开着一些不知名的紫色野花，若在春天，沿途能看到桃花红、杏花白，一定会把马槽河两岸点缀得春意盎然。打开车窗，一片浓浓的秋意随一阵阵的热浪扑面而来。

从三冲村驱车五分钟即到了公路的尽头，停车步行，进山也只能靠步行。绕过一片农家菜地，地里茂盛地生长着山芋、大蒜、萝卜等。农家的门板上张贴着红彤彤的春联，依然带着年的气息。

站在村民家门前，看到有三条溪流在寨洼山施庄汇聚流入马槽河。村民说："这三条小溪交汇口就是马槽河上游，也是巢湖的源头。"这里水质比较好，能直接饮用。夏天，小溪里有小鱼小虾在畅游。站在这个交汇口，往不远处的山上望去，还能看到星星点点的民房，据说这里是合肥海拔最高的村庄。

跨过小溪口，看到百米处有块指示牌，上面标注有上山的路程和景点名称。顺指示牌往上走，漫步山林之中，虽路越走越难，看到的却是那连绵青山中轻纱般的云雾缭绕，大山被笼罩其中，像是披上了一层神秘的面纱，给人一种置身于仙境之中的惬意。

沿途群山环绕，重峦叠嶂，山上瀑布无数，有龙潭瀑布、空谷瀑布，其中数寨洼瀑布最大，落差达百米。不远处，看到的一处景点就是棋盘石下的龙井三叠瀑布，飞瀑流经的峭壁有三级，溪水经三次跌落，飞泻而下。

三叠瀑布每叠各具特色：一叠直垂，直流而下；二叠弯曲，直入潭中；三叠缓冲，直入河流。站在三叠处抬头仰望，三叠瀑布抛珠溅玉，宛如白鹭千羽，上下争飞，九天飞洒。

走到半山腰，在崇山峻岭间，又看到一条非常漂亮的瀑布，叫猴头大瀑布，据说它有水的时候气势磅礴，水雾清新，跨度很高很长，落差有三十多米。可以想象，那飞流直下的瀑布，仿若在群山环抱中翩翩起舞的少女；可以想象，这些瀑布的气势和声响，经过马槽河的传输，就变成了巢湖的波浪与涛声。

高山云雾出名茶，野外生长的兰花不经意地洒落茶园，幽幽芳香融入茶中，嫩香持久沁人。马槽河是巢湖的支流，三冲村又是特有的茶叶品种——"白云春毫"的盛产地。一路走来，漫山遍野都能看到翠绿的茶树。清明时节，是当地"白云春毫"的最佳采摘季。

行走十多分钟，看到一大片茶园，每棵茶树叶都特别肥厚，叶片毛茸茸的，摘一片放在嘴里慢慢品味，有点淡淡的清香。嫩芽味道虽有点苦，却苦中带甜。叶上还能看到有些虫洞，估计这些茶叶没打过农药。

山中有几栋民房，古老陈旧，从外表看保存完好，只是民房周边已杂草丛生，这就是当地有名的寨洼古村落。它始于明代，以夯土民居为主要建筑风格，四面群山环绕，古村落镶嵌其中，呈九龙盘珠之势，村内道路蜿蜒，曲径通幽。

这里的山民勤劳朴实，民风淳朴，人与自然和谐共生，伴随山里孩子一代代茁壮成长。然而，在几年前，为方便孩子上学，山民们都陆续搬迁去汤池镇或县城里了。这些 20 世纪 60 年代修建的老房子，由于无人居住，大多成了危房。我希望当地能把这个古村落和民房保留下来，让村民和游客都能留下一些念想儿。

　　离开寨洼古村落，继续向上前行。脚下的石板路也渐走渐消，只能沿着溪流的方向继续向上攀爬。我边走边想，昔日的古村落，一定是古木郁郁葱葱，小桥流水、青砖黑瓦，形成一幅淡雅朴素的画卷，一切都是那么安详和宁静。

　　在这里，可以看到：春天山花烂漫，满山杜鹃，像火烧云一样；夏天绿树成荫，深深吸氧，度过一个又一个清凉的夏季；秋天红枫似火，万山红遍，层林尽染；冬天山舞银蛇，银装素裹……

　　往山上走，脚下的山路崎岖不平，要走一步停三步。穿过山谷中一段碎石坡路，眼前是一条银白色瀑布从崖壁间流淌而下，似是地下河水。往下看是一个约十平方米的圆形深潭，潭水清澈。再往上就变成石头路了。

　　在深潭旁，有一块石碑，碑上刻有"巢湖之源"四个苍劲有力的字，这也算是马槽河的源头了。眼前的这条瀑布，就来自起峰尖。

　　随着当地生态环境的保护，寨洼山上的植被越来越茂密，山间的流水终年清澈，在岩石之间或安静地停息，或隐藏在山涧之中，或从高处奔流而下，溅起阵阵薄雾，弥漫在山林间。

　　溯流而上，闻流水潺潺，鸟语清脆。其间有古树虬枝，遮天蔽日，蔚为大观。浅浅的清潭，清清的河流，虽不像想象中的那样壮观，却正是这一条条山间溪流的汇水，拽着河边水草和垂柳的根须而发出哗哗的响声，才有了八百里巢湖波光粼粼的壮丽景观。

　　这里山青、水秀、村庄美，青山连绵，山体葱茏，沟壑山冲民宅旁清泉萦绕，松涛林木幽谷间清风阵阵，穿行其间，人与山情景相融，心与境安逸闲适。若在这如画般的风景里待上一整天，在月色树影里独自行走，有明月和溪水相依做伴，似乎觉得，山是你的，月是你的，溪是你的，整个世界都是你的……

万佛山胜境

在老家舒城，有一座让家乡人引以为傲的大山，一年四季都是热门景点、网红打卡地，那就是国家 AAAA 级旅游景区、国家森林公园、国家级自然保护区、国家地质公园万佛山。

一

万佛山，原名"猪头尖"，有"小黄山"之美誉，位于大别山腹地的晓天镇小涧冲林场，距县城 88 公里、合肥 140 公里，总面积 50 平方公里。万佛山以山高、峰险、松奇、石怪、瀑多、洞幽、林深、佛真而著称于世；以日出、晚霞、霜枫、雪景、雾凇、佛光等时令景观让人如坠仙境。

万佛山分山脚下的清凉涧、半山腰的飞龙瀑和山顶上的老佛顶三大景区。与登其他名山大川不同的是，进入景区，游人始终穿行在茫茫的林海中，能真正领略青山绿水的意蕴：漫山遍野皆绿色，数万亩林海烟波浩渺。

汽车穿山绕岭，沿途人家粉白色马头墙、紫红色瓦顶房，散落在雾气弥漫的山谷间，与早晨袅袅升起的炊烟、搂着孙儿坐在门前的老人和绵延百里的山川谷地构成一幅浓墨重彩的山水风情画。

站在山脚下，仰望万佛山，翠峦叠嶂，群峰竞秀，纵横险峻，高崖危岩，迥然兀立。其磅礴气势与黄山有异曲同工之美妙，绝景甚多，据说有"三十六峰、七十二松、一百零八石"，长期"养在深闺人未识"。

二

秀水深潭、流泉飞瀑是万佛山的一大特色。进入景区大门，沿途见到的便是清凉涧景区。谷深幽邃的清凉涧是一条弯弯曲曲的溪流，汇聚高山流水后一路向北，流入晓天河，再注入万佛湖。

走过一座桥，转过一道弯，看见一泓水。万佛山景区内盘曲回旋的山路间分布着9条大大小小的瀑布，每条瀑布下面都是一个深潭，瀑急潭深，莲子瀑、天河瀑、香果树瀑、二叠瀑、龙尾瀑、徐大坪瀑等落差均在六十米左右，飞流直下，雾气弥漫。

"山因水而活，水因山更幽。"踏着石阶傍着溪水顺山而上，映入眼帘的便有一个三四米深的深潭，名曰九龙潭。走近一看，水碧如翠，清澈深幽。一条白色水练倾泻而下，在潭中形成巨大的水声，嗡嗡作响，不绝于耳，此瀑为飞龙瀑。

绕过潭边，紧登几步，看见一湾一条瀑，一瀑一个潭，瀑流从山涧曲折向下、飞疾迅猛，水流至此，形成一连串瀑布群，这就是九龙瀑景区。景区内峡谷幽深曲折，两侧断岩峭壁，树木枝繁叶茂。一场秋雨过后，水势更加汹涌，水流撞击石壁，水声轰鸣，空谷传响。

过飞龙桥，进入较平坦的九龙谷。山谷中万籁俱寂，泉水潺潺，松涛阵阵，水汽氤氲，清新凉爽。山泉瀑布的流水声、花草树木的香气味，令人心旷神怡，一种超凡脱俗、飘飘欲仙的心境便油然而生，使人有融化于大自然之感。

沿河谷而上，地势逐渐陡峭，来到龙潭三瀑。天河瀑落差十余米，人在瀑底潭边仰视它如从天河中奔流而来。龙尾瀑因中段受岩石阻碍，瀑流偏右，形成龙尾翘动状。二叠瀑，因山体断崖，瀑流分为两段，却又不失连贯，大自然的造势是如此奇妙。

顺栈道绕过一道山岭，便是香果树瀑，因两边生有万佛山非常珍稀的香果树而得名。这道瀑流从百米高的悬崖峭壁上形成宽五六十米的水帘，飘飘洒洒跌落崖底，飞珠溅玉，水雾蒸腾，似一群少女在沐浴，当地人称此瀑为"少女瀑"。

三

重峦叠嶂、怪石嶙峋是万佛山的又一特色。老佛顶、翠乳峰、铜锣峰、丹顶峰、双剑峰、四方尖等大小山峰36座，以及神驼石、自生石碑、虎豹石、鹦鹉石、狮子石、刀背石、猪头石等，神形兼备，惟妙惟肖，无不让人惊叹大自然的鬼斧神工。

从北边登主峰，虽路险，然景最多。惊心动魄的流砂崖，心诚则灵的诚心石，峰似利刃的关刀口和怪石嶙峋的滑石坡，险关连设。闯这些关，对年过半百的人来说，的确是一种意志考验。

因海拔1539米的万佛山主峰老佛顶似弥勒大佛西南盘坐，群峰拱卫四周，气势宏伟，形成诸佛拜祖之景观。主峰上有诸佛寺，并立有石碑，正面刻"万佛名山"四字，背面刻"老佛顶"三字。另一说法是，因万佛山悬崖绝壁上有天然"万佛山"三字奇观而得山名。

从乳香阁驿站门前小径往前走，走到驼岭附近时，风中便传来奇怪的咚咚声，一会儿又从山的另一处传出咕咕声，像是鸟叫。声音一会儿在此处，一会儿又传到彼处，神秘莫测，这里便是咚咚岭。

传说三国时魏将曹休与东吴大将陆逊为争夺皖城，激战于万佛山的石亭与骆驼石一带，后曹军败退，于此处丢弃战鼓。如今游客到此，伴随着登山的脚步，地面发出如同战鼓的咚咚声，仿佛千军万马在此厮杀，所以取名咚咚岭。

咚咚岭前的栈道看似平坦，实则略呈上升趋势。回头望去，翠乳峰孤立挺拔，翠色欲滴。玉乳神圣天生，恰云雾缠绕，如薄纱轻裹，远观而不可亵玩。

从这里再向上，山崖坡度越来越大，全程最陡之处是鲤鱼背，比黄山的鲫鱼背还要惊险。鲤鱼背是一堵褐色岩石，凹凸不平，长约 60 米，两侧峭壁悬崖，游客至此，如临深渊。

到达揽秀亭，主峰老佛顶已近在眼前。过鲤鱼背，再攀爬一道笔陡的石阶，向下看有一个像骆驼的山岭站在岩石之间，眼前的山岭便是神驼石。神驼石长 20 米，长年裸露于地面，通过从古至今的长期风化，从侧面看酷似卧地骆驼，令人叹奇。迎面石板上，神驼石三字，笔力遒劲，酣畅淋漓。

下揽秀亭，顺栈道周旋，便来到妈妈岩。据说此命名是借助"妈妈耶"的谐音。妈妈岩在绝壁之上，下有数百米深的大壑谷。站在此处，即使有风吹掉帽子，也不能回头。工匠在此凿岩成穴，游人借助铁链，才能攀爬上去。

过揽秀亭，才是万佛山上最险最难登的山道。一路上都是在陡峭山脊上开凿出来的石阶，以前很多游客到了揽秀亭，便选择原路返回，放弃登顶，但最美、最秀、最奇的自然风景在主峰老佛顶上。

由于山势陡峭，老佛顶栈道几处回环，缓解近似垂直的坡度。主峰之巅有个古老的石庙叫诸佛寺，可惜寺庙毁于"文革"，现仅剩残垣断壁和裸露于峰顶崖边的石条，任凭风吹雨打，给人以无限的感慨和思绪。

"会当凌绝顶，一览众山小。"回首来时的路，曲曲折折，终于登上主峰。极目远眺，万佛山主峰巍峨挺拔、雄伟壮观，南与天柱山遥相对峙，遥相呼应。昔日有"站在猪头尖，伸手摸到天"之说。山顶之上，风光无限，凉爽宜人，令人不舍也不愿离去。

四

松树奇特、植被茂密是万佛山的另一特色。山中奇松多，与黄山诸奇松丽质相同，有的品位极高。如二仙迎客松长臂轻舒、热情奔放，盘龙松游龙凌空、遒劲刚毅、卧龙松屈曲有致、蓄势待发，华盖松峨冠翠盖、威严气派，天门松顶天立地、巍然雄踞，依仗松英武矫健、威风凛凛，荷叶松亭亭玉立、风姿绰约，栲栳松铮铮铁骨、历尽沧桑。这些奇松均生长于海拔 1000 米以上峰之巅、壑之旁、绝壁峭石之间，极富个性，内含气质。

入空山深林，走九龙栈道，环顾山林翠绿，鸣蝉不歇。这里不时会遇见珍稀树种黄连木、鹅掌楸、银鹊树、黄山花楸、豹皮樟、山拐枣等，且树龄大都有百余年，树皮苔衣泛铅白色，尽显岁月沧桑。

万佛山森林覆盖率高达 95%，是天然的氧吧，适宜盛夏避暑。优良的生态环境孕育了丰富的动植物资源，有 25 种国家保护植物，10 余种国家保护的香獐子、金钱豹、娃娃鱼等动物，构成了一个天然的动植物园。

在徐大坪瀑与咚咚岭之间的峭壁上，生有两棵紧倚的松树，松枝斜敧，它们与黄山松属同种，树龄约二百五十年，树冠多为扁平状。两松如姐妹，立悬崖之上，欢迎游客到来。两古松酷似黄山迎客松，因而得名"二仙迎客松"。

过了咚咚岭，有一段栈道建于悬崖之上，那就是关刀口，行于其上，险象环生，过了这段险路，便有一棵蟠龙老松立于山崖。这棵约二百六十年的老松曾遭雷击虫蛀，树干纵向裂开，仍青葱繁茂，如一顶华盖，吸纳万佛山的云雾，扎根在贫瘠的岩缝中。

眺望四周，一路上美景无限，攀独岩峭壁，登丹峰极顶，看野草丰茂，听松涛阵阵，闻小鸟啼唱，呼吸着带有阵阵樟香味的清新空气，神怡之感，殊为难得，完全忘记了登山时的疲劳。

五

云山雾罩、云蒸霞蔚也是万佛山的一大特色。一场绵绵秋雨之后，万佛山迎来了十分壮观的云海景象。站在山顶望去，远处云海翻涌、云谲波诡，美丽的云海壮美无比，让人仿佛置身于人间仙境！

坐上索道，在空中欣赏，右边的深壑填满云雾，做涌动状。那些高耸入云或低矮挺拔的山峦随着云海的飘飘浮浮而变得时而高、时而低。在山间游动的云海，又像画家泼墨，将原来的山峦不断地变化成新景，绘成了一幅幅丹青。

一座山，一个故事。雾，隐着山，似乎诉说着一个古老的传说。位于老佛顶东北侧的流云洞，在悬崖绝壁上有洞穴三处，呈鼎足之势，其深莫测。每逢天气突变，云出洞口，装入楼台，奇丽至极。平时风从洞出，发出阵阵轰鸣，甚为神奇！

置身云雾缭绕的万佛山，不敢相信自己的眼睛，是否一脚踏错迈入天庭，眼前幻现飘飘仙子，耳边萦绕阵阵仙乐，时而如梦如浩瀚的云海，时而如风平浪静的湖水，时而像波涛诡异的大海，时而轻轻如丝绢，时而又气冲霄汉。

原来，最美在远方。攀上老佛顶，凭顶远眺，目之所及，无不是茫茫云海。雪白的云团像海浪一样在空中翻滚、碰撞。它虽没有海的蔚蓝，没有惊天动地的呼啸，但有大海的浩瀚，有海洋的气势。

在老佛顶上俯瞰四周，万座山峰尽收眼底，青山如瀑，大壑幽深，满目黛色，无垠的云海映衬着如黛的青山绿水，厚厚的白云就在触手可及的地方，万佛山上大大小小的山峰都在云海中若隐若现。

六

万佛山的历史文化底蕴厚重，有着许多脍炙人口的神话传说。如"汉武帝望峰兴叹""地藏王去九华山""女娲抟泥塑诸峰""自生石碑刻宝字""精忠报国关刀口""诚心石旁痛忏悔""生死恋情化秀峰"等等，增添了游人的盎然情趣。

传说当年汉武帝登天柱山封禅，北望老佛顶，内心极为震撼，欲亲自驾临，终因山道艰险作罢。雄才大略的汉武大帝，意欲登顶而不能，不得不留下遗憾，只能望"峰"兴叹！

相传朱元璋年少时曾流浪至此乞讨，一个春光明媚的晌午，被满山的野花所陶醉，他头枕雨伞，四肢展开，躺在万佛山下的河滩石岩上晒太阳。其状似"天"字，后来他翻个身，又似个"子"字，组在了一起便是"天子"。他当上皇帝后，人们想起那时的情景，便将此河命名为天子河，将他睡过的河滩定名为天子滩。

新罗国王子金乔觉去九华山之前，曾在此修炼，后因山势过于险峻，才改去九华山，现仍留有"乔觉洞"。唐朝时，金乔觉曾亲临；明朝时，在此修建诸佛寺、西峰寺、金佛寺等；被誉为北宋第一大画家的李公麟晚年曾在此写生，山上留有公麟亭、公麟画台、黄山谷小坐处的谷子口等遗迹和美丽传说。

"行善如朝晖，积德同山巍。莫问功名事，天地自生碑。"诸佛寺旁有一块世上罕见的自生石碑。碑似长方形，天然生成，矗立于高山之巅，屹立于松树之间，堪称一绝。细观之，这是一百多年前的"光绪乙巳年"，即1905年，不知何人在石碑上刻下八个大字"字□宝塔　自生石碑"。可惜，由于年代久远，"宝塔"前一字模糊不清，何人所刻，难以辨认。面对此碑，可感悟到人生的另一种境界！

登临万佛山，漫步林壑间，观山峰险峻与灵气，寻山谷陡峭与嶙峋，享山间幽静与清凉。登山如人生，人生如水滴，乐趣在悟道。只有不怕陡峭，不惧风险，不怕流汗，一路经历无数次跌宕起伏，才能看到大自然奇丽的景色，才能将波涛汹涌汇入江河湖海，生命的意义何尝不是这样！

正所谓："登上万佛山，才是有福人！"

醉美万佛湖

　　说起春游，在安徽境内，方圆百里，万佛山水自然称得上是绝佳的好去处。位于舒城境内的万佛湖，集壮美、秀丽、妩媚、神奇于一体，每当春暖花开时节，总有不少新老游客，或慕名而来，或故地重游。

一

　　家乡万佛湖，也是母亲湖！出合肥沿 206 国道或合安高速南行 50 公里进入舒城县境内，再沿周瑜大道南行 30 公里便到了万佛湖入口处，高大耸立的牌楼上有赵朴初先生题书的遒劲有力、雄浑豪放的"万佛湖"三个金色大字，被誉为"安徽千岛湖"的国家 AAAAA 级风景区万佛湖便位于此地。

　　万佛湖原名龙河口水库，是 20 世纪 50 年代末建成的人工湖，因其水源来自风景秀丽的万佛山而得名。也有传说，因在湖北岸的石壁之上有一奇石神似观音临湖，湖中漂动众多小岛栩栩如生，形成"诸佛拜观音"的景象而得名。

春天是万佛湖最美的季节，百里画廊，湖光山色，满目青山与一湖碧水相映成趣。当晨霭升起，水汽开始升腾时，那是一天中最清新的时刻，走进万佛湖景区内，天空、湖水、翠岐、大坝，所有的景象，都会在这一刻的映照中开始焕发生机活力。

春天的万佛湖，桃花着色，或漫步湖边，或泛舟湖面，或登足湖中岛，或攀临坝中山，或夜宿度假村，就能看到满眼桃花嫣红、油菜金黄，听夜静鸟鸣，嗅到一路绿草清新、花蕊芬芳，足能过一把赏春踏青之瘾。

泛舟湖上，可观湖内五彩斑斓的岛屿，山色倒映水中。除了赏春光，还可以品香茗、尝湖鲜。

景色如诗如画的万佛湖，一年四季皆有不同的美景。不同的季节、不同的天气条件和不同的光线照耀，让湖面呈现出不同的色彩：时而，是碧绿如玉；时而，是蔚蓝如海；时而，洒满霞光的湖面又会泛着金色的光芒，简直太美了。

"上善若水，道法自然。"在这里，不仅可以欣赏美丽如画的自然风光，还可以感受到浓浓的人文历史气息和形态各异的石林风景带给人间的神奇与美丽。

二

时光回溯到 1958 年，百万龙舒儿女在物资匮乏、技术力量不足的情况下，自力更生，克服重重困难，靠肩挑手推，没用一袋水泥，没扎一根钢筋，历时三年，筑起了千米大坝，被联合国教科文组织评为"世界第一人工土石大坝"，前联合国大坝委员会主席托兰也称赞其为"人类水利史上了不起的伟大工程"。

在龙河口水库纪念馆，展示着一件红色的"传家宝"，讲解员深情地讲述了它的历史，那是一辆在兴建水库时由舒城老百姓自制的独轮车。

龙河口是杭埠河上游晓天河、乌沙河的汇流处，这里曾经是一片饱经水患之地。

当年的龙舒儿女以战天斗地的豪迈精神，早上五点上工，晚上九点下工休息，遇突击时通宵达旦，晴天雨天一个样，白天晚上一个样，干部群众一个样，修建了"土法上马"的工程——龙河口水库，成为举世闻名的淠史杭枢纽工程的重要组成部分，使万佛湖成为新中国水利史上的又一座丰碑，也成就了这最为壮丽的景观。

当年为建成这座大坝，200多名"刘胡兰突击连"和100多名"铁姑娘队"的姑娘，本着"女子能顶半边天"的信念，以"鼓足干劲加油干，坚决超过男子汉"的干劲，肩挑手扛，坚守大坝工地。

在万佛湖大坝公园里，有一尊雕像，雕像的主人是曾担任"刘胡兰突击连"连长的许芳华老人，今年已经八十多岁了。当年，二十一岁的她新婚三天就来到建设大坝的工地上，脏活累活抢着干，挑土她趟趟都比别人多几锹，天天都比别人多几个来回。她和女子突击队的姐妹一起与男子突击队赛土方、比进度，由于成绩突出，她3个月入团、6个月入党，并被评选为"安徽省劳动模范"。

龙舒儿女在兴建水库时，为提升工效、缩短工期，确保大坝早日建成，发挥聪明才智，掀起工具改革，创造了劈土法、洞室爆破法，自制了独轮车、水车、平板车等多种运输工具，最终建成了一项利在当下、惠及子孙的伟大水利工程。

建成后的枢纽工程由东、西大坝，斗笠冲溢洪道，凤凰冲和门槛石非常溢洪道，梅岭、牛角冲进水闸以及落花冲8座副坝组成，总库容约9亿立方米，是一座以防洪、灌溉、城市供水为主，兼顾发电、养殖、旅游等综合利用的大（2）型水库，是淠史杭灌区主要水源之一。

三

站在万佛湖雄伟的大坝之巅，临湖远眺，环湖皆山，满目山色，群峰耸立，层次分明，连绵百里，静静的湖水倒映着群峰，更显清澈幽深。游目骋怀，湖光粼粼，长天一色，鸥鸟翔集，天光云彩，舟楫点点，碧波荡漾的湖面、绿树成荫的岛屿和鸟语花香的美景，仿佛让人进入一个仙境般的世界。

万佛湖犹如一轴绝美的水墨画卷，50平方公里的湖泊水面，点缀湖心的万佛岛、燕子岛、芙蓉岛等66座岛屿。这些亿万年前形成的火山地貌，仿若空蒙水色中散落的翠墨，装点起万佛湖，在湖的怀抱中，形成群山叠嶂、绿岛浮动的旖旎湖景，山水相映，美不胜收。

在万佛湖南岸，有极具科研价值的世界地质奇观柳辉岩，吸引了众多中外地质学家多次来此考察，使这里成为大别山国家地质公园的核心元素。作为我国东西南北物种的交汇之地，万佛湖景区的森林覆盖率高达95%，大量国家珍稀保护动物、繁茂苍翠的植物及古老孑遗物种在此栖息繁衍。

除自然景观外，万佛湖还拥有悠久的历史文化。这里是古舒国所在地，是华夏龙文化和梁祝文化的发源地之一，灵秀山水，哺育出公学始祖文翁、三国名将周瑜和宋代画家李公麟等著名人物。这里还有着深厚的佛教文化底蕴，有着众多的佛教寺庙和文化遗址。

"万佛湖水铺画卷，千年古镇水中藏。"万佛湖所在地万佛湖镇原名梅河镇，古梅河镇早已被万佛湖水深深地埋在湖心达半个多世纪了。

梅河镇因梅山脚下有一条梅河而得名，梅河又因梅山而得名；梅山又称大梅山，因汉代隐士梅福在此修炼而得名。梅福，字子真，安徽寿县人，是《尚书》和《榖梁传》专家。曾任西汉南昌县尉，后来官归寿春，经常上书言政，因而名声颇大。"梅山晓烟"成为龙舒八景之一。

作为舒城千年古镇、重镇之一的梅河镇，很早就有"上通湖广，下通镇江"之说。清朝，该镇就设有"晓天司"，有第二县城之称。老镇有南北主街，东西小街，整个街道有四道闸门，还有草市、河北街巷等。这里的房屋主要以明清时的徽式建筑为主，粉墙黛瓦，垂檐翘角，曲水环绕，极具徽风皖韵。

万佛湖的美是一种古朴的美，也是一种怡静的美，比如摩崖石刻观音洞，美丽的湖光山色仿佛有着神奇的魔力一样，自然界的风景可以让人心情愉悦，也可以让人浑身放松!

立于船头,凉爽清风扑面,忘平日之繁杂。放眼望去,波光尽处,隐约可见有一座景色秀丽的龙眠山,相传那就是北宋画家李公麟的偃息之所。李公麟号龙眠居士,有独到的绘画修养,以《五马图》闻名于世,据传龙眠山因此而得名。

湖北岸是大梅山,秀峰峻岭,飞瀑流泉,青松翠柏,山花烂漫。梅山东北坡原有梅仙祠和梅仙洞,相传梅福辞官后就隐居此处。湖中小岛星罗棋布,相继建成燕子岛、风情岛、梅仙岛、寻梦岛、情侣岛和荟萃园等众多景点,有船舶往来其间,若隐若现,煞是一道亮丽的岛湖风景。

位于湖南岸曲折湖湾中的万佛岛,林木郁葱,花草间陈,洁净舒爽,清心怡人。岛内建有 11 米高的弥勒佛塑像,万佛塔内供奉阿弥陀佛、如来佛、地藏菩萨和观世音菩萨等佛像,供游人礼佛参禅。

四

回望万佛湖下游,畦田阡陌纵横,那浓荫处,便是周瑜城遗址。相传这位风流倜傥、英俊潇洒的都督曾在这里安营扎寨。虽已不见雄姿英发的周郎和倾国倾城的南国佳人小乔,只有"空闻屯聚八千兵"的古城遗址,但周瑜家乡的人们怀念青史留名的英雄,周瑜城遗址已作为省级重点文物管理并加以保护和修缮。

万佛湖的西南角,是千年古镇西汤池,也是一处绝好的温泉疗养胜地,在这里可以享受舒适的温泉浴,放松身心,舒缓旅途的疲惫,万佛温泉以其独特的矿物质成分和温泉功效,被誉为养生的宝藏之地。

百里画廊山水图,人间仙境万佛湖。悠久的历史文化,让万佛湖巍峨厚重,它像一颗蓝宝石镶嵌在大别山腹地的群山怀抱里,碧水翠岛勾勒出它的婀娜风姿,倒映出山峦、树木和村庄,亦凝亦荡,彼此相伴相生,让无数游客感到不虚此行。

悠然见南山

金乌西坠，暮色渐浓。在淮北市区东部的卧龙山脚下，有个浸润在一片青色氤氲中的小山村，如梦似幻，令人沉醉。这里便是有着丰富历史古迹和文化底蕴的杜集区南山村，也是一个远近闻名的"长寿村"。

南山村，本是一个依山而建毫不起眼的小村庄。南山人穷则思变，围绕老祖宗留下的历史古迹和文化底蕴，用自己的双手让荒山绿起来、让死水活起来、让道路通起来、让村庄亮起来，短短几年，南山村一跃成为盛名皖北的休闲养生、特色景观旅游的"世外桃源"。

结合"长寿文化"，南山村首先精心打造了"一亭一树一雕塑"。"一亭"即长寿亭，以亭廊上的"福寿"主题彩绘图案增添南山长寿元素；"一树"即"千年唐槐"，整棵树虽长在大石板上，却依然枝繁叶茂；"一雕塑"即"寿星像"，有长长久久的美好寓意，是南山的长寿地标。

沿着南山村宽阔的主干道一路向前，进入蜿蜒曲折的盘山公路，这条公路便是一条集生态、文化、休闲、景观等于一体的综合性绿道，也称南山绿道。

建在半山腰上的长寿亭，是南山景区标志性建筑之一，由广场、两个仿古式凉亭和长廊组成。登上长寿亭观景平台，俯瞰南山村，南山村便若隐若现地呈现在人们面前。绵延的群山宛如一条金黄色的玉带，将南山村拥入怀中。

南山村三面环山，青山绿水、蓝天白云、白墙红瓦的小村庄在绿树掩映中美不胜收，充满着生机与活力。这里环境优美，四季宜人。春天百花盛开，夏天绿树成荫，秋天瓜果飘香，冬天银装素裹，真可谓"望之蔚然而深秀者，'南山'也"。

站在村入口，映入眼帘的是一湾清水、一座石桥，乡村特有的淳朴气息扑面而来。进入村子，眼前有一棵高大的槐树郁郁葱葱，枝繁叶茂，有两人合抱之粗，很有观赏价值。"这棵树树龄已有一千三百多年了，是唐朝种下的，村里人都叫它唐槐。"陪同人员介绍说。

在村民眼中，这棵古树很神奇。"它的枝干有时干枯，第二年却又长出新叶；有时一边干枯，另一边却生机勃勃。"也正因此，每逢传统佳节，村民们都会在树枝上系上红丝带，以此来表达自己美好的祈愿。

南山村蕴藏着较为丰富的旅游观光资源。在"千年唐槐"附近，人们还建起了一条长约一公里且颇具特色的南山汉韵水街。汉韵水街主要包括徽派建筑风格的商业街及水韵观光水道等。河水悠悠，水道上有两座仿古月牙桥。整洁的村道和古朴韵味的水街，透出一股浓厚的古风古韵来，使水韵观光水道呈现岸绿、水清、河美，让人们感受到生活的惬意。

在村东南有环山公路可达南山景区抱元洞（亦名桃花洞）。此洞分北、西两洞，北洞为主洞，面南背北，洞内有 50 余平方米，冬暖夏凉。明清时期曾有众僧在此诵经念佛，煞是热闹。

南山村还有汉化石、清代郑氏民居等遗迹，"高山流水遇知音"的历史传说和"犁下藏刘邦"的传奇故事也发生于此。反映早期南山文化风貌的娄顶山岩画群也位于此处。这些遗迹和传说，为南山村增添了不少文化魅力。

走进南山汉文化博物馆，讲解员详细讲述了南山村的悠久历史："馆内珍藏有四五十块汉画像石，其中不少是珍品，展现了淮北地区浓厚的汉文化。"

南山汉文化博物馆，采用的是四合院布局。其馆内设有多个常设展览厅，包括"汉韵·盛世华章""淮北风·千年遗韵""南山寿·长寿之乡""精致淮北·美好乡村"展览厅，是一个以集中展示汉文化遗存为主，反映汉文化风情、非遗民俗以及杜集区历史文化的综合性博物馆。

据介绍，汉画像石是汉代地下墓室、墓地祠堂、墓阙和庙阙等建筑上雕刻画像的建筑构石，有百业实录、阙楼桥梁、车骑仪仗、舞乐百戏、祥瑞异兽、神话典故、奇花异草、宴饮庖厨……这些汉画像石图对研究汉代社会构成与风俗民情、建筑、家具、器物、服饰、法式等，具有极高的参考价值。如今这些精美图案都被收录在《淮北市汉代画像石图录》中。

在馆内所珍藏的汉画像石中，有一块题材为"龙虎斗"的汉画像石引来众人的目光。"这样的题材在国内画像石上极少见到，很有价值，也很有研究意义。"讲解员自豪地介绍。

在南山村长寿文化广场上，有一尊高达12.99米的巨大老寿星雕塑也格外吸引人的眼球。"寿比南山、福如东海"，这是对老人们最真挚的祝福。

当地有句俗语："长寿南山走一走，人生至少九十九。"巧合的是，南山村长寿老人也很多，全村4000余人口中，八十岁以上的老人超过三百人，九十岁以上的有上百人。

说起南山长寿的奥秘，有的说与南山村人爱饮"南山茶"有关，也有的说与南山人爱吃核桃密不可分。

插艾草、包粽子、赛龙舟……这是端午节不可缺少的习俗。在南山村，也有一个流传许久的习俗，村民们一直坚守至今，那就是人人要喝南山端午茶。端午节那天清晨，村民们早早起床，从南山上采摘茶叶，将摘好的茶叶清洗干净，经过剪切、水淘、蒸熟、晾干，再翻炒而成香茶，这种茶，就叫端午茶。据介绍，南山村的端午茶茶性平和，有益思提神、强身健肾、清热解暑、生津止渴的效用，当地人十分爱喝这种茶。为什么要选择在端午节那天喝这种茶？据当地老人介绍，南山茶说是茶，其实就是野生中草药的叶。在村东南的半山上，树木丛生，花草遍地，生长着柴胡、丹参、威灵仙等多种中草药。端午节这天，是中草药叶片最新鲜、药效最佳的一天。早在几年前，南山村端午茶已成功入选了淮北市第二批非物质文化遗产名录。

据悉，核桃树在南山村有很久远的种植历史，这里几乎家家户户在院子里都要种上几棵。南山核桃主要是薄皮核桃，与传统核桃相比，薄皮核桃可提前三年结果，皮薄如纸，用手指便能把核桃壳捏碎，许多人又叫它"纸皮核桃"。从2010年开始，南山村重点发展核桃种植。目前，种植面积达3000亩。进入盛产期，亩产量能达到1000斤。中秋时节，核桃进入成熟期，一些市民、村民纷纷前往南山享受采摘乐趣。

或许，近年来，南山村以绿化示范村建设为契机，着力打造水清、景美、路通的村庄新形象，改善群众居住环境，村庄干净，树木葱茏，良好的生态环境，丰富的地下水资源以及飘香的绿色瓜果，民风淳朴、邻里和谐的村落环境，才是南山村人长寿的真正秘籍。

每年四月，是南山梧桐花盛开的季节。风铃一样的梧桐花肆意绽放，浓郁的芳香随风沁人心脾。不与杏花争春，不与桃花争艳！每年的这个季节，梧桐花就成了南山风景区最高傲的一种花。

一树花香一树暖，芬芳氤氲了四月的南山。

如今是初冬时节，漫步在南山村内，虽见不到梧桐花盛开的景象，却不时地能见到村民开设的乡村特色土菜馆、山庄农家乐、皖北民宿、电商超市等，这些第三产业都是在乡村旅游逐渐兴起后应运而生的，也带动了当地百姓就业，推动了乡村振兴。

南山村还结合美好乡村建设，依托现有自然资源，在保留皖北农村自然风光的前提下，先后修建了道路、停车场、文化礼堂、文化广场等基础设施，建成了核桃园、桂花园、菊花园、杏园、梅园、桃园，这"六园"也已成南山旅游的新亮点。

为发展乡村旅游，南山人还充分发掘山村文化和生态资源，打造"生态南山""南山的院子"，建成农耕文化长廊。如今这些集休闲、养生、研学、采摘于一体的项目，已建成的卡丁车赛场、彩虹滑道、蹦蹦云儿童乐园、水魔方水世界等基地，吸引了众多市民和单位团建前来打卡体验。

"结庐在人境，而无车马喧。""采菊东篱下，悠然见南山。"未来的南山村，当百花盛开、姹紫嫣红、鸟语花香、燕舞蝶飞时，这里正是人们旅游观光、休闲娱乐、生态度假的养生胜地。

美哉，朔西湖

　　小桥流水，曲水环抱，灌木丛生，绿意盎然，几只水鸟和野鸭畅游在暖冬的湖中。这里不是江南水乡，而是一座苍翠得被誉为皖北明珠的朔西湖公园。

　　朔西湖原为矿坑塌陷形成的大面积水域，因地处朔里镇正西，故取名朔西湖。传说汉代名臣、大文学家东方朔曾居住这里，和村民结下了深厚情谊。后人为纪念他，将该镇取名"朔里"，一直沿用至今。

　　"曲径通幽处，禅房花木深。"景区公路两旁原是树木花果农田，路宽且笔直，柏油铺得乌黑发亮，景观树枝叶已经枯黄飘落。进入景区，有一条环湖步道，长约21公里，步行要四五个小时才能走完全程。沿途弯弯曲曲的环湖栈道通往的倒不是什么幽静之处，而是一种幸福快乐的延伸，让人流连忘返于秀美的湖光山色之中。

　　朔西湖总面积1.45万亩，其中湖泊面积7300亩。经几年建设，如今已成为一个集湿地保护、生态旅游、休闲娱乐于一体的大型城市湿地公园，凝聚了山川之灵气，地域之精华，且总面积竟超过南湖。这让我忽然想起，这个网红打卡地原来还是个旧相识。

20年前，这里是闸河煤田主产区。20世纪90年代，杜集区缘煤而建，因煤而兴，又因煤而困，辖区内有9对国有矿井，8对民营矿井，累计生产原煤4.5亿吨，占淮北市60年来原煤生产总量的近一半。

曾经，杜集区为国家经济建设作出了重要贡献，但因长期过度开采，资源日趋枯竭，伴随而来的是经济结构失衡、接续替代产业发展乏力、生态环境破坏严重等问题突显。

17年前，我在杜集区工作时，曾多次陪同领导到煤矿塌陷区村民家中走访慰问，看望那些因矿陷，房屋坍塌而致贫返贫的乡亲。其中有一户给我留下难忘印象，夫妇俩有两个女儿，女儿出嫁后，老伴长年患病卧床不起，家中三间房屋因塌陷残垣断壁、摇摇欲坠，老两口仅靠政府救济和乡亲帮扶维持生活。

"深改湖，浅造田，不深不浅种藕莲；稳建厂，沉修路，半稳半沉栽上树。"近年来，当地政府遵循"坚持生态优先、彰显自然特点、适应康养业态、体现地域特色"的原则，依托朔西湖湿地景观和现状，在保留原有"湖、滩、荡、岛、堤"的肌理格局基础上，实施了综合治理。昔日采煤塌陷区，如今已变成美丽的湖畔，更成为淮北的一张生态名片。

这么多年过去，听说塌陷区的7个村庄2000余户8000余村民被政府集中安置到新的居民点，住进新楼房，过上幸福生活，对此，我也深感欣慰。

进入朔西湖，你感受到的是清凉，是湿润，是亮丽，是静美。一湾湾，一道道，湖泊渠汊星罗棋布，如镶嵌在皖北大地上的明珠，晶莹生辉。那湖水清澈透明，晴来平整如镜，风起波光激滟，水面野鸭畅游，水底虾惰鱼肥。

顺着一行石条弯成的小路直抵湖边。小径高低起伏，蜿蜒曲折，立刻形成由近而远的幽深，似油画一般。穿过紫藤花围廊，走到湖边，眼前顿时一亮。朔西湖的百花园从气势上、面积上都是花海的阵仗。想必春夏之交的五月，这里成片成片的玫瑰花，欣欣然生长，灿灿然怒放。

湖堤两旁竹海森森，秀林亭亭，晨昏雀鸟啁啾，四时花开不败。进入冬季，湖中野荷枯黄萎顿，莲蓬头干瘪低垂，腐朽的荷秆折弯并沉入湖中。秋荷衰败得让人沮丧，回头看，就像一个人不堪回首的往事。若是夏天，湖荷盛开，绽放一片，荷叶田田，鸭鹅成群；泛舟荡漾，乐此不疲。

初冬的朔西湖，虽比其他季节萧条，平常不起眼的常绿植物此时却成了这里的"主角"，为公园带来勃勃生机。远望近观，这些支撑起寒冷冬日里公园颜值的常绿树种有香樟、玉兰、雪松和石楠等，特别是眼前那一片高大挺拔、昂首挺立的杨树林引起我的好奇，据说是塌陷村搬迁后保留下来的。随着冬日的到来，杨树叶闪着金黄，翻飞飘落到地上，让人感受到柔软而美好的氛围。

朔西湖的候鸟因季节迁徙已远走他乡。据说，杨柳青青、柳丝抽芽时，在湖边能看到麻雀、燕子、喜鹊、乌鸦、灰喜鹊、白头鹎等鸟类身影。现在的湖里，只能看到那种小如麻雀的灰色水鸟或三三两两的野鸭结伴在湖中觅食。朔西湖再美再丰饶，也丝毫不能阻挡它们振翅远航。

朔西湖多桥，十多座各式廊桥将其连成片、缀成串，有石桥、拱桥、栈桥等，它给公园平添了一份曲线美。有的横亘在道上，线条简单而低调；有的则连接栈道，它的美则需要远观，几笔曲折舞动出墨韵。漫步其间，仿佛进入杭州西湖的桃柳长堤，苏州园林的亭阁，滇池涟漪碧水，花溪回环往复，如入仙境。

朔西湖有多处景观亭，形态各异的楼、台、亭、阁、廊、祠、轩、塔先后拔地而起，错落有致，散布其间，或濒湖而居，或临沟而建，或筑台而立，芳姿各具，各领风骚。据说公园里最出彩的设计是草庐似的水榭，逍遥却不颓废，简陋孤寂而富有内涵，展现了古人那种书卷气质。

朔西湖废墟遗址边建起了一座宏伟的朔西楼，汉唐制式，典雅而庄重。拾级而上，站在楼顶平台观景，你会在历史时光里穿来转去。

"一带双城三青山，六湖九河十八湾"的山水格局的朔西湖，依托"一塔一楼观朔西，两堤三岛赏十景"的生态格局，从规划图中可看到，未来朔西湖主要建十处具有独特人文魅力的景观：朔西览胜、矿城印记、荷风涟漪、柳堤花舞、梅堤寻芳、朔塔朝晖、稻香艺韵、草洲鹭鸣、朔里春秋、活力水岸。这些景点疏密有度地分布在3500多亩水面的湖泊内，它们与水天一色的湖面、典雅的廊桥馆舍构成一幅虚实相生的山水园林景观。

瞭望朔西湖，只觉公园景致造型显得舒展、开阔、大气，十分讲求质朴美，似与西溪湿地公园有异曲同工之处。向工作人员求解后得知，原来真的是从杭州请来的设计师与工匠。

与淮北南湖的秀丽和绿金湖的壮美不同，朔西湖有着自己独特的生态景致，它平均水深5米，最深11米，水质优良，鱼类资源丰富，白鹭、野鸭等鸟类常年在此栖息，是鸟类、两栖类、爬行类等生物栖息地。目前有20多种国家一级、二级保护动植物在这里繁衍生息。

站在观景平台，欣赏湖光山色，高大的楼阁亭台三面环水，那一片扇形区域碧水连天的自然景色，眼前沙滩和深蓝湖水的相互映衬，远处相山脚下时隐时现的小城……有的清晰，有的模糊，有的隐藏在云雾之中，仿佛一幅长轴的山水画卷，非常之气派。我想，只有以湖作为载体才能创造出这样的世间杰作！

让人叫绝的是景区对一部分历史文化遗址的刻意保留，此创意堪称经典。因塌陷而冒出的地下水湮没了家园，一片苍劲的芦苇，湖里露出的屋檐，它们似乎在述说着曾经的故事，风里夹雨的苍凉，给人的视觉是何等的震撼！岸上也有寥寥几笔对废弃家园的勾勒，让我想到的便是那朔西湖的茅屋。

天上偶尔落下几滴雨点，以为是下小雨，原来是湖中音乐喷泉正随节拍喷射。作为皖北第一大音乐喷泉，它的喷射高度可达 118 米，汇聚声、光、电、火等多种表现形式。随着音乐变换，为人们畅游增添一份美轮美奂的视觉和听觉的盛宴。若在夜晚华彩绽放的灯光里，坐在一片人造沙滩依偎的湖沿边，静静地欣赏音乐喷泉炫舞出婀娜多姿的水影，想必非常享受。

美哉，朔西湖！这里青翠碧绿，生机盎然。走进它，才能感受到它的细腻和深邃；贴近它，才能领悟出它的大度和包容。假期或周末，扶老携幼，远离城市喧嚣，投进大自然的怀抱，这里处处树木弄娇，花草含情，氤氲着清新的空气，身心定会得到荡涤和净化，满心的烦恼和疲惫会悄然而去，荡然无存！

离开朔西湖，我陷入深深的遐想之中，或是霞光乍现，或是夕阳晚照，抑或是小雪初霁，不知朔西湖会美成什么样子。

老街情怀

　　我喜欢游览古镇老街，缘于喜欢老街巷子里的古朴纯情。对于像我这样一个喜欢行走的摄影爱好者来说，能够寻访到一处远离城市喧嚣，没有商业开发的原生态古镇老街，那便是一次很惬意的旅行。

　　我最早见过，也是多次走过的老街，那是古称凤凰城的宁武西关老街。宁武位于山西北中部，汉朝即设县，是一座千年古城。古城的布局分为内城与东关、西关。先建城，后建东、西两关。

　　西关是内城西又一座关，出西瓮城，过永济桥，进入西关街。老街不长，五六百米，分为上街和下街。老街基本是东西为街，南北为巷。出西关城门便是西稍门。水草沟河横穿西关，从永济桥下流入恢河。

　　十五岁那年，父亲将我转学到宁武县县城上学。两年多时间，每天上学、放学，都要穿行在这条长满青苔的青石板铺就的古老街道上。学校就坐落在西关老街的城墙根下。

除此之外，还要替家里经常去老街上到副食品商店买菜、去日杂百货店选日用品、去杂食小铺买点零食等，总之，西关老街曾是我少年时代生活居住过的地方，也承载了我对那时太多的美好记忆。

记忆中的西关老街，如今早已面目全非。

多年前，我带妻女故地重游。再见到西关老街时，周围早已被现代化高楼大厦、商场超市和宽敞的柏油马路所取代，昔日的场景已不复存在。

在早已衰败的老街上，那些历经沧桑却保存完好的砖木老房子依然矗立在暮色之中，已经废弃的残垣断壁的老屋，更加增添了老街的惨败景象。

这条古老的街道，曾经走过了悠长的历史岁月，见证了千年古城的兴衰与沧桑，而时代的发展也曾经一度将它遗忘。

曾经繁华的西关老街，如今风光不再，唯有坚固的石板街还在、老砖瓦房还在、承载着古老文化传承的标志性建筑群还在。它们的未来是什么，是保留还是彻底拆除，我不得而知。

近年来，宁武县不仅加大了旧城改造的力度，而且还开发建设了新城。行走在新城区宽阔、漂亮、干净的街道上，让人感觉一个崭新的城市正在崛起。

成年后，我游览过无数的古镇老街，像北京的铜锣鼓巷、成都的锦里古街、拉萨的八廓街、福州的三坊七巷等。

而我情有独钟的是安徽老街，经常有意无意间关注安徽有多少条老街，关注每条老街的兴衰。近几年，利用节假日，带着家人自驾游览过休宁万安老街、太湖晋熙老街、歙县渔梁坝老街、宣城水东老街、泾县章渡老街、桐城孔城老街、亳州老街、东至尧渡老街、东流老街、巢湖柘皋老街等，我才知道，安徽各地处处有古镇，皖南无镇不"老街"。

去得最多的要数黄山屯溪老街、亳州老街和舒城码头老街了，在这里留下了无数的足迹。

相伴新安江，一条千米小街蜿蜒静卧。这便是屯溪老街，又称宋街。这条距今有数百年历史的老街，随着时代变迁，虽找不到她的初始面目，然而，作为皖南乃至徽州文化的见证，老街风韵犹在，是中国保存最完整的、最具有南宋和明清建筑风格的古代街市，有流动的"清明上河图"之美誉。

到黄山，不能不去屯溪老街走一走、看一看，领略一下老街的风情。资料记载，从宋代起，屯溪老街就形成了一条热闹非凡的步行街，小小的街道两旁挤满了各式各样的店铺，街面建筑大都为前店后坊、前店后仓、前店后住的格局，呈现出江南城镇古老的风姿。目前，老街上保留下来的三百多家店铺的前身就是当时的栈房和货仓。

老街纵横交错，包括一条直街、三条横街和十八条小巷，路面是清一色的褐红色石板，浓厚的徽派建筑风格是老街的主要特色：白粉墙，小青瓦，马头墙，淡雅古朴；建筑内雕梁画栋，砖、石、木三雕特色展现得淋漓尽致，每幢建筑，无论从哪个角度看，都是一件绝世精美的艺术品。

如果说屯溪老街体现的是极具皖南地方区域特色的徽州文化，那么亳州老街就是追忆历史、体验民风民俗的又一绝佳去处。

亳州老街是一部厚重的历史，融合了楚汉文化、淮河文化、老庄文化等发展而成的皖北文化。在这座古城，留下了"花戏楼""运兵古道""南京巷钱庄"等众多的文物古迹。

只有走进老街里，顺着街巷信步浏览一番，看到"幅铺市""花子街""干鱼市""竹货街""打铜巷"那些特别有意思的街巷名字时，才能真正感到自己走进了亳州，走进了古城的历史里。

走进亳州老街，时光仿佛倒流，转眼间就穿行到记忆深处的市井场景中：一家家明清风格的店铺沿街而立，一条条铺着石板的街巷连接成片……行走其间，看那些低着头，全神贯注编竹货的店主，门口喝茶聊天悠闲的老人，还有那往来不息的人流，各具特色叫卖的小贩，会觉得这一切都是那么自然而又亲切。

因地处老城北门，亳州老街又称北关古街。在这里，幽静的街巷，斑驳的粉墙，锈蚀的青砖，无不向你诉说着老街的久远历史。

繁华如梦如烟，韶华一去不再。然而，透过鳞次栉比的那些老店铺的身影，我分明能够领略到亳州老街曾经的兴盛。从嘈杂的市喧声和往来的人群间，仍然可以真切地感到延续千年的巷陌风情。

虽然眼前的铺面有些破旧，但老街的生意依然在延续。那些特色小吃、传统手艺，带有一种久违的亲近感，勾起我许多温馨的往事。那些小作坊、小买卖，谈不上红火，却颇有知足的意味。生活在老街上的人们，似乎也深谙此道。

走过许多老街，在品味徽风皖韵的同时，我深切地感受到了每一座城市，都有其特色的老街，每一条老街，又都有各自的情怀。

我曾工作过的舒城也是这样，有千余年历史，古称舒州，县域内有多条老街，在当地较有名气的是庐镇老街、汤池老街、山七老街、晓天老街和桃溪老街。

在县城里，也有几条老街，最古老的是码头街，以及与之相通的西大街，已消失在数年前，取而代之的是崭新的、宽阔的、笔直的南溪路。

码头街依水而建，位于县城南溪河畔。仅从名字上看，或因史上舒城商贾云集、车水马龙而得名，它见证着曾让古邑龙舒扬名的港口经济的繁华。

古时，货物主要靠水运，老街作为当时的商贸中心和货物集散地，大都依水而建。像屯溪老街依新安江、横江、率水三江，孔城老街三面靠孔城河，章渡老街相邻青弋江，水东老街傍水阳江……真是无水不"老街"。

舒城码头街，承载着无数舒城人尤其是临水而居的"老城关"人的深情怀念。对于我们的后代，他们只能从照片资料上感知它的沧海桑田。

小时候，我多次去过码头街。记忆中的老街古朴而纯真，老街的宁静总是在清晨被商贩的吆喝声、铁匠的铿锵敲击声和弹棉花的"弦乐"声所打破……

每次经过南溪路时，我总会想念起那条古老的码头街：破旧的矮屋，古朴的窄窄街道，路面上铺的青石条和砖块。码头街，应该是一代乃至数代城关镇人的共同追忆。

从西大巷到码头街，直行便是甘蔗巷。这条小巷不长，名字却很有特色，让人浮想联翩。何为"甘蔗巷"，我未曾考证，似乎此地曾是卖甘蔗的聚散地。

漫步这里，古老坚硬的青石板路依然是那么熟悉，两侧青砖墨瓦却早已失去往日的光泽，白色墙壁上的石灰也已成块脱落，现在真切的感觉：老街是真的老了。

如今的甘蔗巷冷冷清清，有的门户紧闭，有的房屋被拆除，随处可见断壁残垣，只有零星几家人和磨坊、油坊还存在。

昔日辉煌不再，曾经的繁华已逝。这里曾经是商品集散地，舒城县的经济中心。当历史的车轮碾压过来，一切都会烟消云散，更何况是一条老街道呢？

老街在衰亡、消逝，被遗忘。我为一些老街能得到保护、完整保留而庆幸，也为许多老街的衰败、消逝而痛心。

老街也曾是人们活动聚集的场所，这里有戏台、钱庄、会馆、教堂、药铺、店铺……几百年来各类风格的建筑汇集于此，成为一段凝固的历史。老街上的"文房四宝"店、铁匠铺、手工编织、印染作坊、秤杆加工等民俗文化更是传承至今。

岁月老了，繁华远去。老街褪去历史积淀，却蜕变成一个不起眼的寻常巷陌。虽属于老街的光辉岁月悄然逝去，但属于老街的记忆将永不泯灭，世代流传。

老街的时光永远驻足在乡情里，随时都会在人们的眼前靠岸。走在老街上，随处可拾起一段情感，翻新的街面到处藏有镌刻的记忆。如果说有一种向往，叫作远方，那么有一种情怀，叫作老街。

大美藏地游

　　云上西藏，大美于行。很多人把西藏作为这一生必须要去的地方。妻在朋友圈看到朋友晒西藏旅游照，瞬间动了心思，也想去。打电话询问了那里的天气状况是否良好，得到肯定答复后，妻当即决定第二天远赴西藏，来一场说走就走的旅行。

　　我做旅游攻略，妻准备行李。我先向网友了解西藏该如何玩，行程怎样安排，哪家旅行社更好，大约要多少费用，再查询第二天的航班、机票价格，预订入住的酒店等。

　　我虽不是第一次去西藏，这次却和前两次不一样。前两次是因公赴藏，停留时间短暂，匆匆去急急回，未出现严重的高原反应，返回内地后身体很快得到恢复。这次去西藏，主要是陪妻深度畅游。

　　妻也担心身体能不能适应高原气候，会不会出现高原反应。在我耐心解释下，她才逐渐打消顾虑。去过西藏的人都清楚，其实没网上所说的那么惊险。事前做一些攻略还是有必要的，毕竟西藏属雪域高原，海拔高、人烟稀少、交通不便，急救十分困难。

为让这次西藏之旅既轻松、快乐，又能保证不出意外，那天晚上，我俩认真查交通、查景点、查门票，发现西藏胜境之多、雪峰之美、湖水之蓝、草原之绿，一时不知道怎样玩才好，快到深夜十二点，攻略还没有做好。

我与妻商议，决定先订机票到拉萨，从网上找一家西藏当地口碑不错的旅行社，到达后跟团旅行，这样既省时、省力、省钱又能省去很多麻烦。于是，我联系了一家旅行社，高端定制游专员小叶很快加我微信，提供了七天六晚的行程和报价。

那天上午十一点，我们乘坐的航班顺利抵达拉萨贡嘎国际机场，来到了世界屋脊，来到了妻早已向往的地方。飞机落地后，妻还是有点高原反应，不过很快就平缓下来。飞机靠近航站楼，旅行社的接机师傅已在出口处等候。

旅行社在拉萨为我们安排入住的是一家准五星级酒店。客房宽敞、明亮、干净。卫生间、淋浴房、洗衣室和洗衣机、冰箱、电视机等一应俱全，像家里一样。原来这是一座公寓式的供氧酒店。服务员告诉我，这是旅行社特意为内地来藏游客安排的，便于游客较快适应西藏的高原环境。

酒店位于一家大型商贸区内，离市区较远，好在拉萨城区不大，打车便捷，更主要的是周边均为旅游酒店集中区，清静不吵闹。去闹市逛逛或是去八廓街、大昭寺附近品尝当地小吃，喝喝酥油茶，或是去布达拉宫广场欣赏夜景都非常方便。

入住酒店的晚上，小叶专门派人来酒店与我们签约。那位带着浓重河南口音的大姐，一直在酒店耐心地等我们从布达拉宫广场看夜景归来。大姐既热心也热情，先是详细介绍合同条款、违约责任，又一一给我们介绍行程亮点，让我们先行一步了解了西藏有哪些值得去的打卡地、网红地。

小叶在微信中也给我介绍，说这次行程虽简短，但是驴友们好评最多的，更是西藏经典的必来的景点，整个行程以轻松休闲、感受藏文化与自然美景为主。

旅行社安排了经验丰富的大巴师傅和资深导游，全程提供管家式服务。师傅姓赵，河南驻马店人；导游姓王，河北雄安人，曾在西藏军区服役十多年并荣立二等战功，且是一位伤残军人。因当过兵的我比王导年长又比他早入伍几年，王导十分客气地称我为"老班长"，一路上对我们夫妇俩照顾有加。

对第一次进藏的游客，旅行社都会安排从海拔相对较低的林芝开始玩起，目的是避免高反，慢慢适应高原的高海拔气候环境。

林芝被称为西藏"小江南"，是一个地级市，古称"工布"。"林芝"的藏语音译为"尼池"，寓意为"太阳宝座"。它位于西藏东南部，其西部和西南部与拉萨、山南市相连，东部和北部与昌都市、那曲地区相连，南部与印度、缅甸两国接壤。

从拉萨到林芝，全程约400公里。此时，正值西藏的春季，一进入林芝，似乎进入了江南福地，山川秀丽，树木葱茏，枝繁叶茂，景色如画，风光无限。

大巴行驶在中国最美的林拉高速和著名的318川藏线上，沿途欣赏了拉萨河、尼洋河和雅鲁藏布江的两岸风光及冰川、雪山、高原湖、峡谷、草原等美景。河中的雪山融水奔涌欢畅，波光潋滟，绮丽多姿；远处的雪峰倒映江面，野鸟在江面时栖时翔，简直就像一段行走在山水画廊中的奇妙之旅。

我们在林芝入住的是一家商务酒店，位于AAAAA级景区巴松措。入住后，正好雨过天晴。站在窗前眺望，远处的南迦巴瓦峰白雪皑皑、雾气腾腾，雪山在云雾缭绕中忽隐忽现。我一连拍摄下数幅照片。

游览的第一个景点便是巴松措。巴松措又名错高湖，藏语是"绿色的水"

的意思。雨后的巴松措，湖水清澈见底，四周环绕的雪山倒映其中。每年五六月，蓝色的巴松措，湖面四周鲜花烂漫，雪峰阵列并倒映湖中，景色宜人至极。

海拔 3400 多米的巴松措隐藏在高山峡谷里，湖心岛中的千年古寺——措宗贡巴寺始建于 13 世纪中叶，是知名的网红打卡地。传说中，这个名叫扎西岛的小岛与湖底并不相连，就这么悬浮在湖面几千年。

出湖心岛，驱车前往雅尼国家湿地公园参观"两江汇流"。这里是一处独特的自然景观，也是此次旅行的重要目的地。雅鲁藏布江与尼洋河交汇处有两道水流互不串联直下，十分壮观，雅鲁藏布江水浊，尼洋河水清，两流汇合，泾渭分明。

雅鲁藏布江是世界上海拔最高的大河，它像一条"水上天路"。沿着雅鲁藏布江一路往上走，沿途会看到藏族同胞的村落、寺庙、神山等，也可看到美丽的田园风光和沿途美景。

再往前走，便到了卡定沟。卡定沟，又名嘎定沟，地处尼洋河畔。"卡定"意为人间仙境，其山势险要，高耸入云，奇峰异石，古树参天，两百米的瀑布飞流直下、雄伟壮观，还有山崖天然形成的大佛、女神、观音、护法、如来佛祖、神龟叫天、神鹰献宝、酥油灯，以及藏文"六字真言"佛字等，清新自然的天然氧吧使人无限陶醉。

西藏最神秘的雪山据说是色季拉山。沿着弯弯曲曲的 318 川藏线，大巴一路颠簸，从林芝爬到海拔 4700 多米的色季拉山。

色季拉山常年积雪，是川藏公路著名的地标和最美山口。站在色季拉山，仿佛就能伸手够着天，行走川藏公路的人都会在这里驻足观赏。

到达色季拉山垭口时，正值风雪交加，气温在 -10℃左右，我们穿着厚厚的冲锋衣都被冻得瑟瑟发抖。观景台是拍摄远处南迦巴瓦峰的最佳地点。

海拔 7782 米的南迦巴瓦峰，也是世界第十五座高峰，藏语意为"直刺蓝天的战矛"，有"冰山之父"的美誉，它常年隐匿在冰雪与云雾之中。

南迦巴瓦峰被藏胞称为"通天之路"，是神灵的居住之地，凡人断不可多打扰的圣地。沿着色季拉山盘山公路继续而上，车窗外如同人间仙境一般，一座座连绵起伏的山峦勾勒出一幕幕如画的美景。

从林芝回到拉萨，王导又带我们去西藏三大圣湖之一的羊卓雍措游玩，免费穿藏袍、戴藏饰，站在圣湖边摆着姿势。

羊卓雍措也称羊湖，湖水超级湛蓝。大巴停在岗巴拉山口，这里是俯瞰圣湖的绝佳地点。岗巴拉山上有巨大的玛尼堆，扯着层层叠叠的彩色经幡，像一面面彩旗迎着山风呼啦啦地飘扬。山顶云层覆盖，蔚蓝色的天空与清澈的湖水相映，宛如一条飘带挂在天地之间。

回到拉萨，先前的高反症状已没有了。旅行社安排的是比较休闲的文化之旅。当晚安排住藏式民宿，体验藏家风情。第二天去西藏博物馆参观百万农奴解放纪念展，再到大昭寺广场看看，游览千年宫殿，而后到药王山寻找 50 元人民币上的布达拉宫。

布达拉宫是一座宫殿式建筑群，最初是吐蕃的松赞干布为迎娶文成公主而兴建，主体建筑为白宫和红宫两部分。整座宫殿具有藏式风格，高 200 多米，外观 13 层，实际只有 9 层。由于它起建于山腰，大面积的石壁又屹立如峭壁，建筑仿佛与山岗融为一体，气势雄伟。

行程结束后，我与妻并未直接返程，又在拉萨多停留一天。我俩乘坐市内公交游览了哲蚌寺、小昭寺、罗布林卡等，品尝了藏面、藏菜和青稞酒，感受了藏族同胞争着为我们支付公交车费的真诚。

西藏真的很大，景色也绝美。回到合肥，我算了一笔账，这趟西藏之旅除来回机票外，七天六晚，由旅行社包吃、住、行和门票、保险费等，两人共计消费 2980 元，人均不到 1500 元，且有三顿藏家石锅鸡、牦牛肉火锅、烤羊排等特色菜肴让我们品尝，全程无强制消费，确实非常划算。

五月的西藏，气候宜人，蓝天白云下，万物复苏。这个季节的西藏，草长莺飞，也是我眼里最美的西藏。

一路走来，曲古花海、骑马射箭，走进藏式村落，走入藏族同胞家中，了解藏家风俗，喝酥油茶、品青稞酒，体验他们生活，短短几天，我们感受到的是佛教的神秘和藏文化的神圣，感受到的是西藏民风的淳朴和西藏人民的善良，感受到了雪域高原那不一样的春、夏、秋、冬。

云上西藏

　　在到西藏之前，我根本想象不到，在西藏，最让人感动不已并难以忘却的竟然是西藏的云。之后，每次搭乘飞机进藏，我都事先挑选靠舷窗的位置落座，只为能有机会从空中拍摄云上的西藏。

　　飞机穿行在雪域高原的蓝天白云中，从舷窗俯瞰，一轮红日从地平线上徐徐升起，映照着脚下那一片片白皑皑的高原雪山。万里晴空，重峦叠嶂、连绵相接的雪山一直伴随我同行。

　　早上起得早，却无一点睡意。天气晴朗，青藏高原上的山峦丘陵纹理清晰地展露在我的视野中。每次倾身趴在舷窗前，看到的云海都会有所不同，与地面上的风景交相辉映，别有一番滋味。

　　离机场越来越近，飞机的飞行高度慢慢下降，穿越在嶙峋耸立的雪峰丛林间。而雪山之间又是片片绿茵，良田阡陌，点缀着一团团、一簇簇粉色的云霞，哦，那又好像是洒落在山野之间的野桃花。

清早的晨雾正从山峦间消散，薄薄的，淡淡的，如丝如纱，缭绕着沟壑交错的山脉。初升的太阳光芒四射在高低错落的雪峰之上，蜿蜒纵横，云雾绵延，宛如仙境一般。

走下舷梯，踏上西藏这块圣洁的土地，眼底的胶片摄入的便是一片云的世界。云，在眼底的影像中幻化重叠，在分明的对眼中显出别样的情调和个性，天蔚蓝得彻底，云洁白纯正，两相交错。

西藏的天蔚蓝蔚蓝，蓝得没有半点氤氲，有了白云的映衬，蓝白有致，各显风格，白得更洁，蓝得泛青，说不清哪个更美，哪个更靓。

走出机场，在担心高原反应的不安中，我拉着行李缓缓行走。抬头发现，机场周围的蓝天白云竟是那么低矮，偌大个机场上停着的几架飞机，在山边白云的映衬下显得那么娇小可爱。

拉萨贡嘎国际机场位于雅鲁藏布江南岸，那恰似夜宿雅鲁藏布江中的云雾似玉带满峡谷飞驰，过会儿又成云烟袅袅，在瞬息万变中，大峡谷里洁白的云雾漂亮得如梦似幻，美得名不虚传。

初夏的雅鲁藏布江宛如一条孔雀蓝的绸缎，缓缓地穿行在林木茂密的山谷里，江边是空旷平缓的河滩，阡陌相连的麦田如一块块碧绿的翡翠，错落交叠。

透过车窗看前方，眼前层峦叠嶂的山峰越发壮观。山顶满是白云，时而在腰间撒着欢儿奔跑，时而在山顶踏歌起舞，又云遮雾绕捉迷藏似的时隐时现，时而又涌起洁白的云海填满山间，诸峰如同海中岛屿，漂亮极了。

看惯了内地的云，总认为云和天打断骨头连着筋，始终迷蒙混沌地搅和在一起，是难分你我的一家人。到西藏才知道，原来在西藏云是云，天是天，看似二者是独来独往，互不相干，其实，西藏的云不仅和蓝天互为依存，而且与雪山还相互依恋。站在拉萨河畔的玛尼堆旁，仰望天空一片湛蓝，白云洁白绵柔，如雪，如纱，如絮，如玉，几分强烈，几分激情。

傍晚的拉萨河，对岸的南山峰顶有一层如雾气般的云将山峦重重围绕起来。此时此刻若是身在山间小径，犹如堕入五里雾中；若是穿云而出，在山上更高位置，则有可能见到拉萨上空的云海。

云是西藏神奇的象征。站在布达拉宫最高的山顶上，我拥抱过拉萨上空的云，看到耸入云端的布达拉宫墙壁四周也是一派雪白，不知是云浸染了宫殿，还是宫殿偏爱了白云。

同是山间浮云，西藏的云神态各异。拉萨周边群山连绵，浮云顺着山坡漫步，犹如雅鲁藏布江的水，从容不迫，款款而行。

进入林芝，夏意渐浓，低垂的白云，开阔的牧场，绿色的麦田，数不清的彩色经幡，倒映在湖水里的七彩云霞，宛若一幅浓墨重彩的油画。

初夏的林芝，走到哪儿都在下雨，从拉萨到林芝的途中大部分时间在等云开雾散，等太阳从云隙中挤出来的那一瞬间光亮。

人间净地，醉美林芝。林芝号称"雪域江南"。林芝的天是清新的蓝，云是清新的洁白，空气更是清新的，阳光照耀时也是灿烂明媚的。周围的山峰，全是洁白的云雾缭绕着明晃晃的山头跑。此刻，一派清新的林芝真是太漂亮了！

林芝平均海拔约3000米，是西藏海拔相对较低的地区，这里成为青藏高原最温暖舒适的地带。据说每年三四月，漫山遍野的桃花如醉霞绯云般竞相绽放，它们与蓝天辉映，与白云相伴，掩映村落，云蒸霞蔚，让人宛若进入了桃花源。

过桃花村东行，走318川藏线，便到了色季拉山。前几天刚下过一场大雪，盘山公路的两侧残留着厚厚的积雪。山路十八弯，盘旋险峻，公路边上挂着无数的五彩经幡，是藏族同胞为行路人的祈愿，保佑在外的游子平安。

色季拉山口寒风刺骨，冰雪覆盖，远方的南迦巴瓦峰在云雾中若隐若现。白云如潮涌动，在起伏不定的雪山顶上流泻下道道炫目的云影。

南迦巴瓦峰，其巨大的三角形峰体终年积雪，这座西藏最古老的佛教圣地之一，也是藏族同胞心中像雅鲁藏布江一样圣洁的名字，它永远静静地伫立，似梦似幻、云雾缭绕，从不轻易露出真面目，被当地藏族同胞称为"羞女峰"。

南迦巴瓦峰时而推开云层闪出，时而又快速地掩藏了起来。那天，幸运的我看到了云层后的太阳光竟然照射到刚好露出的南迦巴瓦峰，把本是青灰色的山顶，染上了一层淡淡的金黄。此刻，天空中那淡金色的山峰，在云层里和雪山之上壮观极了。

每一次仰望雪山，不只是望见了心中圣洁的殿堂，还有那些自由来去的云朵。

站在鲁朗林海的观景平台，云海仙气在低空笼罩着林海。初夏的鲁朗，满山的杉树林都是墨绿墨绿的。我想象着到了秋天，树叶黄了，红了，呈现出五彩斑斓的色彩时，这漫山遍野又该是如何的缤纷美丽。没想到刚走上去几分钟，太阳就从厚厚的云雾中撕开一条裂口，一时天地间光芒万丈。

从鲁朗回林芝的路上，又下了一场小雨，大巴一会儿钻进遮天蔽日的绿拱棚，一会儿又钻出来，行驶在蓝天白云之下。云去哪儿了？仔细搜索才发现，原来大堆大堆的云趴在山头、躲在山间，静静地在等待、观望。

据说林芝之美在于它的动与静，不同时间、不同季节去看它，景致均各不相同，一山一水，一草一木，清风白云，人与自然，这里的一切动静皆相宜。

每一次，当我将自己的心融化在那些云里的时候，我是如此安静，如此快乐！

有人说，西藏的云是思念的寄托。站在著名的雅鲁藏布江大峡谷旁，一湾清流，浅浅的，细细的，岸边沙白如银，江水是柔和的奶油绿色，款款流淌，仿佛听到"云中谁寄锦书来"的诗吟，仿佛看到文成公主把满心的思念故乡之情，托付给空中滚动的白云。

在落差五千米的谷底，终于目睹了南迦巴瓦峰的真容，主峰如刺向天空的矛，其余六座雪山依次排开，气势雄伟。白云始终依偎在山顶，时不时就遮挡住了山峰，使人不能目睹其全貌，高高在上的南迦巴瓦峰与云相伴就足矣。

来到纳木错，我已被高原的云彻底征服了。碧蓝的湖水和蔚蓝的天空融为一体，白云和对面的念青唐古拉山上的积雪长年相伴相依，天地被蓝白二色独享，偶尔有一两只白鸥或其他水鸟飞过，增添了几分生动。

一位诗人写道："西藏的云是如此的多变，它白的时候白得似雪，红的时候红得如火，偶尔黑的时候竟然也能黑得似铅。无论是洁白的云、火红的云还是沉重如铅的云，在西藏的天空上，都像是一幅浓墨重彩的油画。"

在西藏的日子，我每天都有这种醉意蒙眬的感觉，不是青稞酒、酥油茶喝得醉人，而是西藏的景色使人迷醉，这里的阳光醉人，这里的雪山醉人，这里的格桑花醉人，这里的经幡风铃醉人，这里名叫卓玛、才旦的姑娘、小伙儿的歌声舞姿醉人……

对西藏来说，天上永远有大朵大朵的云在飘动。每一朵白云就是离天最近的使者，无论在清晨还是在夜晚，它们像圣洁的雪莲一般，把藏族同胞对自然的爱与崇敬，高挂在天空之上。

想念西藏的云，期待白云朵朵的那一天。

人约梨花下

"梨花风起正清明，游子寻春半出城。"多年前想着要去砀山赏梨花，因多种原因未能如愿。清明时节，我携妻从微山湖春游归来途经砀山，正值梨花怒放之时，沿途丝丝甜意的梨花馨香扑鼻。

砀山位于安徽最北端，地处皖、苏、鲁、豫四省交界处。百里黄河故道横卧其间。砀山也是"砀山酥梨"的发祥地和主产区，梨树种植面积约40万亩，是我国最大的梨园，被誉为"世界梨都"和"中国酥梨之乡"。

相约故黄河，寻梦梨花海。那天，到达梨园时，已夕阳西下。每年一度的梨花节也恰是最后一天，有幸观赏到了"千树梨花千树雪，一溪杨柳一溪烟"的美景。

站在观景台，放眼远望，万亩花海果园里，梨树之间，游人如织，景致十分罕见。据说每年的梨花节，小城砀山万人空巷，吸引众多游人闻香下马，前来踏青赏花，感受田野乐趣。

突然想起儿时，外公家门前也种过几棵梨树，其中一棵有一抱之粗，且有百年历史，属祖上留下来的老梨树，缠裹掩映，铁枝横斜。每年清明前后，那些树枝纷披的梨树吐蕊绽蕾，竞相开放，缀满白色花朵，仿佛是飘着大片的雪花似的。清风徐来，清香缕缕，沁人心脾，让人至今难忘。

阳春三月的砀山，残雪消尽，春意融融，草熏风暖，一夜春风一夜花。簇簇梨花如雪堆云涌，银波琼浪，一望无际，蔚为大观，整个砀山皆在梨花包围中。成片似雪的白色梨花与金灿灿的油菜花、紫色的二月兰相映成趣。

桃花红梨花白，砀山的梨花如雪似玉，绽放时百里飘香，娇柔的花瓣，鹅黄的花蕊，在两片嫩绿叶子的衬托下，显得洁白无瑕，素雅极了。她没有妖娆的面容，没有婀娜的身姿，看之不忍离去，回首百转千愁。

阳光下，千顷梨花晶莹似美玉；月光里，万顷白雪朦胧如河汉。倘若夜来雨疏风轻，梨枝缓摆，颤巍巍沾露欲湿，自在花落轻似梦，飘飘洒洒，款款飞如蝴蝶，那满径香雪，更是风情万种，美不胜收。

据介绍，砀山有七处最佳梨花观赏点，均被冠以诗情画意，又颇耐咀嚼、引人遐思的景点名称——"乌龙披雪""鳌头观海""瑶池烟霞""武陵胜境""贡梨园""故黄映雪""古渡晓月"，因天色已晚，来不及去一一细细品赏。

在县城东边的良梨镇和园艺场间，有一道黄土大堤，似黄龙横卧。堤上有处突出的高丘，像鳌探出的脑袋，这就是"鳌头观海"。在突出的黄土丘陵上，建有梨花观赏台，供游人登高远眺。站在鳌头，放眼俯瞰，只见漫漫黄河故道中，白茫茫一片恰似花的海洋，又似浪涛翻滚的云海，雪白的梨花从脚下铺开，向天的尽头翻涌，一派云漫雪舞的浩瀚花海占尽故黄（黄河故道）春色。

当地果农介绍，真正赏花的胜地不是鳌头，而是梨树王景区，位于良梨镇良梨村，是砀山酥梨的发源地之一。镇、村的名字虽取得直白，甚至还带了点骄傲，不过它确实值得当地果农自豪。

"忽如一夜春风来，千树万树梨花开。"此时，景区里树树梨花含笑伫立，冰肌玉骨，花团锦簇，洁白如雪，一簇簇，一层层，似云似雪，铺天盖地，把良梨村装扮成一个天然的大花园。

这是一片占地百亩的古老梨园。据说这里的梨树大多有数百年寿龄，棵棵老梨树铁干嶙峋，肌肤如墨，虬枝如龙，乌鳞斑驳，横空逸出，或是仰卧，或是横空搏击，恰似乌龙披上白灿灿一身银装，洒清甜甜漫天寒香，好一派乌龙披雪的美景，故名"乌龙披雪"。

"梨树王"就雄踞其中，它是果园中最大的一棵梨树，树高 7 米，树径 3 米多，树冠占有半亩地。之所以称为王，相传是因为这棵树在明末清初就开花结果，至今有 300 余年历史。虽如此高龄，每年四月仍繁花遮地蔽天，八月硕果金珠坠地，依旧年产 4000 多斤梨，果黄鲜亮，硕大甘甜，酥脆爽口，风味独特，享誉国内外。

南有黄山迎客松，北有砀山梨树王。2018 年，"梨树王"等 85 棵老梨树被评为"中国最美古树"。游人至此，无不赞叹称奇，争相与其合影，油然而生缕缕遐想，留下美好的瞬间。

说起"梨树王"，当地还流传着一个有趣的传说。相传，清乾隆帝下江南，途经砀山，有一次把行宫设在良梨镇境内的訾庄寺院，地方官殷勤地献上当地的酥梨。乾隆帝品尝后赞不绝口，第二天游览梨园时，看到一棵高大健壮、姿态非凡的奇特大梨树，遂命名为"梨树之王"。

老梨园东边，有一棵同样寿龄的老梨树，被称为"梨树神"。满树红绸写满游客心愿。有意思的是，据说它和"梨树王"原本是夫妻，之所以这么说，是因为这棵树原是一棵黄梨树，黄梨树是酥梨花的授粉树，当地果农称它为公树。

果农介绍，一个梨园一般只有一棵公树。每年春天需要采集公树花粉，给梨园所有母树人工授粉，母树才能结出口感甘甜、水分充足的酥梨。

1995 年，当地果农把"梨树神"枝干嫁接上了酥梨等品种来促进梨树的高产优产。嫁接之后，这棵公树变成了可产出多品种梨子的母树。自此，这棵树和"梨树王"的关系从夫妻变成了老姊妹。

据史料，梨树在我国有 2000 余年的种植史，品种较多，绽放的梨花自古以来深受人们喜欢，其素淡的芳姿更是赢得众多诗人推许。唐代丘为的《左掖梨花》有"冷艳全欺雪，余香乍入衣"句。梨花自然比白雪艳丽，清冷的样子也赛过雪花，它散发的香气一下就浸入衣服里。宋代苏轼的《东栏梨花》："梨花淡白柳深青，柳絮飞时花满城。惆怅东栏一株雪，人生看得几清明。"这是一首感伤的诗，诗人因梨花盛开而感叹时光流逝。

徜徉在古人歌咏梨花的诗林里，花香弥漫，炫目迷醉，如饮一杯陈年老酒，醇香甜绵，余味悠长。在徐徐春风中，置身梨园，淡淡的花香味让人真切体会到古人"驿路梨花处处开"的豪情。

春上柳梢头，人约梨花下。在砀山，梨树散落在田野里、村庄后，春天来临，他们在沃野千里的皖北平原上追风而立，独自开花结果，从头到脚，开得灿烂、开得张扬。

天鹅湖秋韵

清晨，金风送爽，秋风拂面。晨曦微露，我与附近市民一样，不约而同地来到风光旖旎、景色如画的天鹅湖畔步行健身。站在湖畔，享受微风轻柔的抚摸和鸟儿深情的歌唱。

深秋缤纷，天鹅湖畔秋意浓浓，秋色尽显，花木摇曳生姿，馨香层次鲜明。岸堤植被层林尽染，恰似翡翠镶边，四周耸青叠翠，浓荫覆盖。此时，湖岸边，没有嘈杂喧哗，没有人世纷争，只有人与自然的和谐之美。

公园广场，早已聚集了许多市民，打太极拳的、练刀剑的、跳广场舞的、现场直播的，好不热闹；斜躺在座椅上休闲的年轻夫妻或小恋人，依偎一起惬意地哼着小曲，小朋友则围住爷爷奶奶奔跑、嬉笑、打闹，广场上荡漾起欢快的笑声。

站在观景平台上，天鹅湖美若画卷的秋色美景一览无余。映入眼帘的是这片美丽的湖泊，雾气蒙蒙，若隐若现，像一位女子披上了一件神秘的面纱，仿佛让人置身于仙境。

沿鹅卵石步道行走，熹微的晨光里，太阳缓缓地探出脑袋，金色光芒洒向湖面，辉映着湖畔，没有喧嚣，没有纷扰，只有秋风掠过湖面时，湖面波光粼粼，鸟儿随风起舞。

深秋的天鹅湖，微波荡漾，波光潋滟，垂柳招摇，秋色正浓，秋韵十足。四周的高楼大厦在云雾中缓缓飘移，步移景换，地上有高楼，水中有美景，宛如人间天堂，使秋天有了沉静而灵动的美感。正如宋代大文学家范仲淹写的："碧云天，黄叶地，秋色连波，波上寒烟翠。"

初阳蒸融了薄雾，温暖地洒在脸上。迎着丝丝凉意的秋风，漫步湖岸边，走在栈道上，如同从喧嚣的都市里走进一片静谧的空间，进入另一个色彩斑斓的梦幻世界。

天鹅湖是座人工湖，湖面1000多亩，有十几个足球场那么大。据说是因为形状像天鹅而得如此美妙之名，其实，天鹅湖里是没有天鹅的。

在碧绿空旷的湖面或一些枯萎的水草间，偶尔能见到一两只野鸭休闲自在地游来游去，还有胆大的小鱼儿三五成群，摇头摆尾，游到岸边，张着小嘴，吐着泡泡，似在向晨练的游人打招呼问好。

天鹅湖虽没有天鹅，却并不影响它的美丽，这些摇曳生姿的芦苇也是秋天里湖中独特一景。阵阵秋风卷着芦苇花迎面吹来时，不禁让人想到"蒹葭苍苍，白露为霜。所谓伊人，在水一方"。秋色渐浓，伴随湖中芦苇的荷叶早已残败，曾经的骄傲已随秋风凋零。

沿湖岸绕行，在天鹅湖西角，跨越南淝河，有一座小栈桥，中间由木板连接而成，两边则由铁索连接，名曰"缘惜桥"。人在桥上走，风从湖面来，脚下是木板，闲庭漫步间，不亦乐乎。

"缘惜桥"南边有一块不大的湖面，与天鹅湖的水面是隔开的。湖中长满了水草和"水蜡烛"。沿岸边还生长着几株低矮的桃树、月季和玫瑰。春夏时节，总能看到粉色烂漫的桃花，红色烂漫的月季花，还有热情似火的玫瑰花。"水映桃花别样红，桃花蘸水醉人心"的美景早已随秋风萧萧而落寞。

停下脚步，驻足欣赏。不远处，有几个孩童在一片银杏树下嬉戏玩耍，他们抓起一把把金黄色的银杏叶，随手向空中撒去，看落叶在空中飞舞而尽情欢笑。

"深秋银杏披金羽，不惧霜寒暖意浓。"天鹅湖畔金灿灿的银杏树自成一色。银杏树上的叶子闪耀着金色的光泽，在枝头跳跃。这里已成为近年来合肥网红打卡地。

虽至深秋，秋意未尽。一阵秋风拂过，金色浪漫的银杏叶从树上飘落下来，我也情不自禁地蹲下，轻轻拾起两片，细细端详。叶子浅黄，由叶片和叶柄组成。叶片顶端有一条波浪，整体看像一把蒲扇。我学着孩童的样子，也用力向空中抛撒，银杏叶在空中翻滚、起舞，然后飘进湖中，随着湖水向前方远航。

晌午时分，风和日丽。天鹅湖被暖阳照得闪闪发光，像洒了无数的金色亮片。湖水清澈，湖面倒映着蓝天白云，十分温柔恬静。这不禁让我想起唐朝诗人刘禹锡的那句"湖光秋月两相和，潭面无风镜未磨"。

天鹅湖畔栽植了众多桂花、玉兰、乌桕、美人梅、樱花、垂柳等树木和花草。常绿落叶乔木广玉兰，是公园中最有名的观赏花木。盛开时远观，花团锦簇，洁白无瑕，妖娆万分。屈原在《离骚》中就有"朝饮木兰之坠露兮，夕餐秋菊之落英"的佳句，以示其高洁的品格。

此时，天鹅湖畔的垂柳婆娑起舞，在尽力炫耀它那优美的英姿，一阵秋风吹过，它的叶儿也在慢慢变黄，枯黄的柳叶纷纷落入水里、落到地上，让人感到无限的凄凉。

沿湖岸漫步，像品著一样品味天鹅湖的秋色。"落红不是无情物，化作春泥更护花。"秋天是落叶之美，也是归去之美，树儿将叶子归还给大地，归还给明天的自己，也把绚丽化为了淳朴。

假如秋天是悲凉、萧条的，那么天鹅湖的秋天依旧是那样妩媚秀丽、恬淡静谧。一泓盈盈的湖水绿波轻漾，是那样平静，平静得像一面镜子；是那样清澈，清澈得可见湖底的鱼儿在畅游；是那样碧绿，碧绿得仿佛是一块无瑕的翡翠。

极目远眺湖心岛，岛上有蜿蜒的小径，栽种了樱花、桂树、松树、枫杨等景观树，四周碧水环绕，倒映水中，不乘船是上不去的。有几只鸟儿在小岛的上空飞来飞去，好像这里是它们的栖居之地。站在岸边，观鸟儿展翅高飞，也能体验那种"落霞与孤鹜齐飞，秋水共长天一色"的意境。

晌午时分，天鹅湖在阳光照映下熠熠生辉，这也是它一天中最静谧的时候。鸟儿都飞到湖中的小岛上，偶有野鸭扑扑两下划过静静的水面，迅速地又游回湖中。岸边也鲜有游人打扰，鸟儿也能享受一天中难得的清静。

天鹅湖畔还修建了一条长约 600 米、占地面积 7000 多平方米的沙滩，来到这里就像到了海边一样。家长和孩子热情不减，和夏天的感觉差不多，踩在浅水区域圆滑的鹅卵石上戏水打闹。

午后的岸边，沙滩色泽如金，沙子纯净松软，这里的人造沙滩，也是孩子的乐园。家长带孩子用小铲子堆沙堡，在沙滩上玩脚印火车，用沙把自己埋起来，光着小脚丫在沙滩上跑来跑去，嬉笑开心。

迎面而来的秋风把天吹得更蓝了，它就像个小姑娘，用它那双温柔的小手，轻轻拂动你的秀发，抚摸你的脸颊，虽只拥有一瞬间，它却不肯离去，几丝烟云在湖中回荡，把秋天的气息送进人们心坎。

"莫道不销魂，帘卷西风，人比黄花瘦。"天鹅湖清瘦了。是的，在经历夏季的炽热、初秋的阴霾后，它平静了，有所思了，此时的天鹅湖，更显出它的成熟、稳健和安详。

不远处的几株桂花树，层层叠叠，从郁郁葱葱的绿叶子中能隐隐约约地

看见星星点点黄色的桂花。微风过处，送来阵阵芬芳扑鼻的清香。几只小雀
儿停在枝头叽叽喳喳地叫着，它们正唱着秋天的歌。

秋日天鹅湖，也是一个色彩斑斓的世界，各种树叶逐渐变色，美景也随
之而来。在这里，不仅能看到松树的翠绿，也能看到红叶李的金黄，还能看
到火红枫叶的风姿。

枫叶之美，在于它会变色。从九月中旬始，天鹅湖畔的枫叶逐渐变红，
到十月中旬结束。枫叶春夏翠绿，深秋即成丹红。"小枫一夜偷天酒，却倩
孤松掩醉容。"在诗人杨万里眼里，枫叶竟是偷喝了"天酒"而被染红的。

秋天是枫叶最为风光的季节，红叶散生在常绿林中，纤细娟秀，又灿若
云霞。正如宋代朱服"遥看一树凌霜叶，好似衰颜醉里红"描述的那样，一
叶知秋，从一片红叶中即可窥见秋天的魅力。

黄昏时分，晚霞散落金辉。傍晚的天鹅湖，给人的第一感觉就是人越
来越多。在一个花坛里，我偶然发现已进入黄叶期的睡莲还有花朵盛开，
着实令人惊艳。

花坛里，一朵朵、一簇簇的菊花向我张开了笑脸，有的含苞欲放，有的
初放，有的怒放。我轻轻地摘下几片花瓣，观其颜色各不相同，有金灿灿的，
有红彤彤的，有白花花的，还有晶莹剔透的。那五颜六色的菊花使秋天的天
鹅湖显得更加生机勃勃。

日渐西沉，华灯初上，风清月明，天鹅湖开始了它一天中最绚丽灿烂的
时刻。湖面上几十盏射灯亮了，彩色的光束像一条条彩龙直奔遥望的星空，
有规律地旋转。有绿的，有红的，有蓝的，有紫的，交相辉映，倒映湖中，
让人分不清哪儿是天空、哪儿是湖面，看得人眼花缭乱、目不暇接。

"秋风萧瑟天气凉，草木摇落露为霜。"深夜的天鹅湖畔又显得很安静，
安静得听不到一丝风声，皎洁的月光照在平静的水面上，映照波光粼粼的湖
面和湖岸边的亭台楼阁、绿水栈桥，是那么纯洁，那么宁静，那么柔和，似

乎此景只应天上有。

　　迷人天鹅湖，秋风撩人，秋色惹人醉，秋景美无限。郁达夫曾写道："秋的味，秋的色，秋的意境与姿态，总看不饱，尝不透，赏玩不到十足。"

　　天鹅湖，都市生活中的天然绿洲，闲暇时俯瞰静水流深，抑或漫步湖边小径，听水声轻落心潮，赏四季花开花落，置身尘霾与喧嚣之外，时刻享受生活的舒心惬意，于无声处荡涤身心。

梅园赏梅

　　每年二三月份，正值梅花盛开，恰是赏梅最佳时节。梅花，号称"报春梅"，是"四君子"之首，自古与松、竹一起被誉为"岁寒三友"，也是早春里带给人间最娇艳的一场惊喜。"花蕊腊前破，梅花年后多。"去冬今春，气候干燥、气温偏低，又少雨雪，似犹抱琵琶半遮面的梅花姑娘，一个个羞答答地延迟开放。

　　这几天，气温陡然升起，梅花姑娘也被唤醒，悄然站在枝头争奇斗艳。街头巷尾到处弥漫着淡淡的清香，吸引不少市民走出家门，走入梅林，或拍照留念，或闻香小憩，畅享那一刻烂漫的春光。

　　周末，我与妻领着外孙女，拥入川流不息的人群，来到植物园赏良辰"梅"景、赴梅花盛宴。

　　说到合肥最佳赏梅地，我最喜欢的是合肥植物园，其中的梅园是赏梅的网红打卡地。

　　梅园始建于20世纪90年代初，占地约150亩，是全国梅花品种的一个聚集地，拥有400多个品种。其中有些安徽地方品种和自主培育的特色品种弥足珍贵，如徽州檀香、台阁宫粉、佳人朱砂、鼋头墨、三轮玉蝶、华北晚粉等，这些冰枝嫩绿、疏影清雅、花色秀美、幽香袭人的梅花，在二月春风里迎春待放、摇曳生姿，像云霞装扮大地、点缀初春。

　　作为省城拥有梅花种类最齐全、数量最多的传统赏梅佳园，梅园中早春的梅花绽放得红如朝霞、白似瑞雪、绿如碧玉，它们或戏舞春风，或笑傲冰雪……有的花瓣全展开，像亭亭玉立的少女端庄大方、温文尔雅；有的花瓣只展开一两片儿，像新生的婴儿小巧玲珑、憨态可掬；有的还没展开的花骨朵，躲在枝头含情脉脉、羞涩靓丽，真是惹人爱怜。

　　"墙角数枝梅，凌寒独自开。"梅园中的草坪上撒满了红色、白色、粉色的花蕊，那些粉嫩的小花蕊散发出的香气，好像要把这座城市都带入春天的芬芳里。

　　春节后，梅园中有数十株花黄似蜡，浓香扑鼻的百年古蜡梅在经历了霜雪寒天后众芳摇落。我在一棵百年蜡梅树前驻足停下，手扶枝干，见那虬曲盘旋的枝丫上，剩下那少许鲜红的蜡梅花瓣仍迎风微笑，充满无限的生机与活力。

　　在众多梅花中，蜡梅花显得更加耀眼夺目。它是由蜜桃形状的花瓣组成，叶呈椭圆形，颜色由浅到深，主干弯曲，枝杈稍长，浑身长满像针一样的小刺。

　　冬末初春，梅园里有一些"慢性子"的蜡梅，又名雪里花，长满许多美丽的棕黄色小花蕾，圆圆滚滚的，气香味微甜，映入眼帘的则是一株这样的蜡梅花树，花儿美得令人陶醉。

　　这几天，其他品种的梅花也抢占风头。梅园里5000多株春梅竞相开放，一片片，一簇簇，一树树，有的开得泼辣，有的开得热烈；红色的艳如桃李，白色的洁白典雅，粉色的甜蜜温馨，将梅园装扮得姹紫嫣红。

与蜡梅"主打"淡黄色、棕黄色不同，其他春梅色彩丰富。

梅园里就有"七色梅"之说。所谓"七色梅"，不是说一朵梅花有七种颜色，而是说梅花有七种不同的颜色。除平常见到的粉红和大红色外，还有红白相间、粉白、纯白、黄色、绿色的梅花。细心寻找，这几种颜色的梅花，在梅园里都能找得到。

"遥知不是雪，为有暗香来。"置身梅园的树丛中，那儿的香气不是其他花儿所能媲美的，茉莉花香气太浓，菊花香味太淡，牡丹花香娇艳华贵，玫瑰花香芬芳扑鼻，只有梅花是暗香四溢，使人有如梦似醉的感觉，好像全身的每根毛孔都要舒张开来。我很喜欢闻梅花的这种淡雅清幽的香味！

"花间小坐夕阳迟，香雪千枝与万枝。"在阵阵梅花香气中，我斜靠路边座椅上小憩，仰望蓝天白云，远眺前方梅林，沐浴初春阳光，感受梅花芬芳，看游人穿行梅林间，身心不由得融入花海之中。

一群群梅花爱好者正在梅园中细心观赏，有的举起手机，有的端着"大炮"，有的站在梅花树旁摆姿势，有的弯腰弓背仰头，留下一张张最美丽的倩影……

一群穿得花枝招展的小女孩也在梅花树下追逐嬉戏，或抬头数花瓣有几片，或俯下身子拾起掉落在地上的花瓣，用鼻子嗅嗅梅花的香味。咔嚓一声，站在身后的大人急速按下快门，捕捉到了这一精彩的瞬间。

在数不胜数的繁花中，多姿多彩、美丽明艳的梅花同样吸引了外孙女在梅林间跑来跳去，我紧随她的步伐，走进梅林深处，与她一起穿梭林间，摆着各种姿势，拍下她与梅花亲密相吻的合影，也拍下一朵朵千姿百态的梅花，我们祖孙三人共同感受到了那世外桃源般的快乐。

一阵阵微风轻轻吹来，一股股幽香不禁扑鼻而来，馨香阵阵，淡雅清新，陶醉其中，顿时让人忘记了初春的寒冷。

外孙女看哪儿小朋友多、哪儿的梅花开得最旺盛，就兴奋地朝那个方向跑去，口中还念念有词："我最喜欢粉色的梅花了。"

前方那片梅花树叫宫粉梅，是一种观赏型粉色梅花，花开繁密，花色淡红，或深或浅。不仅如此，它那层层叠叠的花瓣，总让人有一种错觉，古人那"桃花一簇开无主，可爱深红爱浅红"，并非形容桃花，倒像是形容宫粉梅了，尤其是宫粉梅的花能散发出一股较为浓郁的香气，随风飘散，弥漫空中，让人回味悠长。

在梅园里能看到如此之多的漂亮的宫粉梅树，闻着醉人的花香味，倒也是今天最幸运的事。

沿着一条通幽曲径向前走，这时才发现，小径两旁有数十株热情绽放的梅花树，树上的梅花不仅颜色各异，花形也各不相同。枝条上布满一片片娇嫩的花蕾探出头来，凑近看挂在枝头的小牌子，得知这正是梅花品种中最珍贵的"绿萼"。

"绿萼"，也称"白梅"，据说是最有君子气质的梅花。"绿萼"有数十个品种，如大绿萼、二绿萼、小绿萼、飞绿萼等。花瓣碟形，花色洁白，香气浓郁，有单瓣、重瓣和复瓣之分，花色从乳白到近白再到纯白，花萼从黄绿到淡黄绿，有清香。

今天看到的"白梅"是"飞绿萼"，只有五片花瓣，花茎大、花色亮。盛开时冰肌玉骨、清雅脱俗，在阳光照耀和萼托枝条映衬下，白得近乎透明，洁白的花瓣，碧绿的萼托，淡黄色花蕊，浅绿色花心，显得十分优雅高贵。

梅园里有片盛开的美人梅，花态近蝶形，花瓣层层疏叠，花色从浅紫至淡紫，幽香袭人。嫩嫩的花蕊，迎着风轻轻地摆动，就像花蝴蝶在枝头翩翩起舞，婆娑多姿，让人赏心悦目。

美人梅属梅花类，由重瓣粉型梅花与红叶李杂交而成，属梅中稀有品种，不仅花色、花形美观，其枝条和叶片常年呈红色，给初春增添了一道亮丽的风景。

游于此处，暗香浮动，满树嫣然。"年年芳信负红梅，江畔垂垂又欲开。"大红色的梅花象征着朝气蓬勃。靠近梅园的一株红梅树，用手轻轻捧起馨香的梅花叶瓣，叶片中的丝丝脉络清晰可见，娇艳妩媚，流光溢彩。

我偏爱红梅，不仅因为红梅是历代文人、画家和诗人吟咏的对象，更因为它与中国人有着相同的"俏也不争春，只把春来报"的精神，那血色的梅花，开得是那样娇艳。

信步梅园香径，踏着绿色青草，闻着梅花清香，走走停停看看，会看见宫粉、朱砂、绿萼、素白等各类梅花似点点繁星，高低起伏、错落有致地分布在梅园各个角落，奇姿异态、芬芳迷人、美轮美奂。

在梅园，我们还看到一株特殊的梅花树——徽派游龙梅。资料记载，这棵梅花树是由园林行业泰斗、"梅花院士"陈俊愉先生在园中亲手植下的第一株梅花树。

"这株梅花树形状好特别，弯弯曲曲就像一条龙。"据说，每年春季，这株游龙梅都能成为许多观梅爱好者的心头挚爱。树干经过园技人员特殊培育，左右弯曲向上，宛若一条盘旋而起的飞龙，两侧枝条根根分明，形似龙爪，向上耸立，力量感十足。"远远望去，就像是一条长满梅花的飞龙，真壮观！"有游客站在游龙梅树前赞叹不已。

离这株游龙梅不远的地方，有一方深灰色砖墙，砖墙中间写有四个苍劲有力的大字——望梅止渴。这是一则寓言，讲的是东汉末年曹操率兵讨伐张绣的故事。资料记载，一天行军路上，已是中午时分，烈日当空，十分炎热，士兵们口干舌燥，曹操见此情景，大声对士兵们说："前面有梅林。"士兵们一听精神大振，立刻口生唾液。曹操巧妙利用人对酸梅的条件反射，让士兵们看到了希望。

这则寓言故事告诉我们一个道理，人在遇到困境时，不要一味畏缩不前，应该用对成功的渴望来激励自己，这样就会有勇气去战胜面前的一切困难。

梅园里还有"看雪听松"、梅文化馆、三友亭、梅山、梅岭、梅仙、梅圣、百年古井等多个景点，无论是疏影横斜的姿态，还是唯有暗香的味道，抑或是五福报春的花朵，在粉墙黛瓦的衬托下，都能让人如痴如醉、流连忘返。

梅花，是一种超凡脱俗的花，它在冬天盛开怒放，在春季延续美丽；它从不与牡丹争花骨，更不与玫瑰争娇美。从古至今，一直以它那高洁、坚强、谦虚的品格，受到人们的赞美、欣赏。

"宝剑锋从磨砺出，梅花香自苦寒来。"梅花多色而不妖，花香淡雅而清新。寒冬腊月，在那么细小的梅枝上，它居然开满那么多招人喜爱的花朵，不怕风吹雨打，不畏惧孤独寂寞，不在严寒面前低头，是多么坚韧而傲气！

我欣赏梅花，欣赏它的高贵品质，更想拥有梅花般的品质！我喜欢梅花，喜欢它的坚强不屈，喜欢它的与世无争，喜欢它的淡雅朴素，更敬佩的是它顽强坚韧的生命力！

映日荷花

　　梅花傲霜挺立，菊花灿烂多姿，然而，气质高贵的荷花，因它芳香四溢，出污泥而不染的品格备受世人欣赏。每年夏至，在荷花绽放季，赏荷、拍荷也是我的最爱。

　　年年荷开，一塘一塘的。近几年，赏荷的地方多，其中省城市区就有三处赏荷的好去处。在那里，人们可陶醉于荷花之韵，释放压力，放松心情。

　　在合肥声名鹊起的第一处赏花景点是黑池坝的"太空荷花"，因其种子搭乘神舟飞船进入太空，返回后培育而成的，叶高、叶形大、花大鲜艳、花期长、莲子多，观赏价值极高，去观赏的人也极多。

　　另一处深得市民喜爱的赏花之地是合肥植物园，那里每年都举办荷花展，有300多个品种，3000余盆缸栽荷花，吸引众多市民前来鉴赏。品种有冰心、粉黛、姣容三变、雨露粉珠……

　　还有一处便是安徽大学龙河校区"荷塘月色"里的荷花，它们或含苞浅笑，或羞展花容，散发幽幽清香，让人感觉十分清凉，颇有朱自清笔下《荷塘月色》对月下荷塘诗意般的描绘："月光如流水一般，静静地泻在这一片叶子和花上。薄薄的青雾浮起在荷塘里。叶子和花仿佛在牛乳中洗过一样；又像笼着轻纱的梦……"

不过，这些赏荷之处离市区太近，每到夏季日光好时，尤其是周末和节假日，去游玩的人又多又闹，天气闷热又没有遮风挡阳之地，荷塘周边常会被赏荷的人围满，爱好摄影的，喜欢摆拍的，喧嚣不止。

寻找一个幽静的赏荷、拍荷的好去处，一直以来是我的所求。

一日，在朋友圈看到这样一段：淮南焦岗湖国家湿地公园，湖泊面积6万亩，素以荷花著称。每年进入六月，荷花渐次开放，无论是含苞时的娇羞，还是初绽时的稚嫩，抑或是怒放时的舒展，都竞相展示出迷人的娇容姿态，成为初夏里的一道亮丽风景。

"赏莲花风姿，拍莲花美景。"对焦岗湖"千亩荷花淀"里荷花盛开的别样美，我早有耳闻，心之向往。因去焦岗湖的游客较少，赏荷的人并不多，这份难得的清静，更合乎我的心愿。

一望无际的焦岗湖，天高水阔、风和日丽，有种"水城云台"的意境：一泓湖水碧绿茵茵，风光旖旎，如诗如画。我们搭载竹筏，向湖中一片芦苇荡深处驶去。湖面上，微风习习，清风拂面，淡淡的清香随风飘送，让人心旷神怡。

沿途之中，湖面平静，途经一片繁茂成荫的芦苇荡，撑竹筏的师傅告诉我们，那就是焦岗湖上的"万亩芦苇荡"。芦苇长满水面，整个湿地成了一片绿色海洋，微风吹过，绿波荡漾，让人产生无限遐思。一群鸟儿在芦苇丛里鸣叫，在这个鸟语花香的地方栖息，我想这就是它们的天堂。

竹筏平稳穿行其中，聆听竹筏师傅一路娓娓道来的故事，我们增添了一种原生态的生活体验。约莫二十分钟，竹筏驶入一片荷花塘。

　　焦岗湖以"水"闻名，景区环境优美、气候宜人，既有"万亩芦苇荡""千亩荷花淀"，又有湖畔垂钓、荡舟采菱、湖中戏鸟、渔家寻乐等，乘坐竹筏可欣赏两岸绿树成荫、湖光水色的旖旎风景，仿佛回到大自然的怀抱，涤荡身心，心情平静惬意。

　　一池荷塘、水雾缥缈、诗情画意。不大的一片水面，已被碧绿色的荷叶所覆盖，葱绿的荷叶，托出朵朵芙蓉，娇艳欲滴如同含羞的少女。片片青翠碧绿的荷叶，轻轻浮出水面，或被细直的荷梗举起，挺立于碧波之上，宛如千千万万片碧玉在夏风中摇曳。

　　夏日里，满塘荷花，风姿绰约，撩人眼目。荷叶间，朵朵荷花亭亭玉立。荷花的颜色有红色、白色、粉色、黄色，大多数是白色，少见的只有红色和粉色。

　　此时，荷塘里粉色和白色的荷花竞相绽放，有的花瓣全都展开了，花心露出了嫩黄色的莲蓬；有的才开了两三片花瓣，像含羞的少女微笑伫立；有的崭露头角，含苞待放，呈现出一派"接天莲叶无穷碧，映日荷花别样红"的秀美景象。

　　"小荷才露尖尖角，早有蜻蜓立上头。"一阵微风吹来，荷塘表面泛起层层涟漪，荷叶和荷花也轻轻地摇曳起来，仿佛在翩翩起舞，几只蜻蜓在荷塘上空飞舞，仿佛是一幅高雅素洁的风景画！

　　在欣赏美景之余，我赶紧拿起手机，顾不上竹筏摇摆，一会儿站在竹筏这头，一会儿又站到竹筏那头，选择不同的角度，想多拍摄点夏日荷花的娇姿发到朋友圈，与大家一同分享这份美景。

　　忽然想起采莲来。采莲是江南的旧俗，似乎很早就有，而六朝时为盛，从诗歌《江南》里可以约略知道。采莲的是年少的女子，她们是荡着小船，唱着艳歌去的。采莲人不用说很多，还有看采莲的人。那是一个热闹的季节。

　　像我这样的人，是乐意寻幽的。我同竹筏上一起去赏荷的人，并无过多交集。我把视线投入荷塘中心，看到每枝荷花都含笑伫立，娇羞欲语；嫩蕊凝珠，盈盈欲滴，独自站立天空之下，雅洁妩媚，傲然挺立。

从荷花塘出来，已至晌午，正好是品尝"渔家乐"湖鲜美食的时候。我曾在千岛湖的游船上有过一次湖鲜美食体验，那次体验给我留下深刻印象。这次是在焦岗湖岸上的一家"渔家乐"，要了一条即捕即烹的湖鱼，红烧的湖鱼鲜美味绝。

席间，听老板说，原来上午我们去的不是荷花淀，只是焦岗湖中的一片荷花塘。老板建议我们不妨乘画舫再游一次，那才是焦岗湖真正的赏荷、拍荷之地。

感谢老板的建议，差点错过一次真正来焦岗湖赏荷、拍荷的机会。好在并不遗憾，上午去的荷花塘，虽然水面小点，荷花稀少点，衬托着如镜宁静的水面，倒也拍摄了不少定格于瞬间的精美画面。

"万顷碧波撩人醉，一湖美景入画来。"画舫缓慢地穿行在"万亩芦苇荡"中，一直往前行驶着。几十种鸟类在芦苇丛中嬉戏。此时，正是焦岗湖最美的季节，身在烟波浩渺的湖中，泛舟湖上，清新气息扑面而来，湖光美景尽收眼底。

走进荷花淀，遥看荷园姹紫嫣红，游客驻足赏荷，漫步其间，淡淡清香，一下子感受到人与自然和谐共生的无穷魅力。

放眼远望，眼前是一片绿色的海洋，满塘翠绿的荷叶高低错落，如伞盖遮天，碧绿的荷叶像一把把小绿伞，衬托粉嫩的荷花，婀娜多姿。色彩斑斓的荷花，让人陶醉，心境豁然开朗起来。

荷花已盛开多时。开放早的，已结成莲蓬，像一个个小小花洒；开放没多久的，才刚露出花瓣，像害羞的小姑娘用手掩住自己美丽的脸蛋，煞是可爱；有开放晚的，只是一个花苞，花瓣紧紧地合拢在一起，含苞待放，像睡得正香的小白兔；最吸引眼球的还是那些正盛放的花瓣，像凌波仙子在轻轻地舞蹈。

颜色各不相同：白嫩中透着粉红的，像极了花季少女的脸般羞答答的；一身洁白无瑕的，好似正当青春的姑娘冰清玉洁……

走在廊桥上，满怀喜悦，想和荷花亲密接触，俯下身，舒展鼻息，沁人的清香伴着愉悦滑入心底，再嗅一口顿觉神清气爽。看眼前盛放的荷花，我不禁为这些美丽的"出水芙蓉"而陶醉。

近看，荷花的茎又细又长，透过层层叠叠的荷叶，可见一根根墨绿的、长着小刺的荷梗在水面上昂首挺胸。一簇簇荷梗，托举着荷花，在微风中摇曳，叶葱翠，花流香。

荷花不仅美丽，而且全身都是宝。藕和莲子可食用，美味可口；根茎、藕节、莲子、荷叶、花及种子的胚芽都可入药，治病救人；喝上一口芳香四溢的荷花茶或荷叶茶，让人神清气爽。

漫步荷花淀，我不禁想起老家——小小的庄子上，七八户人家，房前屋后有一片水塘，水塘里长满了荷花。夏季，盛开的荷花，有白色的，有红色的，有粉红色的。数百茎荷花，如翘首伊人，风姿绰约；或枕波而卧，似慵懒的女子，温婉可人。

荷塘是儿时常去的地方。有时独自一人，痴痴地坐在塘边，望着一朵朵随风摇曳的荷花，偶尔遇上下雨，仍不肯离去。月光里，清晰可见田田的荷叶上有绿蛙跳来跳去，它们正在为捕食蚊蝇青虫而忙碌着呢。

我喜欢月下的荷塘，也喜欢雨后的荷塘。在夏至的雨中，沿着荷塘的周边，撑着一把雨伞，缓慢地走着。荷花虽乱了形象，其香如故，任凭风雨，傲骨铮铮。雨中看荷，虽不能拥有它灼灼的风姿，但是那抹悠远的馨香，早就把心中的欠缺弥补。

那年夏天，我回过一趟老家。在荷塘边伫立良久，发现这里已无昔日荷花怒放的盛景。想到季羡林先生的《清塘荷韵》，我暗忖：如有机会，明年的春天，我定要在这方小池里种下一片荷花，种下一片心灵的荷，让这荷的清香之气去温润芸芸众生……

一只不知名的水鸟从荷叶上飞速掠过，打断了我的思绪。眼前的荷花，含苞待放的，还留着完整的形体，盛放后的已呈零落之势。无须叹息，都会是在结局中收场。时间的早晚，不重要。

在远山近水、蓝天白云衬托之下，荷花淀里的 56 种莲荷构成了"千亩荷花淀"。荷花初绽，芳香袭人，分外娇艳，美不胜收。别样的映日荷花，为夏天增添了一道清新养眼的风景。

荷叶芊芊，荷花娇艳，其实这只是它夏季之美的一个侧面。驻足于荷花淀，行进在芦苇荡，饱览湖光水色，静听花开的声音，这是置身于焦岗湖独特的旅游体验。

我喜欢拍荷花，因为荷花美，美得动人心，有的含情脉脉，有的美若天仙，有的昂首怒放……在摩肩接踵的绿叶衬托下，格外艳丽惹人。

我喜欢荷花，喜欢荷花的质朴，喜欢荷花的清丽，喜欢荷花的优雅，更喜欢荷花的高洁。正如宋人周敦颐的《爱莲说》："予独爱莲之出淤泥而不染，濯清涟而不妖。"篇幅精短，遣词精当，比喻恰切，堪称咏荷吟莲之上品。

仰望荷花，我们注定要与这个世界藕断丝连。

后记

  一直以来，我都梦想着写一本记述往事情怀的书，来抒发自己内心世界的情感，寄托对乡情、亲情和友情的美好回忆。然而，在书的体例、体裁风格和作品内容等方面总是拿捏不定。2021年初，有幸加入国内知名新媒体《同步悦读》平台，从此与文学创作结下了深厚情缘。2023年度，荣幸与《同步悦读》签约，成为年度签约作家之一，这让我很开心，也让我感到非常温暖。

  爱上写作，纯属机缘巧合。写作也是我从小的一个梦想。加入《同步悦读》，让我很高兴的是每天都在坚持做一件事，那就是搜肠刮肚想选题，硬着头皮凑文字，积沙成塔，集腋成裘，终于有了一定的积累从量变到质变。每每看到其他作家、老师和文友的佳作，不仅优质，而且有量，就深感惭愧。

  这几年，从平台文友和作家们的文章中，我也学到了一些宝贵的创作经验，尤其是散文随笔的创作。在含饴弄孙的同时，我利用业余时间，索尽枯肠，冥思苦想，将半个世纪的亲身经历和深刻感触，撰写成文字，发表在《安徽文学》《清明》《作家天地》《青年文学家》《三角洲》《时代文化》《中国国防报》《中国人口报》《安徽日报》《新安晚报》《安徽工人日报》《安徽法制报》《拂晓报》《亳州晚报》《合肥晚报》等平台上，以此献给那段难以忘怀的岁月。

一斑窥豹，一叶知秋。在漫长的历史长河中，虽然个人或许是微不足道的被裹挟者，但每个普通人也是历史的创造者和见证者。从开始酝酿写作，到 2024 年 2 月将书稿交给出版社，历时三年，撰写了百余篇作品。一千多个日日夜夜的创作中，我没有矫揉造作，没有对时髦应景的追逐，而是客观真实地记录了那个难忘年代里五味杂陈的往事。

毕竟时空长，年代已久远，尤其是对 20 世纪七八十年代的那些往事，我虽有幸见证并经历了童年、少年和青年的蜕变，留下了同桌同窗、当兵扛枪和下海经商的足履，从中追索、体味了诸多美好的时光与记忆，然而，一旦敲起键盘，可谓思绪纷繁，其中既有愁肠百结、苦心孤诣的迷惘，也有长期积累，偶尔得之的欢愉。

也许是多年在机关从事公文写作的缘故，一落笔便深知，自己缺乏的是深厚的文学功底和丰富的创作经验，尤其是对散文随笔的创作，显得文思枯竭、文笔艰涩。基于此，对每篇作品主题的确定、文字结构的谋篇、语言的遣词造句等，都有一种诚惶诚恐的感觉，一挥难就，不少作品写着写着就成了大白话，毫无散文"形散而神不散"的意境。虽自认为作品内容都是真情实感的流露与表达，也是那个特殊年代贫困凋敝历史的记录，但离"清水出芙蓉，天然去雕饰"的标准还相差甚远。

"人过五十天过午"，走过半个世纪，确实有许多值得回忆与留念的人和事。那年那月那些事，既流淌着美好的时光，又镌刻着火红的年代，更留下了岁月逝去的印痕。这段记忆浮动的是缕缕乡情乡恋、浓浓亲情友情，更有甜蜜爱情与无奈的苦情。每次阅读这些文字，都会勾起我的深深回忆，触动我埋藏心底多年的柔情。这便是我要结集出版本书的目的。

全书收录了六十五篇散记式的文章，记录的是自己的故事，讲述的是自己的情感，表达的是自己的追求，写下的是自己的梦想。时间仓促，臻于粗作。在本书写作、审核、编辑过程中，非常感谢广大文友和我的家人，在背后默默地支持我、鼓励我，让我这个写文字的小人物，能够在文学创作的过程中去感悟文字的温度与力量。

同时，衷心感谢当代著名作家、传记文学大家石楠先生，安徽省作家协会原主席、当代著名作家许辉先生，《清明》杂志主编、当代著名作家赵宏兴先生及《同步悦读》主编、著名作家白夜先生对作品的精彩点评；特别感谢安徽省散文家协会主席、当代著名书画家郭博先生和著名作家、文艺评论家刘斌先生在百忙中为本书作序；十分感谢安徽文艺出版社编辑老师的鼎力支持，在此一并表示最崇高的敬意！

我愿将此书献给生我养我的故乡，送给我的亲人、同学、战友、朋友和文友，感谢大家与我一同遥想对当年故乡的深情眷恋，追索已经丢失殆尽的那些过往，一起去见证幸福美好的明天！

陈永兵

2024 年 8 月 1 日

于中海岭湖湾